那幾個上海女人

《那幾個上海女人》
作者：雲子
封面設計：Tina Yu
（第二版）

2018 年由電書朝代製作發行
IngramSpark 隨需出版，Ingram Content Group 推廣銷售
電書朝代 (eBook Dynasty) 為澳大利亞 Solid Software Pty Ltd 經營擁有
網站：http://www.ebookdynasty.net/
電子郵件：contact@ebookdynasty.net

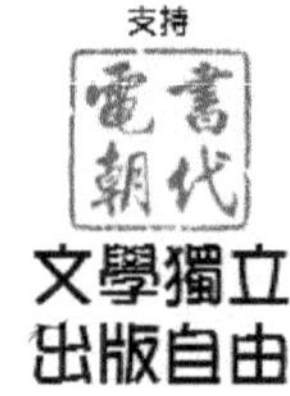

目錄

《那幾個上海女人》

《那幾個上海女人》

前言

　　人類對幸福的理解應乎各不相同。

　　人們所期待的幸福，除了與生俱來的本能，更多來自於傳統、家庭、環境、以及社會的影響。這些影響，一如其他意識形態的綜合反映，成為人類感情和思維等成熟過程中的添加劑。由此，幸福的感覺不再是簡單的生理反應，而是一個生長和生產的聯合過程和反映。

　　生長不等於生產，人盡皆知。

　　人類大腦知識化的發展和運用，一無遺漏地在自然生長的物品中注入了一切可以支配的資源，從而生產出更廣泛更實用的產品。流通中的產品，在買賣中成為商品，而商品的定義，應該包含有形的產品和無形的服務。

　　感情，有時受到壓抑，有時得到發洩，更多則被用以交流。

　　人類自發的感情交流，被廣泛地注入了社會的可用資源。接受了這些添加資源的情感，將人類最美好的感覺——幸福，轉變成了一類具有共識的模式，即稱為「同感」的產品。在這裡，我避免使用「商品」這一敏感的詞組，雖然從定義上看，似有同義之嫌。

　　幸福應該是隨處可得的：媽媽買給女兒的第一件自選的衣裙⋯⋯孩子名列前茅的考試成績⋯⋯心儀女孩拋來的第一個嫵媚的眼色⋯⋯男人手裡的鮮花和口中的讚美⋯⋯丈夫交與太太保管的工資袋⋯⋯孩子們帶回家為長輩祝壽的蛋糕⋯⋯一點一滴瑣碎的小小滿足，都可以是那個她或者他的幸福源泉。那種幸福感，無論是小小的滿足還是大大的虛榮，都能讓我們自然而然地感覺和流露。

　　幸福也可以是欲壑難填的——如果我們每個人所期待的，是前例種種的相加。

　　無論如何，幸福應是一個個片斷。而人們常做的加法，把我們對所有物質和情感的需求無限放大：比如金錢、房產、學業、地位；再如衣物、食品、玩樂、性愛等等——以至於忽視或取代了人類最自然情感的反應和滿足。

回顧人生，無論人們處在怎樣的一個年齡階段，我們每個人都可以看到自己的感情經歷中，那些被自身或他人所要求和索取、被忽視或被放大了的幸福……

我們究竟在找尋什麼？

《那幾個上海女人》

《那幾個上海女人》

　　靜安區，這個曾是上海唯一不同郊區接壤的城市生活中心，人稠物盛，樓高巷深；車水馬龍，堂濟市集；晨喧夜歌，燈紅酒綠……

　　書中那幾位如琬似花的女孩，或溫柔嬌羞，或靈敏活潑；或樂天率真，或細心周到；或善情厚義，或似水纏綿；或勤勉不懈，或卓爾不群——竟都出生於這片萬象叢生的土地。從此，她們的人生彷彿走船於霧中，被指引著，被推搡著。她們夾行在擁擠的船道上，費力地辨尋著那忽明忽暗的方向，勤奮地伐向那似近還遠的目標——茫茫然不知所處，不知所為，不知所終？

《那幾個上海女人》

12

第一篇：人子

　　六十年代末、七十年代初的上海，剛上小學的孩子真多。因為在那個時候的前幾年，國家還在提倡婦女要爭做「光榮媽媽」，多生一個孩子，多添加一份革命的力量。

　　故事發生的地點是上海一個人口極為密集的小區，那裡在新中國成立之前屬於法租界。解放以後，當年一些看著像漢字讀起來帶洋味的街名，被改成了體現新中國新氣象的大名，而上海的許多學校命名大都取自其所處的街道。座落於樂民路上的那所小學，自然就是「樂民路小學」。由於書中這些小主人公都住在學校的附近，按照政府規定，孩子們將就近申請入學。

　　在那個文字發展最快也最為頻繁的年代，這些學齡前後的男孩女孩，都被光榮地定義為「祖國的花朵」。

《那幾個上海女人》

第一章：新式公寓

　　雖然都是「老上海」，且都住得「相鄰相近」，但由於歷史原因，即使生活在同一個區域甚至同一條弄堂，每家人的居住環境和生活條件卻千差萬別。

　　故事中那位嬌小玲瓏的六歲女童，大家都喊她「小潔」。小潔家所在的那片房區叫做「長柏公寓」。在短短六百公尺長的樂民路上，「長柏公寓」無人不曉。這片同上海許多類似「新式里弄」一起被完整保留下來的新式公寓群，建於二十世紀三十年代初。它們是一大片圍繞著中心花園而建的三層磚木結構的連體樓房，每套住宅中，水、電、煤氣、衛浴樣樣齊全，代表了那個時代的中西建築特色。

　　住在這些公寓裡的人家，在過去（解放前）屬於中產階級以上。直到小說開篇的那個年代，除了個別房間被強行沒收並分配給他人之外，以及里弄居委會所佔用的幾大套辦公間，大多數的原住居民幾乎都還留在那裡生活。

　　小潔的父親是一位大學教授，雖然早已接受再教育，並同隔壁弄堂亭子間勞動大姐的女兒，也就是小潔的母親成了親，但其過去的工作和身份，具當時那一片「摩登公寓」居民的代表性。在那個極其敏感的歲月裡，走進相鄰的兩個門口或走出同一個樓裡的居民，總是滿臉堆笑相互點個頭，然後機械地夾緊那些長相類似、內中沒有任何實質性物品和用途的包包，快速鑽進自己的家門；或邁著急步，像被人追趕似地走向公共汽車站。

　　生活在那裡的孩子們倒是從來都不拘謹。小潔在別人眼裡是個不善言詞的女孩，有個比她大兩歲的「總司令」哥哥小清，因此常常會在孩子群中見著她。雖然她惜言省語且不懂任何遊戲，卻總是笑瞇瞇地跟前跟後，從不落單。憑著小潔清秀嬌柔的長相以及恬靜隨和的性情，即使哥哥有時粗心大意，也總不缺少照應她的男孩子。尤其是那個長得最高的成宇，年齡同小潔的阿哥一般大，內心卻要細緻得多。

　　長柏公寓的中心公園裡原來柏樹成林。「備戰備荒」的幾年裡，人們在這片樹林的地下挖建了幾條橫豎貫通的防空洞。在那些特殊的歲月中，如此這般的防空洞在上海各個街道的地下都能見著幾條。它們設計簡單，卻很少聽說有塌方或嚴重滲水等現象，足見當時設計者的技術是完全過得了關的。只是可惜了那些材料和人工，因為自解放以來從來就沒見有一架敵機，曾經在上海人的頭頂上出現過；同時，各地也絲毫沒有多餘的物資囤積在內，可以備戰時之需。

　　因此沒過幾年，幾乎所有的防空洞都成了名副其實的「空洞」。也許用「空洞」來形容不是太過確切：由於它們地勢較低，因此往往會在雨天之後，洞內地上或台階上存有一小塊一小塊的積水，這些積水處便成了蚊蠅滋生之地。久而久之，有些質量一般、少人關心的防空洞，便成了蚊子和蒼蠅的家。

　　在治安管理落實到每條里弄的每一位爺叔阿姨的年代，隨隨便便走進一個生活小區的陌生人，都會被一雙雙「警惕」的眼睛所密切關注。因而，極少聽說有較大的刑事案件，發生在人們的周圍。像防空洞那類看似危險隱患之處，住在附近的孩子們卻可以毫無顧忌、毫不膽怯地隨意出入並佔地為王。

　　長柏公園地下的防空洞長年不鎖，因此便成了周圍方圓幾里孩子們的一處活動天地。除了那種帶著回聲的神秘感之外，其最大的優點便是可以遮風擋雨，甚至可以避開家長們的眼目。每天附近學校的學生下課之後，那些父母都是雙職工的孩子（大多是男生）便有了自由的時間。他們常常不約而同地聚集到這個地下「工事」門口，嘻嘻哈哈打打鬧鬧一陣。總歸有人先出個點子，再經大家討論「領導」點頭之後，便開始每日的課後活動。無非是些「鬥雞」、「吃狗屎」、「刮片紙」、「抽賤骨頭」、「撲克爭上游」、「下棋四角大戰」等。有時大家會出去玩「抓人」和「打仗」的遊戲：一半學生把從家裡偷帶出來的長毛巾搭在腦袋兩邊，裝扮成日本鬼子，他們的手中提條樹幹，一路哼著從電影裡學來的「鬼子進村進行曲」，然後設法東躲西藏；另一半男生則扮作「八路」，同樣提著條棍子穿行於各條弄堂和巷子之間，到處搜尋和捕獲那些「鬼子兵」……

每當外頭夏日炎炎、裡面潮濕悶熱的時節，小學生們還有一個更好的去處：附近的各大電影院。

由於當時全上海只有幾家高級電影院具備免費的冷氣條件（或者是由於裡面寥無幾人的關係而顯得陰涼？），而且頂頂重要的是，每家影院在那麼些年裡幾乎只輪迴放映過幾個「革命樣板戲」。因此，在全國人民對戲裡的每一句台詞、每一個鏡頭、每一處細節都倒背如流的情況下，電影院座位上的人頭就顯得稀稀拉拉了。

那時不管有沒有觀眾，或者僅有幾個觀眾，影院照常開門營業，而且不會停止播映。機靈的「小駒頭」們就利用這個便利，他們或是等開映之後從虛掩的大門溜進場內，或是同門口的售票員交個朋友，再不行就如小清他們，先把「內急」的妹妹推到前面，引開守門員和電影院領導的注意力，其餘人隨後悄無聲息地一個個魚貫而入——反正那個年代，在影院值班的「糾察」們所特別關注的，只是那幾個來影院的空位上，趁著黑暗，配合著電影裡面激動人心的節拍，幹些人之本性所驅使的「觸摸」或者「宣洩」行為之男女。「小駒頭」們不懂，但也碰巧撞見過幾次，知道那種動作是「下流呸」做的，自己不可以學。

長得雪白嬌嫩的小潔每天午睡一過，便同樣卡著點來防空洞報到。她的左胸前總掛著那條外婆替她別上的乾淨小手帕，見到哥哥們之後，又總會有人替她解下手帕讓她墊在屁股底下，或用來擦拭小手小臉。

只要大哥哥們允許，小潔從來不會放棄參加這類戶外活動。

若大家以為這個女孩子沒有自己的主張，隨便跟著大哥哥們瞎廝混，那可就看錯她了。每天不管孩子們在長柏公寓的中心花園裡玩耍多少辰光，小潔總會在居委會阿婆下班之時，在父母親到家的十多分鐘之前，按時跑回家中。大約過了一個鐘頭以後，所有尚留在外的小孩子，都會聽到小潔媽媽站在二樓窗前的那聲高喚：

「小清啊——回來吃夜飯啦！」

小清是小潔的哥哥。那聲召喚是為全區的母親所代勞的。因為在那個年代，只有出身勞動家庭的人，嗓門才可以叫得這麼大聲。至於小潔父母是否了解兒子女兒每天下午的日常活動，我們不得而知。至少，負責代看小潔兄妹的外婆，從來都沒有說三道四過。

每天傍晚隨著小潔媽媽的幾聲長喚，所有玩得忘歸的孩子都來不及地從防空洞裡鑽了出來，著急慌忙地在台階上撿起個人的書包，呼啦一下成鳥獸散。

今天沒有盡興無關大乎。

明天還是那個地點，玩的還是那些遊戲。

午睡過後，小潔也同樣會按時到達。

第二章：老式弄堂

在長柏公寓的後面，是一整片傳統的上海「老式弄堂」。

同「新式里弄」相比，這類當年在上海最普遍的居住群，有著非常明顯的不足之處：除了生活空間非常狹窄，房間朝向和格局比較陰暗之外，最欠缺的是各家各戶獨立甚至是共同使用的煤氣和衛生設備。

沒有管道煤氣的住家，不管有幾層樓高，人們都可以在每戶每間人家的門外走廊邊，看到一個個冒著黑煙的煤炭爐子。中國人做飯菜「煎炸爆炒」的烹飪習慣，讓不熟悉弄堂的外人，感覺幾步一煤爐的走道和住家看起來險象環生。實則不然！由於在那個年代弄堂居民人數眾多，鄰里互相熟悉而且相互照看，倒是極少聽說或見到大宗的火情出現過。

每天清晨最早起身的家人，必須記得先將煤爐的風門打開，添上新的煤球或煤餅，才能煮上一壺熱水或泡上昨晚的剩飯。生活在煤衛落後食拉不便、人滿為患交通擁擠環境下的上海弄堂人，在早晨是來不及做吃食的。因此，不管是新式里弄還是舊式弄堂的周圍，天還未亮便會有小販或早點供應處開張營業了：油條、大餅、豆漿、飯糰、包子、餛飩，還有麵條等等——各類早點不僅一應俱全，而且大都以「分」為計價單位。

老天爺似乎為樣樣拮据的上海弄堂人提供了不少便利，做了些許補償。

還有一類特殊的服務現在更是難得一見了：由於上海的人口眾多，老式居住區的人口密集，因此便衍生出了許多特別的服務行業，比如那些從蘇北農村過來的「剃頭師傅」。他們中的許多人有著傳統或師傳的剃頭技藝，整天揹著一套理髮工具（放置在專製的木盒裡），沿著一條條街道，穿過一條條里弄，口中喊著「剃頭叻⋯⋯」，等候各人的招呼。

老式弄堂的好處在於，一旦有「剃頭」師傅博得了當地幾家老人的口碑，那就會在幾天裡傳遍整片區域。以後那位揹著工具箱的「剃頭」

師傅，便用不著再浪費時間和精力，去走街串巷地吆喝了。他只要排上一個週期表，兩個禮拜或三個禮拜以後重返那些曾經光顧過的弄堂。在那裡，早就有老有少，將小木凳放在自己的家門口，等待著「剃頭」師傅的「光臨」了。

當年，還有一些類似的走街竄巷的小手藝人和買賣人等：如修補破碗破鍋的，修補木桶傢俱的，彈棉花的（讓褥子被子變得蓬鬆暖和），收廢品舊物的，拿新鮮農產品偷換糧票（註）的，等等等等。他們也經常光顧小街小巷，特別在擁擠的老式弄堂中間，你來我往，屢見不鮮。雖然如此，這類小手藝人卻沒有「剃頭」師傅那樣好的運氣，可以按時固定地往來於熟悉的弄堂和街道，服務於相識的顧客及他們的家人。

歸根到底，人之頭髮是日日增長的物質，不管你是否希望如此，它們就像割不完的韭菜那樣，一茬接著一茬，沒完沒了地生長，讓全人類為著一部份最底層的勞力者們，心甘情願做著永無止境的貢獻。

由於住家缺乏衛浴，老上海的弄堂人習慣上私家或公家經營的澡堂子去洗澡。由於是收費的而且人多擁擠，他們不會每天都去。更多的時候尤其是夏天的早晚，當人們穿行在老式里弄時，會看到許多穿著困衣困褲，腳上踏著塑膠拖鞋，手裡提著臉盆和毛巾的男女，就在自家門外靠牆的水龍頭旁邊，梳洗或擦拭著頭臉和身子。

老式弄堂裡的住戶之間都非常熟悉。由於室內的光線和空間嚴重不足，常常會看到婦女老人坐在自家門口內外，洗衣擇菜吃飯喝茶。因而，在過往行人的印象中，那些狹長的老式弄堂的磚石地上，永遠都是濕漉污濁的感覺。

便桶更是一件令現代年輕人無法想像的生活用具。在沒有抽水馬桶的老式住宅中，木製馬桶和搪瓷痰盂是每家每戶所必備的東西。而且，最讓人難以想像、令人難以接受的，是在那些幾代同堂或同住的生活群裡，人們的吃喝拉撒竟只能遷就於一室之內。

難怪在那些悶熱潮濕的日子，弄堂人寧可敞開自家大門，將一些自認還「尚可見人」的行為，伸展至公共領域。

住在舊式弄堂裡的另一件痛苦，就是從來沒有懶覺可以睡足！莫說每天一早在糞車到達之前，先要將隔日的馬桶提到弄堂口等待清空和刷洗，就是弄堂裡面幾乎二十四小時進進出出人群的說話聲關門聲，都會淹沒你的耳朵。無論是上日班的還是夜班的，似乎每個人都在埋怨，每個人都在期待：有一天可以睡個安穩踏實的美覺！

就是這樣的一種居住和生存環境，百多年來始終不變地吸引和接納著來自全國各地，一撥又一撥的民眾。窄小陰暗的老式房子裡，總是擠滿了各式各樣的住客。

或許是因為住有所值？或許是因為適者生存？

做過上海「弄堂人」的都曉得，那是一個相對安全，卻沒有任何隱私的地方。

故事中的另一位姑娘李媛媛，同比她小兩歲的妹妹，在快到學齡的前幾個月，被遠在邊疆工作的父母親送回了上海的爺爺奶奶家。這個決定是她們的父母既希望自己的孩子可以接受系統的適齡教育，同時也為了保住孩子們的上海戶口，不得已而作出的親情犧牲。

媛媛姐妹的老家，正是在長柏公寓後面的那一片老式弄堂裡。除了阿爺和奶奶，同住一起的還有小爺叔一家四口人，以及同樣在外地工作的阿姨的兒子阿寶。

孫女們要回滬了，老人不得不催著全家，手忙腳亂地將幾個房間做一番調整：樓下前客堂（廂房）原是共用大廳，後廂房是老人的睡房。現在老人在前廳裡放了張床，把後廂房讓給阿寶住；姐妹兩個以後就住在原來屬於阿寶的亭子間；小爺叔一家仍然住樓上。

這種安排雖然讓每戶都有了單獨的空間，但顯然是少了一個公用之處——麻煩必將接踵而至。

媛媛的父母非常疼愛自己的兩個女兒。除了每月交給阿爺幾十元作為她倆的生活開銷之外，臨行前還偷偷給女兒留下了一些積蓄：「這些鈔票是留給妳們作為急用的，不可以讓別人曉得。」爸爸媽媽千叮嚀萬囑咐：「這些鈔票不能用來亂花的！否則到了緊要關頭，妳們就沒有辦法了！」

　　大女兒媛媛小心翼翼地把信封裡的錢包在小手帕裡，藏在了衣箱的底下，並按照囑咐，連自己的妹妹都沒有告訴。

　　在那個年代，作為一名未滿六足歲的孩子，箱子底下壓著兩百元的「急救錢」，雖說可以列上同齡孩子的「大款」榜單，但如何判斷「緊要」關頭？這些鈔票究竟是安慰還是負重？每個人只能去親身經歷和體會。

　　來自邊疆、長得瘦瘦高高、曬得黝黑透紅的臉上瞪著一對美麗的大眼睛——

　　不到兩天，姐妹倆在弄堂裡名氣大振。幾乎所有的鄰居都已跑來照過面道過喜了：「多少漂亮的一對小姐妹，李阿姨你們真有福氣！」幾乎人見人誇！

　　姐妹倆在上海的頭幾個月裡，每天睜圓了兩對驚喜的大眼睛，看著來到面前的每一個人，口中咬著各式各樣的美味點心，換上了阿姨和大阿姐們送來的漂亮衣褲。她們拉著奶奶的手，不停地向訪客用不很熟練的上海話打著招呼：阿娘阿爺，爺叔伯伯，阿姨大媽，阿哥阿姐，小弟小妹……

　　從現在起，媛媛姐妹倆將開始老式弄堂的嶄新生活。

註：當時城市裡的青壯老年不論男女都配給一樣的定糧，因此有些以婦女或老幼佔主導人口的家庭，會幸運地多出一些糧票。而這些多餘的糧票便成了城市人換取農村新鮮雞蛋和菜蔬等的代用貨幣。

第三章：花園洋房

　　新中國成立之前，上海曾被各國列強瓜分，並設立了相應的租界。除了恥辱的記憶，歷史還為華人留下了一些進步和發展的符號與特色。其中各式各樣體現不同文化藝術的建築，便屬於上海這個在解放前被譽為「十里洋場」的珍貴歷史遺產。

　　「樂民路」作為法租界裡一個人口密集的居住小區，當然不會少了這一類的西式建築。緊鄰長柏公寓有一條狹窄的弄堂，它的一邊座落著兩排連體的西式洋樓。洋樓四棟連成一排，中間以一條小走道分隔兩旁；洋樓對面是一排平房，平房的門對應著洋房的花園門，距離只有幾步之遙。說起這條弄堂的「狹窄」，是有歷史原因的。過去在設計這些住宅樓時，並沒有打算把它做成窄巷，因為對面所建的一排平頂房子，原本只是這邊洋房的停車間。

　　解放後，由於人口密度的快速增長以及樓房主人的更替，那些三十平方公尺左右的停車間就成了人們的住家。因而在洋房和平房的中間，就形成了一條超狹超小的弄堂。弄堂之小，可以在兩個相對的牆面上拉起一條條的晾衣繩，騎著腳踏車的人們必須下車或歪一下腦袋才能從中間穿行而過。

　　一排四套的小洋房，具有二十世紀三、四十年代法式建築的特色：前門有個可以見到花草樹木的小花園，後面經過廚房還有一個小小的天井；一樓很高是一個帶著陽台的長廳，廳的中間可以拉門分隔成前客廳和後飯廳，飯廳和廚房之間還有一道小窗台，專門作遞送飯菜之用；一樓和二樓之間有個七、八平方公尺的亭子間，亭子間在上海各式樓房都非常普遍，原說是為佣人們所建，便於上下樓之間的工作；二樓通常是一大間帶陽台的主臥，但有些已被分隔成兩個小間；二樓和三樓之間（亭子間之上）還有一個大曬台，作為晾衣服之用；三樓是最典型的歐式建築，就是那種從屋頂斜面開窗戶的結構（大多作為孩子們的房間）。

這種結構的內部空間並不算矮小，但斜面上突出的窗戶，卻為單調的瓦頂增添了美觀以及人文氣息。

洋樓自然是麻雀雖小樣樣齊全。那些小形的花園洋房原本是單為一個家庭居住而設計，在解放後卻往往分租給了幾戶人家。因此雖然煤電衛浴齊全，但在一個樓裡的所有住戶，必須共同分享那些設施。結果所有人不得不擠在一個極小的使用空間，面對面地尷尬生活。

在人口密集的上海，雖然看起來小洋樓比較討喜，但實際上新式公寓的設計更為合理，因為每個房間的面積較大（幾乎都在三十平方公尺左右），可以住上一對夫婦或者一個小家庭。

故事中的第三位小主人公曉晴，便生活在這排法式樓房裡。他們家不是那個區的原住民。聽祖輩說上海解放初期，自家在（偽）新市政府旁邊的大洋房被公家佔用之後，幾經輾轉，在父親工作單位的協調幫助下，全家才搬遷到此安居。

其餘的幾家住戶有早有晚情況各不相同。真正熟悉這片住區的要數小潔的外婆了，她本人居住在洋樓的亭子間裡。聽說她所住的那個小樓主人原來是一個國民黨軍官的姨太太，也是她的同鄉。那位太太沒有生育而且經常一人獨處，因此收留了小潔的外婆和孩子。解放前夕那位姨太太跟著男人逃到台灣，把房子託付給小潔的外婆出租。解放後那些租客基本都在，只是把租金交由了當地的房管所。

小潔的外婆是個勤快的人，平日除了小洋樓裡的一點點活計，還包下了周圍鄰居好幾家的雜務。每天來往於各家，使她不僅熟悉這個區域的每條巷子，也把附近的許多家庭及人員背景，打聽得一清二楚。當年就是因為看到小潔父親是個老實人，因此每天把女兒帶著一起去小潔奶奶那裡幫忙做事。封建思想的小潔奶奶一下子就喜歡上了這個女孩。在家道尊嚴的時代，小潔的父親幾乎沒有任何反抗甚至想法，便依了母命完成了這椿婚姻。

曉晴跟著全家搬來洋樓之前，幾乎沒有在家中住過幾天，更多的日子是在遠離市區的西郊幼兒園度過的。那裡曾經是一個非常高級的私人住所，花園裡有假山和流水，房內夏天有大涼台，冬天有大壁爐。當時許多高幹和高級知識份子的孩子，都在那個被改造後的幼兒園寄宿。

幼兒園的老師原先並不怎麼喜歡這個嬌滴滴被寵壞的小女孩，因為不管是吃飯睡覺還是集體活動，陳曉晴總是不守紀律，我行我素。直到有一天開家長會時，大班的孩子站在那裡，怎麼都背不完那篇大家應早已耳熟能詳的「為人民服務」時，曉晴坐在中班的位置上隨口提示了一下，從此便得到了所有老師的關注和特別照顧。

中午再也沒人會逼著小女生上床睡覺了，還可以帶著嘴裡難以下嚥的那口飯到處跑動，每天清晨老師閉著眼睛，讓她不厭其煩地挑選著想穿的衣服⋯⋯

好景似乎從來不長。正當曉晴在那裡過得隨心所欲了無牽制之時，那個幼兒樂園被扣上了「資本主義溫床」的大帽子，之後被再次沒收，改造成了「工人階級療養院」。

因此，正當家裡忙著搬遷之際，曉晴的父母還得四處奔波，著急慌忙地把女兒的西郊戶口遷回上海市區。

除了那些被出租的小樓，其他住在花園洋房裡的獨門獨戶，前有院牆後有鐵門。平日裡基本雙門緊閉，互不往來。

不得已回到家裡的曉晴，白天只有奶奶與她相伴，自然如鳥進籠度日如年。心疼自己孩子的母親，特地從同事那裡為她找來了一隻小鳥，希望可以讓原先覺得人生還不如小鳥的曉晴，增加一點生活的樂趣和陪伴。

禮拜天的大清早，曉晴醒得非常早。她幾乎一睜開眼就起身下地，接著往樓下跑，旋開了父母的房門，用小手把還在熟睡的父親搖醒：「爸爸，爸爸——你不是答應過我，今天要去買新的鳥籠子嗎？」

走在人聲鼎沸的花鳥市場，曉晴簡直目不暇接，可謂舉步維艱。剛剛停留在一個美麗的金魚缸前面不捨得離開，那邊可愛的小狗又在召喚她了⋯⋯

中午過後，當曉晴的母親再次見到那對父女時，家中除了她所領來的那隻小鳥，又增添了一隻小烏龜，兩條小金魚，以及一對小花貓。

這下子可了不得了！奶奶果然大呼小叫，如臨大敵：「啊呀，這麼多動物養在家裡！你們上班的時候，誰來照看牠們呐？」

曉晴一疊聲地下著保證，雖然之前在花鳥市場她已一再向爸爸作過承諾：「我自己會好好餵養牠們的，不需要你們大人來管！」

如願以償的曉晴從此得出一個結論：以後但凡出門「辦事」，一定選擇跟隨父親。

學齡前的那段日子裡，除了照顧她的那些「室友」之外，陳曉晴每天下午還有一個消遣，就是站在二樓的陽台上，把眼睛貼在欄桿的縫隙之間，關注著對面平房裡外的動靜。

在她的眼中，對面的空氣是那麼地自由，傳來的話語聲是那樣的清晰。

那裡的大人總是那麼地忙碌，外面的孩子又是那樣的自在。

第四章：入學第一天

一轉眼到了樂民路小學開學的那一天。即便是在那個提倡勤儉節約艱苦樸素的年代，新入學的孩子們從頭至腳仍然少有地被家長們佈置一新。

早晨，對學校不算太陌生的周潔，一如往常地被逼著喝完那碗雞蛋牛奶，之後揹著那個幾乎掛到了大腿旁、裡面只裝了一個鉛筆盒的新書包，同阿哥一道早早地來到了學校。她不急不忙地跟在小清的身後，篤定地等著阿哥幫她找到了自己的教室。報了到之後，順著老師所指點的方向，坐在了那個靠著窗戶的第一排座位上。

老式弄堂裡的李媛媛也很快吃完早餐，由爺爺奶奶陪著，第 N 次正式走進學校。前一次是跟著小爺叔來報名，後來又跟著奶奶走到小學門口張望過幾次，而這次確確實實是入學了！同樣穿著一身的新衣裳，揹著一個新書包到了教室。等不及阿爺奶奶在老師那裡問東問西沒個完，媛媛照著指點，先行走到寫著自己名字的最後一排座位上。

陳曉晴的早上被她奶奶耽誤了一些辰光，因為當日的早飯買得有些晚了。曉晴仔細地在飯後換上了幾天前選了又選，試了又拭的新衣褲，整裝待發。臨走到了門口，她堵著後門，堅決不讓奶奶去學校送她。其理由只有一個：奶奶那雙三寸金蓮的小腳（雖然已經放開多年），會讓孫女在別人面前覺得丟臉！

鬥爭的結果雖然是曉晴贏了，但等她終於來到小學門外時，卻看到學校的大門已然關上。她從門外聽到大喇叭裡的廣播，從門縫中發現許多人列隊在操場上，看來已是早操時間了。

這個陣勢可嚇到了曉晴，她猶豫不決地站在門外：是進還是退？正舉棋不定，突然看到一個女孩，正急急忙忙朝著學校跑來——而且，曉晴認得她！

那位同樣遲到了的女孩叫蓮蓮，就住在曉晴家對面的平房裡，平時曉晴早就注意到她了。

只要天氣晴朗的下午，劉蓮就會在小弄堂裡和一些年齡較大的孩子一起玩。大多數的時間她總是在給別的女孩拉著橡皮筋，有時還要做些「打雜」的活。雖然如此，長著紅撲撲的圓臉，看著比同齡孩子高的蓮蓮，總是既不怕累也不抱怨，整天跑東跑西的樂在其中。

雖然當時的蓮蓮並不認識曉晴，但為難之際來了一位「同盟軍」，何況還是熟人，兩女孩同時增強了一些進校的膽氣。

「我認得妳。妳叫蓮蓮，住在我家的對面。」曉晴看到那女孩停住了腳步遲疑不前，便抓緊機會拉攏合伙人：「我們兩個人都遲到了。」

「是嗎？我怎麼從來沒有見過妳呀？」劉蓮一臉的困惑，但立刻回過神來面對現實：「我們現在還可以進去嗎？」

「應該可以吧……我們可以從旁邊的小門裡進去。」看來曉晴已經明顯地探過道了。

兩個女孩鼓足了勇氣走到學校的門衛室，有個中年人一邊打量著她倆一邊和氣地問：「遲到啦？妳倆是幾班的？」

兩人急忙拿出早已捏在手中的入學單子遞了過去——

「哦，都是一年級三班的新同學呀。」門衛邊看邊說：「好，等同學們做完廣播體操以後，我就帶妳們進去。」

兩個小姑娘相視一笑。到了這一刻，她們才曉得被分到同一個班。等了大約十分鐘後，她倆乖乖地跟在門衛伯伯的後邊，來到了自己的教室。

老師顯然在孩子們申請入學的時候了解過每個人的情況：那個長得嬌小雋秀的陳曉晴被安排在第二排一個男生的旁邊；而個子很高的劉蓮，她的座位是在最後一排靠牆的那個位子。

第一天開學沒有太多的活動，無非是老師做個自我介紹，新生挨個點名報到。發放一些學習課本和材料，參觀一下教室特別是預先準備好的牆報等等。雖然沒有大事，但孩子們的心頭都突突地在奔跑，每個人的臉上都洋溢著一種興奮和新奇的熱情。環顧四周，教室的一面全是大玻璃窗，另一面是一半白一半綠的牆。前面是一大塊被稱作「黑板」的綠色寫字板，後面牆上嵌著的才是真正的「黑板」，不過已經密密麻麻佈滿了字畫。其中有個帶頂軍帽的叔叔的大頭像，孩子們在幼兒園裡早已熟識——雷鋒叔叔。

的確如此：「向雷鋒同志學習！」和「為人民服務！」——這兩句口號是每個孩子從小所學到的第一個做人行事的準則。所有進過幼兒園的同學不僅僅認得這幾個大字，更知道自己在行為上要常常做「好人好事」，要幫助那些有困難的人。

雖然他們自己，還仍然處在一個需要得到全社會保護和幫助的年齡。

從孩子開始學會寫句子的那天起，學校老師便規定學生每天都必須上交一篇小作文。這篇小文有個很直觀的名字，叫做「日記」。在那個年代上過學的孩子，沒有一個可以逃避這份「功課」。

那時的「日記」所記錄（或者更確切地講是匯報）的，必須包括兩個極其重要的內容：第一是匯報自己「學雷峰做好事」的經過和感想；第二是匯報他人學習雷峰做好人好事以及自己所受到的啟發。

由於這樣的行為和思想每天都要以「日記」的形式匯報一次，因此孩子們不得不在日常生活甚至是走路過程中，去「發現」或「參與」好人好事。

例如有一次當剛放學的孩子們在馬路上，看到一個男人正在吃力地拉著平板貨車之時，他們都會爭先恐後一擁而上，用微弱的小手集結起一股強大的力量，幫著叔叔把車推上斜坡。

又如當一位老人家在路上跌倒（或看著像跌倒）之時，會有許多正在上學路上的孩子跑上前，共同攙扶起這位在日記中被具體描述成「白髮蒼蒼」的老大娘或老大爺，一起互送她或他走到安全的地帶。

總之，在孩子們入校之後的許多年裡，老師們會在他們的日記中不斷讀到學生們的進步行為，以及發生這些行為之前的指導思想，如「向雷峰同志學習」和「為人民服務」等崇高理想，而且最後總是以「再接再厲，爭取更大的進步」作為思想總結。

現在回到新生開學後的第一堂課。

當時，每個孩子按照要求但完全是自覺自願地筆直坐在自己的座位上，面帶熱情和微笑，全神貫注地聽著老師講話。雖然之後回想起來，其實那個時候更忙的是自己的眼睛和心跳，老師那天所說的話似乎並沒有太多被儲存到記憶當中。

不知不覺中，小學的第一堂課臨近結束，下課的鈴聲響起。也許是太突然了，有一種震耳欲聾的感覺。首次聽到下課鈴聲的小學生們，在老師宣佈「下課」並離開之後，沒有很快反應過來。大家呆呆地坐在原位，過了幾秒鐘，才突然意識到：剛才那個鈴聲，將是每個人的人生經歷中最期待最懷念的聲音了——因為它所代表的是「自由」兩字！

雖然我們每個人在讀書的階段，常常抱怨課間「自由活動」的時間太短了。但在人們走出校門之後的人生旅途中，似乎很難再找回比課間更「自由」的活動空間了。至少，人們內心的「自由」天地會被太多太多的物質所填滿。

而在那個年代，那些年輕的心靈和健康的身體，馬上學會了爭分奪秒！

住在樓房、內心早已對弄堂窺探和羨慕已久的陳曉晴，看到教室裡開始出現騷動和聲音，便站起身向後排看去。她想去找劉蓮說話，希望可以交到新的朋友，並加入她們的陣營。心有靈犀，看到坐在最後一排的劉蓮也正對自己微笑，曉晴不失時機地跨出課椅，順著窄窄的走道來到蓮蓮的身邊，再次作了自我介紹：「我叫陳曉晴，我認得妳！」

「我怎麼不記得見過妳呀？」劉蓮的表情依然困惑。

「我家在妳們對面，我們是新搬來的。家裡人平常不讓我出門。」曉晴急忙解釋，並補充了一句：「我以後可以去找妳們玩了。」

就在她倆互相介紹的時候，一群稍高年級的男生來到了教室門口：「小潔！」

原來安安靜靜獨坐窗口望野外的周潔，看到阿哥周清他們一群人的到來，立刻喜形於色。她連忙站起身，朝著門口迎了過去：「你們怎麼來啦？」

「來看看妳啊！」總是有人搶答在哥哥小清之前。

看到這麼些「大哥哥」把前門堵得水洩不通，新班的學生都好生羨慕：同穿得簇新整潔的自己相比，那些衣著隨便的「老同學」卻顯得神氣得多，自然得多，當然也霸氣得多！

差距不是用來壓制自己，而是用來提高自身的——開學的第二天，至少有三分之二的新同學堅決不肯再穿新衣裳上學了。

從孩子跨出家門走進學校的那一日起，家長已不再是他們眼裡的至尊唯一了！

第五章：建立友誼

　　自從兩個女孩在學校門口不期而遇的那日起，她們便約好了每日相伴而行。至於陳曉晴所期盼的邁出大門，同弄堂裡的那些孩子一起玩耍的願望，實施得並不順利。雖然此事每天被提上飯桌議題，雖然沒有被父母明令禁止，但久久也未見落實。她家前後依然鐵將軍把門，每天除了上學，其他時間她還是被禁足在內。

　　但無論如何，去了學校就等於開闊了眼界。學校裡同學們傳遞和時興的遊戲，給曉晴創造了打發時間的靈感。特別是那個往上扔小米袋，然後在桌上翻牌的遊戲，她覺得特別的有意思。

　　「嘿，這樣的骨牌，我奶奶至少有一副。明天拿幾塊出來，我們幾個就不用向別人借了。」看到所有的女生都熱衷於此，而骨牌卻是當時的緊缺物品，陳曉晴義無返顧提出了解決辦法。

　　「那妳奶奶會同意給嗎？」劉蓮倒是有些擔心。

　　「不等她同意——我自己拿出來不就可以了！」這種事體在曉晴眼裡，似乎沒所為。

　　「那好，我負責做小米袋子。」劉蓮責無旁貸也出了力。至此，兩個同盟軍就算分工合理各顯其能了。

　　第二天下午，曉晴乘著奶奶沒注意，把她的一副牌九給偷了出來。她先挑出幾個，從花園的圍牆上丟了出去（自然有人在牆外接應），其餘的部份牌九，之後也被曉晴毫不客氣地帶到了學校。

　　正當女生們興致勃勃，在學校的課間玩起拋米袋翻骨牌的遊戲時，陳曉晴的家裡可是翻了天了。奶奶平日裡的消遣和愛好本來不多，一個人推推牌九是時常解悶的活動。現在孫女把老祖宗的牌九送人了，這下可還了得！一待曉晴放學回家，奶奶便連聲責怪，不依不饒：「妳這個敗家的小囡！奶奶就剩下這兩副牌了，妳還把它們拿出去送人。妳明天必須把牌子給我統統收回來！」

「什麼大不了的東西啊？」曉晴根本沒理會：「本來妳一個人玩有啥意思？現在可以分成那麼多，讓所有人一起玩玩不是更好？」

眼見孫女沒有任何改正錯誤的表示，奶奶嗓音加大：「太不聽話了，我要去妳爸爸那裡告狀！」

可憐的陳父晚上剛剛踏進家門，還沒有機會休息一下，就聽到他的母親哭天抹淚一通發洩：什麼那是阿爺留下的紀念物呐，又什麼家裡出了個敗家的啦，什麼子不教父之過的，搞得好一場熱鬧。

原先並無所謂的曉晴，哪裡見過這般陣勢？開頭唬得貼牆站著，然後她邊看父親的臉色，邊思忖著對策：「自己是否也應該開始哭泣？反正嚎哭是女人的專長和專利，妳會的我也會，張嘴抹淚就是了。」

幸虧關鍵時刻爸爸總是深明大義，站在真理和女兒的這一邊：「媽，妳就別哇哇叫啦。像這種『破四舊』的時候就應該扔掉的東西，到現在妳還當什麼寶貝藏著！」

接著，父親轉過身對女兒叮囑了一句：「下次拿家裡的東西出去以前，先要問過大人。」曉晴連忙點頭：「曉得了，曉得了。」邊誇張地抹著眼淚邊乖乖地跟奶奶說：「以後不拿了。等一下我陪妳打牌。」

也許是眼淚的作用，也許是父親的庇護，此事總算不了了之。

一年級三班裡最安份的女生要數周潔了。小潔的身材和手腳長得都比其他同學小，而且翻起牌九時也並不顯得很巧，因此便早早地放棄遊戲了。出於習慣，她即使不玩，也會留在人群裡看看熱鬧，只是很少發聲音而已。

三班裡還有一個女生向來與眾不同，她就是上海話說得不太流利的李媛媛。媛媛每天看著同學們一會兒玩這個，一會兒玩那個，似乎樣樣都挑不起她的興致。直到一段時間之後，同學中開始時興刻紙花樣了，她才及時關注起來。

在當時，刻花是一種男女生都愛玩的遊戲或者愛好：先要將小人書上的圖片做些加工，把那些斷開的線條用鉛筆聯繫起來，畫出一小片一小片的空白區域；再用刀片把那些沒用的空白區域刻下來，就可以製成一幅幅鏤空的人物畫了。刻畫效果的好壞全看孩子的耐心和技巧，李媛媛就是箇中能手。她手下的人物故事畫面，都是以纖細的線條所組成的，令好多同學望塵莫及。

除了刻花時的耐心和技藝，另外一項重要條件就是那把刻刀了。當時孩子們用來削鉛筆的是一種寸把長、半寸寬的長方形刀片，可是用它們來刻紙花時卻非常的不方便，而且一不小心，學生們還會被長長的刀鋒割到手。為了更有效地提高刻花的效率，孩子們在家長的支持下嘗試著不同的刀具。終於，最後脫穎而出的，竟是那個按著常規，會令人生畏的外科手術刀！

目標已定，便只尋來源了。

一種偶然的機遇，會讓一個默默無聞的人突然閃亮在眾目睽睽之下。細心的李媛媛，首先想起女同學周潔曾經說過的話。她在下課後便跑去前排周潔的座位，把一張刻好了的花樣鋪在桌子上，怯怯地說：「這是我刻的，喜歡嗎？送給妳的。」

周潔一看，馬上喜形於色：「太好看了，真的送給我？」一邊從書包裡拿出一本書，小心翼翼地把花樣夾在裡頭：「我就是沒耐心，刻不好。」

媛媛看她如此喜歡，也開顏笑道：「就是刀片不好用。記得妳說過，妳的媽媽是在醫院裡上班的，對嗎？」

「對的。」小潔用力點了一下頭：「她在醫院的實驗室工作。」

「妳可以幫我，找妳媽媽要一把報廢的手術刀嗎？」媛媛有些難為情的請求著：「是那種帶很長把柄的刀，刻花時特別好用的。」

「好的，我回去後幫妳問問。」周潔雖然對刻小人書技藝不精，但卻得到一張全班最漂亮的手工花樣，因此對於媛媛的要求她不假思索，當場應允下來。

那天放學後，小潔在回家之前，走到哥哥小清他們的「駐地」。她清楚地知道，成宇的父母也都在醫院裡工作。對小潔來說，成宇是她打小起就有求必應的大哥哥，向他提這麼個小小的要求，比回家央求母親想辦法，更為簡單有效。

「成宇哥哥，你可以幫我搞幾把醫院裡用的手術刀嗎？」

「妳女小囡一個，玩這種刀做什麼？」成宇的聲音裡明顯有不贊成的意思。

「給小朋友搞的，她刻紙花很高水平的——你看。」周潔從書包裡拿出一本書，翻到那張紙遞了過去。

「哇……這麼漂亮！」所有的小朋友都讚嘆起來，小潔高高地仰起頭，為媛媛的傑作而自豪。

「好的好的，我去找我媽幫忙弄一些。」成宇於是一口應承下來。

過了兩天的早晨，剛剛走進教室的李媛媛，看到好幾個同學圍在第一排周潔的桌子前面。她湊過去一看，課桌上擺著好幾把手術刀。那些分到了手術刀的同學正喜滋滋地誇獎著小潔：「妳真有本事，我們以後就全靠妳啦！」

周潔開心地笑著，一抬眼見到李媛媛：「嘿，媛媛——看看我帶給妳弄來了什麼！」一邊撥開眾人把媛媛拉到身邊，拿出一個小盒打開，李媛媛的眼睛立刻睜得又圓又大：「這麼多刀片！全是給我的嗎？」

「對啊。」小潔得意地把盒子遞過去：「假使刀片鈍了的話，妳就換一把！」

小潔送給媛媛的除了刀柄，還多準備了幾把手術刀。李媛媛滿懷欣喜和感激，不停地笑著，小心翼翼地把那個盒子放進書包。

從那個時候起，在學校內外，那個瘦瘦高高的李媛媛和小巧玲瓏的周潔似乎形和影，總是處在一起。

第六章：課外活動

當年的小學，由於眾所周知的原因，文化學習並不怎麼重視。然而對那時的學生來講，卻比現在的孩子有了更多的機會去接觸和參與各種課外活動。樂民路小學的一年級生，同上海其他學校的新生一樣，在踏進校園的頭幾個月裡，就有機會被一撥撥前來「招人」或「選拔」的機構所挑選和培養。

那些招人單位從來不需預先通知，總是說來就來到了教室。當年進樂民路小學的第一撥招生人員來自部隊文工團，他們目標明確——只選高個子大眼睛的男生和女生。就當時一年級三班的學生條件，似乎只有李媛媛才符合他們的第一道門檻。其他同學不是個頭不夠高，就是眼睛不夠大（當然更多的是兩個條件全不符合的學生）。因此他們神色凝重地審視了所有睜大雙眼、正襟危坐、面露期待的學生之後，最終只停留在了李媛媛的面前。滿臉漲紅的媛媛被帶出教室的時候，全班每個人都以羨慕的眼神一路目送著她和他們。只有原來正在上課的老師，也許早已司空見慣。她耐心地站在旁邊等候所有人離開，然後不作任何評語繼續上課。

三天後，一直未見人影的李媛媛回到學校，大家呼啦一下圍了過去：「前幾天妳到哪裡去了？不是被部隊文工團選上了嗎？為什麼又回學校裡來了？」

「沒有選上。」被這麼多人圍著，媛媛漲紅著小臉匯報過程：「第一天他們把我們帶到醫務室，從頭到腳量了一遍尺寸。晚上又帶大家去了集體宿舍。所有的女生都在一起吃飯，一個房間睡覺。第二天早上進了教室，有人先教了我們一支歌，然後讓我們每個人輪流唱一段。第三天，他們只點了幾個人的名字，我和其他的幾個女生都被送回家了。」

報告完了細節，臉上露出失望神情的，不只是李媛媛一個。

第二批來學校招生的是體育院校的老師。他們只是在小學生上體育課時才去觀看。不只是看，當他們對哪位新生感興趣時，會直接走到他或她的跟前，讓孩子們提提腿下下腰，跑兩步或幹點別的什麼。

其實在那個年紀的孩子，根本沒有什麼特殊的興趣和愛好，至多不過是追求一種新鮮感，以及那種被錄取的自豪感。帶著這樣一種自豪感，我們的這幾位小主人公，都接到了被區體院的體操隊和武術隊錄取的通知。

拿到了通知單的姑娘們興高采烈地跑回了家。原以為會舉家歡慶，可結果卻有些差強人意。

首先是劉蓮的母親，聽說自己的女兒要加入區武術隊練武，立刻搖頭反對：「妳本來已經長得比別的女小囡高了，再去練那種武術的話，會把自己的身體搞得很粗！那還像個女孩子的樣嗎？將來怎麼嫁人？」

劉蓮向來是個隨和的女孩，何況在她們家只有她和母親兩個相依為命，她小小年紀早已養成了不爭不鬧的性情。既然媽媽堅決反對，她便不再堅持。

陳曉晴那裡的阻力，同樣是來自母親：「搞體操有很大的危險性。平時看別人在那些高高低低的槓子上翻上翻下，我就已經頭暈眼花了。妳太平些，千萬別去學那些危險動作！」

曉晴對體操有多大的認識和興趣？然而成功入選，對一個孩子來說是莫大的榮耀！既然說服不了母親，她便試圖從父親那兒打開缺口。

「爸，你們不是一直講，我飯吃得又少又慢，所以人才長得那麼瘦小嗎？假如我參加一門體育活動的話，說不定以後會吃好多，會長很高的。」曉晴依偎在爸爸身邊，以一種期待和信任的神態央求著。雖然一次次的故伎重演，但她清楚，做爸爸的總是樂意照單收下。這次也不例外。

晚飯後陳曉晴積極幫著母親收拾整理，同時密切關注著父母親的交談。如願以償，那晚只聽得父親對母親說：「仔細想想，像我們這樣的出生，小囡的將來也很難預測。若女兒長大以後，像我的小妹那樣被送到農村插隊（註）的話，還不如現在多給她一些機會，讓她去碰碰自己的運道。」

看到母親的臉色有些緩和，曉晴不失時機央求起來：「對呀媽，說不定哪天我贏個冠軍回來，也有可能噢。」

既然一家之主已開口同意，陳太太雖然擔心孩子，卻也不得不習慣性地放棄了原則：「那妳要保證安全第一，鍛煉第二！」

「我曉得，曉得了。」陳曉晴鬆了一口氣。

申請總算塵埃落定！至於將來是否能坐上冠軍的寶座，那可得下大力氣。記得來招生的體校老師曾經講過，只有在區體操隊表現非常出色的選手，才有可能晉升到市體校的。

長柏公寓周潔那邊也出了點狀況。當全家聽到這位整天跟在別人身後看熱鬧，任何活動都從不投入的小姑娘，這次竟出人意料地，想參加這種難度極高的自由體操，都覺得她在痴人說夢異想天開。

「搞體操很危險的，一不小心就會跌跤，弄得不好，還會摔斷骨頭呢！」母親和外婆隨便找個嚇唬人的藉口，周潔便自動打了退堂鼓。

最順利的要數李媛媛了。住在弄堂裡的孩子，本來自主性就高。何況她的父母遠在邊疆，阿爺奶奶對此又是一竅不通。因此，可以自做決定的媛媛，只是輕描淡寫地站在難以看清表情、昏暗的樓梯拐角上，隨口提了一句「我報名參加區體操隊了」，此事就算是通知和通過了。

除了專門招生，新生們另有機會參加一些兒童機構的活動和訓練，比如每個區都有自己管轄下的「青少年宮」等等。少年宮是一個組織培訓學生進行課外活動的場所，並且還是一個積極組織和參與各項政治文藝活動的機構。雖然業餘，但除了其入學門檻不如專業機構那麼嚴格之外，少年宮裡的老師和培訓也蠻專業。

從班主任那兒了解了少年宮的招生簡章之後，女生們在課後進行了一番熱烈的交頭接耳。不清楚究竟有多少人參加了報名，最終只知李媛媛和周潔兩人得到了入選通知，她們所參加的是少年宮每週一次的舞蹈訓練。

從那個時候起，每逢週二放學之後，媛媛和小潔一起步行二十分鐘走到少年宮，參加舞蹈排練。李媛媛在舞蹈方面極有天份，不光一學就會，任何動作在她身上都完成得那麼自然和優美；周潔雖也非常喜歡跳舞，但遇到難度較大的動作時，老師只能一次次重覆地教。即便如此，看著小潔白淨嬌甜的模樣，老師總算不厭其煩。

週一和週四的課後，李媛媛同陳曉晴兩人便結伴，走上二十多分鐘去區體校學習自由體操。怕孩子們餓著，曉晴的母親總會給她一些零用錢，順路買些點心充飢。

在那些歲月裡，女孩子們最喜歡的小點之一，是許多國營小食店裡花四分錢就可以買到的「糖糕」。那種糖糕的樣子就像一隻蝴蝶的兩個翅膀，輕輕一掰，成了幾近等分的兩塊糕點。

在體校，李媛媛同樣是尖頂尖的好「苗子」。不論是鞍馬、高低槓、平衡木，還是壓腿和翻跳倒立，樣樣都不負眾望。而陳曉晴雖然身材矯健行動靈敏，但吃苦耐勞之心顯然不足。特別是每次的「壓腿」訓練，不是以眼淚收場，便是蒙混過關。好在區一級的體操隊主要是培養和挖掘體育人才，最後的結局無非就是擇優入選。

至於一週六天的其他那些放學之後，曉晴沒有對家裡做具體交代。其實多數日子她都按時回到弄堂，只是沒有及時走進自己的家門而已。

註：「插隊」為知識青年「上山下鄉」的簡稱。中國上世紀五十年代所倡導的發動知青到農村去，理論上是為了消滅「三大差別」（即工農差別、城鄉差別、體力與腦力勞動差別）。當年許多激進青年響應號召主動下鄉，但由於農村生存環境艱苦，在六十年代的文革中有大批自動下鄉的「革命青年」藉機逃回城鎮鬧革命；同時另有更多的學生基於出生家庭成分，而不得不選擇或被分配至農村接受再教育。

二十五年中有大約兩千萬知青被下放農村「插隊落戶」。七十年代末，由於各地插隊知青不同類型的抗爭，國家開始允許他們以招工、從軍、考試、病退、頂職、獨生子女、身邊無人、工農兵學員等各種各樣名目繁多的名義逐步返回城市。最後絕大多數知青的回城，造成了許多悲歡離合、妻離子散的結局，影響至今。

第七章：家無大事

那些沒有回家的課餘時間，陳曉晴常常是和劉蓮一起度過的。

自從入讀小學，曉晴為自己創造了第一次真正接觸里弄生活的機會。和朋友們一起在弄堂裡玩耍，到同學們的家中訪問閒聊，結伴去路口的三角花園做個短途旅行……這一切都是那樣的新奇並充滿了誘惑，她人生的精彩似乎將從那個時候開始。

站在弄堂裡看那排平房，同趴在陽台上往下偷窺是完全不同的概念。從上往下看時，先入眼睛的是那個大大寬寬的平房屋頂，因此當曉晴第一次邁進劉蓮的家時，其感覺只用兩字便可完全概括——壓抑。

房間靠後窗的牆角，放了一個大雙人床，床前有個四方桌（桌子的一邊只能坐在床上用餐）；門的內側是一個堆滿煮飯用具的木架子；門的進口處有架很老的縫紉機；緊挨著縫紉機的牆面，豎立著一口雙門大衣櫃。那些便是蓮蓮家的主要生活用具了。

雖然房間的使用面積不算太小，可中間已然沒有多少可以周旋的餘地。過矮的天花板幾乎已經碰到衣櫃的頂端。中間掛著的那個沒有罩子的燈泡，隨著開門時跟著進來的風搖晃著，讓人感覺天似乎就旋轉在頭頂之上，近得可怕。

由於那片平房的設計原為車庫，因此是內外地面同處於一個水平面。每逢雨過天晴，都會看到幾家平房的窗門大開。人們一邊罵聲不絕於耳，一邊不斷地往外掃著地面上的積水。有戶人家自以為聰明，在門外加砌了一條門檻，卻也擋不住大雨從門縫中直瀉而進，因此同樣免不了在雨停之後，要急著往外舀水，拖地晾物。

劉蓮的母親是個勤儉而又和善的婦人。她白天在附近的製衣廠上班，晚上還時常帶些工作回家來做。每次蓮蓮媽媽到家的時間，也是曉晴必須趕在父母之前回家的時候。

出了鳥籠的女孩，特別珍惜友情。在曉晴眼裡，蓮蓮懂得的事情是那樣的多，她的毽子總能踢得那麼高，橡皮筋又可以跳得那麼好。不僅如此，年歲相近的蓮蓮，已經學會了那麼多的家務。

但凡有機會，曉晴便饒有興致地跟著她學做煤球曬煤餅，幫她媽媽剪線頭，下雨時往家裡收衣服……每回都興致勃勃，喋喋不休，手腳不閒地樂在其中。

當然，也並非沒有非常尷尬和為難的處境，例如「內急」。

當年的上海，吃喝拉撒同處一室的生活狀況中，最大的窘境便是「如廁」。

劉蓮家的「衛生間」是在大衣櫃的側面靠牆的位置，其方向正對著床尾。她媽媽用了一塊厚厚的布簾拉在衣櫃和床尾之間，簾子只有半個成人的高度。由於便桶被衣櫃擋著，因此當人們「如廁」之時，外面基本上是看不到的。

雖然看不到人，但當曉晴生平頭一次借用蓮蓮家的「衛生間」時，卻被嚇得戛然而止——才使了那麼一點點力，整個屋子都已經聲味俱全！

這該如何繼續呀？

所幸的是，適者生存。特別對於孩子們來講，世間有著那麼多的誘惑，就沒有他們適應不了的環境。

就在曉晴和蓮蓮她們玩得開心的日子裡，李媛媛在家中可是受了些委屈。

媛媛姐妹沒回上海之前，全家人都在前廂房吃飯打滾。現在那裡放多了一張阿爺奶奶睡覺的大床，雖然仍有八仙大桌的位置，但可以坐人的地方卻變窄了。何況，家裡用餐的人口已從七位，上升至九人。

平時媛媛家所有一應大小的支出，都由阿爺調配，奶奶則負責做飯和操持家務。每天為了安排和應付眾多人嘴，特別是那五個長身體的小孩，老兩口還真是操心不少。就拿晚餐來講，既要吃飽，還得依著大多數人的口味。要做到這點，菜的品種得相應增加。而一旦增加了菜的種類，其量就要隨之減少，否則開銷便會不負重荷。

「家裡人太多，擠不了一個飯桌，從現在起大家分批吃飯。以後先到的先吃，晚回家的晚點吃飯。」奶奶根據家中的實際情況，作出了如此安排。

規定雖如此，小爺叔家兩個小兒子對老人來說如命根子般重要，因此無論他們何時上桌，老人家總是偷偷把孫子最愛的飯菜多留了一部份。

幾乎日日都有課外活動的媛媛每逢晚飯時間，便早已飢不擇食。她總是一聽開飯就迫不及待地坐到桌前，用她那雙纖細柔美的小手，捧著一個不太符合年齡的大碗，將桌上的各種湯菜都扒拉一些到米飯上，然後張大嘴目不斜視地撥動著筷子，速速將自己的肚子填滿了事。

久而久之，媛媛發現家中有些蹊蹺：怎麼那兩個弟弟明明在家，卻總是在自己餐後才下來吃飯？他們怎麼不餓？媛媛突然想要探個究竟。

有天晚上亭子間裡的媛媛在聽到樓上的弟弟們下去吃飯之後，悄悄對妹妹講：「妳扶著樓梯輕輕下去，看看他們在吃些什麼。」

「姐姐，姐姐——弟弟他們有雞蛋吃！」妹妹氣喘吁吁踮著腳跑回亭子間，報告了這一重大發現後，媛媛這才意識到姐妹倆在家中已受不公待遇！

在當年每家每戶按人頭憑票供應緊俏商品的日子裡，媛媛一直以為，平日裡在素菜中所夾到的那一點點葷腥，便是家中所有——原來遭此剝削了！

內心忿忿不平，但李媛媛卻清楚自己的處境，畢竟是在別人的屋簷之下生存。爸爸媽媽決定送她倆回滬之前，也曾再三囑咐：「住在阿爺和奶奶家裡就比不得在爸媽身邊了。妳們遇到不開心的事體時，千萬不要隨便吵鬧。可以告訴阿爺奶奶，也可以慢慢學著寫信和打長途電話告訴我們。」

然而這次不開心的緣由，卻正是來自兩位老人。李媛媛自思求告無門，便決定自己解決。她關照著妹妹：「以後他們喊我們吃飯時，我們先不要急著下去。」

妹妹抬起頭，一臉天真：「為什麼呀？」

「這樣子我們才可以吃到和弟弟們一樣好吃的飯菜！」

第二天，當奶奶喊過「開飯了」之後，姐妹兩個同聲回答：「我們不餓，讓弟弟他們先吃吧！」

待到弟弟們實在是等得餓了，叔嬸一家下來晚餐時，李媛媛帶著妹妹前後腳跟了下去——還是拿起了兩個大碗，盛了足夠的飯，夾上了各類葷素之後，姐妹倆雙手捧著飯碗，回到了自己的亭子間用餐。

同家裡人有了隔閡，媛媛更是把回家的時間拖後了。好在，妹妹的白天是在幼兒園裡度過的。每天除了業餘訓練，媛媛去得最多的地方就是周潔的家了。

小潔自從上學之後，去防空洞的次數減少了。她感覺週二在少年宮學的舞蹈對自己來講實在是有複習的必要，便對媛媛說：「禮拜五妳放學後就來我家吧，我們順帶可以練習一下舞蹈？」

媛媛求之不得，欣然同意。

頭回上周潔家，也是李媛媛第一次走進長柏公寓。

坐在寬敞的房間裡，面對著明亮的大玻璃窗，喝著小潔為自己現沖的牛奶麥乳精，媛媛抬起頭看著天花板上一圈圈的裝飾花邊，想著自家亭子間裡的那個已經佔據了主要面積的雙人床，噓了長長的一口氣：「真的希望有一天，我和妹妹可以住進這樣的大房子裡！」

「有什麼好的呀？」周潔顯然還沒有用過那種木製的馬桶：「每天早上都要排隊等著上廁所，急都要急死人了！」

第八章：國無小事

　　新生開學後，除了那些個「招人」單位，跑來給新生畫了幾張美好前程的圖畫之外，比較實際的活動，還是一些人人身體力行的社會義務勞動。

　　「為了支援國家建設，支持大煉鋼鐵，同學們要積極響應偉大號召！你們要從小做起，盡自己的一分力量，為支援國家建設而回收『廢銅爛鐵』！」

　　老師說完，所有同學都迫切地把眼光轉向牆角，那裡被人用木板攔出了一塊空地。大家興奮地在底下竊竊私語起來：

　　「什麼是『廢銅爛鐵』？」

　　「我們要到哪裡去找？」

　　帶著責任感和疑問的孩子們回到家，個個認真請教了他們的家長。得到的回答居然相當一致：「家裡煮飯菜用的鍋子勺子，就是鋼鐵！」

　　「可是，總不能把飯鍋都拉到學校支援國家吧？」民以食為天，孩子更是關心吃的。

　　一籌莫展的全班男生女生們，每天面對著那塊牆角，沒有頭緒，沒有斬獲。終於有那麼一天，一位男生從家裡帶來了兩片雖舊卻沒有損壞的門鉸鏈，雙手呈上：「老師，這個可以嗎？這是『鐵』嗎？」

　　「對啊，這就是鐵！」看到了孩子的點滴進步，老師欣喜萬分！她刻不容緩加以鼓勵和推廣：「好樣的——下課後請所有同學都過來看一下！以後見到類似這樣的東西，就可以回收！」

　　那位男生的臉上，說不出有多麼驕傲。

　　下課後，學生們蜂擁而上，爭先恐後仔細察看和研究了那對鉸鏈。一個個歪著小腦袋，回憶著家中是否也有類似的東西。

　　中午，陳曉晴回到家裡。她一反常態，不急著吃午飯卻環顧四周，又偷偷打開儲藏櫃。只見裡面有兩件當時並沒有發揮作用的物品：一是奶奶冬天用來暖被窩的銅製「湯婆子」；另一是從來都沒見家裡使用過的大水壺，上海人稱之為「銅吊」。在幾歲孩子的眼裡，它們看起來應該屬於「廢銅爛鐵」的範疇。

據以往的經驗，曉晴非常清楚，拿走奶奶的東西，必然會引起軒然大波，然而，顧此就會失彼！老師表揚男生時的那一幕，再次出現在她的眼前。而她想支援國家建設的物品，必須是件更大的。

左思右想，最後決定拿走那個大「銅吊」。至少，不見家裡曾經用它煮過開水。

下午放學之後曉晴回到家，大聲招呼了「奶奶」一聲，便悄悄到抽屜裡找了一條繩子，偷偷摸摸地將繩子的一頭綁到「大銅吊」的那個又圓又寬的提手上。伸頭看了一下奶奶仍舊坐在房裡，便提著壺上了後面的曬台——劉蓮早就按照既定方針，在那底下候著了。

曉晴忙不迭地把「銅吊」吊了下去，蓮蓮伸著手，只差一公尺左右就可接住，可惜繩子不夠長。曉晴著急起來，哪裡還有時間呀，直接一鬆手：只聽到「哐啷啷」一陣聲響，連繩帶壺加蓋子一起砸地上了。劉蓮萬不敢耽擱，迅速抱起那一大堆「廢」了的銅，直接就往家裡跑。進了門，順手將床底其他的舊物移開了些，將「銅吊」往裡一塞，再把舊物擋在前面。萬事大吉，只等明天上學了。

第二天早上，劉蓮用那條繩子把銅吊和蓋子，以及在自己家裡尋到的一個挖煤爐的鐵鉤子串了起來，一路提著到陳曉晴家的後門等她。曉晴那天也出來得特別早，當她看到昨天把家裡那麼厚實的銅吊底部，硬生生地砸陷進去了一塊，內心稍微有些不忍。

「別發呆了。」蓮蓮看出朋友的不捨，好言安慰著：「至少我們為國家建設作出了很大的貢獻！」

曉晴的臉色隨即舒展開來——何況，現在這些東西看上去，長得更像「廢銅爛鐵」了！

原來非常得意地捧著一堆「廢銅爛鐵」的女生，在走往小學的路上，遇到了其他同樣「碩果輝煌」的同學。為了達到「光榮示眾」的效果，有人甚至把一些鐵片銅圈用繩子綁著，一路在地上「叮叮噹噹」地拉著進校，兩個女孩立刻效仿。聽著自己手上「拉」出來的聲音，遠遠壓過了別的同學，心中更為得意。

幾週之後，雖然同學們在家長或支持或默認或無知的情況下，陸陸續續，拿來了各式各樣的金屬物件，但依然只是為那個大牆角作了些鋪墊而已。

也許是離得最近的關係？日日面對那個牆角的周潔，有天忽然靈機一動：「聽說我阿哥的班裡已經收集到很多廢銅爛鐵了，他們知道去哪裡可以找到更多。要不要我幫忙打聽一下？」

「當然要啦！」同學們聽聞，歡呼雀躍。

一日放學之後，小潔的哥哥和幾個鐵哥們來到三班教室門前，振臂一呼：「想要撿廢銅爛鐵的，跟我們走！」

響應者眾多。穿過了幾條弄堂之後，大家來到了一處看著像工廠但只有一個車間那麼大的房子外面。

「噓——」高年級生把手指放在自己的嘴唇上，同學們馬上到一邊蹲了下來。不用說明，大家一眼就望見在對面房子的外牆邊有個半人高、三面圍住的堆物處，裡面全是那種一片片被壓過圓片（也許是瓶蓋一類）的金屬廢料。時不時的，還有工友把剛加工完的鐵片丟了進去。

「這些東西我們可以拿嗎？」小同學壓低了嗓門問道。

「給人看見當然不行——但回收廢鋼鐵，人人有責！」領頭人周清模棱兩可但義正詞嚴，也算給大家鼓了勇氣。一個男生自告奮勇說了句「我去試試」便走向前，其餘的仍然躲在一旁，靜觀事態的發展。

只見他順順當當拉回了幾條彎彎曲曲的鐵片，其他同學立刻一湧而上，七手八腳地在堆物場裡各撿各的。正拿得起勁，車間裡忽然跑出一人，大聲喊著：「小鬼頭又來了！」一邊又往回叫人。

聽到這聲大唬，膽小的同學撒腿就跑；膽大些的馬上加快速度，臨走時怎麼也要帶上一些！一會兒，得了手的那些同學，一路嘻嘻哈哈將「戰利品」拖了回去，一邊還同大哥哥們討論著下次該如何避開廠裡人的耳目：「晚上來，晚上應該沒有人看著！」

第二天早上，老師看到了屋角那堆如小山的喜人景象，臉上露出了讚許的笑容。

當年的小學生，還有一類「社會活動」也常常受到老師的鼓勵和表揚。一天上課鈴聲響過不久，班主任老師帶進來一個由鐵絲圈、棍子和紗布所組成的三角形漏斗網子：「同學們，你們見過這件東西嗎？」

「當然見過！」有學生很快回答：「這是抓小魚小蝦的網兜。」

「錯了！」老師及時糾正：「這是一件專門用來捉蒼蠅和蚊子的網兜。」

課堂上一陣騷動和細語⋯⋯

老師繼續作著戰前動員：「為了讓我們的城市保持清潔，為了讓大家有一個衛生的生活環境，我們年紀雖然小，也要積極地投身於『除四害』的運動中去！」

下課後，班裡的同學們自發地圍在老師講台周邊，充滿熱情再次仔細研究著那個看著眼熟但作用卻完全不同的工具，心裡面已經開始織起了一個個網子。

許多人都暗下決心——定要成為一個「除四害」的高手！

這個世上有好多事情，看著容易做起來真難，比如這項「除四害」的運動。

平時看到一隻小蟲子都要跳起來叫喚的女孩子們，雖然也想積極投入到這項光榮而艱巨的運動中去，可惜個個心驚而且力薄！眼看著功勞將被那些一不怕骯髒，二不怕叮咬的男生們奪走，班中女生竟然個個樂觀其成，絲毫沒有爭功的意圖。似乎這項在「全民」中動員的活動，只適用於「半民」的範疇。

少了一半的參賽者，男生們個個摩拳擦掌，決心以事實戰勝口號。他們回到家中，請求自己的家長幫助解決「網」的來源。有了道具，孩子們便大張旗鼓，開始張網收羅「害蟲」。

試了幾日之後，孩子們才忽然意識到：哪有這麼容易，可以讓害蟲們「自投羅網」呀？首先，老鼠和蟑螂是絕不會上套的，對付牠們還需要採取更專業的手法；其次，雖然用網兜來對付蚊子和蒼蠅，從道理上講綽綽有餘，但家裡的長輩看著自己的兒子整天舉著個網子，守株待兔似的等著害蟲們飛進自己的家裡，不由得啼笑皆非。

萬般無奈的父母們，情急之中，居然想到了一個更好的方法：「既然你們的學校規定以『四害』的數量來定功績，那麼為啥不直接去找那些蚊蠅滋生地，比如那些沒有人住的防空洞——說不定一抓就是一大把呢！」

孩子們拍拍小腦袋：對啊，家裡一直有家長在打掃清潔，能有幾隻「害蟲」殘留呀？當然要去外面人跡稀少的地方收羅啊！

就這樣，一傳十，十傳百，到了後來，幾乎個個都知道該上哪兒去打掃戰場了。然而，看到防空洞裡那些細小的蚊蠅嗡嗡地盤旋在積水的地方，新的問題又出現了：該如何將那些帶著翅膀的小害蟲們網羅進來，而且還能毫髮無損地帶去學校，點數參加競賽和表彰活動？

群眾的智慧是無窮的！真不懂那些剛剛入學的男生哪來的這麼高的智商，他們竟發明了一種將肥皂水預涂在臉盆壁上，然後提著，到那些積水的上空，放手一撩——只見臉盆壁上，沾滿了「害蟲」點點！

第二天的課堂上，看著這些爭取進步而且戰績輝煌的孩子，不論是對於害蟲的數量還是小學生們的智慧，老師均由衷地表示讚賞和鼓勵。那場「除四害」的戰役，男生們獨佔鰲頭，功不可沒！

註：所謂「四害」，在城市的定義是：老鼠，蟑螂，蒼蠅和蚊子；而在農村，大躍進的時候蟑螂不是害——麻雀才是真正的害蟲。當然，目前早已確定了新的定義，不管是在農村還是城市，「四害」的標準已達到了高度的統一。

第九章：表揚與批評

除了在課餘時間大撿廢銅爛鐵，大滅各類害蟲之外，還有一些課內活動，便是各個學校自己聯繫和安排的課間勞動。

樂民路小學的勞動課所做的工作，是「拆紗頭」。在第一堂「勞動課」的鈴聲響過之後，老師拎進來一大袋的針織碎布頭，並把它們分派給了每個學生：「請同學們仔細看我的示範。」

所有學生目不轉睛：老師左手拿著布片，右手用指甲順著布片的邊沿，一條條地把布拆成了線。

同學們雖然搞不懂為何要做這些，但作為一個社會勞動的參與者，對於這份光榮且又不算太艱巨的任務，大家充滿了信心和熱情！第一堂勞動課上，幾乎沒有一個同學講話或開小差。大家興致勃勃全神貫注地按照老師所教的方法，憋紅著臉卯足了勁，用力地撕拆著小小的布片，以實際行動努力展現著自身積少成多的社會價值。

不一會兒，每個孩子的課桌上從原先的幾塊小布片，變成了一大陀的紗線團。當大家正幹得熱火朝天的當口，催人下課的鈴聲卻毫不知趣地吵鬧了起來。所有同學只好戀戀不捨地，把已經拆完和沒有拆完的布片與線團，一起交還給了老師。

當時，許多小學生心裡面的感覺和滋味，真可以「意猶未盡」四個字來形容。

終於等來了下週的勞動課了。這次大家個個摩拳擦掌暗下決心；今日定要發揮技能，與他人一較高下！

那天下課時，老師發現三班的「拆紗頭」勞動成績輝煌！特別有幾個學生桌上的紗線堆，要比同班同學高出幾寸，便不斷對他們的努力進行鼓勵和誇讚。那些受到表揚的同學謙虛地低著頭，臉上的表情卻掩飾不住其內心的無比自豪。

再接再厲！

　　記不清從哪一日開始，在學生們的鉛筆盒裡多出了一件學習用具：一個汽水瓶蓋。

　　你千萬不要低看眼前這隻小小的汽水瓶蓋――它可是樂民路小學全體師生的驕傲！

　　這是勤勞樸素智慧的中國孩子，最早的一項技術發明和技術革新！

　　孩子們自發地將他們所熱愛的重覆簡單低效的手工勞動，轉換成了一類高速度、高效益的半機械化產能。實足體現了中國當時的工業革命，已經滲透於各種年齡、各樣工種、以及各個社會層次！

　　以汽水瓶蓋取代指甲的創舉，迅速在全校得到了公認和推廣。久而久之，孩子們右手中指的第一節皮肉上，由於汽水瓶蓋長期的擠壓和磨擦，漸漸隆起了一個個同工人階級一樣堅硬的老繭。包括女生在內的許多孩子，在當年，都曾經興奮地向家人炫耀過自己的這份光榮！

　　勞動雖榮，但孩子總歸是孩子。在那幾年「拆紗頭」的勞動中，也曾經發生過一些小小的插曲。雖然那算不了什麼大事，但在那個時候，對於那樣一個年紀的孩子來說，卻是難以抹滅的記憶。

　　故事發生在小主人公陳曉晴的身上：一天在她積極努力低著小腦袋拆線頭的時刻，突然想起了家中那兩隻正在等待孵出的小鳥。為了迎接小生命的到來，她早已將手紙撕成了細條狀，墊在了小鳥蛋的底下。看著如今手裡拆著的紗線，曉晴一無所知其真正的用途，但是覺得如果用它來給小鳥作窩，倒是要軟暖得多……想到此，她便大大咧咧地從拆好的線團中拉出一點，放進了自己的書包，其餘的照例在下課後交還給了老師。

　　放學之後曉晴興沖沖地跑回家裡（出自等待小鳥出生的迫切心情，這些日子以來她天天如此）。看到小鳥尚未出殼，她摒氣凝神，輕手輕腳將那團紗線墊到了鳥蛋的底下，接下來的工作全憑鳥媽媽的本事了。

　　不料第二天剛進教室，班幹部就特別招呼了她：「陳曉晴，班主任讓妳去一下她的辦公室！」

　　曉晴怔了一下，因為習慣上她知道，在這種情況下被老師「請」進辦公室的，都不會有什麼「好事」降臨。但目前無從選擇，只好乖乖服從。

她儘量夾起尾巴，一臉莫名，走到了班主任面前。

「陳曉晴，今天放學後，妳把這張紙條帶給妳的家長，請他們抽時間來學校一趟。」老師沒有多說別的，只是把字條遞給了曉晴。

那個時候，學校老師直接下條子把學生家長「請」到學校，是她或他們至高無上的權力。在孩子們的記憶中，從來就沒見過敢於違背或抵抗這種權力的家長——似乎，一個也沒有！

整整一天，陳曉晴一直在考慮著如何向父母傳達老師的「紙令」。雖然老師沒有明說，但早已有人提醒過她：「偷紗頭」的行為被其他同學告發了。

既已東窗事發，最要緊的是將大事化小。曉晴在第一時間就作出決定：這件很不光彩的行為，只能告訴母親而不是父親。而且要確保到此為止，否則後患無窮！

因此，晚上在媽媽洗碗的當口，曉晴非常體貼地陪伴在旁。

「零用錢又沒啦？」媽媽這次可想錯了。看來沒有必要多做掩飾，曉晴只能一臉委屈地直言相告，順帶補充了一句：「別讓爸為這種小事體生氣。」

母親哭笑不得：「妳要拿那破紗頭做啥用呀？」

立時，曉晴的臉色多雲轉晴，她帶著母親去看那些小鳥窩。

「妳可以向奶奶要棉花呀，棉花也挺軟的。」媽媽好心地提議。

「不行。棉花絲太細太密，會纏住小鳥的嘴巴和小腳的。」也不知女兒從哪兒聽來的知識，但她在這方面倒是蠻心細的。

母親當然不敢怠慢！她第二天向單位請了兩個小時的假，在學校放學之後按時趕到老師辦公室。此時，自己的女兒正擺著一臉無辜，已在班主任面前站著了。

坐在辦公桌前的老師客氣地請陳媽媽在一旁準備好的椅子上入坐，陳述了孩子「偷紗頭」事件的經過，只是沒提打「小報告」者的姓名。

　　母女兩個被老師教育了一番之後，就該輪到做家長的表態了。陳曉晴的母親轉過臉，嚴肅地問女兒：「這種破布片家裡也有，妳小朋友家也有！為何不拆自己的，要『拿』學校裡的呀？」

　　曉晴低著頭答道：「原以為破布頭沒什麼大不了，才順帶留一點用的。」

　　曉晴媽媽再次轉向班主任老師：「小孩子不懂事，拿了學校的紗頭。請問需要賠償嗎？」

　　話裡話外，班主任知道再多說也無益了：「那倒不必了。檢討這次也不用寫了，希望以後知錯就改！妳們可以回去了。」

　　離開老師的辦公室，陳曉晴不再拘謹。她滿心歡喜蹦蹦跳跳地把母親帶到自己的教室：「歡迎來本班參觀訪問！」

　　從那些堆在牆角的「廢銅爛鐵」當中，陳母一眼認出了自己家裡的財產：「咦，妳怎麼偷著把家裡的銅吊拿來學校交公啦？」

　　「這又不算『偷』的！同學們個個都拿了家裡的『廢銅爛鐵』來學校，老師還表揚了我們呢！」

　　「哦⋯⋯奶奶曉得嗎？」母親有些明知故問。

　　曉晴沒有回答。想到奶奶的大哭小叫，她心有餘悸。

第十章：團結就是力量

好在孩子日日期盼的兩隻小鳥順利出生了！看著牠們一個個仰著頭張著大嘴的可愛模樣，陳曉晴開心極了！她每天起得比任何時候都要早，先從奶奶那兒要來牛奶和吸管，把管子的前端剪成小勺的樣子，舀上一點點牛奶慢慢地餵食。為了讓朋友一起體驗這段美好，也因為擔心牠們在家中得不到更好的呵護，她把小鳥的窩移到一個帶蓋的硬紙板盒中，並在盒蓋上扎了幾個透氣孔，外面裹上橡皮筋，一路帶著去學校。

上課之時，陳曉晴把鳥盒放在課桌「台板」裡，也就是放書包的夾層的最後面。雖然課間她不敢低頭去看，但心繫小鳥，因此時不時地伸手感覺一下。一待下課鈴聲響起，曉晴便迫不及待將小鳥從「台板」中解放出來，並再次拿起那條吸管，沾著從家裡帶來的一小瓶粥湯，在眾目睽睽之下，樂滋滋地炫耀和享受著做「母親」的幸福感。

「你們的腦袋千萬不要湊得那麼近，就要嚇著牠們了。」時不時地，陳曉晴得意地提醒大家。

同學中幾乎很少有人見過這種剛剛出生的小鳥，因此一個個張著如同小鳥一樣的大嘴，在旁邊七嘴八舌地提著問題，出著主意。只聽有人說：「曉晴，妳這麼餵食太不方便，而且，一半米粥都流到小嘴的外邊了。」

周潔突然想起一個主意：「今天放學以後，去我家裡拿一條針筒。妳可以先把米湯吸進管子，再對著小鳥的嘴灌進去，就不會流到外面來了。」

真是個好主意！中午放了學，陳曉晴以及劉蓮和媛媛在內的幾個女孩連家也不回，跟著周潔直奔長柏公寓她的住處。在備用藥盒裡面一通翻尋之後，她們終於如願以償拿到了一條細管針筒。四個小腦袋立刻湊在一起做了試驗，結果非常理想。

嗷嗷待哺的小鳥終於水足飯飽，暫時閉上了原本總是張著的大嘴。

解決了鳥兒們的午餐，那幾個女孩子才聽到自己肚子裡早已咕嚕咕嚕的叫喚聲。平日裡除了周潔，其他三個都回家吃中飯，今天的情況有些特殊，再回各自的家肯定來不及了。

小潔大大方方地對大家說：「你們都跟我去食堂，今天讓小清請客！」

在長柏公寓的那一群建築中，最靠左側有一棟大樓。它的樓上是一個幼兒園，許多學生上小學之前就是在那裡度過的。樓下有個大食堂，裡面可坐一百多人同時用飯。小潔上學之後便不願跟著外婆，常和她的哥哥去那裡一起午餐。

四個女孩招搖過市走進食堂，所有的眼睛都朝向她們看了過來，讓那三個來「蹭飯」的，不由自主地拘謹了一些。

周清原已替妹妹買好了午飯 ，正同那些「黨羽」們一起吃著聊著等著她。一抬頭看到今天妹妹等的陣勢，也不免一愣。他不好先開口，只看小潔的意思了。

「阿哥，我的朋友都還沒吃中飯呢，你把飯票給我用用。」沒有時間可以浪費了，小潔開門見山直奔主題。

「唉唉唉，妳們都坐下——我們去買！」同平時一樣，但凡小「公主」開口，她阿哥一併所有黨羽，馬上大顯殷勤。

只見小清和成宇等幾個匆匆前去窗口排隊，另外幾個男生把屁股往旁邊移了一下，騰出地來。

周潔神采飛揚往中間一坐，同時招呼著她的朋友：「妳們快坐呀，他們過一會兒就把飯菜買來了。」

三個女孩相視一笑，也就把客氣當作福氣用了一回。

邊吃著食堂的飯菜，女孩子心裡都在羨慕周潔。媛媛仔仔細細打聽了一下每兩飯每個菜的價格，心中暗想：小潔如此福氣，每天可以買自己愛吃的飯菜，還可以想吃多少就吃多少；曉晴則羨慕小潔的課外時間可以那樣的自由，還可以隨時將朋友帶回家裡；蓮蓮所看到的，是小潔周圍有那麼多阿哥和朋友，而且大家都那麼疼她愛護她。

人不怕困苦，怕的是相互比較。比較之後，就產生了欲望和目標。有了目標和方向，就會朝著它們去努力。

從那天開始，四個女孩一有機會就處在一起：

她們仗著是體操能手，一起霸佔了學校的單槓達數年之久……

她們上體育課時總是擠在一起長跑。有時幾個人可以掩護著一個躲到小巷子裡去休息一圈……

她們課後同去廁所。忘了帶手紙時由一人望風，另一個到外牆上去撕標語紙片……

她們常常去周清他們的防空洞聚會，然後一起躲在長柏公寓的過街走廊中，偷學男生們吹的口哨，又一起被告發去班主任那裡報到……

她們私下根據每個人的特長重新分派作業：有的負責寫日記，有的負責做算術，有的負責寫大小楷，有的負責抄課文。甚至在需要家長簽字的時候，都會有人膽大包天，承擔起父母親的義務和責任……

在她們幾個人中，出身還算「根紅苗正」的劉蓮，在老師眼裡是一個「德智體」全面發展的好學生，在同學中的威信也非常高，因此連年被選為班「幹部」；而周潔和媛媛兩個雖然看起來文靜聽話，但缺少追求進步的主動性；曉晴則更不用說了，自從她積極向上的熱情被「偷紗頭」事件冷卻之後，便對自己以往的「過高」要求，往下作了一些些的調整。

若按著中國老祖宗的話說：物以類聚，人以群分（不知是否符合馬克思唯物主義觀點？）。

那四個女孩子本不屬於一個類別，但是，按照十九世紀的唯心主義代表黑格爾的觀點來看，似乎現實中合乎理性的東西都真實的存在（註一）。雖然我們不清楚是否真實存在的東西都是合乎理性的，但就書中那幾個女孩子的故事，讓人們看到人與人之間的相處或合作，不論是男女相愛還是同性相交，都是她或他們自己理性的選擇。她或他們絕不會以家長的安排、老師的期望、同事的喜厭、上級的命令而作改變。

無論如何，這個小小的「集團」，雖然常常會發生這樣或那樣的問題，雖然有時候會有悖老師的期望，特別是那個沒有「交對友，軋對道」的劉蓮。但，正是因為蓮蓮的存在，讓其他幾個女孩子給了別人一種「追求進步」的印象或假象，也讓她們多次闖禍後在老師面前有幸將大事化小，小事化無。

學生時代的種種美好，在這些依然天真爛漫的女孩子身上體現得淋漓盡致。就是這個樣子，一轉眼迎來了她們十足歲的生日。

十歲，對所有孩子來說，都像是跨上了年齡梯子的第一個大的台階。到了十足歲的孩子們，似乎已經有了一張小小的資格證書。他們可以回頭總結和評判一下自己「幼稚」的過去，也可以同原先趾高氣揚的高年級生平分秋色了。

我們那些小主人公的內心都同樣的無比欣悅。雖然每個人的生日有早有晚，但如何以實際行動來慶祝自己登上人生的第一個「台階」，總應當被早早地提上議事日程。

開年的頭幾天，她們聚在一起，冥思苦想：如何讓自己的人生來個「飛躍性」的進步？

對於一個孩子來說，這個問題其實是不需要多費時日的。在她或他們每個人的心中，可望而不可及的東西太多太多了。然而，當前最重要的是選擇一個比較「可及」的願望，藉著「十足」的機會，拾階而上，順勢而成！

經過了一次次的小組聚會和研討，綜合了各個集團成員的背景條件和個人願望，最後那些躊躇滿志的少女為自己的生日制定了如下安排：

周潔將在每個朋友的生日那天，帶著她去淮海路上著名的「上海老大房」蛋糕店，請吃一毛五一塊的巧克力奶油蛋糕。

媛媛將在各位生日的那一日，已徵得奶奶同意，幫著做那種同彈子差不多大小、一咬一包豬油芝麻餡的薄皮寧波湯圓。

劉蓮在所有人的要求下，已同媽媽預訂了每人一個、在當時最流行的襯衫「節約領」（註二）。

陳曉晴平素最講究服飾，一聽說有人願意給做「節約領」，立刻接口說自己將負責購買大家最中意的「格子面料」，順便請蓮蓮的媽媽再多做一副相同的「袖套」（註三）。

註一：Was vernünftig ist, das ist wirklich; und was wirklich ist, das ist vernünftig.（德文原文／黑格爾）

註二：當年的上海男女，在寒冷的冬天習慣上穿三層衣褲，即從裡到外的棉毛衫、毛線衣和中式領子的厚棉襖。而價格高昂的襯衫則是夏天的外衣，不會有人把它當作內衣來穿。由於家裡的條件不允許每日洗澡，因此不易清洗的棉襖或毛衣的領子容易變髒變硬。聰明無比的上海人以最小的開支發明了一種廣為流傳的「節約領」，它們只是普通襯衫的上半部即領口的部份。穿在毛衣裡，但領子可以翻到外面的「節約領」，在冬天有效地取代了襯衫的外觀和作用，既美觀又容易替換清洗。

註三：上下以橡皮筋收口的圓筒式「袖套」，是人們用來套在左右兩個手臂上的半截「袖子」。其功用同「節約領」類似，可以替代不易清洗的棉襖或厚外套。但就「美觀」和「流行」方面的評價，則要依據每個時代的審美觀重新評判。

第十一章：爭取權益

終於，記日以待的女孩們迎來了她們中的第一個生日——周潔「十足」了！

中國家庭為孩子過生日，習慣上提早不延遲。在正式生日到來的前一個週日的傍晚，小潔走到長柏公園約定的地方等著好朋友的到來。一為熱鬧，二是商量好了，請大家為她助陣。

那是一個非常寒冷的季節，剛剛下過的雪把柏樹上的每一條樹枝都裹成了白色。小潔難得心裡有事，便來得比預約的時間早了十多分鐘。她正無聊地蹲在地上，用戴著手套的小手拍打著幾寸厚的積雪，突然頭髮和脖子上感到一陣涼颼颼濕淋淋的，以為又開始下雪了。

還未等她站直了身子，只聽到一連串的笑聲——原來，隔壁的成宇聽說小潔單獨出來等朋友，便匆匆趕過去陪伴她了。剛才那一陣「大雪紛飛」的傑作，便是成宇在小潔的身後用力蹭了下樹幹的效果。

兩個人等人，時間就不覺得漫長了。不到幾分鐘，小集團的所有成員全部到齊。大家一起跟著「黨代表」成宇，嘰嘰喳喳熱熱鬧鬧地在雪地上，後一個跟著前一個踩出的腳印，排著隊走進了周潔的家。

家宴開始：所有貴賓依次盡情享受著一道道糖果、熱飲、壽麵、蛋糕。最後小潔的家人捧出一大包禮物，其中有父母送的，外婆送的，哥哥送的，等等。

小潔不慌不忙把禮物推到旁邊，說一會兒再看：「今天可以先提個要求嗎？」

「我已經十歲了，不是小毛頭了！」看到家長默許的表情，小潔用眼神向小清示意。阿哥非常配合，幫妹妹繼續下文：「到現在我還同小潔困（上海話，睡覺的意思）在同一個房間裡，實在是太難為情了！我們要求家長像隔壁大維和他姐姐一樣，用木板把房間一隔為二！」

少女們有些小小的詫異：「怎麼話讓周清講了？」當然，大家仍然不負小潔的期望，按照原定計畫望風而動推波助瀾：「小潔已經長大了！女小囡還同阿哥住在一個房間，真的是太不合適了！」

全家暫時陷入沉默……寂靜中，成宇和大維在內的幾個男生如夢初醒，立刻高舉雙手，義不容辭地隨聲「附議」起來：「對對對，早就應該這樣子了！他們兄妹倆不能再住同一個房間了！」

「好的，我們會好好考慮一下，要找個最妥當的方法解決。」周家長輩們為形勢所逼，最終沒有駁回兒女的面子。

看來大事已成，興高采烈的姑娘們如釋重負，一同擠進了周潔樓裡的公共衛生間，嘻嘻哈哈扯下了一層層棉衣、毛衣和襯衣，爭先恐後試穿起劉蓮母親為大家縫製的「節約領」。

四個不同顏色但同一類絨布格子面料的領子，全都非常合身非常漂亮。

為了積攢這筆「材料費」，曉晴曾經把家裡儲物間三分之一的舊報紙，一捆捆地往曬台底下扔。然後其他幾個女生多次造訪了馬路對面的「廢品回收站」。好在曉晴的父親有訂閱各大報刊的閱讀習慣，雖然在逐步認字的孩子眼中，各類報紙首頁看上去都是類似的相片和版面，但家裡六種報紙所帶給孩子們的直觀認識，卻是「財富」二字！這筆取之不盡的小小收入，不僅能夠為自己添些行頭，平時還可以分享一些諸如話梅、橄欖、鹽津棗、白糖楊梅和大白兔奶糖等各種零食。

一週之後，經周潔全家仔細的研究和安排，這次難得由父親出面，在飯桌上通告了那對兄妹：「你們兩個長大了，再住一個房間看來確實不妥。」周父的開篇非常策略，引得兩個孩子在座位上抑制著內心的狂喜，卻又裝著若無其事不住地往嘴裡塞著飯菜——豎起了耳朵，靜候下文。

「但是，在房間裡拉牆板會破壞家裡房子的格局。我們想到了更加有效的解決辦法。」

「什麼辦法？」周清第一個沉不住氣。

「我們決定：從現在起，讓住在洋樓亭子間的外婆，同小清做個調換。以後小潔將同奶奶兩人睡在她原來的房間。」

「萬歲！萬萬歲！」

「什麼？為什麼？」

在阿哥狂喜歡呼的同時，周潔的失望和震驚剛好與之形成了鮮明的對照。

首戰失利，小潔以及她的伙伴們為其苦心規劃的十足歲生日「變革」終於告罄。此事雖然得到了最合理最妥善的解決，卻沒有給小潔自己，而是給她阿哥小清，創造了一個獨立自由的生活空間。

「事與願違，身陷囹圄！」在課堂上，周潔將她的失望以文字的形式傳遞給了自己的小伙伴：「吸取教訓，祝妳們成功！」

不久，劉蓮的生日到了。

蓮蓮是個非常懂事的孩子，知道媽媽的不易，她平時儘量少提要求，同時也極少同大人們唱對台戲。這次受「小集團」其他成員的攛掇和鼓動，終於開口從母親那兒討得了一點「個人權益」。

講實在話，劉蓮的媽媽並不經常反對女兒的要求。只不過長期以來，蓮蓮太過體諒母親，也太過遷就他人。

例如這次，劉蓮無非是想正式加入學校的籃球隊而已，她稍稍在生日當天提了一個頭，她的小姐妹們便義無返顧地助她一臂：

「劉媽媽，妳曉得妳們家蓮蓮很有運動天份，個子又比我們所有女生高出那麼多——學校裡早已把她列為校籃的培養對象了。」

「對啊，阿姨。因為家裡反對，蓮蓮雖然一直參與學校的籃球活動，但過去始終是作為編外隊員。」

「看看那些一身運動員打扮的正規隊友們，劉蓮多麼羨慕呀。其實她的水平和個人條件可是在所有人之上！教練一直希望培養她的。」

「請同意讓她加入校隊吧——前途是光明的！」

沒曾想，談判竟出乎意料地順利，蓮蓮的母親幾乎沒有任何為難她的意思。何況事實上，作為正規隊員，一週有許多天可以穿著學校所發放的針織制服，也確是一個非常實惠和誘人的參加條件。

棉襖外翻著格子領的日子就快過去了。每年的這個時節，大地迎來了春暖花開的美麗。十年前同樣的季節，陳家女兒曉晴的出生，讓全家歡天喜地！

今年是孩子的十足歲生日，爸爸媽媽首先詢問了寶貝女兒的意願。毫不含糊，陳曉晴再次希望可以把朋友們請到家中來慶賀：「我老是去別人家裡玩，可她們一次都沒有來過我們家。我認為這樣不夠朋友！」

在曉晴家裡若遇到類似重大決策之時，她的母親基本上採取等待和遵從丈夫的態度。

曉晴的父親沒有立刻回答，幾秒鐘後，他提了一個建議：「上次帶妳去『天鵝國』西餐館的時候，記得妳提到好朋友中，還有幾位從來沒有吃過西餐。妳看，我們大家去那裡為妳慶生如何？」

面對如此通情達理的好建議，曉晴當然心服情願，感激涕零。更何況她真正的生日願望，還在等待吹滅蠟燭的那一刻呢。

雖已過冬季，但孩子們按照預定章程，在各色不同的毛衣裡面，穿上了那個格子「節約領」。她們兩人一組攜手走了約十分鐘，已然來到「天鵝國西餐廳」的門口。

看著這群風華正茂的少女神采飛揚地走進店堂，每一位已經在座的顧客幾乎都停住了用餐，將目光緊隨著那道難得在此一見的「風景線」——真真是應了那句「秀色亦可餐」。

陳曉晴的家人更是帶著萬分的自豪，熱情地招呼著這群小「壽星團」團員們入座。他們細細打量，品賞著每個女孩獨特的氣質。

孩子們可全然不在意別人的注視，一心只等待著嚐新：濃汁誘人的羅宋湯，清嫩滑爽的火腿蛋，烤香四溢的葡國雞……其實，西餐最大的優點就是一道道按人按序上菜。人們既不必著急地一哄而上，把所有大盤裡的菜肴搶撥到自己的碗裡，又可細細品味和慢慢消化各式美味。

這樣的一頓晚餐，除了給孩子們留下了對西餐的良好印象之外，更是在她們年輕的心靈深處植上了一棵棵探索未知世界的希望之樹。冥冥之中似乎有一條線，將她們當時根本無從想像的未知人生，同許多年之後命運的安排鏈接了起來。

《那幾個上海女人》

後命運的安排鏈接了起來。

第十二章：勝負乃兵家常事

　　慶生晚餐的最後一個項目就是切蛋糕了。點上蠟燭的那一刻，曉晴應著大家的祝福聲，道出了早已在心中重覆要求百遍以上的期許：「在我十足歲到來的時候，我希望從今天開始，可以在自己的脖頸，掛上家裡大門的鑰匙！」

　　一個在旁人看來如此簡單的要求，卻在陳曉晴的十歲生日那天被鄭重地提上桌面，可見這把鑰匙對於全家的重要意義。但孩子如此誠懇和迫切的心願，做家長的何至忍心相拒？

　　初入小學時，周潔早以哥哥為榜樣，順理成章地掛上了自家家門的鑰匙。劉蓮每天回家總是在前窗台底下的簡易煤爐棚中，摸出她家的大門鑰匙。好像她們以及周圍的幾戶人家從不擔心，也確實沒有遇到過他人入室作案的先例。而李媛媛所住的老式弄堂中，孩子們的進出更是方便。由於每個門戶中幾乎隨時都有老人坐鎮，因此許多人家的大門日日敞開著。

　　唯有陳曉晴的家不僅院門緊閉，據說是出於安全考慮，家長還眾口一辭不讓孩子隨身攜帶家門鑰匙。曉晴每天最好按點回家，否則會「對不起」那位到時就站在陽台上等候觀望的奶奶。此外，沒有隨身所帶鑰匙的另一個大不便，是不能隨時邀請自己的朋友上門做客，這也是曉晴的重大心結之一。

　　聽到女兒在大庭廣眾面前所提的要求，陳家所有人都把眼睛看向一家之長。還沒有等到其他團員的附議聲，陳父便已經笑呵呵地點著頭，口中作出允諾：「可以可以——這不是問題！」

　　雖然提議已被接受，但幾週之後，卻照例遲遲不見落實。對家人完全喪失信心的曉晴無可奈何，只能再次將此事提到「小集團」的會議時間：「希望各位群策群力，切實幫助解決難題。」

　　事在人為！只要開動腦筋，就沒有想不出的辦法。而且，關鍵時候周潔總能語出驚人：「妳也在門上掛把鎖！」

多麼絕妙的好主意！甚至在這個提議被實施之前，誰都不會去質疑它的高成功率！因此，沒有繼續等待的必要了：「請大家幫我找一個帶鑰匙的大掛鎖，我可不能用家裡的。」曉晴懇請各位幫忙幫到底。

兩天之後的早上，陳曉晴若無其事地同往常一樣吃完早飯，餵了那些屬於她監護範圍之內的小家庭成員。繼父母離家之後，她一反平日直接從後門去學校的習慣，而先行走到前院。

只見她從書包裡拿出一把特大的鎖，迅速掛上了大鐵門插銷上的鎖扣之中，用力一摁。然後，氣定神閒的從後門跟著等候在那裡的劉蓮一起上學去了。

那天傍晚，曉晴照例在父母下班之前回到家中。只是今天奶奶不得不為她開啟了後門。

在樂民路上正對著自家弄堂的門口，就是一個公車停車站，習慣上曉晴的父母回家都走前門。先到家的是曉晴的媽媽，在她照常用鑰匙打開門上的彈簧鎖之後，卻發現仍然開不了門。正納悶並抬頭往上面的陽台望去，只見婆婆氣急敗壞站在那裡，邊打手勢邊說：「走後頭，今天大家只能走後門！」

一頭霧水的母親返回身穿過窄巷進了後門。還未來得及開口詢問，曉晴的奶奶便一連聲地開始告狀：「啊呀，不得了了！看看小囡今天做了什麼！快把我氣死了！」

陳太太順著婆婆的指點，從後門通過走廊直接來到花園一探究竟：只見在彈簧鎖下面的那個幾乎長年不用的插銷上，新掛上了一個極其厚重的掛鎖。

「這個活寶！」知女莫如母。她看著站在樓梯口朝她嬉皮笑臉的女兒，只能當著婆婆的面責怪了一句：「看妳爸回來怎樣收作妳！」然後大事不管，迅速換上衣服做飯去了。

抱著必勝的信心，曉晴暗自得意地回到樓上，一面關照著奶奶：「我會在陽台上候著爸爸的，等一下妳不必再出來了。」

十多分鐘後，剛才在母親回家時所上演的那一幕，又在曉晴爸爸的身上重演了一遍。只不過樓上陽台那個角色的扮演者，這次由曉晴滿臉堆笑地親自客串演出。

陳父一踏進後門，便直接向曉晴的母親發難：「前門到底是怎麼回事？為什麼被插上啦？」

「不光是被插上了，你自己去看看你寶貝女兒的傑作！」母親似笑非笑地回答著丈夫，手中並沒有停止切菜。

沒有得到正面回答，一家之主只好親自前往花園視察情況。一眼看到那把大鎖，想起剛才曉晴母親所說的話，陳父心中已然明白：這次孩子採取了主動，而且似乎志在必得。

看來只能順水推舟，以家門鑰匙來換取這把門的「鐵將軍」了。想到這裡，陳父不禁啞然失笑——孩子畢竟是長大了！

通過「小集團」全體成員的支持和努力，陳曉晴十足歲的美好心願終於圓滿實現。從那個時候開始，她可以不需徵得允許，而隨時邀請自己的小伙伴去家中做客，共度課後那寶貴的兩個鐘頭。

李媛媛的生日正值炎熱的夏季。又悶又濕的氣候，總是讓生活在狹小空間的人們變得煩躁和憋悶。

已經完全適應和融入上海生活的媛媛，每天把自己的時間安排得井井有條。經過這麼些年的生活體驗，她發現自己應該有足夠的能力獨自應對生活。例如那個已經被換過無數次藏匿地點的「救命錢袋」，裡面的資金不僅沒有被動用過一次，而且每年來自喜慶節日的「壓歲錢」，又讓這個小錢袋子增厚了不少。

現在面臨媛媛「十足歲」的重要關頭，最需要改革的就是她和已經在同一個學校上學的妹妹兩人的午餐和晚餐。每逢姐妹倆捧著碗筷回到亭子間用餐的時刻，當年周潔請客的那頓食堂午餐，至今讓媛媛難以忘懷。

「我想向家裡提出，分開伙食！」

當媛媛在「小集團」提出這個設想的時候，姑娘們著實被嚇了一大跳：「怎麼分？妳以後打算自己做飯？」

「自己做飯我也不怕，但我想去吃食堂！」三言兩語中顯示出媛媛的心意已決。

說實在的，在其他幾個女孩子的心裡，同自己家裡那位飯來張口而且整天告狀的奶奶，或那位全身心忙著在鄰里各戶串門的外婆相比，媛媛家任勞任怨盡職盡守的兩位老人，有時還挺讓人羨慕的。特別是每逢新年到來之際，孩子們結伴去那個做春卷皮子的攤位排著隊，等候著多買一斤去感謝和換取媛媛奶奶所包的芝麻湯圓時，她們的內心是充滿暖意的。

因此，一開始小伙伴們均持反對態度：「不好吧？妳奶奶人蠻好的，而且菜又做得那麼好吃。」

「對啊——妳有現成的飯吃，為啥要沒事找事，給自己添麻煩？」

「妳真的會做飯嗎？那個煤爐可是不好弄的。」

媛媛卻早有打算，而且態度堅決：「我不打算經常自己做飯。我覺得食堂的飯菜很好吃，而且可以自己決定買什麼！」

一次次地聽好友傾述在家中所遭受的不公待遇，讓那些自以為「正義之師」的姑娘們，為媛媛打起了「抱不平」。權衡了利益、感情和責任的天平之後，那些少女最終選擇支持朋友的決定。

為李媛媛慶生的那一日。在她的提議下，大家約定在放學後隨媛媛一起來到老式里弄她的家。在那個即使晴天也顯得陰暗潮濕的房間裡，所有人悄無聲息安坐在四方桌前。

看著媛媛奶奶端出一碗碗飄著豬油芝麻香味的圓子湯，內心志忑不安的孩子們一聲不吭，低著腦袋以最快的速度吃完了湯圓。本該擦完嘴後腳底抹油的，但對朋友「不忠」的罵名可萬不敢擔，大家只能硬著頭皮靜待情勢的轉變。

果不其然，當李媛媛倚著人多勢眾，提出她那個「分食制」的方案之後，老兩口的表情用「大驚失色」來形容也不算太過。他們拉下了臉但沒有作出任何回答，只是把眼睛掃向那幾個雖然沒有「聲威」，但也算是在「助陣」的小伙伴。

　　沒有回答，便是沒有結果了。這件事體暫時告一段落。

　　至此，「小集團」裡所有成員的十歲生日都已過去。在這段日子裡她們所作出的維權之爭，無論成敗，都是其人生中初次的嘗試和體驗，也是漫漫生命長途中的一段不可抹滅的經歷。

　　是遺憾是鼓掌——關乎他人？

第十三章：男生女生那些事

　　上海對全國其他城市而言，是個數一數二的大城市。說她大，指的不是地域，而是居住人口，同時也包括歷年來她對國家財政所作出的巨大貢獻。雖然人口眾多，但城市人對生男生女的觀念，比較與其他地區特別是農村來說，不能不說是相對進步。若要例證，老百姓不必去政府的人口普查部門作調查，且看每個學校男女生之間的比例便知。

　　樂民路小學同新中國其他各地的學校一樣，是個男女生混合小學。就拿三班來說，總共有學生五十六人。只消從座位上看，便一目了然：兩人一排的課桌上，女生的旁邊大都坐了個男同學，反之同樣成立。

　　雖然進步的上學制度為男女生們提供了公平相處的優良環境，但人類的天性以及千百年來的舊習俗舊觀念，讓孩子們在少年時期特別是剛剛入學的階段，自己給自己框定了一條男女間「授受不親」的戒條。除了下課時男女生（尤其單獨）基本不在一起玩耍之外，同坐一個課桌的男生和女生，常常在老師眼皮底下也相「　」如賓。更有甚者，竟在桌面上畫起了一道「三八」線（註）。

　　隨著年齡的增長，男女同學間的「如賓」現象也在逐步轉變。例如作為校籃球隊員的劉蓮經常同男隊員們一起有說有笑地進出校門；周潔更是不用說了，由於阿哥小清及他周圍的那群「蝦兵蟹將」，時不時地來小班裡關心一下，也由於小潔本人不自覺地對大哥哥們的依賴，讓所有同她熟悉的師生，先入為主地把這種堂而皇之、並招搖過市同男生來往「過甚」的女孩子，劃分到了「不夠注意影響」之列。

　　蓮蓮和小潔，不太在意別人的特殊眼光，依然我行我素。直到有一天，二班的一個男生在來學校的路上，被小潔的哥哥等一幫初中學生戲弄了之後，因心中忿懣但又無力反抗，在下課期間走到三班女生周潔的身邊，當著眾多同學之面對她出言不遜：「聽說妳所有的阿哥都滾到中學去了，以後妳就跟我白相相（上海方言『玩』的意思）！」

　　平白無故受到牽連的周潔在眾目睽睽之下，竟遭受如此之大辱。她臉色陡變卻一言不發，小姐妹們個個義憤填膺，就是不知該如何處理。放學之後，小潔問：「去阿哥那裡嗎？」

　　大家贊同，便陪著她一路來到防空洞。劉蓮忍不住先開口：「今天學校裡小潔被人欺負了！」

　　「誰這麼大膽？」好幾個聲音一同發問。

　　「就是二班的那個邵軍，莫名其妙的！」曉晴也幫著告狀。

　　周潔儘量裝出若無其事：「你們當中誰得罪了他呀？」

　　無論怎樣輕描淡寫，自小便相交相知的大哥哥們，從其忍辱負重的表情中，對小妹妹所受到的委屈，心知肚明。何況，自己做過的事，自己心中有數：「妳們幾個今天早點回去做功課吧，阿哥們等一下還有事體要商量。」

　　「這還了得——沒有王法了！」目送著小潔他們的離開，小清一伙就此事展開了一系列的討論，一致同意：「此『仇』不報，誓不為人！」

　　經過了一個傍晚的研究策畫，這群在許多老師、家長和鄰居們眼中「頭上長角」的學生，最後通過了一條自認為既不會被家長揍罵，又不會被學校懲罰的「復仇計畫」。

　　「小清，為了確保此事與小潔無關，這次行動由大維和我負責，你不必露面或親自出動。」成宇考慮得非常周到。

　　「那好——就拜託兄弟們了！」回家晚飯之前，「司令員」周清將此事敲定了下來。

　　「放心，我們現在就去摸一下那個傢伙的地址。」

　　第二天清晨五點剛過，路上沒見幾個行人。遠遠只聽到拉糞車那被重負壓得吱吱咯咯作響的軲轆旋轉著的聲音。

　　成宇和大維他們已經悄悄溜出自家的大門，躲在了弄堂口。一會兒只見掏糞工人將人們放在馬路「上街沿」的木馬桶一個個清空之後，又繼續彎著腰拖著糞車，前行至另一處馬桶集結處。

　　成宇他們立刻衝向馬路邊，一人提起兩個被基本清空但還未清洗的馬桶，飛一般地跑到邵軍家矮房子門前。三人迅速將馬桶從上到下，按照一、二、三的排列方式斜靠在他家大門之上。確定一切穩妥之後，便快速跑回各自的家，跳回到自己的床上，安心踏實地睡了個回籠覺。

那日早上做操之前，周潔應著班幹部的一聲召喚，被叫去老師的辦公室。只見二班和三班的班主任都鐵板著臉坐在那裡，一邊是吸著鼻涕的邵軍和他的母親。

「周潔，今天早上在邵軍家裡發生的事情，妳曉得嗎？」班主任老師單刀直入。

「啥事體啊？」周潔那張潔白的小臉上，分明寫著「毫不知情」四個字。

老師看了看周潔，又看了看邵軍和他的母親。

「她怎麼可能不曉得呢？昨天我罵了她以後，今天早上就被他阿哥報復了！」邵軍著急地反駁，結果反倒不打自招，說漏了嘴。

周潔沒有答話。老師反問邵軍：「昨天你為什麼罵周潔？她對你做什麼了？」

邵軍的母親同樣把臉轉向了自己的兒子。

「我……本來不是想罵周潔的，是她的阿哥周清先欺負我。」邵軍自知理虧在先，只能壓低了嗓音在老師和家長面前作無為辯解。

周潔看準時機，立刻開口問道：「我現在可以去操場了嗎？」

得到老師的首肯，她毫不遲疑地走出了辦公室。在那條通往操場的走廊上，小潔抬著頭呼出了一口長長的悶氣——活在世上有人相助真是一種「幸福」的感覺！

至於究竟發生過什麼，過段時間，總會大白於天下的。

隨著少女們年齡的增長以及校外鍛煉難度的升高，陳曉晴基本上把參加體操訓練的日子，自我調整到每週一次；而周潔更是兩天打魚三天曬網，完全憑著當日的興趣，或者僅是陪著媛媛去少年宮「逍遙」一圈。

在她們三個校外候補文體運動員中，只有媛媛不僅堅持不懈，更由於其出色的表現和成績，被少年宮老師選拔成芭蕾舞演員的培養對象。

劉蓮依舊在學校的籃球隊接受訓練，憑著她超過一百七十公分的身高以及對籃球的熱愛，無人質疑她在籃球方面所面對的光輝前景。

貴有自知之明的陳曉晴雖然越來越少參加校外體操訓練，但對於所學到的那一點點技巧卻得心應手而且樂此不疲，有機會便當眾顯示一番。

在學校操場的最邊緣處，排列著三條以運動員領獎台結構設計的單槓（中高左二右低）。過去幾年裡最高的那一條少有人用，而媛媛曉晴她們四個，常常喜歡佔據著「銀牌」和「銅牌」的位置。

隨著對越來越多的漢字和詞彙的掌握，曉晴開始熱衷於閱讀。由於時間和場合沒有選對，因此在課堂上常常被老師點名，有時還會被沒收藏在「台板」裡面偷讀的小說書等。

每當下課鈴聲一響，陳曉晴便拿上一本書，不管能否約上幾人，她必定會去單槓那裡報到。那時，曉晴所選擇的位置，已經上升至「冠軍」的寶座了。其理由非常簡明：那裡不易受到干擾！

在一個陽光明媚的課間，陳曉晴手裡照例卷著一本小說書，興沖沖地往「根據地」跑去。一邊走，她的腦海中所關注的仍是那個即將看完的故事結局。

來到「冠軍」寶座的跟前，曉晴將書往牙口上一咬，剛剛把手向上一舉準備跳躍的一刹那間，突然看到今天已經有人在她之前「佔領」了冠軍的位置。

「學校裡還有啥人身手這麼好？膽子這麼大？！」陳曉晴非常詫異。不管是出於能力的懸殊還是謙遜，這些年來但凡課間休息，學校裡的其他男生女生都極少來搶奪她們幾個的地盤，已然成了一個「不爭」的事實。

「人孤勢單」，陳曉晴非常清楚當前的形勢，更何況她目前最關心的還是小說書裡的結局。因此她依然高舉雙臂，卻往左邊橫跨了兩步，一躍一個倒翻，便直接上了「亞軍」的座位。照著平時的模樣倚著柱子而坐，曉晴迫不及待地從口中拿下書本，旁若無人似地翻閱起來。

「好一個靈活矯健的女孩子！」這下輪到坐在「冠軍」席位上的陳

宏發怔了：「這女生身材嬌小纖弱，臉蛋白淨粉嫩，怎會練得如此特殊本領？」

直到上課鈴聲響起，兩人才不約而同，面無懼色從「高空」一躍而下，朝著各自的教室飛奔而去。課堂上，陳曉晴滿腦子仍然是那個更近尾聲的故事；而陳宏的眼前卻總有個靈巧的女孩子在晃悠——她是誰？

毫無疑問，下一個課間陳宏的目標仍是單槓，但這次他卻故意走得慢一些。不遠處，有幾個女生正急速地趕往相同的地方。更令人費解的，是她們一個個身手竟都如此敏捷和嫻熟。沒到一分鐘的時間，兩個人已各佔「金牌」之兩邊，而另外兩人，則在「銀牌」單槓的兩邊靠著木柱子穩穩上座了。

陳宏慢悠悠地走近這群令他眼界大開的女生，不急不忙地靠在「銅牌」最外那條立柱上，默默無語。抬眼一看——四個女生正將八隻充滿「敵意」的眼神朝他放射過來。不得已，他只能稍稍收斂了一些自己的目光。

原來陳曉晴在課堂裡，沒有按捺住自己對小說結尾的強烈好奇心，偷偷把只剩兩頁的小說讀完了。在與主人公感同身受之餘，突然記起了單槓寶座上的那位「不速之客」，特別是他那膽大妄為「鳩佔雀巢」的舉止。

本著小集團「人在陣地在」的鬥爭傳統，她速速掏出紙片寫下三句「課後單槓處集合，有要事相商」。把它們撕成小紙條，乘著老師在黑板上寫字的時候，順著她們長期摸索出來的傳送地帶，曉晴將通知沿途發送至每個集團成員的手裡。在看到所有人都以「回視」的方法，確認收到並將執行的信號之後，陳曉晴才努力集中思想，回到了課堂之上。

因此，第二個課間休息之時，少女們一路聽著曉晴匯報情況，一邊急急趕往「駐地」，並拉出架勢，準備迎戰。

兩軍對陣，短兵相接——勇者勝！

看到那個高高個頭、穿著一身舊軍服的男生，「忍氣吞聲」地靠在那條離得最遠的柱子旁邊，沒有擺出任何「決一死戰」的蛛絲馬跡，集團所有成員的內心稍稍放鬆了一些。

這一放鬆不要緊，隨即便出了一點點的小狀況。

大家不約而同地注意到：「他長得實在很帥！」同時又感到非常的困惑：「怎麼過去從來沒有見過這個男生？」

當鈴聲再次想起，女生們故意磨磨蹭蹭地走在男生的後面，貪婪地注視著前面那寬肩長腿的背影。最終曉晴忍不住對周潔說：「讓妳阿哥他們去查一查，看看他到底是從哪裡冒出來的。」但卻把另外半句話嚥了回去：「最好再同他交個朋友。」

「當然要查，一定得查！」少女們一陣附和。

註：「三八」線雖然源自於南北朝鮮之間的交界處，但由於二十世紀五十年代中國抗美援朝的勝利，幫助北朝鮮人民軍把美國軍隊趕回了這條「三八」交界線的另一邊，故而中國孩子對此的認識非常普及。

第十四章：頭一次心跳

雖然那一年周潔的阿哥周清已經升入了「樂民路中學」，但由於他們在小學的耳目眾多，因此只用了一天時間，小清便不負眾望，把陳宏的「底細」了解得一清二楚：他父母都是軍人幹部。隨著父親轉業並擔任附近一家大企業的領導，陳宏轉學來本校插班，比周潔她們高一年讀六年級。其母親原是上海人，目前仍在軍醫大任職。

對革命軍人固有的崇拜之心，加之他們後代之英俊儀表，幾個女孩不免對陳宏有些另眼相看。

之後的一段日子，陳宏沒有再去單槓那裡用眼睛「挑戰」。劉蓮卻發現他被學校籃球隊相中並破格入用，她及時把這一振奮人心的情報，在小集團中作了具體傳達。

周潔的哥哥小清那裡也傳來了一條消息：「陳宏已經非常熟悉當地情況，並於每天中午在長柏公寓食堂就餐。」

並且，出於對「英雄」後代的尊敬，在自上到下所有「兵將」的努力下，周清一伙終於吸引到了陳宏的關注：「他已經應邀參觀了我們的『駐地』，並同大家進行了誠摯友好的切磋交流。」

陳宏每天吃過午飯之後的多餘時間，常常會在教學樓旁邊石塊堆成的花壇前輕鬆打坐，臉正對著學校的大門。每當我們那些小主人公三三兩兩、嘻嘻哈哈走進校門的那一刹那，陳宏的視線總是不早不晚不偏不倚地看了過去——至於女生中同他四目相對的那雙眼睛，在沒過幾天之後便被其他幾個抓了「現行」。

在大家用調皮的神情笑望著她的那一瞬間，我們小主人公白皙的臉上彷彿被塗上了一層淡粉色的彩雲，隱隱約約紅白相間，宛如陽光初升的天際那般，既無可遮掩那呼之欲出的炫麗，又將人誘入那充滿神秘的幻境……

故事中的那些男生和女生，在不知不覺中，都已經步入了青春發育期這個最美妙的變化和進化階段。他和她，對異性的了解和興趣正在逐步遞增。

仔細觀察高年級的男生和女生，一些原本「兩小無猜」的，開始在人前相互迴避拉開距離；而另一些原來只與同性同學結交的，卻開始與異性接觸往來。

在鄰里一起長大的「青梅竹馬」們之間，那種「兄弟姐妹」式的思維和交往方式，也正在悄悄的轉變之中。

負有特殊「使命」的周潔，常常去她哥哥那裡打探陳宏的情況，又聽聞那個喜歡天馬行空獨來獨往的陳宏，偏偏無所顧忌地，每天下午在學校門前坐著候著——已經從小學畢業的成宇心裡有如百爪撓心，並對陳宏產生了一些芥蒂。擔心著自己多年苦心經營的「護花使者」之地位可能受到的挑戰，他有些寢食難安。思前想後，成宇決定孤注一擲，要向陳宏問個明白。

雖然下了決心，成宇也不會就此單獨行動，「司令」周清的力量他還是懂得借助一下的。他找了個合適的時間，轉彎抹角，但也算得上推心置腹地把小清約了出來：「那個陳宏是不是喜歡你家小潔呀？我們從小一起長大，大家的底細都是一清二楚的。但對於那個新來的，我們都不太了解他的過去吧？」

周清看看成宇那一臉的愁容，當然清楚打開襠褲起就是朋友的他，腦子裡目前擔心的是什麼。因此，他哈哈笑著拍拍成宇的腦袋，說：「放心，有阿哥在，沒人敢動小潔的腦筋（上海話，北方人常說『打她的算盤』）！」

梁成宇望望周清，放下心來。

第二天中午，周清正同周潔、成宇他們坐在一起吃午飯，看到陳宏走進食堂，小清馬上給成宇遞了一個眼色，示意他陪著小潔說話，自己則端起了碗迎了上去。他滿臉熱忱地陪陳宏站著，排隊打飯。

陳宏起初有些吃驚，但立刻明白周清一定是有話要對自己講。順著小清的意思，兩個人單獨走到僻靜一些的飯桌。

《那幾個上海女人》

　　出於對青梅竹馬的忠誠，他們的屁股剛剛落凳，周清便開門見山：「朋友，你每天中午都在學校門口堵著，現在已經有風言風語傳到我們這裡了！今天跟阿哥講句實話：你是在等我們家小潔嗎？」

　　「哪裡——君子不奪人所愛！你家阿妹名花有主，我老早就看出來了。」陳宏回答得更是乾脆俐落，毫無偽裝之態：「我喜歡那個第一次在玩單槓的地方見過的女孩！」

　　「噢，原來你天天在等曉晴呀。」周清恍然大悟，他早已從小潔那兒聽說過此事。周清隨即友好地把拿著筷子的那條手臂繞到陳宏的脖子上，用力搖了一下：「嗨，朋友！你怎麼不早點講？今天放學以後，你先到防空洞來，我帶你一起回家！」

　　陳宏看看他，嘴裡沒有發問但心裡納悶：「我都已經講了不是他妹妹，為什麼放了學還要去他家裡？」

　　自從周清同他奶奶對換了住處以後，每天晚上就要回去陳曉晴和劉蓮她們的弄堂。有了一個單獨的住所，小清曾經興奮無比，甚至一度想把「司令部」都轉移到家裡來。但看到同一樓裡其他人家對他投來的那種似乎不太信任的目光，周清最後只好放棄原有的打算。如今聽說了朋友的道白，他覺得這個順水人情，無論如何是幫得上的。

　　那天下午放學之後，曉晴同蓮蓮約好了一起去排隊「爆米花」。自從認識了劉蓮以後，陳曉晴認為自己出生以來所嚐到的最美味的食品，就是「爆米花」和「年糕片」！其實那種小食所用的材料非常普通：一小罐米或者切成片曬乾之後的年糕，再加上一顆當年用來代替食糖的技術革新產品「糖精片」。

　　雖然食材簡單，但自己家裡可做不成，關鍵在於那個「爆爐」：厚厚的鐵做成的「爆米花」爐子，形狀像個大橄欖。它可以從中間打開成兩半，倒入米和一顆糖精片後，再將它們兩邊一合，而且必須用長長的金屬旋鈕把它們嚴絲合縫。之後那個推著車走街串巷的小買賣人會將「橄欖鍋」橫放在火爐上，一邊旋轉它一邊拉著風箱助火。幾分鐘後那人把鍋放下在一個鐵絲網兜裡，用一種特殊的金屬長棍一撬，隨著驚天動地「砰」的一聲，只見一顆顆膨脹了的爆米花衝出「橄欖鍋」，撒滿了用布片裹著的金屬網兜內——濃濃的烤香味頓時散漫在幾條街巷的空氣中，令過往行人無不饞涎欲滴，同時吸引著周圍弄堂裡的老老少少，提著家裡的米罐和籃子，聞香而至。

孩子們更是一聽到有人吆喝：「爆炒米花叻……」便一個個從家中舀上一碗米，拎著大籃子趕過去排隊。吸聞著前頭每一次的開鍋所爆出的香味，排在長長隊伍中的孩子們，似乎並不在意等候的時間，反而樂意同伙伴們一道，懷著期待的心，在香氣四溢的環境中耐心等待輪著自己的那一刻。

陳曉晴在蓮蓮家品嚐到如此令人口齒留香的零食之後，念念不忘，並一再叮囑：「下次妳看到爆米花的（小販）來弄堂附近的話，一定要記得通知我！」蓮蓮從不令朋友失望，幾年來只要爆米花的人一來，她便會立刻知會曉晴。

為了準備年糕片，陳曉晴還嘗試過在家裡偷偷學著切年糕。不料第一次用刀，便不小心把自己左手中指靠近指甲的地方割下了一小片肉。當時血流不止，疼得她直掉淚（卻不敢哭），最後只能把手指伸給母親做包紮處理。

看著自己的寶貝女兒為了爆米花，連切到了手都忍住了不哭，陳太太既心疼又感動。她一面替女兒包紮傷口，一面無可奈何承諾著：「以後只要那個爆米花的人來了，家裡一定讓妳出去！」

那天下午，當曉晴和蓮蓮提著滿滿一籃香飄十里的爆米花，邊用手抓著送進嘴裡，邊走回弄堂的時候，早在花園裡等得心煩意亂的兩個男生，才搞清今天是出了個「突發狀況」。

「嘿，妳們兩個去爆炒米花了？讓我們也一道來嚐嚐！」說著話，周清領著陳宏一步跨出了院門，正正好站在女孩子們的面前。

「啊呀，嚇死人了！」兩女孩手上的籃子差點沒掉地上，劉蓮連聲責怪著。

陳曉晴對於這次見面，非但毫無思想準備，還覺得有些丟人。她心中暗想：「他啥辰光不能來，怎麼就偏偏挑了個我最狼狽的時候。」因此頭也不敢抬，由著蓮蓮一人發聲。

看到女孩子們的窘樣，搗蛋鬼周清樂得哈哈大笑：「走，去妳家分炒米花吃。」一邊推著大家來到蓮蓮的家門口，示意她彎腰取出鑰匙開了門。進屋時還熟練地從架子上順手拿了幾個大碗，把個蓮蓮弄得哭笑不得：「當這裡是你自己家呢？」

陳曉晴和陳宏一聲不吭地跟在後面。他倆互相都沒敢對望，只是偷偷在對方不注意的時候快速瞥了一眼。

看著氣氛有些尷尬，周清這才記起了自己的職責：「哦對了，向妳倆介紹一位新朋友——陳宏，六年級生。他前兩個月剛剛轉到妳們學校插班。軍人子弟！」

「真的嗎？怪不得你看上去就像部隊裡的男生！」其實，少女們早已通過周潔，把陳宏的情況了解得清清楚楚。現在不過是順著小清的介紹，搭個梯子找個台階上去而已。

「我們老早就碰過頭了，在小學操場。」還是陳宏比較誠實，當然他刻意避免了使用「單槓」之類充滿火藥味的詞彙。

有了一個真誠的開端，大家終於一面吃著爆米花，一面聊起學校裡的趣聞逸事。陳宏當然不會忘記那個令他刮目相看的問題：「妳們女生怎麼會在單槓上翻得這麼快的？這樣子靈活，即使是一般的男同學，沒有好的臂力和體力也是難以完成的！」

「曉晴和媛媛曾經在少體校的體操隊訓練過。每次當她們學會了一個新的技巧動作以後，我們幾個就跟著一道練。日子長了，大家就都練得像『猴子』一樣的活絡了。」劉蓮洋洋自得：「那片單槓這些年來一直是我們的『領地』！平時只要看到我們在，其他人都望而卻步的。」

曉晴雖然不說話，但臉上明白無誤，同樣泛著「自豪」兩字。

「那妳們歡迎新成員的加入嗎？」陳宏顯然沒有放棄戰場的打算，只是採用了「迂迴」的戰術，而且看來收效顯著。

「當然歡迎啦！」兩個姑娘同時回答。

聊著聊著，也許之前等爆米花的時間花太久了，怎麼沒多會兒就聽到了蓮蓮家的座鐘敲響了五點整。別人倒不怎麼急，陳曉晴卻像條件反射般地從凳子上彈了起來，她低下頭在地上找著自己的書包：「我要回家了，否則以後出來就難了！」

「好的好的，那我們明天再會。」熟悉她情況的周清像個長輩似的，同時又關照了陳宏一句：「你去送送曉晴，再給她帶點炒米花。」

「用不著送我的，幾步路就到了。」不管是否口是心非，女孩子矜持的姿態還是要得的。

陳宏猶豫了一下，只是站直了身子，笑著揮了揮手。

陳曉晴第一次顧不得帶上爆米花，急急地跑著回到家。喊過「奶奶」之後，她直接上了樓，然後一個人對著窗坐了許久。臉上泛出一片難以掩藏的微笑。

第十五章：初嚐人生百味

　　小學的最後一年，應該是讀完六年級。然而不巧的是，那一年教育局把原來的秋季招生改成了第二年的春季。如此，那些原該畢業的六年級生，平白無故地在原小學留了半年的級。可想而知，這個突變起初對翹首以盼畢業的那些學生來說，是個多麼沉重的打擊。

　　可孩子畢竟是孩子，當他們發現滯留在小學的最後半年，竟可以過得如此輕鬆自在之後，老師家長們便不再聽到孩子們對此事的抱怨或抗議聲了。

　　我們故事中的那些女孩恰巧趕上了這個「劃時代」的變化。她們將與所有六年級的同學一起，全數「留半級」在樂民路小學。半年之後將同那些原是五年級的「跳半級」的幸運兒一起，同時從小學畢業升入初中。

　　那半年內，同學們經歷了一些簡單的學工、學農甚至學軍等社會勞動和鍛煉。由於工作並不繁重，大家不僅毫無怨言，還非常的興奮與投入。除了參加勞動，學校還安排了學生去公園和郊外等課外短途一日遊等。

　　那天，七年級生將去長風公園作一日遊，陳曉晴一邊準備著雞蛋餅夾麵包，一面照著習慣向家裡要些零用錢。曉晴的母親沒有小錢，便把一張十元票面的鈔票交給了女兒：「囡囡，十塊洋錢（註一）是老大的一筆錢，不是讓妳一天裡全部花光的。」臨行前媽媽再次關照著女兒。

　　「好的，我曉得了！」陳曉晴自以為對金錢還是有些初步認識的。

　　清早出了門，口中兜著一張十塊「大票」，曉晴開心地同姐妹們走在一起。看看離出發還有半個多小時，她便對大家說：「今天我帶了張十塊的鈔票，我們先到馬路對面的食品店買些小吃，順帶把大票化開來。」

　　沒有異議，所有人一起來到了食品店。口袋裡揣著「一大筆」錢的陳曉晴，怎麼看都覺得今天店裡的食品品種特別的多。除了平時常吃的糕點和鹹食類，還有椰子糖、話梅糖、大白兔奶糖等各式糖果。曉晴隨便請店員秤了幾種糕點和糖果，一結帳時心裡嚇了一大跳——怎麼要那麼多鈔票？

當然，已經花出去的錢就像潑出去的水，何況還換回了那麼些美味糖果！那天大家又吃又玩高興了一整天，等到陳曉晴回到家才知道：自己又闖禍了！

父親聽說她在一天裡花掉了普通百姓月收入的四分之一，當然不會視若無睹。他非常少有地板著臉教育了女兒近半個鐘頭，然後說：「既然妳一天之中花掉了這麼多別人的飯錢，那麼從今天起，妳就只能吃一段日子的白飯了！」

陳曉晴自知理虧，只好端著碗，伴著五味雜陳的心情，把白飯一口口地往嘴裡撥，感覺味同嚼蠟實在是難以下嚥。

也許孩子的適應性就是天生的，幾頓白飯下肚之後，曉晴竟然發現自己已然適應這樣的一種懲戒方式。因此在之後的許多年中，每當她忘記教訓重蹈覆轍之時，便會在用餐前自覺自願地給自己盛上一碗白飯，然後帶著一個沉重的表情往嘴裡塞。

每當孩子在大人跟前以自我懲戒的方式承認錯誤之後，天底下就沒有父母會忍心再次懲罰自己的孩子了。

人理財的能力若說是天生而就的，也許一點都不為過。在陳曉晴大手大腳浪費家人的錢財之時，她的好朋友李媛媛卻得到了回家探親父母的支持，爭取到了「分食制」的勝利。

千里迢迢從邊疆趕回上海的父母，不斷聽著女兒在自己跟前委屈地哭訴。想像著孩子們每天寧願端著飯碗，走回自己狹小的亭子間憋屈地吃飯，媛媛的父母心疼不已！他們礙著兩位老人的面子又不敢雷霆動怒，便希望將大事化小。因此按著女兒的願望，父母幫她們再次提出了「分食制」的解決辦法。

有些事情在你這裡也許算不得一件「大事」，但在別人的心目中卻茲事體大。看到兒子媳婦、阿哥阿嫂護著「孽子」卻不認親情的一家老小，聯合起來共同反對著李家長房的提議：

「你們的女兒每天早出夜歸，不曉得天天在哪裡玩！我們全家人等著她們回來開飯，已經非常對得起她們了！自從你們把姐妹兩個送回上海，她們天天吃著現成的飯，家裡大小事體一概不理不踩不幫手，還有什麼委屈？還有什麼不滿足的！」

媛媛一家四口站在陰暗狹窄的亭子間外，幾乎堵住了整個樓梯的轉角處。父母的臉雖然朝著樓上的弟弟和弟媳，但聲音卻喊給了縮躲在前廂房裡的老兩口聽：「媛媛她們兩個是李家的長房長孫，雖然我們夫婦在外地工作，但她們有權住在這裡！」

看到老人沒有搭腔，媛媛的父親在舊木樓梯的嘰嘰嘎嘎響聲中，乾脆把話講講清楚：「既然大家住在一起不開心，既然你們對伺候她們有這麼大的意見，那麼就應該試試分開過日子，讓她們兩個鍛煉一下自己。」

談判的結果，姐妹倆在父母親的支持幫助下獲得了勝利。全家三頭六面講好了條件：媛媛的父母將為孩子們新添一套燒飯用具，並在指日可待的將來，當政府的管道煤氣排設到所住弄堂的時候，再出錢為這個大家庭多安裝一套雙煤氣爐頭。

李媛媛雖然爭取到了生活開銷的自主權，但隨之也失去或減少了家中老人及親戚對姐妹倆的關心和理解。小小年紀的她除了在食堂用餐之外，還得裡裡外外把姐妹兩個的衣食住行安排妥貼。特別是當煤氣還沒有接通的日子裡，家中人口眾多，光靠一兩個煤爐往往來不及同時燒水做飯，因此同弄堂及周圍其他人家一樣，十多歲的媛媛，學會了提著一個竹殼的熱水瓶子，走上五、六分鐘的路程，去馬路旁邊的「老虎灶」（註二）打回熱水。

久而久之，住在周圍的鄰居常常會在晚上看到一個十幾歲的女孩，或單手或雙手，穿著一雙白色的跑鞋，漲紅著小臉蛋，提著熱水瓶緩緩地穿行在弄堂裡。

《那幾個上海女人》

　　在馬路和弄堂的交角上，住著一家七口姓錢的人家。他們中兩位是已過花甲的老夫婦，兩位是中年夫妻，還有一男二女三個孩子。那個叫做家傑的男孩子已經在讀高中，是學校及周圍鄰居公認的「好孩子」。

　　寒冬裡的一個傍晚，當李媛媛剛剛「泡」好熱水，正小心翼翼地往回走時，突然一個趔趄，險些被自己的腳絆倒在地。原來媛媛右腳上那隻棉鞋的一條鞋帶鬆落下來，剛好又被自己的左腳給踩住了。幸虧走得不快，這才有驚無險。

　　驚魂未定之時，穿著厚厚的棉襖、雙手帶著毛線小手套的媛媛，用一隻手扶著牆，動作緩慢地準備彎下腰重新繫上鞋帶時——另有一雙手已經穩穩地接住她手中的那個晃晃悠悠的熱水瓶，並將它放在了牆邊。

　　錢家傑身手敏捷地在媛媛面前蹲下身子，以男生少有的靈巧雙手，迅速地幫她在右腳的棉鞋上繫上了一個牢牢的蝴蝶結：「好了——妳把左腳也伸過來讓我看看。」

　　「真是一個細心周到的男生！」

　　李媛媛心底湧起的那股暖流，伴著少女的體溫慢慢地往上升起，竟將冰涼的臉頰烘焙出一片片顯見的紅暈。

　　「謝謝！我叫媛媛，你呢？」

　　「別人都叫我家傑，我家就住在前面路口。」錢家傑顯然老早就注意到這個女孩了：「我認得妳，常常都看到妳去『老虎灶』泡開水。」

　　錢家傑順手提起那個熱水瓶，陪著媛媛往弄堂裡面走：「妳家裡的大人怎麼不出來泡開水？大冷天的，妳一個女孩子拎著熱水瓶不太安全！」

　　「我爸媽在邊疆工作，我和妹妹現在同阿爺奶奶和爺叔嬸嬸住在一起。阿爺他們年紀大了，而且我們是分開過日子的。」媛媛邊走邊簡單介紹著自己的情況：「我正在學跳芭蕾舞。每天晚上腳趾頭都會很痛，所以就想打點熱水泡泡腳。」

　　錢家傑詫異地望著這個看著清瘦但並不柔弱的女孩，想說句什麼，但終究沒有開口。

《那幾個上海女人》

快到家門口了，李媛媛把手伸過去接住了水瓶：「真的謝謝你，家傑！」

兩個人互道了一聲「再見」之後，便各自走回自己的家中。有了這聲「再見」，似乎「泡開水」已變得充滿了期待和歡愉，讓渴望關懷的媛媛對家傑產生了一種從未有過的信任和依賴。

感情，雖然總是不期而遇，卻一定是在有心有意中發芽，然後應該在精心呵護中成長。

自從兩個未成年的少男少女在街角相識之後的兩三年裡，鄰里們若稍稍在夜間留個心眼，便會在那條不短不長的弄堂中，在每家窗簾後透出的微弱燈光下，看到磚地上常常出現兩個緩慢移動的細細的身影，它們的兩邊有時還陪襯著兩條長長的水瓶影子……

不久家傑從中學畢業。「德智體」全方位的優秀成績，讓他順理成章地被「保送」成了一名國家的公務人員。期待和注視著心愛的姑娘長大成人，是他自學校畢業之後，每天必修的功課。

冬去春來，夏過秋至——看似亙古不變的四季輪迴，卻造就了地上萬物的演變和進化。

孩子們的年齡在增長中——

身體上的器官在成熟中——

內心裡的情感在遞加中——

那個黃梅季節所積起的雨水磚地上，身體已趨成熟的家傑，在媛媛的面前展示了男性所特有的強健；那個雙臂圍繞在男人的肩，手中牢牢握著水瓶的少女，羞澀地將日漸隆起的前胸，貼附在家傑堅實的背脊上。

兩個最初毫無規則砰砰亂撞的心律，逐漸地隨著家傑在積水中踏實的腳步，靠著少男少女體溫的傳遞和肌膚的接觸，終於調和成了同一種節拍。

在少男少女的心中，「幸福」竟是如此貼近，如此真實！

註一： 雖然解放都已經二十多年了，但上海人還是習慣性地繼承了「洋錢」這個舊稱呼。只是由於其發音有了一些變化，因此並非所有人都了解該稱呼的真正來歷。

註二：「老虎灶」據說是因其灶頭正面像一隻張著大口的老虎而得名，同時也是其日耗大量柴煤的象徵。在二十世紀中葉直到八十年代的上海，許多住家都還沒有安裝管道煤氣，因此「老虎灶」作為一類專營熟水、外帶供應茶飲和澡堂的服務行業，以個體經營、集體經營和國家經營的形式，遍佈上海的大街小巷。

第十六章：難忘的假日

小學最後一個暑假。

每逢假期，都是周潔最開心的日子，她又可以跟著不同年齡的各種「小集團」的朋友一起，每天觀摩或輪番玩著花樣。

李媛媛則不論開學還是放假，不管少年宮和體校有沒有安排，仍是一天到晚都忙著練舞。用她自己的話說：「我要努力改變自己的未來！」

劉蓮則常常參加校籃球隊的訓練和比賽，或者同弄堂裡的其他大孩子們一起消磨時間。

然而陳曉晴，卻是最不喜歡放假的那一個！因為在假期當中，她實在沒有太多的理由，可以走出自己的家門。

那天上午同往常一樣，曉晴把一個漂亮的玻璃魚缸端到陽台上那片陽光充足的地方。正半低著腦袋注視著裡面那幾條「紅高頭」，一邊餵著吃食，突然發現一條晃動著的亮光，在自己的眼前擾動著畫著圈子。她直起身子，順著光線的來源往外邊看去，不禁笑了。

原來是陳宏。

他，站在對面那排房子的平頂上，正拿著一片小小的圓鏡，藉著陽光朝這邊折射過來。

看到曉晴已經注意到自己並轉過身趴在欄桿之上，陳宏笑著指了指自己的腳下。順著他的指點，曉晴把眼睛移到了地面上：只見另外幾片一寸左右的小圓鏡，被齊刷刷地斜放在了一條卡片上，統統對著自己這邊。

陳宏把手放在嘴前做成一個喇叭狀，卻用極低的嗓音朝著曉晴喊：「送給妳的！」

姑娘的臉馬上泛起了一片粉紅，輕輕點了一下腦袋。

「那是妳養的金魚？」小伙子聰明地轉移了話頭。

姑娘一下子放鬆開來：「是的，你看。」見陳宏沒有立刻下樓頂的意思，曉晴便在陽台上輪流把她的那些寶貝「家族成員」，包括牠們的名字，一個個地介紹給他。

陳宏收起了小圓鏡，走到平房的邊緣最近曉晴家的那一邊。或許是地上太燙，他墊著書包坐了下來，把兩條長腿垂在屋簷的外邊，腳後跟剛好抵住下面人家的上窗沿，聽著看著陳曉晴津津樂道她的那一堆小「家庭成員」。

接下來更多的時候，他倆只是微笑著，看著對方，偶爾說上一兩句話。似乎這樣隔岸而處的安逸假期，也是一種美好的體驗。

不知不覺，太陽已爬上了頭頂。曉晴的奶奶在裡邊喊：「囡囡，吃中飯了。」

是中午了。陳宏示意曉晴下樓，自己轉過身把雙手搭在房簷邊，從房頂上跳下了地，轉身兩步便跨到了曉晴家的院門口。

陳曉晴飛一樣地從樓上跑到花園裡，快速地打開了前門。陳宏手裡拿著那排小圓鏡，已經等在那兒：「這些送給妳，過幾天我再過來陪妳玩。」

「謝謝你陳宏，謝謝！」曉晴開心得不得了，並立刻希望落實到下一次：「你哪一天會再過來？」

「下個禮拜二吧，我那天肯定有空。」

既已約好，就該期待。

奶奶過來催孫女午餐的時候，曉晴想到了餓著肚子陪自己到中午的陳宏，一絲歉意沉澱到了心底：「下次一定不能再讓他餓著離開！」

轉眼已是週一的早晨，曉晴對她奶奶說：「今天我陪妳去淮海路上的『光明村』，買幾個桂花糖饅頭。」

在這種事上有求必應的奶奶，在孫女的「陪同」之下，在烈日炎炎的夏日，興致很高地走到了「光明村」。買包子時，奶奶注意到了孫女這一次要求的數量比平時多了一些，就問她：「吃得光嗎，大熱天阿拉買這麼多？」

「吃得光，吃得光的。」曉晴連聲回答：「再講我還要留幾個明早再吃呢。」

曉晴的確留下了幾個。同時考慮到天氣太熱，她只留了甜餡的包子，因為甜的不太容易壞掉。

第二天上午剛過了九點，似乎感覺到曉晴期待的心情，陳宏去得比第一次要早。上了平房的頂朝對面望去，曉晴果然眼巴巴地已在陽台上等著了。

「嘿——」看到陳宏的到來，曉晴熱切主動地同他打著招呼。

「這兩天妳在家做了什麼？」兩個少男少女，顯然是沒話找著話聊，各自向對方匯報著自己前幾日的活動。

「對了，你等等！」聊了一會，陳曉晴回到房間把包子拿了出來，她已經細心地將它們一個個用紙袋套好了。

「接牢——」曉晴一面儘量高聲喊著，同時先扔了一個過去：「你快點嚐一嚐！」

陳宏接住了包子：「那我就吃咯？」一邊撕開了紙袋往嘴裡放：「很香，我沒吃過這種甜的味道的。」

「是從『光明村』買來的桂花包，所以特別香。」陳曉晴滿懷自信地介紹著：「很有名的，每天都有許多人排隊去買。」說完又舉手做了一個要扔的姿勢，看到陳宏有了準備，便用力甩了過去。

陳宏一邊大口咬著包子，一邊說：「告訴我妳喜歡什麼，下次我幫妳弄。」

正中曉晴下懷，她幾乎不假思索便開口要求：「我看到你們每個人都用一條鏈子來掛鑰匙，眼熱得很。你能幫我也搞一條嗎？」

「好的，下次來一定帶給妳！」陳宏非常爽快應了下來：「沒想到女生也喜歡這個。」

「當然喜歡啦，不只是我一個人哦。」看來這件事對陳宏來講沒什麼難度，曉晴得寸進尺。

「沒問題，我多給妳們拿幾條過來。」他聽懂了，話接得蠻快。

　　這個假期過後，陳曉晴她們那個「小集團」的所有成員，腰上各掛了一條帶鑰匙的鐵鏈子，迎接新學年的開學。每人的臉上，洋溢著那種非常「滿足」的愉悅神情。

　　姑娘們升入了初中。

第十七章：開門辦學

　　新的學校新的學期同樣始於「開門辦學」（註一）的教學方式。孩子們剛剛踏進校門，便被分期分批地安排去工廠、農村和部隊參加勞動和接受訓練。

　　對那個時候的學生們來說，與其坐在課堂上聽報告打瞌睡看小說，還不如走出學校參加各項社會勞動。而且從實質上講，那些所謂的「勞動鍛煉」並不真正消耗太多的體力，倒是一種非常吸引人的集體活動和生活體驗。

　　聽說自己的寶貝女兒要去郊區住上兩週，周潔的父母和外婆在家裡忙開了。

　　「小潔啊，平常妳吃飯挑三揀四的，嘴裡又零食不斷，所以我們買了七、八種小吃，應該足夠妳幾個禮拜的了。」母親一邊為女兒整理物品，一邊關照著。

　　「再加一罐麥乳精。」外婆也實在不放心，在一旁出謀劃策。

　　周潔懶散地坐在沙發上，一邊吃著零食，一邊心不在焉地看著全家為她一個人忙活著。她明明曉得那些吃食已經帶得太多太多，但並不加以阻止：多多益善，反正不怕沒人幫著解決。

　　周潔的同學陳曉晴的家中，也同樣是忙得不亦樂乎。對衣物的挑選非常「執著」的女兒，每個學期的老師評語中從來就少不了「嬌驕二氣」。然而，這次可是去農村接受「貧下中農」的再教育，因此父母一再強調：「第一衣著要簡樸實用；第二不能浪費食物；第三不要單獨在田間小路等行走；第四絕不能我行我素自由散漫！」

　　「曉得，曉得了。」曉晴對下鄉的積極性可比小潔高漲得多，她正在興頭上呢，因此不管家裡關照她什麼事，她都拼命地點著腦袋，擺出一副唯命是從的樣子。

　　「看看，寶貝：為了確保妳這次下鄉與『貧下中農』打成一片，媽媽甚至特地為了妳向同事借來了幾套與勞動本質相襯的衣褲，還買了這頂沒有任何花飾的大邊沿草帽。」陳媽媽與其在關照女兒，不如說為著自己的傑作而沾沾自喜。

更有意思的是曉晴的父親，他還將自己前幾年從「五七幹校（註二）」帶回家的一個癟癟塌塌的舊鋁飯盒，以一種移交「傳家寶」的姿勢，送給女兒。

「啊呀——這麼破的盒子還當寶貝傳給我，想不想讓我吃飯啦？」使用這樣的飯盒，女兒當然覺得臉面盡失。

「我保證這是妳班裡最符合學農的東西！」父親堅持著。

「但願湯不會漏出來。」曉晴學農興頭正旺，無可奈何嘀咕了一句，收了。

「不會漏的——就是不曉得妳們那裡有沒有湯喝。」陳媽媽接過女兒齜著牙用兩個手指頭夾著遞過來的飯盒，忍不住開了個玩笑。

臨行前家人千叮嚀萬囑咐：「在外頭千萬不要亂說亂動！妳去的是一個完全陌生的地方，爸爸媽媽又不在身邊：萬一出了問題或者碰到危險，說不定都來不及喊人做處理。」一邊往女兒的行李中塞進去了兩大塊巧克力。

內心歡喜雀躍、外表百依百順的曉晴不住地點頭：「記牢了，記牢了。你們放心吧，我會聽話的！」

媛媛和蓮蓮的東西基本上都由她們自己作主打理。

當年在女生中流行著兩種「自加工」的零食：一是炒乾麵粉，另一種是炒生米粒。因為這兩種食材家家戶戶都現成，沒錢買零食的孩子們常常就地取材，只需借用家中的鐵鍋和爐子，便自己動手創造出了那些鍋香撲鼻、既可解饞又能果腹的美味小食。

「蓮蓮，妳炒米，我帶炒麻粉。」媛媛關照了劉蓮一下，以免帶重覆了。

「曉得了——沒人比得過妳奶奶做的炒麻粉！」

確實，與他人相比，李媛媛的「炒麻粉」別有風味：在乾炒至熟的麵粉中拌入少許奶奶搗碎後的芝麻粉，再加上一點點白糖用熱水攪拌均勻之後，更是香甜入口。候在一旁的小朋友們常常食指大動，腳下生根。

開拔那日，對集體生活和接受「再教育」充滿期待並滿懷信心的男女同學，在兜裡帶滿了雜七雜八的物品食品，排著隊步行了好幾小時，又換乘了公共汽車之後，幾乎花了整整一天的時間，終於如期到達目的地。

那時，從小學課本上讀到過的「一望無際的田野」，真的展現在了所有師生的眼前。雖然那些稀稀拉拉細細矮矮的綠色植物，並非如電影中常見的那樣茂盛和壯觀，但也許到了秋天收獲的季節，會是另外一番景色吧？

總之，孩子們個個是如此的興奮，特別是女生。她們嘰嘰喳喳地，如同田間趕之不走的小麻雀那樣鬧個不休。

雖說應該與貧下中農「打」成一片，但公社給學生們所安排的住宿卻非農舍，而是一排幾個單元的平房。從結構上看，它們顯然是專門為接待那些遠道而來的「新社員」而蓋建的。不僅如此，當興奮難抑的孩子們提著大包小袋衝進宿舍時，竟都被地上鱗次櫛比排列有序的蚊帳所感動。正如老師提醒大家的那樣：「同學們，要衷心感謝當地的貧下中農對我們這些小農民的特殊照顧！」

臥室已然參觀過而且充滿異地之趣，學生們都顯得非常滿意和激動。然而隨著女生們刺耳的尖叫聲，所有人又不得不注意到了自己所面對的真實環境。

「啊呀，這可怎麼辦呀？」走了一天等著「方便」的女生們，面對眼前極為重要的生活部門——衛生間，個個望而卻步，有的甚至掩鼻而逃。

那個在平房後邊標註著男女「廁所」的地方，不僅臭氣薰天連個蓋都沒有，所謂的「馬桶」根本就像是從地裡挖了一個大洞！所有男女師生在「如廁」之時，必須自己掌握平衡蹲在洞邊，雙眼緊閉儘量「莫視」裡面一條條彎曲蠕動的蛆蟲，捂著自己的嘴和鼻子勉強「解」之。

倘若一不小心，後果簡直不堪想像。

幸虧在出門前給孩子做「預防教育」的不只是陳曉晴一家，也不得不再次感慨人類的生存和適應能力：這樣一種在城市難以想像的農村如廁條件，居然在極短的時間內，緊隨著第一位不得不「方便」的女生之後，竟被所有學生接受和習慣了。特別是那些原先大叫著逃開的「小資」女生，結果還不是幾人一組，互相攙扶著「勉為其難」地為當地的莊稼，積下了頭一遍肥料，貢獻出第一份力量。

頭天晚餐，如意料之中是一頓「憶苦飯」。聽著老農憶苦思甜，學生們中有感同身受跟著抹淚的，有情不自禁吸著鼻涕的，有稍不耐煩低聲說話的，還有飢餓難耐偷吃零食的。放眼望去，居然就是沒見一個在打瞌睡的？

「憶苦飯」除了「憶」的時候是真「苦」，飯卻遠遠談不上「吃苦」。倘若以現在人的標準評判，那種以粗糧為主要食材製成的黃色「窩窩頭」，實在算得上是「保健營養食品」一類。假使再包上紅紙頭裝入單盒，不難售個比肉高出好幾倍的價格。

只可惜啃完「窩窩頭」卻仍然興奮得難以入睡的孩子們，幾乎個個都處在長身體的重要階段。因此不難想像，晚間看似風平浪靜的集體宿舍，蚊帳內部卻如輕濤暗湧，只聽見唏唏嗦嗦。學生們各自為陣，在被窩裡掩著耳朵做著鴕鳥，個個都沒有辜負來自家長、隨身攜帶的那份物質上的輔助關愛。

第二天一早，在同學們帶著更大的熱情，喝下了用井水熬成的「黃米粥」之後，老師將早已妥善確定的人員安排，一一點名公之於眾。個頭看似高大或強健的同學分組下地勞動，在農民伯伯的指導下，學習拔除野草之類的農活；而個頭矮小或身子看著相對瘦弱的，如陳曉晴和周潔她們，則被善意地安排在養豬場等較輕的體力勞動場所。

被安排在一起去養豬場勞動，那對多年的玩伴真是求之不得！尤其對於自小熱愛餵養小動物的陳曉晴來說，真可謂人盡其才，得其所在，樂哉樂哉！

《那幾個上海女人》

　　穿得一身簡樸但乾乾淨淨的一對好朋友，跟著早已等在園子外面的公社飼養員，來到離學生駐地最近的一處養豬場。飼養員叔叔非常友好地關照她們：「這裡沒有多少妳們可以幹的活。妳倆先拿著掃帚打掃一下外面的地面，過一會兒我再帶妳們進去沖洗豬圈內部。」

　　兩個女孩乖乖接過同自己差不多高的掃帚，環顧四周：只見那養豬場是幾條平排而建的磚泥平房，每個豬圈都分成室內和室外兩個部份。那些大小不一、圓圓滾滾、憨實可愛的肥豬像許多許多個小「家庭」，牠們各領一地比鄰而居，互不侵擾安歇樂食。

　　原以為養豬場會充滿異味的周潔竟「咯咯咯咯」地笑了起來：「原來豬也是蠻可愛的！」

　　「那當然！假如妳走得近些去看，就會知道所有的豬無論大小，都生著一雙雙比人還漂亮的大眼睛，並且長著又長又濃的眼睫毛。」動物「專家」陳曉晴更是觀察入微並現炒現賣。

　　兩個女孩邊聊著天，邊興致勃勃使出吃奶的力氣，一絲不苟地掃著外面已經被灑上了水的土地，喜滋滋地因自己能夠在學農勞動中得到為豬服務的機會，而倍感自豪。

　　掃過了外面的場地，飼養員拿來了一條水管：「姑娘們，妳們中哪個不怕齷齪？敢同我一道進豬圈嗎？」

　　周潔和曉晴的手不約而同一起指向「她」和「自己」，連回答也是完全一致：「她」和「我敢進去！」

　　飼養員將水管交與小潔，而曉晴則樂顛顛地跟在飼養員的後面走進了豬圈裡頭。

　　豬圈畢竟是豬圈，若說沒有令人討厭的臭味和異味，那便不是豬圈了。但有著更近的機會接觸特別是那些的溜滾圓的小豬崽，陳曉晴就絲毫不會在意這些異味了。她一門心思學著「囉囉囉囉」地幫著飼養員將豬群趕到一邊，等著清洗完這塊地方後，又「囉囉囉囉」把牠們趕到了那一頭，忙的是不亦樂乎。

　　小潔則帶著定格一般的笑臉提著水管，按照裡面的指揮移動著水柱的方向，並盡可能地悄悄將身子站得稍遠一些。

近午時，原來一個飼養員可以完成的工作，在兩個帶著陽光般笑臉的女孩子的辛勤幫助下，終於提前圓滿結束。接著飼養員把她倆帶到另外一個類似倉庫的房子外面：「接下來的活比較累，不需要妳們的幫忙了。妳倆願意看就站在這裡看一下，若不想看的話，妳們就可以回宿舍等吃午飯了。」

飼養員邊說邊打開了半掩著的鐵門——就在鐵門開啟的一霎那，一股極其酸腐的異味衝鼻而來！

兩個女孩不由自主地將雙手捂著整個小臉，跟跟蹌蹌地後退了好幾步！等她們定下神，朝屋子裡面望進去：只見在室內牆的一邊，堆著一些對孩子們來說並不太陌生的大桶。這些桶幾乎遍佈上海的每條里弄，專門用來收集每家每戶吃剩的、過期的、甚至是變質的食品，人們將其稱為「泔腳桶」。

在房間的另一邊有個非常非常大的爐子，上面擱著一個非常非常大的鐵鍋。剛才的那位飼養員正在用一個非常非常大的木柄金屬勺子，在燒煮「泔腳水」的鐵鍋裡，用力攪拌和翻燒著那些顯然已經完全變質，不可再定義為「食品」的混合物。兩個女孩所難以接受的刺鼻氣味，便是那類物品被加熱以後所發出的混合異味。

這些被重新燒煮過的東西，經冷卻後，將成為那些胖乎乎傻愣愣的肥豬們的主食。之後，那些肥豬又將成為人類餐桌上的佳肴美味。

那個時候的上海，要想嚐到一碗十足美味的紅燒豬肉，需要將一家人一個月的「肉票」積攢下來。而在平日裡，幾乎家家都將小片豬肉切成絲或剁成末子，炒個鹹菜或混上麵粉做成肉丸子（俗稱「獅子頭」），就算嚐到葷腥了。

想像著剛才那些可愛的豬崽將被餵食這種東西，陳曉晴不能自主奔跑到稍遠處的大樹底下，難受地蹲下了身子。她的胃裡似有東西在不斷地翻滾上頂，實在不堪忍受，便和著淚水張開嘴發洩了出來。

同樣待在一旁的小潔雖然沒有觀察得太仔細，但看到曉晴的過渡反應，便告誡自己「少看為妙」，一邊卻又大驚失色地慌忙喊人：「老師不好了，陳曉晴吐了！而且——怎麼像是在吐血？」

她這一喊雖然沒把老師從農地裡喊回來，卻把曉晴結結實實嚇出了一身冷汗：「什麼？我吐血了？」自己再低下頭細細一看，禁不住又破涕為笑：「小潔妳別瞎喊了！那不是血，是早上吃的兩塊巧克力！」

早上的井水粥實在太難喝了，因此陳曉晴偷偷給自己增加了些甜味和營養。沒想到卻在這種情況下給穿幫了。

兩個女生在樹底下驚悚未定地討論了半天，然後挽著臂膀一同走回了宿舍。她們沒有再向任何人提起剛才的所見所聞，只是下定決心再不上那間「廚房」觀看飼養員為豬煮食了。

當天晚餐前，女生宿舍在傳著另外一件有驚無險、卻更令人毛骨悚然的事件：今天正當大家行走在田間小道上時，一位女生的草帽被風吹落至路旁的一個「土丘」之上。身手敏捷的劉蓮出於好心，一句「我幫妳撿」兩個大跨步便登上了「土丘」。不料她的腳剛接觸「地面」，人就開始往底下陷了進去——說時遲那時快，老師急忙蹲下身一把抓住了她的手，並用力將劉蓮拉了回來。

原來那頂草帽所吹落的「土丘」，根本就是一個作為積肥用的大糞坑！當地的農民，甚至是常帶學生來此學農的老師，都知道這類看似小土丘的肥料坑，既深且大非常危險，只是還沒有來得及向學生們作具體交代，卻偏偏發生了這樣的險情。幸好老師在場而且解救及時，大禍才免！

聽聞了如此可怕經歷，看看劉蓮掛在窗外屋簷下才洗的衣褲，周潔和曉晴面面相覷：這才叫駭人聽聞呢！剛才自己的那點經歷，還算個什麼事呀！

每天參加勞動過後，胃口大開卻早早結束晚餐的孩子們，幾乎到了夜間八、九點之後，個個飢腸轆轆。因此絕大多數的男生早已將自己攜帶的幾週小食，在頭幾天裡便一掃而光；女學生們相對來說胃口小些，但小吃反而帶得較多。因此，當她們在帳篷裡吃了幾天自帶的品種之後，大家便開始易食嚐新了。

一旦開始交換食物，消耗的速度不免加快了許多。臨近回家的前兩天，女生宿舍所帶的輔助食品幾乎已近告罄。正當所有人都以無聲的睡眠來應付肚裡的餓腸饞蟲之時，只聽到一個帳篷裡傳出金屬罐頭的碰撞聲，接著那「炒麻粉」的香味便滿滿地飄散在房間的每一座帳篷頂上，無論遠近。

「是誰還有『炒麻粉』呀？」

躺在地鋪上的女生們哪能經得住如此大的誘惑！舔著嘴唇，艱難地嚥下自己的口沫，開口詢問的人不只一個。

「誰讓妳們吃得這麼快呀，我還有一大半『炒麻粉』沒有吃完呢。」說話聲源，來自李媛媛。

「反正快要回家了，把妳的『炒麻粉』也貢獻出來，讓大家解解饞好嗎？」

「那怎麼可以！我自己的親妹妹還沒吃過呢，怎麼能讓妳們吃完呢？」

媛媛直接了當的回絕，讓許多同學或啞口無言，或嗤之以鼻。她的好朋友們看看氣氛不對，趕快開口幫她解釋：「她真的是要省著留給她的妹妹吃，她們姐妹兩個平時都是自己開火倉（煮飯）的。」

註一：「開門辦學」作為一類將「學工、學農、學軍」融入傳統大中小學的教育方針，貫徹推行於二十世紀六十和七十年代。

註二：五七幹校，是上世紀中國文化大革命時期，全國各地各部門根據毛澤東《五七指示》興辦的農場，是集中容納中國黨政機關幹部、科研文教部門的知識份子，對他們進行勞動改造、思想教育的地方。

第十八章：突變

在小學多滯留了半年的孩子們初入中學之時，大多數的原班同學都按照他們居住的地區，被分配在了同一個班級。因而減輕了許多同學之間的陌生感。

對於我們故事中的那些女孩子來說，被學校幸運地分配在同一個班級，更是令人歡喜之極。每天早晨她們依然結伴上學，每日課間她們仍然習慣相聚一起。

周潔的哥哥和一同玩大的男生們大都已進入高中。隨著孩子們年齡的增大，每個人的興趣愛好各有所專。即便不在一起消磨太多的課後時間，但他們對共同的妹妹小潔的關心和愛護，一如既往——特別是那個高大俊朗，粗中見細的梁成宇。

那位轉學而來的軍人後代陳宏，在同父親做過一番較量之後，終於力不從心，無奈地再次隨著父親新的工作轉學到另外一個區校。不久，他被順利地選拔進了當時的「體工大隊」（註），作為重點培養的「花劍」運動員。臨走之前他再次來到陳曉晴的家門口，依依不捨地向她道別：「以後有機會我一定會來找妳玩！」

曉晴初中的第一年，陳宏曾在放學之後來過她的學校。兩人在許多同學的注視下，毫不避嫌地坐在操場籃球架下。陳宏一邊看著劉蓮她們打球，一邊聽曉晴說話。

陳宏被選入「體工大隊」的消息不脛而走，令許多樂民路中學的運動愛好者們羨慕不已。

「喂，陳宏。聽說你被選入體校啦？很難進是嗎？」

「玩劍有危險嗎？聽說臉上必須用罩子保護起來？」

「你們所有人都必須住校嗎？還是可以走讀？」

「有津貼拿嗎？待遇好嗎？」

一些過去同陳宏比較熟悉的，特別是校籃球隊的老隊員們，看到他回來學校，都熱情地圍了過去，問長問短。陳宏耐心回答著大家的好奇心，而曉晴雖然被暫時冷落一旁，卻不由自主地抿著嘴偷著笑著。她既為陳宏自豪，又莫名其妙地替自己高興。

聽說每天還可領取五毛錢的食品津貼，大家都吵著讓陳宏請客。陳宏倒是落落大方，掏出錢在一群同學的簇擁下，來到學校大門對面的弄堂口。那裡每天一俟學校放學，就有一位老伯伯推著平板車，將一個圓形烤爐置在路邊，藉著車架搭起了一個木桌子，熟練地開始製作油香鬆脆的蔥油餅。

蔥油餅是陳曉晴平素最愛的點心之一。而那天的蔥油餅，雖然等候的時間比往日長了半個多鐘頭，卻是她多年以來吃過的最美味的小食。

初中進入第二學年。也許是忙，也許是國內的教育形勢出現了轉折，陳曉晴再也沒有聽到陳宏的任何消息。時過境遷，陳宏不再出現在曉晴家對面的房頂之上。

一天，住在洋房裡的這邊人家聽到了一個非常不利的消息：「對面的那排平房將被推翻重建！」

「聽說為了解決本區人口密度的快速增加，房管局決定將對面的停車房拆除，並重新在原址上另蓋一棟四層樓的公房。」

人心惶惶！住在洋樓這邊凡是有些力氣和嗓門的，幾乎都吵過抗議過。只可惜人少勢寡，人微言輕！雖然小弄堂兩邊的狹窄間距只有三步之遙，最後那棟樓還是被蓋了起來。

記得當大人們提出抗議時，陳曉晴僅從一位朋友的立場出發，是唯一那個堅決支持劉蓮她們重建住房的。但新樓一經落成之後，雖然自己的好友住進了兩房的套間，但當曉晴看到一大片的建築赫然正對自家的窗門，而且每天回家第一件事便要立刻拉上窗簾，以免對面的新老住戶一眼遍觀這邊的全室全景，她的內心便對自己當初的立場產生了質疑。

當然，一個孩子的選擇和立場，無論對與錯，原不足為他人所取。

升入中學的男生和女生，除更換了一個讀書的環境之外，原先在各個方面並未感到有多大的不同或不適——直到二十世紀七十年代末。

那一年，中國的教育體制從根上被撥轉了回來！

學校的大門依舊敞開著，但坐在教室裡的學生卻不必走向社會，去接受工農兵的「再教育」了。不僅如此，學生們早已「走」出校門之外的所有心思，現在突然要被學校收回到課堂之內，認認真真地重新學習「文化課程」，準備面對國家的考核、選取和錄用。

如此大的轉變，對剛剛跨入學校、甚至剛進中學的孩子們來說，是一個嶄新的人生機會和更多選擇的前程；對於那些學業毫無建樹，正在等待畢業分配的高年級生來說，似乎木已成舟早就無關痛癢；而對於那些同樣面臨畢業分配，卻有鴻圖之志的年輕人來說，雖然人生多了一種選擇，卻前景不明處於進退維谷之中。

若說恢復高考給孩子們的現狀和未來造成了很大的變化，不如說恢復高考為老師和家長帶來了更大的激情和動力。尤其是在那些還沒有臨到畢業的學生們眼裡，忽然間，周圍的一切人和事都發生了翻天覆地的轉變。

比如劉蓮。過去作為「德、智、體」全面發展的好學生，學校裡但凡有好的活動項目如歡迎外賓，如有領導來學校聽課時，她都代表學生在課堂上發言；再如加入校籃球隊，加入毛主席的「紅小兵」和「紅衛兵」等等，她都是被最早提供機會的學生之一。現在學校的風向忽然轉了，老師不再將培養目標放在她那樣的學生身上，卻在班裡多次表揚那些功課完成得好，考試分數較高的學生。

如此巨變，讓年輕的女孩子不由得感到瞬間的失落，似乎無從所適。

再看周潔身邊所發生的變化：在她的記憶中，一貫唯唯諾諾、對內外事務充耳不聞噤若寒蟬的父親，忽然之間像換了一個人！他雖然每天還是夾著原來的那個包包進進出出，但走路卻不再左避右躲，說話腔調也視輕重緩急掌握得有腔有調。更有意思的是過去門可羅雀的家，現在卻人來人往幾乎要被踏破門檻了。從人們的談話中可以聽出，父親精神煥發的主要原因，是受到學校領導的高度器重，並榮任動力機械工程系教導主任的職務。

周主任的一反常態，藉著小潔外婆的那句戲話，便是一針見血：「看看你們這些知識份子——稍微給了一點點臉色，尾巴就翹到天上去了！」

不管尾巴如何，虎將之門無論如何不可出犬子，至少不能全都是犬！看到教育形勢的變化所帶來的機遇，周主任第一希望爭取的目標自然是家中的長子。

只可惜一直以來小清習慣了悠哉自得、了無牽絆的學校生活，以至荒廢了整個學生時期。父親對自己施壓令兒子既莫名其妙又極力反抗：「你們過去啥辰光約束過我？提醒過我？現在嫌我不求上進了，沒有前途了——請問那是我的錯嗎？」

「我們不是責怪你的過去，只是希望你作為家裡的長子，多作些努力。考個好成績進入大學，給家門增光，同時為你妹妹作個榜樣。」

「你們覺得能將一個人在一天裡面餵成胖子嗎？這麼多年我脫掉（拉下）的功課，可能在一天裡面找補回來嗎？」在兒子眼中，家長的想法竟是如此可笑和無知：「再說了，現在沒有插隊落戶的名額需要你們擔心了！做一名光榮的工人階級，不是一個非常光明的前途嗎？這不是過去那些年來，全家一直希望和期待的嗎？」

至此，老周雖懷望子成龍之心，卻只能對天長嘆回天乏術。轉而一想：家中不是還有一個正上初中的乖乖小女？我何不在她的身上多下些功夫，努力將她培養成一個受人敬佩並榮耀門庭的「大學生」呢？

那天在飯桌上，周主任給太太遞了一個眼色，周媽媽隨即開口：「小潔，爸爸想讓妳參加高考。妳自己要想想清楚。」

周潔大吃一驚：「小清不是快畢業了嗎？高考同我有什麼關係？」

阿哥周清急急忙忙跟了一句：「我考不上大學的！我的一顆紅心早就準備好當工人階級了！」

「那我還在讀初中，又沒有畢業。現在還用不著想這些的吧？」小潔的篤態似乎理所當然。

周主任把筷子往桌上一放，皺了皺眉。沒看兒子卻把臉對著自己的

《那幾個上海女人》

女兒：「人應該同有出息的人做比較！妳看和你們一道長大的成宇，我前幾天碰到他，他就明確地表示過要參加高考。目標同他的父母一樣，做一名醫生。現在他每天正在加緊補課！」

「我又不想當醫生。」爸爸從未這麼嚴肅地同自己講過話，小潔既不適應又不買帳。她看看母親和外婆，奇怪平常嗓門超過父親的兩位家庭「主婦」，如今竟無人出來替自己解圍！因此她雖強詞奪理，卻沒有一絲絲的底氣。

「誰讓妳去做醫生了？我只是想提醒妳：如果將來要有出息的話，就應該考取大學！而且必須從現在抓起！」

「怎麼抓？」

「妳的功課比小清好很多，但考大學就沒有那麼簡單。我可以從自己學校替妳找幾個補課的老師，幫助妳做些課外練習。」

「那倒不用的！我保證以後好好用功還不行嗎？」小潔張皇失措，心想：「補課？那以後還能有好日子過嗎？還是乖乖下個保證，使個緩兵之計再說。」

得到了女兒的保證，周主任重新拿起了筷子。

註：當年的「體工大隊」取的是一個時髦的名稱，其實質就是後來的青少年體校。當時被選拔進體校的都是國家有意培養的專業體育人才，他們基本脫離普通的中小學，而作為集體的一份子住讀於體校之內。凡是被錄取的同學有著比普通學生更好的待遇，他們中許多人每天可以領取五毛錢的食物津貼。這些體育「苗子」一旦開始接受訓練，便目標全國比賽。那些逐步淘汰的學生由於文化教育落後於其他普通學校的學生，因此往往被定向培養，在畢業後擔任學校體育老師，或成為職業體育項目的教練等。

第十九章：應變

被家裡逼得六神無主的周潔，在小集團活動時把壓力均攤了一下：「我該怎麼辦？我爸一定會給我找課外補課老師的——完了！」

「妳打算考大學嗎？」媛媛問的才是關鍵。

「考得取就考……」小潔支支吾吾。

「那補課也算不得是什麼壞事。」曉晴這次的決心，倒是不亞於當年拿家門鑰匙：「我一定會參加高考的，我想當大學生！」

「妳當然啦——功課這麼好！」大家全以為然。

「那我也試試？」小潔的自尊心，激勵著她。

「我覺得妳已經很運氣了，家裡可以幫你找課外老師。」劉蓮不無羨慕地看著周潔，提醒她「身在福中要知足」。

懷著一顆毫不堅定，但還算安定的心，周潔最後選擇接受現實。

俗話說「靠山吃山，靠海吃海」。對於周主任來說，在短期內從自己的學生中挑選出幾個品學兼優的，作為女兒的家庭輔助教師，猶如輕車走熟路，吹灰之力而已！

可父親的舉手之勞，讓女兒多加了不只是每週一課，而是每天放學之後新添的兩個讀書鐘頭。一週五天，五門功課，四位助教；十個小時的輔助課程，十個小時的輔助作業——嗚呼，哀哉！

那段日子裡，陳曉晴的家中也發生了一些變化。

過去多年在孩子的心目中，父親善良而寬容。雖然她還沒有直接體會到，深愛自己的父親具備他人評價中的「智慧」。

比如有一次當她問爸爸：「為啥我家養的小貓咪不去那個煤灰簸箕裡面『解手』，我還特地為了牠們向鄰居討來的？」

爸爸那時的回答是：「有些聰敏的小動物會自己跑去坐馬桶的。比如我過去養過的那條名叫『黑人牙膏』的賽狗，就會自己上衛生間。」

不久之後，曉晴便失望地發現，那兩隻小貓只是更喜歡父母床底下的鞋盒而已。

還有一次弄堂裡有人吵架，雙方對罵「王八蛋」。曉晴讀著小說但心裡突然起了疑問，便轉身請教家父：「王八」，到底指的是烏龜還是甲魚？

記得當時父親放下手中正在翻閱的報紙，仰頭思索了老半天，才鄭重其事地回答女兒：「是鱉！」

現在家、國都面臨重大的改變，陳曉晴的父親似乎同樣感覺到與其「謙虛謹慎、碌碌無為」，不如「臨變受命、盡力而為」。他原來每天下班回到家，便一杯綠茶一張報紙一個收音機。平時只用耳朵去關心國家大事，用眼睛來留意家中瑣事。如今研究院的責任和事務增多，家中朋友和同事間的走動也頻繁起來，按理更無暇顧及孩子的學習和生活。

然而事實卻並非如此。那天晚餐之後，曉晴的父親把女兒叫到跟前：「阿囡，現在國家恢復高考制度了，妳自己有何打算？」

陳曉晴雖已打定主意且成竹在胸，但如今既然父親「徵求」於她，不妨先為自己爭取一些附加「條件」：「我還沒想好——爸爸的意思怎樣？」

「原來爸媽一直擔心妳會像阿姨一樣，被送去農村『插隊落戶』。但目前的形勢已經發生了改變，妳們這一代非常幸運，有了更多的人生選擇。技術又開始『吃香』了，從長遠看正應了中國的一句老話：一技在手，才能走遍天下！」父親看了女兒一眼，又補充了一句：

「女孩子同樣如此！」

雖然父親所採取的是循序漸進和徵求意見的方式，但從對孩子的了解，以及女兒平時的作業和考試情況來看，陳曉晴的父親自知不會有太大的失望：「妳功課不錯。但目前關鍵中的關鍵，是要為自己確立一個努力的目標，要做到有的放矢！」

「既然爸爸希望我參加高考，那我只好全力以赴」，曉晴順水推舟，看著父親作出「勉為其難」和「積極配合」的樣子：「但是現在許多影院都在放映外國影片，特別是你帶我去看過的那些『內參』片，其中絕大多數都是我所熟悉和喜愛的世界名著。目前離高考還有兩年多的時間，假使只考慮讀書的話，豈不會錯過那麼多的經典電影？」

　　果然是一對知己知彼的父女倆！陳曉晴的父親原本也沒有想要剝奪寶貝女兒同自己觀看外國電影的打算，便滿口答應了孩子的要求：「只要妳保證為參加高考做出努力，我會儘量想辦法去給妳搞電影票！」

　　「一定努力！」曉晴立刻伸出兩個手指頭：「最少兩週要看一部新電影。」

　　現在的人可能難以想像，在她們的那個年代，能夠及時觀看一場外國電影（有些還是帶中文字幕的原版片），是一件多麼令人羨慕的事情。

　　首先，放映外國片的影院非常有限；其次，電影票幾乎都捏在「黃牛（註）」的手中。

　　陳曉晴的父親，在此後的兩年多時間裡，始終信守著自己的許諾（以及他個人對電影的愛好）。在下班之後的回家途中，陳父常常特意拐到那些正在放映外國電影的劇場門口，從那些「黃牛」的手中買下當紅的影片。當然，他向來一買最少是兩張票，因為家裡至少有位長輩，會陪著孩子一起觀看。

　　這種看電影的愛好和習慣，常常與曉晴放學後的留校加課時間相衝突。凡此時，她的母親便是那位替女兒寫「病假條」的家長。因此每當其他教師對陳曉晴的缺課表示質疑時，她的班主任老師更是耿耿於懷：「反正只要陳曉晴逃學，她的媽媽就會給她補張病假條的！」

　　為了回報家長對自己的關心和愛護，陳曉晴暫時停止了一切放學之後的課外活動，一頭扎進了母親託人買回來的「自學叢書」裡。幾個月後，她便可以交差了：「爸媽，我已全部完成了書後面的所有附加練習題！」

　　「妳只做題不讀書嗎？」家長們顯然覺得那些書沒有物盡其用。

　　「沒必要啊。書裡面講的主要內容，同我們老師課堂上所教的大同小異，為何多此一舉？」在孩子看來，家長們的投資倒是有些過甚了。

　　故事中的那幾個女孩子當中，唯有李媛媛幾乎沒有被新的教育改革影響到太多。她一如既往地把主要精力投放在學習舞蹈方面，以至於平時的功課和課外作業，不是閉著眼睛不求理解地抄襲，就是乾脆把來不及完成的作業本交給曉晴她們：「幫忙處理一下，謝謝啦。」

甚至於有一次老師在課堂上直接點了兩個人的名字，引得全班哄堂大笑：「我們班上有兩位同學，當大家遞交作業本子的時候，她們的本子都還在別人的手裡，這是兩人的共同之處。而她們的不同點在於：一個是出借作業本給同學去抄襲，另一個則是請求同學幫她完成當天要交的作業。」

不久，學校宣佈，將通過對學生的考核成績來重新分班。換句話說，那些曾經一起上學、一起升學、一起長大的孩子們，將再一次地被區分優劣，區別對待——只是這一次的衡量標準，將通過讀書考核的成績來評判，而非過去的德智體「三好」的全面考量。

孩子們既沒有也不懂得取捨，她和他們慌不擇路，順應著潮流的方向，你追我趕蜂擁而去……

註：所謂「黃牛」是當年一類特殊的「買賣人」。那些無所事事的（年輕人居多）通過買通電影院的售票員、或者搶在別人面前購下幾長排座位，然後在電影放映之前的一兩天甚至一兩分鐘之前，以高價倒賣給哪些想看但無力搶票的人，比如熱戀中的情侶等等。

第二十章：不敢懈怠的中學師生

中學時代究竟對於一個人的一生意味著什麼？故事中的那代人，多年後回憶自己的人生之路，他們的回答應該是「定終生」。

當然，現在有人提出孩子的成長應始於幼教。人們把一個孩子的人生「起跑線」，已經推到了剛剛學會用半完整的句子，表達自己心意的「學齡」之前。

但是在故事中那個年代出生的孩子，在那個時期進入中學的年輕人，整個中學時代對於他們的意義，實實在在可謂奠定了他們的一生！

正如當年的老師，在課堂上重覆著的那句話：「若現在你不抓緊時間讀書練習，幾年之後你就無法考取大學！」

正如當年的家長，一再督促孩子的那句話：「你若考不取大學，你的人生和將來就沒有任何希望！」

正如中國人的老祖宗，留給後人的那句老話：「少壯不努力，老大徒傷悲！」

有了老祖宗留下的那句經典蓋論，似乎不再有誰會指責前面的那個定義，又似乎人生除了「少壯」的年紀，其他時期如「青壯」或「中年」或「晚年」時，再努力也將是碌碌無為，將無濟於事？

暫不去考慮這麼多了。正好處在改革風口浪尖上的年輕人，個個都懂得珍惜當前的大好機會，個個都把目標定在了參加高考、升入大學這個唯一的行為標準之上。

除了家中的改變，學生們體會更深的是學校裡的變化，特別是老師。在孩子們的記憶中，過去幾乎沒有在乎過諸如：自己的學校是否著名，誰將是他們的班主任，哪位老師會給他們上文化課，這些老師的個人經歷和學歷怎樣等等。可隨著教育制度的改革，學生不僅明白了自己應該努力的目標，連老師的聘用和流動都成了學校的熱門話題。似乎每個學生的前途在於中學，而每個中學的成敗關鍵，則在於老師。

　　以即將進入高一年級的學生來說，他們人生的下一個關鍵點在於全市統考。當時統考的目的已從單純的晉升高中，而演變成了擇優錄取跨區入學。考得高分的同學將有機會每天換乘幾輛公車，或騎著腳踏車去上海各市、區的「重點中學」讀書；考分一般的學生可以留在原來的普通中學或區重點中學，升讀高中；考試成績不盡人意的將被剔除出原來的「重點」學校，他們同樣必須揹著書包，換上幾輛車轉入其他的「普通」學校續學。

　　「樂民路中學」依照它的師資力量所評選的結果，屬於「區重點」一類中學。因此在初中畢業生中的一部份成績優良的學生，將同樣面臨留校或轉學的選擇；而大多數的學生，將得以繼續留校讀完他們的高中。對於這一點，故事中的幾位女生不論成績高下，似乎都確立了一個共同的心願——不願離開原校！

　　班主任老師拿來了一疊紙張，讓大家填寫入讀中學的志願表。陳曉晴不假思索，在首選中填下了「樂民路中學」。

　　那晚回到家，曉晴將填表事宜及選校決定告知父母，不料卻引起軒然大波！難得對孩子發脾氣的父親，因始料不及而非常生氣：「妳怎麼不同家裡商量一下就擅作主張？選校的正確與否將直接關係到妳的未來，怎可如此草率決定？」

　　「不是草率決定的！」曉晴據理力爭：「我覺得自己的學校很好，人人都說我們的教師很有實力，留校讀書同樣可以考上大學的！」

　　「妳的成績毫無疑問可以進入市重點的。水往低處流，人應該往上走！」陳父實在是難以釋懷：「何況市重點的教學質量無論如何都是有保障的。」

　　「我們學校的師資力量也很強呀。」曉晴自信滿滿如數家珍：「聽說一班將由校長親任數學老師，語文老先生來自某某大學中文系，物理老師曾任『高考』出題老師，班主任原是外國語大學的高材生……」

　　「是不錯，但爸爸不希望妳坐井觀天！應該把握機會出去看看，接受一些新鮮事物。」

「我們的老師不僅有實力，而且有愛心。」女兒據理力爭：「你看我們的班主任，每天最早來到學校，最晚離開學校；當其他科目的老師安排加課時，無論是下午和晚上，她總是在辦公室等到下課才離開；她心疼我們每天太早上學，太晚午飯，還特地聯繫學校周圍的點心為我們補充營養——考慮得比你們還周到呢。」

講到這裡，曉晴嚥了一下口水，想起了早上的那個一咬一包肉湯的「鮮肉糍毛團」。看父親沒有再堅持，她又補充：「我們的學校離家又是這麼近。如果轉學的話，浪費在路上的工夫豈不太多了？」

「還有一些住讀的大學附中啊。」對此，陳父不予苟同。

聽到這裡，一向夫唱婦隨的陳太太不得不幫著女兒說話了：「她這麼小，怎麼可以出去住讀？外頭那麼亂哄哄的，小囡還有可能集中思想唸書嗎？」

木已成舟，陳父最後也只能面對現實：「希望妳能把路上『節省』下來的時間，真正用到學習上頭，否則將來一定追悔莫及！」

「我曉得！」雖然寶貝女兒下了保證，但陳父的臉在很長的一段日子裡愁雲密佈，怫然不悅。

入夏的天氣竟然一點都不願幫助辛勞的孩子們，眼見還有兩天就是統考了，氣候越來越熱幾乎接近四十度。那晚曉晴同劉蓮一起在自家複習，突然感到腹部隱隱作痛，而且似乎越來越甚，以至於不得不中斷自習。劉蓮急忙去告訴陳阿姨：「曉晴在喊肚子疼，已經疼得坐不住了！」

想到後天就是統考，家裡人急得一團糟。「趕快送醫院吧。只有儘快確定病情，才能對症用藥啊！」陳媽媽總算當機立斷，慌亂中幫全家拿了個主意。

來到醫院，醫生確診：陳曉晴患的是急性闌尾炎。

天哪——女兒考試在即，卻得了闌尾炎！

了解到這一特殊的情況，醫生急家長所急：「先試試中成藥物治療，爭取讓孩子捱過考期。」

只可惜到了第二天中午，陳曉晴委實難以堅持。守在一旁緊張觀察的父母，不得不再次急急地把她送入醫院。經檢查，藥物治療沒有見效，必須立刻進行手術切除，否則會造成粘連的危險。

因此，當所有同學熱火朝天參加統考之時，陳曉晴在醫院裡度過了這段日子。正如之後陳父所嘆：「也許是天意吧——孩子最終留在了自己的學校！」

我們故事中的那些女生，雖然都幸運地留在了自己的地區中學，但以陳曉晴過去的成績以及周潔統考的結果，只有她們兩人順利地進入以十四個班的最高分數所組成的「提高班」；李媛媛考分不盡人意，因而被分到了普通班；劉蓮經過了幾個月的發憤努力，獲得了進入「二班」的資格，她慶幸之餘，對小姐妹依然眼熱得很：

「妳們兩個，肯定就要成為大學生了！」

這樣的蓋棺定論，在當時並非僅僅依據考核成績，更重要的是基於學校對「提高班」的注重，以及所配備的師資力量。進入「提高班」的學生個個歡欣鼓舞信心倍增，每個學生都為自己可以躋身於這個備受關愛的大集體而深感慶幸和自豪。

然而，那些從小習慣了在校內畏首畏尾，出了校門則無所忌憚甚至膽大妄為的學生們，真的可以將散漫的心，瞬間收回到教室裡來嗎？

似乎那些曾經有過的自由，是一種奢侈的索取和多餘的揮霍。命中註定作為一名學生，她和他所必須承受的，必定是課堂上的學業，以及被考核和揀選的宿命。

老師誨人不倦，家長鞍前馬後。學生唯有感恩、知足、勤奮！他們晝寫夜讀，專心致志！

也許是老天故意要給那些孩子更多的磨難。前些年教育部門將秋季招生改為春季，造成了兩屆學生合併成一屆的局面。致使原來都在六、七個班級的高一年級，平添出一倍的學生。

再看看劉蓮所在的二班，就當前的成績來說，僅次於「提高班」。但由於大學招生名額並無增加，以及中學的師資力量有限，他們的班級中就將有一些同學只因「生不逢時」，而招致被擠出大學的門檻。前景如此堪憂，學生人人自危，不敢有半點的鬆懈。

至於剩下那些普通班級的學生，雖然每天早上和「提高班」的同學一樣做操，白天和「提高班」同學一樣地上著文化課，晚上與「提高班」同學一樣帶著厚厚的作業回家——然而在他們的心中，卻早已明白不過：此生只能遺憾地與大學的校門錯身而過！

中學短短的兩三年，竟註定了人的一生！

看似光明的征途，能否造就一番輝煌之建樹？

看似黯淡的前景，是否真會走向失落的人生？

那些一起長大，相知相交已久的女孩，終於被分手了。

在人們的頭頂上開始出現白髮的那一天，當人們有了空閒的時間，去回看來時走過的路徑，他們也許會自我詢問：假如當時和其他同學對換了一個座位，自己此生是否可以過得更加幸福？

中學時代的努力和機遇，也許真的為人們定下了一條人生的必由之路。然而無論人們選擇和行走的是怎樣的一條道路，卻不是他們爭取和享受幸福的那個途徑。

仕途和幸福之間沒有等號可以畫，但它們卻不是兩條平行直線。它們兩者之間，存在著無數個交叉點。

人們用盡一生所碌碌尋求的，就是那些固然存在著、卻又其實微乎其微的交叉亮點。

第二十一章：她和她的輔導老師

十七、八歲的青年人，每天揹著個書包來回與校門和家門之間。他們教室裡的座位旁邊，始終陪伴著一位異性的同學。

高中學生的身體，正是從前幾年的發育狀態，真正進入了青春時期。女生們個個像正由青澀轉變為熟甜的果子；男生不論是在身體和智力上，都展現出一種突放猛進的勢頭，似乎無可阻擋。

這個時候的年輕人，應該是在想些什麼？他們除了上課之外，還做了些什麼？

在學校老師和家中父母的眼皮底下，究竟發生過多少他們未知的事情——這可是在父母和老師的頭頂全部變成灰白的那天，都沒法回去探究和搞清的事體。然而實實在在地，應該發生的故事，在應該發生的年紀，沒有停止在那些年輕人忙碌的生活裡。

忽視了這一切的長輩們，只是因為他們，給自己蒙上了一塊遮眼布。

周潔年近十七了，長得是如此的白淨細嫩。她的個子雖然不高，但女子青春的神來妙筆，在其胸部、腰部和臀部等少女主要之特徵部位，刻畫栩栩。

依著父親的安排，她一週中有四、五天必須額外補課。然而，父親千挑萬選所定的那幾位輔導「老師」的年紀，卻實在不能被破格尊為「長輩」。那些正在學校做助教或準備攻讀研究生的男青年們，受寵若驚地來到周主任的家裡，誠惶誠恐地輔導起他女兒的功課。

面對著如花似玉的妙齡女學生，真要做到心無旁鶩地教學，大概除非是聖人。反正，周潔身邊的這幾位「老師」，肯定都不在聖人之列！他們一邊故作鎮定，以最正經的姿態表現於系主任跟前，循規蹈矩地輔導著這位令人著迷的少女；與此同時，每個人不約而同地，內心都在做著系主任家乘龍快婿的美夢。

看著每天人來人往，進出周潔家門的都是些青年才俊，可是急壞了她的鄰居和青梅竹馬梁成宇。

雖然夜以繼晝勤奮補習，但積重難返，成宇在第一年的高考中名落孫山。不過他棄業從文的決心已定，經過第二年的夜校學習和刻苦自修，他將捲土重來再次迎戰。

雖未挑明，但多年來梁成宇始終相信，如小鳥般依人的周潔，遲早會跳上自己這條樹枝，兩人早晚會結成天造地設的一對情侶。怎料想，如今平白蹦出了那麼些個挑戰者？

而且就個人條件而言，他們已然天之驕子！

就當前機會來看，他們竟是近水樓台，佔盡先機！

成宇自知作為情敵，在目前的情況下並不具備足夠的資格。因此他不得不忍辱負重，加倍努力地把妒心化作學習的動力，爭取在今年的考核中不負辛勞，得償所願！

外表依然如孩童時那樣恬靜乖巧，而身心卻正在成熟和生長中的小潔，還沒有來得及去細細地翻閱鄰家哥哥的那本心經。她作為一位備受寵愛的學生，正盡情沐浴著來自四面八方青春的光照和環繞。每週每日交替來往的青年才俊，個個都以老師的身份但哥哥的言行對她關懷備至，呵護有加：

「小潔——這是對妳按時完成作業的獎勵。」

「小潔——這盒巧克力專為獎賞妳測驗過關。」

「小潔——這些小禮物是為了鼓勵妳堅持讀書。」

那些導師不僅每次上課都會帶些小小的禮物或者甜食，作為小潔完成作業或者通過測驗的「獎勵」，甚至對於她難以解答或交差的作業，他們都會背著系主任而幫其愛女蒙混過關，並同樣以贈小禮物的方式再「勵」之。

這些補課「老師」們為周潔所耗的心機所作的努力，讓她感佩在懷，牢記在心。日復一日，在周主任家裡的那張靠窗方桌的座位上，正對著小潔的臉，每個晚餐前或晚餐後不斷地更迭交替著不同的聲音，不同的笑容，不同的智慧，不同的關懷。

　　　　　　　　　　《那幾個上海女人》

　　周潔自認對讀書沒有特殊的愛好和天賦，她只是一味被動地跟著。然而在與那些「老師」們長期相處的過程中，小潔卻將他們的脾氣和習慣了解得一清二楚。當然，雖然不會直接了當點穿他們的心意，小潔也能明顯地覺察到那些「老師」對自己逐日遞升的愛慕與情感。

　　周潔並無從中作出選擇的打算，但她的內心總是暖暖的。她甚至可以忘卻「老師」們來家的目的，每日期待著那些越來越熟識的臉孔，帶著不同的獎品，在自己的面前開懷暢言，縱聲歡笑。

　　面對著那樣一個雖說讀書不太用心，但即使遇到難題也極少皺眉的「開心娃娃」，年輕的「老師」們樂此不疲，持之以恆其最佳的教學態度，直至高考。

　　看到好朋友周潔每天如此繁忙，卻依然笑口常開，並常常饒有興趣地學著助教們的言行舉動，陳曉晴實在是非常羨慕她，一邊又嘻嘻哈哈與她玩笑：「妳到底喜歡他們哪個呀？總不能都要吧？」

　　「憑良心說，他們個個對我都好！」小潔在好朋友面前沒有絲毫的遮掩或忸怩之態：「而且他們沒來的日子裡，我還真的有點想念他們的。」

　　「呵呵，那妳就告訴他們哦。看看誰有那個膽，敢約妳出去玩！」看熱鬧的，盡出些不負責任的餿主意。

　　「不騙妳，我儘管蠻喜歡見到他們，特別是那個長得很帥的高材生，但從來都沒有心跳的感覺。妳覺得我這是在戀愛嗎？」

　　陳曉晴回答不了這個問題，但她隱隱約約地覺得，假如沒有心跳，就不像是書本和電影中所讀到過的「戀愛」：「不曉得。有戀，卻沒有愛？」

　　誰又能事先知道答案呢？無論如何，被男孩子關愛著的少女，總是沉浸在幸福之中。

　　在小潔的周圍，倒是有一個人確切地知道自己的心思。他，還是那個兩小無猜一起長大的梁成宇。

　　成宇終於勞有所獲，在第二年考取了夢寐以求的醫學院。對他來說，這個時候「前程似錦」四個字包含了兩種人生意義：首先，不遠的將來可以身穿白大褂，成為一名光榮的救死扶傷醫務工作者；二者，有了足夠的條件和信心，與心愛的女子相親相愛。

「甚至相守一輩子的日子，或許都是指日可待了！」成宇每晚做的都是相同的美夢。

成宇從小心疼小潔，他見不得小潔受到一丁點的委屈。他甚至害怕自己對愛的表白會太早，可能嚇到心儀的女孩。他每天回家前，都往小潔的住處伸著腦袋張望一陣。雖然聽不到他們家裡的談話聲，但出於了解，他可以非常清楚地在心中描繪出那張甜蜜可人的笑臉。同樣出於了解，他也十分清楚那張明眸潔齒一笑百媚的臉蛋，對於其他男性所產生的攻心力。

於是，他特別挑選了一個小潔補習的時間，去敲她家的門。成宇看著那個長相同自己不相上下的輔導老師，等著他們作一番介紹。

「嘿，成宇！你怎麼現在過來啦？我阿哥還沒回家呢。」小潔輕鬆隨意地同他打著招呼，似乎並沒有介紹他人的意思。

「我來給你們送喜糖——我考上醫學院了！」

「真的？太好了！你終於如願以償了！恭喜你！」小潔非常了解成宇的心願，由衷地為一起長大的好友感到高興：「等小清禮拜天回家，你可要請大家飽餐一頓哦！」

看到站在一旁的「老師」正笑呵呵地用眼神關注著自己，小潔才突然想起該作個相互介紹：「哦，對了——這是我的補課老師。他姓賈，剛剛考取了我爸系裡的研究生。這是我們的鄰居和朋友，梁成宇。」

「祝賀你！我叫賈以農！謝謝你的喜糖。」賈老師以一種主人的姿態，接待著這位不速之客。

自信心飽滿的成宇，這回當仁不讓，明擺出了一副「情敵」的攻勢：「謝謝你幫我們小潔補習功課！這小姑娘從小就懂得依賴人，請你一定耐心點哦。」

「當然，當然。」賈老師從鄰居的話語中明顯地嗆到一股火藥味。

聰明的他暫避鋒芒，迅速順著成宇的話鋒，轉身將走回桌旁的周潔按到椅子上，換了一種語氣以退為進地說：「小潔，我們該繼續上課了！」

吃了敗仗的成宇，不得不道了聲「再見」並退到門外。他沒有直接回家，而是在小潔的家門口默默地呆立了幾分鐘，腦中回憶和分析著小潔和那個姓「假」的「老師」兩人剛才的反應和態度。聯想到自從親如兄弟的小清被分配到遠郊的化工廠工作之後，自己的心中是那樣的無助。

似乎當前委實沒有在場的必要，成宇只得悻悻然、慢吞吞地走回家中。考入醫學院的滿心歡喜像是被人挖去了一個角，成宇的夜晚有些惆悵。他躺在那張即將告別的單人床上，為以後住校的學習生活作著盤算。

年輕人的眼前再一次出現了那張熟悉的笑臉。他不自覺地提起了右手，把掌心壓在了自己的眼眶上面，希望得以留住那潭盈盈秋水。

回想著那麼些年的相處相知，成宇的內心感覺到一絲絲的疼痛。

心，有了疼痛的感覺，便是處在「愛」的中間了。

第二十二章：提高班裡的男生女生

　　同班的男生女生，有一種莫辯的相互認知：女生眼裡的男生，總是顯得那樣的幼稚；而男生眼裡的女生，卻又總是那樣的厲害。

　　男生看著自己班上活潑漂亮的女生，總是喜歡同高年級的男生相處，便以為她們不喜歡自己幼稚的談吐和行為。

　　其實不然：女生們之所以看他們幼稚，是將他們同自己的成熟相比較，而非同高年級的男生在作比較。那些選擇同高年級男生交往的女生，是因為欣賞他們追求自己的勇氣，而非認為那些男孩子在心理上，比自己的同班同學更為成熟。

　　可惜同班裡的男生，並不了解女生的心思。那些底氣不足的同學都願意跑去弟弟妹妹的班裡，在同低年級的女生玩笑交流中彰顯自己的能力，並借以提高自己的信心。

　　雖然習慣如此，但隨著高考目標的確立以及日期的逼近，「提高班」裡的男生卻無暇顧及男女之情。甚至他們平日裡看著同班女生的眼神，常常讓人誤以為是同性之間的對視。因為大多數的情況下，他和她們只為討論功課而交談。

　　十七、八歲的少男少女——這是多麼奇特的一種交流風格？

　　然而在那個時代，雖然人們已經打開了被封閉的眼界，那些少男和少女，卻真的無暇關注青春女神的光顧！

　　同班女孩的豐滿和秀麗，似乎很難在同班少男們的心身激起應有的衝動；而同桌男生的強健和成長，也似乎讓坐在身邊的少女視若無睹。

　　也許真的是太過熟識了，以至於男生女生不需要去探視對方的眼神？

　　也許真的是太過了解了，以至於少男少女僅用隻言片語便可相互溝通？

　　又或許真是忙得只爭朝夕，以至於大家沒有時間談天說地，沒有雅興談情說愛？

別的學校尚不了解，但就樂民路中學「提高班」自成立起到高考結束，似乎沒有聽說在任何一對少男少女當中，曾經擦出過愛的火花。

好生奇怪？好生遺憾！

據說當時曾經有個男生，常有事沒事找一位漂亮的女生聊聊功課，談談時事。那位女生同所有的姑娘一樣，以為那個男同學是在向她示愛，或者至少是對她表示好感和欣賞。直到中學畢業的那一天，當所有被大學錄取的同學相約著重返校園，向老師們致謝的時候，這位男生才終於對女同學吐露心聲：

「妳曾是我過去兩年裡努力追逐的目標——今天我的成績終於超越了妳，我真的非常非常地感謝妳！」

花容月貌般的妙齡少女，竟然在那些被不學無術、嫉賢妒才之人喊作「書呆子」同學的眼中，莫如教科書上的幾何圖形！

而這位男生臉上那種從內心往外流露的，對「超越」女生成績的滿足和幸福感，昭然可見！

也許真如古人所描寫的那樣——

書中自有黃金屋，書中自有顏如玉？

發生在「提高班」裡少男少女的故事，就只有這樣子的寥寥幾行。

第二十三章：中學時期的不同故事

　　作為高中入學統考的結果，李媛媛被分入了樂民路中學十四個班級中的第九班。人們不清楚除了「提高班」之後的其他班級，是否按照學生的成績來作分配的，但以所有當屆學生十分之一高考中榜的機率來推算的話，九班作為低分中的九成學生，其前景是非常不太樂觀的。

　　考分的差異，第一次在幾小無猜的姑娘們之間劃出了一條分離帶。她們的那種情感失落，卻非以分數的高低可作衡量的。

　　假期中周潔來到了陳曉晴的家裡，面懷喜色：「妳的傷口完全長好了吧？我們總算又可以在一起讀書了！」

　　「是！只是不知劉蓮最後到底是否進了我班？她畢竟是為學校立過汗馬功勞的，也許學校會網開一面？」

　　「她沒進我班，但進了二班，也已經是加了體育分的。」小潔從來消息靈通：「可惜媛媛被分在了九班。聽說那些普通班級不是按照成績分的，只是平均一下而已。」

　　「她讀書實在是太不用心了，好像從來沒聽她講過要爭取考大學什麼的。」曉晴為朋友嘆息起來。

　　「要嘛我們一會兒去看看她們兩個？」小潔的聲音不太肯定。

　　「可以是可以，就是不知該如何安慰她們？」曉晴心中更是憂慮。

　　兩人結伴走到對樓的劉蓮那裡：「過段日子就要開學了，我們一起出去逛逛？」她倆合作默契，都絕口未提分班之事。

　　「好啊！妳們曉得了嗎？我最終被分到了二班。」蓮蓮倒是非常開朗。

　　「剛聽說的。二班也是很有希望進大學的！」姐妹們接口鼓勵著蓮蓮。

　　「對，我會儘量爭取的！」劉蓮給自己打著氣，一邊又問：「現在我們先去媛媛家嗎？」

　　曉晴她們對視了一下，點了點頭。來到李媛媛她們的弄堂，老遠就看到她的阿爺在門口坐著。姑娘們打著招呼：「阿爺，媛媛在家嗎？」

　　「應該在吧，妳們自己上去看看。」老人移了一下自己的小板凳，讓她們幾個從自己的身邊進門。

　　樓梯又暗又窄，姑娘們左扶右攙著上了拐角：「媛媛，妳在家嗎？」看到門關著，姑娘們敲了一下問道。

　　亭子間裡沒有回音。

　　劉蓮剛想敲大點聲，小潔就用手止住了她。曉晴稍稍提高了一些嗓門，跟著說了一句：「那我們走吧，媛媛可能不在家。」

　　三個姑娘隨即默不作聲地離開那裡，出了弄堂口才開口講話：「媛媛的心情一定不好，不曉得她是怎麼打算的。」

　　「前天在路上我還碰倒過她，看著好像心情還可以。」劉蓮說。

　　「也可能的，她一向都不怎麼在乎功課好壞。」

　　其實，那天媛媛在家。當她聽到好友同阿爺的對話時，便急急忙忙關上了門。原來對讀書成績毫不在意的媛媛，想到自己是小集團成員中唯一被阻隔在大學門外的那一位，目前實在難以同她們一起，強作歡顏。

　　說著話，高一開學了。姑娘們開始了最拼搏的日子，她們再也顧不上聚會和玩樂了。開學兩週之後的一個早晨，周潔見到曉晴之時，發佈了一條驚人的消息：「妳曉得嗎——媛媛要轉校了！」

　　「什麼？她要轉到哪裡去？」曉晴一臉莫名和吃驚。

　　「芭蕾舞學校！」

　　「真的？」聞訊，那時曉晴的眼裡，除了驚訝幾乎再沒有別的。

　　「我也是聽外婆講的。說媛媛將脫離我們學校，進入一個專業舞蹈學校學習。」周潔的臉上也是驚訝更多：「她以後就要成為一名正式的芭蕾舞學員及職業演員了。」

　　老天實在不負有心人！多年來堅持不懈努力練舞的李媛媛，比其他同學的運氣好了許多。同樣在文化科目上考得不甚理想的她，居然被少年宮的舞蹈老師推薦到一個新成立的、面向專業演出的舞蹈學院。

喜訊遍傳，小集團所有成員再次相聚。她們同聲歡呼：「恭喜恭喜！媛媛，妳的額骨頭實在是太高了！現在我們真的相信——堅持到底就是勝利！」

媛媛更是神采飛揚如同換貌，她笑得合不攏嘴：「所以不完全是靠運氣哦！光是申請，我都等了超過大半年了。」

「真的嗎？」姐妹們尤為吃驚：「怎麼沒聽妳提起過啊？」

「我不曉得會不會被錄取，所以沒有同妳們講。」媛媛解釋：「少年宮的許老師推薦我去那裡的，並且是她幫我遞交的申請。」

「妳真是遇到好老師了！」劉蓮羨慕地看著她，心裡為自己這麼些年來練球，稍稍有些感到不值：「我就沒妳那麼好的運氣。」

「不見得哦，妳說不定將來會成為大學生的。」媛媛美夢成真，鼓勵自己的好友堅持學習：「畢竟我只讀到初中畢業就要轉學了。」

「妳們在那裡還會繼續學習文化課嗎？」大家依然好奇，對李媛媛提出各式各樣的問題，諸如「那裡有男生嗎？」「是住讀的嗎？」「有工資拿嗎？」等等。

一連串的問題，媛媛雖不全然清楚，但她依然興致勃勃有問必答：「聽說是有鈔票領的，但不一定是工資。因為我們作為學生，主要是學習，同時會參加和配合一些演出。」

大家更期待了：「妳演出的時候，一定別忘了給我們搞幾張免費的票子哦！」

「好的，好的。我爭取給妳們好的座位！」媛媛信心十足，滿口答應著。

「一定去！我們肯定會把手拍得通紅，為妳鼓掌的！」小姐妹個個無比興奮，如臨其境。

幾天之後，李媛媛辦理了轉學手續。為了慶賀李媛媛進讀舞蹈學校，「小集團」的所有成員決定聚餐歡送。「我們去西餐館慶祝吧？媛媛喜歡吃每人一份的套餐。」姐妹們都很貼心。

在媛媛進住舞蹈學校的前一個週末，那些少女們約好一起步行走到

「德大西餐館」。在那裡，三個好友分別點了四份豬排，四杯咖啡，四塊蛋糕。既作為媛媛的歡送儀式，也是對近九年的「小集團」活動的一種紀念和告別。

從那天起，她們即將開始人生路上各奔東西的遠征。

一個時代的結束，從來就是另一個時代的開始；一種關係的結束，往往是另一種關係的開始。李媛媛是那些女孩子中第一個走向社會的學生，她的選擇和機會來自於自身的努力。她的生活環境和個人性格，讓她逐漸走向成熟和堅定。

媛媛比起其他女孩，在言行舉止上更早綻露出作為女人的真正魅力。

在舞蹈學校的那些日子裡，她白天刻苦練功。晚上除了參加演出，還要繼續練功和完成作業。她們的學校夾有一些必上的文化課：例如為了培養氣質，她們要學習一些文學和藝術方面的知識；此外，由於在傳統上，國內的文藝工作者常常要配合政府部門，在一些重要場合中對「外賓」進行專場表演，學員們還需要學習一些簡單的英語會話。

芭蕾舞作為一項高難度的西方藝術，幾百年來風行於世界各國的文化界。中國的芭蕾雖然源於蘇聯的傳授和影響，但由於眾所周知的原因，二十世紀六、七十年代中國芭蕾的主要劇目，是人盡皆知的兩齣名戲：《紅色娘子軍》和《白毛女》。

李媛媛就是因為在青少年表演隊作為《白毛女》表演者的出色表現形象，而被舞蹈老師看重並且得到推薦。

媛媛趕上了一個好的時代。七十年代末，中國重新開始培訓和上演一些世界著名的芭蕾舞劇。從技術上說，中國版的芭蕾舞劇同西方古典芭蕾舞相差不多，但它們的演出服裝及動作造型卻相距十萬八千里。尤其是《紅》、《白》二戲中對表演者的要求比較注重單人或集體造型，而古典劇目特別是以法國浪漫主義為代表的一系列經典作品中，有很多突出男女主人公合作伴舞的場面。除此之外，名劇《天鵝湖》等舞劇的服飾，完全不同於過去的「長袖長褲」等中國百姓的傳統服裝，而是被廣泛認同為「暴露」和「開放」型的西式服裝。

　　面對這樣的一種改變，許多本性並不「開放」的學員很難立刻接受。因此，學校必須幫助學員們增加一些性知識，並且指導學生去正確面對和調整自己的身體狀態（比如那些會影響緊身衣服和外觀的毛髮必須剃除），還有如何正確控制和處理男女伴舞時所出現的尷尬和意外情況，等等。

　　在熱愛舞蹈並決心將自己的一生「貢獻」給舞蹈事業的李媛媛眼裡，就沒有適應不了的困難處境。不管學校老師安排她做什麼角色，她都全身心地投入其中。

第二十四章：妒是愛的直白

由於李媛媛的敬業和自然表現，在舞蹈學校僅有的幾個男生之中，絕大多數的舞者都願意同她合作配舞。

在那個敏感的職業環境裡，其他學員看到媛媛在男演員之間廣受歡迎，便開始傳些口舌。風言風語中，似乎她是靠著迷人的「色相」，才贏得男生們的喜愛。

起初李媛媛並不在意別人的說三道四，她每天依然不折不扣地完成學校和劇團所交付的任務。但週末的一天下午，學校門口來了一位不請自到的年輕人，這下可就鬧出了一些新聞。

來看媛媛的是錢家傑，她的鄰居及初戀情人。

本來媛媛同家傑講定每週回去一次的，而且每回都要抽出時間同他一起看場電影或逛逛馬路（為了避人耳目，他們通常約在外面見面）。可是近期媛媛的演出排得較滿，特別是週末晚上，因此她常常失約。

錢家傑到學校找李媛媛前，還特地作了一番準備：帶了些水果，還有一瓶自家醃製的鹹蟹，一瓶乾煸豆腐乾，又買了兩塊巧克力。他以此為藉口，說自己是她家裡人，專為她送小吃而來。

錢家傑作了自我介紹，填了張會客單。門衛看著像是來了一位區裡的領導，便滿臉討好地讓他自己進校找人。剛好這時有個女生在校園內走動，家傑走上前詢問：「妳好，請問女生的宿舍樓在哪裡？」

「就在後面，我可以帶你過去。」那位姑娘看了看這位文質彬彬的男子，積極主動地為其帶路，並繼續關心他的來意：「我叫田妹。你來看誰？」

「我小妹，她叫李媛媛，家裡讓我給她帶些東西。請問妳認識她嗎？」家傑禮貌地答著話，一路並排走著。

聽到這時，田妹立時停住了腳步，笑了起來：「噢，你是李媛媛的阿哥呀！她不在宿舍，這個時間她應該還在練功房。她可是我們團最賣力的女生！」

　　說著，田妹調轉了頭，指指左邊一棟老式的三層大洋樓：「喏——就在那裡。」

　　家傑微笑著，跟著轉身走向教學樓。一路上左觀右看，評估著這個校園，內心非常讚賞這裡的環境，然而他卻不是隨便開口的人。

　　這棟明顯經過改裝的教學樓有多間練功房，雖然房間大小不等但裝飾配備大同小異，且每個房門上都設有一塊供人探視的玻璃窗。家傑跟著那位女生，踩著打著亮蠟的木地板，一層層一間間地找過去。由於是週末，大多數的房間都空關著。他倆走到一個練功房的門外，女生把手指放在嘴唇上，示意家傑不要發出聲音，避免打擾裡面正在練舞的搭檔。錢家傑同樣伸著腦袋朝裡面望去：只見一對男女穿著緊裹著身子、男女特徵一覽無遺的服裝。男的雙手抱在女子的腰間，女的背對著男生，將頭往後仰著倚靠在男人的肩上，一隻手同時摟著男子的後腦，他倆正以一種非常貼近的姿勢舞動著身軀。

　　「噓——看你妹妹跳得怎樣？她是這裡最受男同學歡迎的舞伴！」帶路的田妹絲毫沒有遮掩自己的羨慕之心：「在這裡的每個人都曉得，他們兩個是學校裡最相配的一對搭檔！」

　　一幅畫面，一句閒言，讓平時沉穩自信的錢家傑如遭當頭一棍！他一反常態，臉色突變，把本來自己拎著的食物袋往田妹的手中重重地一塞，不顧她吃驚的表情，轉身便下樓沿著來時的路走回校門。他快速敷衍地朝滿臉堆笑的門衛點了一下腦袋，隨即沒有任何遲疑地跨出大門，逕直離去。

　　一瞬間，李媛媛同她「哥哥」的話題傳遍校園，媛媛倒成了最後的那個知情者。練完功的她粒米不沾，直接回到宿室，衣服都沒換就一頭鑽進了自己的蚊帳。她用雙手抱著曲起的兩條膝蓋，讓自己的心，完完全全地約束在緊緊裹著的練功服和蜷縮著的軀體裡面。

　　李媛媛向來是個倔強和堅強的女孩，但此時卻止不住淚流滿面。

　　晚飯後，那些離校過週末的女生都陸陸續續地回到寢室，她們先後聽說了事情的大概。但看著媛媛已然恢復常態的笑臉，便嘻嘻哈哈地吵著分享家傑帶來的食物：「嘿媛媛，妳知道學校是不允許私帶食品，偷吃零食的喔！讓我們大家幫妳一起迅速地解決掉這些東西吧？」

依著李媛媛的性格和習慣，她本應去給妹妹打個電話，讓她來學校取東西的。然而強顏歡笑的今天，媛媛沒有回絕同室女生的要求。她依舊坐在床沿，交疊的雙臂束紮在自己的腰間，心疼地看著同室女生打打鬧鬧，爭搶著家傑特地送來的心意。

之後，舞蹈學校的老師找李媛媛作了一次嚴肅的談話。媛媛知道學生在校期間不得戀愛的規矩，便堅決否認：「我們不過是從小一起長大的鄰居朋友。他習慣了照顧我關心我。我只是把他看作大阿哥而已！」

話雖如此，就李媛媛內心而言，雖然跳舞是她的將來，卻並非是她的所有。應付過了學校的老師和同學之後，李媛媛在一個不忙的週末，用心將自己打扮得漂漂亮亮的，準備回去見家傑。心下想著：「一番解釋肯定是免不了的。」

她沒有先回家，而在公共電話亭給家傑打了個傳呼電話。那一頭的里弄公用電話房就在錢家的對面，她幾乎可以從這邊聽到傳呼的阿姨，在弄堂口哇哇大聲喊著「家傑電話……錢家傑接電話」的聲音。

可是，錢家傑明知是媛媛的來電，卻偏不出來接聽她的電話。

媛媛曉得家傑一定在家，只好再給妹妹掛了個電話：「家傑正在生我的氣，不肯接我的電話。妳現在替我悄悄去錢家遞個消息，說姐姐會在老地方等他，不見不散！」

此時差不多已近中午了，李媛媛依然等著妹妹的回電。終於那頭妹妹傳來了消息：「姐，我已把話帶到了——來不來是他的事！」

「那家傑是什麼反應呢？」

「沒有反應！」

那天在淮海路拐角的「襄陽公園」門口，除了一些帶著孫男孫女的老人家們，還呆呆地站立著一位美到令人無法不回頭關注的女子。

她的頭上盤著沒有一絲雜毛的髮髻。那條向同室女生借來的碎花連衣裙，襯托著少女纖細的脖子，纖細的身腰，纖細的長腿。她的雙手背在身後，雙腳訓練有素地並攏著，獨自一人站立在那裡。

偶爾，秋風吹捲起地上髒兮兮的樹葉，無情地拍打著姑娘那柔美的身體。

隨著時間一點一點地流過，媛媛臉上所充滿的期待，逐漸轉變成落寞和失望的神情。本來飯量必須控制的早餐，早就消化殆盡。何況午飯時間已過，媛媛的那雙又大又圓的眼睛開始無力地下垂。纖細身體的上半部份也逐漸變得沉重起來，雙腳如同受累的心一樣，幾乎喪失了邁開行走的氣力。

看似孤寂無助的媛媛，此刻顯得如此的招人憐惜。

殊不知正在馬路斜對面，那家「天津狗不理」包子店的門口，同樣站立著一位細高個子的單身男子。他正目不轉睛地關注著媛媛每一個細微的動作：他看到了她的期待，看到了她的忍耐。甚至他也看到了她欲訴無門的失落，以及她軟弱無力的身軀所撐持的、對心愛男人投懷送抱的決心。

把這一切看在眼裡的錢家傑，沒有理由再讓那位自小就與自己心心相印的女子獨自憂忡。他突然自我責備起來：「我這是在做啥！」然後顧不上看一眼紅綠燈的交替情況，毅然地在人車擁擠的大馬路上橫穿而過，幾步便來到了媛媛的跟前。

媛媛抬起了長長的睫毛，以一種詢問的眼光注視著家傑……她分明是在期待——家傑張開男性的臂膀，以溫柔無比的擁抱，將愛人間最確定最完美的答案，交給了那個始終令他疼惜和憐愛的女子。

媛媛久等的心，瞬間化作飴蜜般的甘甜。

第二十五章：慌不擇路

　　高考臨近。那些「數理化」成績優良的學生，都集中在提高班裡，繼續提高著「數理化」的水準。他們自身的愛好似乎不很重要，爭取以優秀的成績考入理工大學，才是其唯一的光明前程。

　　可是在樂民路中學提高班裡，卻至少出現了兩個意外情況。

　　第一是那位對學習沒有多少主動性的周潔。雖然其課後指導不斷，但輔導老師除了幫她完成當天學校所佈置的作業，幫她應付學校裡一次次的考試和測驗之外，其他「輔助」的教學內容幾乎無法展開。

　　但人各有命。每次模擬考核之後，所有老師都發現周潔的平均分數仍然尚可入圍。就這一項令人欣慰的結果，讓周潔僥倖地留在了提高班裡。

　　對自身的要求並不高於他人對己要求的小潔，便心安理得，穩穩地坐著末尾的那張寶座。佔據「寶座」倒非難事，難的是這樣一個「忽上忽下」的學生，其大學入門到底應該選擇理科還是文科？這才是所有校內校外的老師和家長，目前考慮得最多的問題。

　　當然，這個問題照例不是周潔本人所該考慮的。她只消作好她的本職工作——努力讀書，準備應考。

　　另外那個為之頭痛的，是周潔的好友陳曉晴。

　　高考複習的最緊張階段，也是曉晴業餘時間最忙的階段。除了必看的內部或西方電影之外，她最開心的時間就是閱讀那些被抄家後退回、以及新買的中國傳統的和世界名著。

　　每天回家之後，她的業餘時間大部份要花費在課外作業上。因此作為交換，她便常常在書包裡夾帶上一本正在閱讀的小說。當然，學會了識時務的曉晴，儘量避免在上數理化或班主任的課時，開太多的小差。

　　平心而論，陳曉晴內心最為歉疚的是那個非常看重她的語文老師。自從學校開始抓教育質量的那一天起，每當有領導和其他學校的老師前來旁聽或參觀語文課時，陳曉晴總是提高班裡回答老師題問或通讀作文的代表學生。

高二的第一個學期剛開學，語文老師帶給陳曉晴一個喜訊：「陳曉晴，妳已被本校推薦作為代表，參加上海市中學生的作文和演講比賽。妳一定要好好準備，為校爭光！」

曉晴無尚榮光，甚至同意了老師的建議，在她的文章最後加上了那條「放眼全世界」的結束語，並勉強伴著一個雙臂上舉的完美姿勢，她最終一舉奪得了二等獎。

就是這樣一位深得語文老師信任的學生，竟為了節約語文作業的時間，用剛剛學會一知半解的「文言文」來做文章。同別人的長篇大論相比，她的文章才寥寥幾行便交差了事。那一日，把老師氣得在課堂上多花了大家十來分鐘的時間，講述了一段有關「半桶水」和「一桶水」的故事，然後就直接點了她的名：「陳曉晴，請妳站起來談談對此事的看法！」

不料，那個「驕」字出頭的學生竟毫無謙虛之心、毫無謹慎之言地回答：「我個人認為，桶裡的水滿而不溢，豈不是太可惜了！若只有半桶水，卻能看到它流出來，才算真的有本事！」

結果可想而知——全班哄堂大笑，其中也包括了那位哭笑不得的老師，畢竟那是自己的得意門生！

除了語文課，還有經常在底下閱讀課外小說的，就是政治課了。其實對於陳曉晴而言，政治老師是最具吸引力的。首先他來自部隊，第二他長得非常英俊！記得當老師第一次走進教室之時，班裡的所有女生都儘量地撐大雙眼，坐正姿勢，挺起胸脯，全神貫注！而他的出現又讓一些男生自慚形穢。因此沿續至今，班裡的許多男同學一到他的課上，便謙虛地把頭趴在書本上，酣睡整休。

每當看到政治老師，陳曉晴的心中還不免會想起一人。那段不久以前的交往，總有一絲記憶悠悠在心……

回到課堂上，那天政治老師正在給同學們講解著「矛盾論」或「相對論」？

　　陳曉晴照例在台板底下偷讀著自己的「課文」。當然，她的耳朵倒是習慣性地往裡灌著講台上，老師正在喋喋不休的講課。

　　記得那位既是校長又是數學老師曾經告誡過所有學生：「如果沒有充份的準備，那麼在最關鍵的時候，你最擔心的難題，往往就會出現在你的面前！」

　　剛好在毫無準備的時候，政治老師點到了她的名字：「陳曉晴！」

　　慌忙之中，根本還沒搞清老師點她名字的原因，曉晴便條件反射地把書往裡面推進了一些，手撐著台板一下子站了起來，以稍不耐煩的態度匆匆回答了一句：「若是這把『矛』扎不進那把『盾』的話，為何不去找把『劍』過來試一下？」

　　不料這個解答，竟喚醒了所有酣睡之中的同學——不免又是一起哄堂大笑！

　　愛好文學，卻身在提高班的陳曉晴，如今正在面臨一個重大的人生選擇。她的未來是否可由自己掌握，我們姑且觀之。

　　讓人慶幸的是：陳曉晴的家裡有一位「智者」。因此，帶著如此的「矛盾」，曉晴再次把希望寄託在父親的見識上。

　　「妳考慮過沒有，妳的個人興趣究竟在哪方面？」父親就是父親，他從來不會忽視女兒自己的意願。

　　「我當然愛好文學——除了詩詞。」曉晴坦率直言。

　　「那妳希望將來自己的職業是什麼？」父親繼續由淺入深地啟發和提醒著自己的女兒。

　　迄今為止，曉晴真的沒有過任何職業計畫。她沒有認真考慮過自己究竟適合哪些工作，又可以勝任哪些工作？她與其他同學一樣，考慮最多的是否能夠順利地考入大學，以及哪類學校和專業更容易錄取自己。

　　「那爸爸可以給妳一些提示。比如妳所喜歡的文學，將來的出路主要是『作家』和『老師』，妳意下如何？妳覺得自己比較適合哪一種職業？」陳父循循引導。

不談不了解，一聽到父親的提示，曉晴還真是有些訝異！她暗想：「對啊，我是做老師的材料嗎？那些被稱為作家的，不是都要等到把『老』字搬到姓的後面嗎？」曉晴語塞。思慮再三之後，她輕聲問道：「那記者呢？做記者不是一個很好的職業嗎？」

陳父在沙發上微仰起頭，與其說是在考慮這份職業的可行性，不如說他在擇詞以勸：「記者的職業相當特殊和敏感，不論妳的出身或是妳的性格都難以涉足其間。妳若選擇文科，比較現實的，就是當個教師；或者向妳田叔叔那樣，做個圖書方面的管理人員——妳倒是有機會可以讀破萬卷書了。」

聽到這裡，陳曉晴倒抽了一口冷氣！若是她自己給自己作個評分的話：要達到人民教師那樣「為人師表」的高度，恐怕這輩子較難實現！然而單單做一名圖書管理員，又好像委屈了自己現在這麼拼命地讀書迎考。因此她只得採取緩兵之計：「爸，讓我考慮考慮再作決定。」

父親向來體諒自己的寶貝女兒：「是應該全面考慮清楚。」順帶又提醒一句：「同時，還要比較一下妳平時文科和理科的考試成績，以及掌握的熟練程度等方面。」

左右為難了自己好幾天，陳曉晴無可奈何但必須痛下決心。晚飯之後，她對父親作了一次思想總結和匯報：「我思前想後，覺得自己的『數理化』成績遠遠超過了那些考文科必須的學科。大學還是決定選擇理工科！」

「爸爸倒覺得，或許還有更加合適妳的選擇。」曉晴萬沒料到，這次居然是父親提出了不同的意見。

原來，在陳曉晴白天食飯不香，晚上輾轉反側的那幾日，她的父親也在到處了解，逢人打聽是否有適合孩子前途的專業。

每年臨近高考，幾乎從事所有不同職業的家長們，都在忙著為自己的孩子了解有關高考的各類信息。不僅如此，凡是有人居住的地方，不論是公寓、弄堂還是洋房裡，不論是為兒子女兒、為孫子孫女、還是為弟弟妹妹等，人人全力以赴，樂此不疲地傳遞和分享著各類高等院校的招生信息。人們毫不懈怠地聽著、傳著、分析著，似乎個個都是這方面的知情者，又彷如每個家庭中不久都將誕生一位光榮的「大學生」。

曉晴的父親，從同事那裡了解到了一門特殊的學科：它既需要考生參加理科的考核項目，讀的卻又是同文科有關的學科——聽起來，似乎完全是老天為自己女兒所特別安排的一條出路。

因此，陳父那晚的心情顯得十分輕鬆：「上海的『滬建大學』倒是有一門特殊的專業，應該非常適合於妳。」

「什麼專業？」曉晴按捺不住自己的迫切，緊追急問。

父親笑笑，把手放在愛女的頭上：「妳英文成績一直都還不錯，對嗎？」

「是啊。」曉晴不解地回答，同時心裡非常疑惑：考外語系也是屬於文科生的範圍，自己根本無從應對地理歷史和政治試題。她試問道：「那不也是文科嗎？」

「不然！」父親繼續故弄玄虛：「滬建大學的那個專業，是同德國教育機構合作辦的。據說學生的前兩年在國內讀書，後兩年將會去德國深造。」

「有如此好的機會？！到底是什麼專業呀？」這下真把曉晴給牢牢套住了。

「科技德語！」

「德語？」這可大大出乎女兒的意料範圍。

從小到大，陳曉晴曾經幻想過去做一名軍人，也夢想過在自由體操中奪冠；又曾經以為會下鄉當農民，或者運氣好的話，成為工人階級中的一員；最後又趕上了教育改革，獲得了作為國家未來科技人員的考核機會——甚至於做一名光榮的人民教師，也似乎在她的腦海中閃亮過一次……

總之，陳曉晴曾經想過一切可能與不可能的職業或前途，可就是萬萬沒有想到過，會去讀「德語」！

女兒的過度反應倒是在她父親的意料之中，所以他剛才先將那門學科的一切有力條件都作為前置，讓孩子對此有一個先入為主的了解。這一招果然極其有效！原本不予考慮的專業，如今卻充滿了吸引力。陳曉晴再一次地開始了她的夢遊：「多一種語言能力，或許真的會多一份人生選擇的機會？」

雖然仍有許許多多的疑問，但時不我待！陳曉晴在臨近高考時還是作出了決定：首先報考滬建大學的「科技德語」專業。

第二十六章：船到橋頭自然直

高考的日子終於來到了——前途攸關！所有的高二學生都暫時摒棄了一切雜念，即便不在提高班裡的學生，也毫無例外。

人們可以在馬路上最忙碌的四個時段（早晨，午飯前，午飯後，下午），從源源不息湧向學校的人流和自行車輛中，從那些一臉嚴肅匆匆出門，然後面露喜憂回潮的年輕人的臉上，見得考期的降臨。

高考的那些天，地球依然沒有停止旋轉。然而在中國的大地上，許多百姓及他們的子女們，間隙性地中止了一些日常所做的工作及家務。所有集中起來的精力，都耗費在了同一個方面——高考。

高考這項僅僅關係到高中畢業生個人前程的行為，已經影響和滲透進了每一戶人家，以至於整個社會層面。高考成為了一項全民大工程！

三天之後，高考閉幕！然而，全民大工程卻遠遠沒有竣事！學校教師自然是無話可說，她和他們是最辛勞的一代人：因為方才送走了一屆學生，又將面對更難伺候的下一屆。

學生也沒有放鬆心情的可能。別說那些考得不甚理想或者考試發揮失常的，就是那些對自己充滿信心的，還必須等待各大專院校最終的揀選和錄取通知。

不久高考分數張榜。雖然悲喜有之，但公平地說，必須感謝老師們長期以來的努力培養，絕大多數的學生都既不負眾望，又遂心滿意。

甚至那個總是在「提高班」與「二班」的分界嶺上下升降的周潔同學，這次的高考也發揮極致。在中國高考史上參加人數最多、錄取機率最低的情況下，周潔為自己奪得了大學分數入圍的良好成績。當然美中不足的是，「良好」畢竟算不上「優秀」。其主要區別在於即將被錄取的學校，以及所面臨的學科。

高中畢業生們記日以矣、引頸以盼郵差的那些日子，同樣是家長們最擔心和忙碌的階段。

　　周潔的父親身為全國著名高等學府的系教導主任，對於自己孩子的前途可謂勤心盡力。現在看到女兒的分數線不算太出乎意料地，仍是懸掛在（特別是外地）普通大學和上海大專院校的分界嶺上，便又開始憂心起來。

　　當然，同以往一貫的做派相似，周主任的這些擔憂，基本上只到他自己為止，沒必要給女兒增添太多的煩惱和壓力。

　　每個學生在高考前填報志願時，基本上有三個選擇。也就是說，假如你的成績沒有達到你預期學校的分數線，你可以有機會入選第二或第三志願。當然，在一般情況下，應考學生自己是沒有太大的選擇機會，一切基本由各個大專院校的招生老師所決定。例如，周潔的父親周主任就負責他們大學的招生工作。

　　在當年那個快速發展的中文字庫裡，出現了一個意義與現在稍有不同的名詞：開後門。之所以說其意義略有差別，在於那個時期的「開後門」，主要依靠的是人與人之間情感的聯繫和相互的幫助；而之後的所謂「後門」，則完全取決於「權力」以及「金錢」。權力和金錢之間，當然是成正比例的關係。

　　雖然周主任所負責的僅是自己的動力機械工程系的招生，但其他學校以及其他系裡有求於他的熟人或著同事很多。在那些被全社會稱作「字條」的一來一往傳遞之間，周主任便已了解到自己女兒將來的著落點，倒是沒有在上海人最不願去的外地大學，而是本市的一所非重點大學的一個普通專業。

　　那日周主任回到家，嘆著氣對太太講：「就傳統上說，也就是在老百姓的眼裡，一個重點大學的畢業生，同一個非重點大學的畢業生，其將來的聲譽和求職機會有著天壤之別。」

　　「那怎麼辦？我們家小潔只考了那麼點分數，剛剛有資格進入普通大學。你不至於讓她放棄今年的大學錄取，明年再試吧？」周媽媽原先對孩子的要求，可不像她先生那麼高。

　　「明年？開什麼玩笑！」周主任只發洩了一下而已，至於具體的對策，他自有主張。周主任想到了自己學校所開設的一個與所有在職員工有關、但與本校其他專屬專業沒有任何聯繫的新添「專業」——文職管理專業。

這個名曰「文職管理」的專業或班級，不屬於本高等學府所錄取的分數範圍，甚至低於其他非重點大學的分數線。它可以說是一個定向招生的新型學科。其所面向的，是那些不幸在大學招考中落榜的本校職工家屬或他們的孩子。

因此，這個專業有著一個與身份極其相配的名稱——八旗子弟班。

現在，周潔即將面臨的選擇，是普通高校的一個普通專業，還是重點高校的一個非重點專業。而幾乎包括自己家人以及那些竭盡全力輔導過她的所有老師，都一致認為：

周潔的前途在周主任所在的名校！她本人最適合待的地方，就是那個「八旗子弟班」！

「什麼？讓我和那些高考落榜的學生一起就讀這個班級？那我的分數不是白考了？」周潔起初感到十分委屈，她覺得自己明明是正規大學中的一份子。

「可妳的考試成績並不理想。而且最重要的，妳自己究竟對將要面對的學科有多大的興趣和把握？」父親是了解自己的孩子的，他清楚地曉得這是女兒以後即將面對的最大難題。

周潔悶聲不答，內心倒是有些同意父親的分析。

「到了我們學校，爸爸和妳認識的那些輔導老師可以更好地幫助和照顧妳；而且，這個專業似乎也更加適合妳的將來。」這是周主任同女兒嚴肅談話之後的一句結論性發言。

既已有了定論，既可以受到特殊照顧，內心確實沒有多大把握的周潔，最後安之若素，欣然接受了家裡對她前途的安排。

在周主任忙著為女兒尋找合適出路的同時，周潔的好友兼同班同學陳曉晴，也正面臨著一個重大的改變和決擇。

陳曉晴同學的高考分數倒是達到了她的第一志願，也就是那個滬建大學的「科技德語」專業。可是，正當舉家歡慶之時，父親的那位同事卻通報了一個讓曉晴全家大失所望的消息：從今年開始，滬建大學同德國大學之間的合作關係被取消了。也就是說，陳曉晴曾經夢遊過的歐洲之旅，沒有希望在兩年之後啟程了。

不用說陳曉晴臉上那副慘雨愁雲的模樣，原本對孩子的前程已安心釋懷的陳父，不得不從內心到行為都暫時推遲了慶祝的活動。他茶飯不思，立刻找出當時為選擇入學志願而記錄的各校情況，並馬不停蹄四處託人打聽，是否可以換選第二志願等等事宜。

那天陳父匆匆回家之後，對著那幾雙充滿憂慮的眼睛，報告著經多方了解後所確認的信息：「看來情況還不算太糟。這兩天我會儘量找些學界的朋友，遞上幾張『字條』：至少還有機會將女兒的入學名額，從滬建大學中剔除出去。」陳先生舉著茶杯，咕咚咕咚仰頭快速灌下去，忙了一整天以至於口乾舌燥：「而且，應該可以落實到她的第二志願學校。」

「但是，第二志願並不是我真正喜歡的科目，原來也只是備用輪胎而已。」曉晴依然垂頭喪氣，沒有了德國留學的機會，她自覺讀什麼都非所願。

「那妳究竟是喜歡外語還是喜歡理科？」爸爸還是希望孩子的內心有個負責的選擇和真正的愛好：「爸爸希望妳再好好想一想。而且，妳還是應該從將來的職業角度去作考慮。」

正在舉棋不定之際，全家又得到了另外一個消息：由於今年滬建大學的「科技德語」不再同德國大學掛鉤，因此原專業的課程會以「科技外語」為主要方向。換句話說，德語將成為學習的課目之一，英語或可成為主要或選修專業。

這樣的一個信息，無疑是給了垂頭喪氣多日的陳曉晴一種更切實際的選擇機會。她心中便不再患得患失，並極力勸父親不用再鞍馬勞頓，而是平心靜氣地接受現狀：「爸，退一步想：你女兒原本喜歡的就是文科，現在也算是如願以償了！」

的確，退後一萬步看，陳曉晴至少已成為一名值得慶幸和驕傲的中國「大學生」了。

那一年的高考，不只「樂民路中學」的提高班裡捷報頻傳，其二班同樣頗有建樹。尤其是小集團的「領導人」劉蓮，雖然其高考成績不算理想，但幸運的是多年來在籃球比賽方面的成績和資歷，使她增分了不少。經過再次面試之後，劉蓮終於榮幸地入讀上海體育學院。她將在大學期間代表學生參加各項地區和全國、甚至有機會參加世界大學生的籃球比賽。

如此，從小熱愛籃球運動的劉蓮，已然成為一名職業體育運動員，或者是體育專業的人才。

故事裡的那些姑娘中，唯一沒有受到高考一波三折的，是那位從小立志，並懂得為此爭取不息的李媛媛。

前途已定，姐妹再次相約，聚餐同慶。

那天，不約而同地，故事中每一位小主都閃亮出街：陳曉晴穿的是一件繡著粉色小花的翻領白襯衫，配著一條淺藍色的喇叭裙和一雙丁字形的牛皮鞋；媛媛穿著一條紅白相間、前面帶個蝴蝶結的連衣裙，腳下穿著一雙沒有一點後跟的布面鞋；周潔穿的是一件「銅盆」圓領、印著黃色小圓點的短袖白襯衣，下著一條深黃色的百褶裙，還有她最喜歡的圓口皮鞋；劉蓮總愛打扮成運動員的樣子，她身穿針織套裝，腳下還是那雙白色跑鞋。

這次她們選的是離家近，在大上海歷史悠久的「紅房子西餐館」。那個赫赫有名的西餐館所供應的菜肴，可不是中國式或羅宋式（東歐特色，由蘇聯引入中國）的西餐，而是地道的「法式」西餐。雖然不知從二十世紀初延續至今的法式烹飪，是否依然還是現代法國人的代表性菜肴，但就那些色香味濃的大菜（老上海人習慣把西餐稱為大菜），讓許多慕名而至的客人，在多年後仍然回味如初，憶香而返。

當年「紅房子」的美味佳肴中，有一盤九隻烤縮之後的小小蝸牛，其味之鮮，令幾位姑娘久嚼之後仍然捨不得下嚥；而那隻外脆內嫩的小烤雞（或烤小雞），或許在法國本土也未必可以做到如此入味！

　　當然，對於那些躊躇滿志的少女們來說，那時的另一個記憶也同樣銘刻在心——其菜肴的價格之高，令人咋舌！

　　當時在上海，一位正式工人的工資是每月三十六元；而技校或專科畢業的技工月工資在四十至五十元左右；一名大學畢業生的基本工資是六十四元。

　　擦完嘴結帳時，姑娘們驚呆了：一頓飯吃掉大家二十多元！然而，更令人費解的是，買單之後的女生走出「紅房子」，心裡耿耿於懷的居然並非如此大的一筆破費，而是那些美味的「烤小牛」和「烤小雞」！

　　劉蓮提議：「我們現在回去中學，再看看自己的校園。好嗎？」

　　「贊成！」幾個女生挽起了手，神采飛揚並排在馬路的中央，於歡聲笑語中走回學校。

　　那個炎熱的暑天，在路邊坐著乘涼的人們，應該會記得當年不淺的眼福——四位年近十八的青年女子所組成的那道風景線。

　　雖然仍處在假期當中，但聽說了這些姑娘們的來意之後，學校的門房管理便客氣地讓她們從邊門走進了學校。

　　站在校門內抬眼望去，少女們的內心忽然莫名地沉重起來。大家互望了一眼，眉目間所表達的，似乎都是相同的意思：「怎麼，我們的母校原來是這個模樣？」

　　幾年來大家曾在這裡進進出出，上上下下，卻沒有時間好好地打量它一番：那些原以為非常熟悉的教室內外，那棟六層大樓上所漆的兩種顏色，那些曾經遞過濕布給爬高的男生擦拭過的窗戶，那個操場旁邊加建的換衣小屋……現在倘若閉起雙眼，卻沒有多少細節可以回憶起來。

　　「難道我們曾是如此粗心？難道我們對自己的母校竟是這樣熟視無睹？」

　　事實果真是如此——她們實在是太忙了！

　　她們忙得對自己的校園視而不見，她們忙得沒有再去留意曾經一起長大的同學後況，她們忙得沒有及時去拜訪弟弟妹妹的教室，她們忙得沒有時間尋找和回望或許關愛自己的眼神，她們甚至忙得沒有心思去迎操場上那個偶爾向自己傳滾過來的小球。

　　高考落幕了。故事中的那些少女，在長輩門的策畫及幫助下，忙過了她們人生中的第一個汛期。

　　潮水漲起之時，渺小的身軀隨著雜物，一同被沖擊到水浪可至的最高最遠處；

　　潮水退卻之後，留下了一片廢墟，一點積澱，一些滯留在頂端的幸存物。

　　下一次的潮漲潮落，將沖洗掉一部份人生的足跡，也帶走一部份昔日的記憶……

《那幾個上海女人》

142

第二篇：人婦

　　高考結束後的中學畢業生，放下了身上最沉重的擔子。少女們找回了那些久違的時間。她們有閒暇去看看周圍正在翻天覆地的變化，她們得到了允許去嘗試或購買一些女生應得的賞賜甚至虛榮。

　　最重要的——青春已至！愛情，將為她們的豆蔻年華再添一筆絢麗的色彩！

　　重新觀察那些正在步入十八的「祖國花朵」們：不知不覺中，往日活蹦亂跳的言行舉止，已逐漸轉移成內心的行動。那是一個你若不近距離地去體察和接觸，便不可能真正了解的空間和內存。

　　這便是為何所有做家長的，最終戰勝不了自己的子女。雖然他們總是「設身處地」為了孩子著想，卻從來沒有真正「身臨其心」。

《那幾個上海女人》

第一章：少女十八

　　離大學開學還有一段日子，對於應屆高中畢業生來說，這是近些年來唯一的一次沒有補課和功課的暑期。

　　休閒的心情，竟讓人在酷熱的空氣中覺出些清爽。沒有壓力的日子裡，學生們渾身上下的每一根毛髮似乎都透著自在。

　　週末，那幾位高中畢了業的姐妹們終於有閒聚在一起。更為難得的是那位從小一起長大，現已經成為職業舞蹈演員的李媛媛也擠出了半日之閒，將與「小集團」的原班人馬共進午餐。

　　三位高中畢業生先行來到靠近媛媛工作場所的一家頗具藝術情調的飯館。她們選擇了二樓靠著陽台的座位，邊聊天邊等人。每個姑娘此時的大學出路均已落實，因而歡神洋溢。

　　正談笑著，少女們的眼光不約而同地順著其他食客的視線而轉向門口：在那裡，一位姑娘亭亭玉立，魅力四射！

　　「媛媛！」姐妹們帶著那種「同類」的自豪招呼她來，眼中流露出難以掩飾的驚訝和讚嘆。

　　「我們都快認不出妳了！」張著嘴看著姐妹入座，劉蓮第一個開腔感嘆。

　　「是呀，看看妳——舉手投足，像個大明星！」

　　姑娘們吃著聊著，視線卻離不開從小一起長大的伙伴。對於媛媛，那些未來的大學生們感覺既熟悉又陌生，感慨和羨慕油然而生。幾年來腦袋鑽在書裡的女生，如今在完全丟棄那些討厭的「數理化」以及「提高班」的盛名之後，突然發現自己是在仰視著兒時的玩伴。

　　如今的李媛媛不僅極富女人味，同時變得尤其自信。

　　「說說，大明星！是什麼讓妳改變得這麼多？」

　　媛媛笑笑，成熟而嫵媚。

　　少女們被媛媛的變化所震撼，她們同時相信是那個舞蹈學校改變了她。

「媛媛，自從妳進入舞校之後，我們一直忙著應付學校和功課，至今還沒有去妳那裡參觀過呢！不如妳哪天帶我們去那裡見識一下吧？」

「對呀，讓我們也跟著去感染一下藝術的氛圍！說不定在那裡會得到一些收獲和啟發？」

「讓我們也跟著沾沾光！」

對於閨友們的獵奇心和滿腔期待，媛媛欣然答應：「當然可以，非常歡迎！而且現在是假期，我的同室剛好回去探親，我請妳們過去！」

「那就下個禮拜天！」

下個週末臨出門前，每個姑娘都刻意打扮了一番：周潔不僅換上了她最中意的嫩黃色連衣裙，還把頭髮用當時非常時興的塑膠夾子夾了起來；對衣服的選擇和搭配從來挑剔的曉晴，將那套淺綠色的套裙與各色鞋子配過之後，最後選定了雙白皮鞋。又在下樓之前，再次站在立櫃的大鏡子前面，仔仔細細從頭到腳自審了一番才出門。

看到院門外已經等著自己的劉蓮，曉晴「噗嗤」笑了。為了迎合舞蹈學校的藝術氣質，今天的蓮蓮居然破天荒，穿上了一套黑白短袖針織衣裙。雖然仍然是運動類型的設計，卻也算得上淑女裝扮了：「今天妳看起來也是女人味十足哦！」

劉蓮開心得笑花了臉。接著，兩人走去了周潔那裡。

「喂，蓮蓮——妳穿裙子也很好看嘛！快點把那些運動短褲都扔了算了！」周潔首先注意到的，也是劉蓮今日與往常不同的穿著打扮。

得到好友們的讚揚和鼓勵，劉蓮歡快的笑臉上又添了一層自信。三個姑娘滿面春風走向李媛媛所住的弄堂，一路上引得不少過路的以及在外乘涼的老少男女們，帶著讚賞的微笑向她們行著注目禮。

「對了，妳們曉得嗎，聽我外婆講，媛媛好像在談男朋友？」小潔突然想到前些天得到的消息，她半信半疑並希望在姐妹中求證。

「真的？知道是誰嗎？」伙伴們的訝異可是遠遠超過了她的懷疑。

「好像是我們學校上幾屆的畢業生。聽說在本區工作，是領導的培養對象。」看來小潔的外婆已經了解得蠻仔細了：「就住她家附近。」

「那等一下我們探探她？」劉蓮帶著狡猾的笑問。

「好——昨天她可是對我們守口如瓶。」

「媛媛奶奶早！」聽到姑娘們同奶奶打招呼的聲音，媛媛馬上從亭子間跑了下來。她平常住校的日子多，今日特別約好在家中等候大家。

少女們走在人推我擠狹窄的上街沿時，不方便一排走四人。那兩位個子稍矮的時常興高采烈地走在前面，劉蓮和媛媛總是慢吞吞地跟在後邊。

光從個頭上看，劉蓮比媛媛高出不少。但因為媛媛長得纖細消瘦，而蓮蓮的模樣比較寬實，是典型的運動員身材，因此若不站在一起，大家常常以為她倆差不多高。

走了很長的一段路程，終於來到了舞蹈學校門口。門衛看著那幾張明目潔齒笑容可掬的新面孔，讓姑娘們在訪客本上登記了自己的名字之後，便放她們進校了：「出來時別忘了也要簽字的。」

舞蹈學校就是與眾不同。雖然看上去簡簡單單的只有一個廣場、一個二十世紀初的大洋房所改建的教室和練功房，以及廣場後面加建的那兩排三層樓的集體宿舍，但整體上，不論是那些樓房的古典裝飾或現代結構，還是花紅葉綠垂柳成蔭的學校廣場，甚至是單立在教學樓旁邊小小的牆報佈告欄，都顯得那樣搭配和諧，錯落有致。它們色彩協調，剛柔相濟。

第一次踏進文藝天地的少女們，個個如臨仙境！她們的心裡，羨慕著媛媛的好福氣，行走間讚嘆和感慨聲延續不斷。

媛媛心領神會，有意放緩原本已經很慢的腳步，並時不時停下來，向大家介紹一些其個人引以為豪或者比較有趣的地方。

「哇——你們的操場就像個大花園。平常不捨得用來踢球吧？」

「當然不會啦！我們跳舞人第一重要的，是不能讓自己受傷或弄破皮膚。否則，不僅演出輪不上你，還會影響全劇的安排。」

「旁邊那棟顏色搭配很好看的老房子是幹什麼用的？」

「那就是我們學校的教學樓和練功房。走，我帶妳們進去看看。」

「哇——每個房間裡都有這麼大的一面鏡子！」

「對，那是不可缺少的設備。我們練舞時必須看到自己的動作，才曉得是否符合要求。」

「這裡的一切都很洋氣，難怪妳媛媛這麼快就改頭換面了。看來，環境的確可以造就一個人的氣質！」

回憶著當年媛媛跳白毛女的情景，以及那時的穿著打扮甚至談吐言行，少女們再次領略到今天來這裡親身感受的重要性。

「我們不得不改變自己，時代不同了。如今排演的舞劇幾乎全是西方的傳統劇目，同過去跳的那些相比，天差地遠！所以，我們被要求學會從根本上忘記過去的粗俗，接受西方的文化。這也是我感覺最難的地方。」

「是啊，記得妳原先就是因為樣板戲跳得好，才被選拔進來的。」

「可惜到現在，我們還沒有機會去看妳的演出。」

「對呀，票都去了哪裡？都給了妳男朋友吧？」青春期的女孩，忘不了那個話題。

「也不是的，我們學生本來就分不到幾張票的。」雖是實情，關於「那個人」，媛媛語中倒是承認了一半。其他幾個相視一笑。

一行人說著看著，走走停停，最後來到了媛媛所在的宿舍樓。

空空如斯的樓裡只走進她們這幾位姑娘。伴著自己說話的回聲，大家一路向上走去。媛媛的宿舍在二樓，同另外一位學員共用一個房間。樓下並非學生住宿，那些房間有的是教師的休息室，有些則用來堆放服裝物品等。

媛媛打開門，大家一湧而進。

「哇——你們才兩人住一間房呀！」羨慕不已的姑娘們再一次同時發出了驚嘆。

「第一年有四個人合住，而且新生都在三樓。」媛媛解釋道：「但每年都有不合格的學員會被淘汰或轉學，所以到二年級時就有機會分到兩人一間房。」接著，她又自豪地補充說：「像我們這些重點培養獨舞或領舞的女生，以後還有可能被學校單獨分配一間房呢！」

「妳可真有本事！」大家一致誇讚著媛媛，同時打量著這間不算太小的宿舍。

首先映入眼簾的是一分為二的兩邊，掛著和堆著各式各樣的服裝。除了平時穿的和練舞時穿的，還有幾件表演服。就連那個回去度假的同室女生的床上，隔著蚊帳都能看到一疊疊的服裝。更與眾不同的是，她們的房裡竟有著一面落地的長鏡！

「怎麼有這麼多的演出服呀？」姑娘們歡叫起來。得到了媛媛的允許，她們一件件翻看著那些令人眼花繚亂的練功服和戲服，鬧哄哄一陣搶奪，也不管合不合身，對著鏡子就換了起來。

「我是個別放假不回家的學員之一，所以幫著整理一下服裝」，媛媛作著解釋。

第二章：青春啟示錄

看著鏡子裡面自己的「扮相」，再比比牆上貼著的演員們的相片，少女們滑稽的形象令人忍俊不禁。

「對了媛媛，你們平時就穿成這樣練習演出？」有人似乎意識到些什麼。

「是啊？」

「同男生一起摟摟抱抱？」少女們既新鮮，又調皮。

媛媛笑著，不吱聲。

「那有什麼奇怪的——人家學的可是藝術！」

「那男生和女生整天粘在一起，又穿成這樣，會沒有想法？」

「學校規定不准男女生談戀愛的。」媛媛解釋道。

「規定是規定，但人有七情六欲。穿得那樣露骨，那些男生中就沒有出洋相的？」

「對啊，特別是同妳媛媛這麼漂亮的女生抱在一起的那位？」

「開頭總會有的——所以做一個舞蹈演員很不容易，堅持不了的比較多。」

「可妳到底堅持下來了，真為妳自豪！」

「我的眼裡只有舞蹈，只有合作舞伴，沒有別的！」

「真能做到心無旁騖？比如那位陪妳泡開水的？」有人開始刨根探底了。

「呵呵，跳舞時我還是專心致志的。」媛媛算是對閨友們做出交代了。

「不跳時就移情別戀了，嘻嘻。」姐妹理解。

一件被其他幾個忽略在一旁的白色小內衣，突然引起了陳曉晴的注意。她不由自主將眼睛朝媛媛的前胸望過去。

「難怪身材消瘦的媛媛穿著連衣裙的模樣，竟是如此合身而且那麼顯眼，原來她已經開始使用成年人的內衣了！」

陳曉晴幾乎沒有任何耽擱，立時把媛媛拉到身邊：「妳什麼時候開始用胸罩的？」

「去年就開始了，這學校裡的每一個女生老早都用了！」媛媛隨即補充道：「誰像妳們幾個呀？還以為自己是小囡呢？」

此發現非同小可！姑娘們條件反射般地朝自己和其他幾個的胸部看過去——這麼熱的天，所有姐妹依舊在非常漂亮的外衣裡頭，結結實實綁著那件自小就習慣了的全棉背心！

看似啞口無言的每個姑娘，突然在內心有了相同的感觸。

那件母親該提卻從未向自己提起、該買卻從未想過要買的東西，竟如這些年輕人所不該忽視的事體一樣，很久以來沒有得到自己的重視！

少女們年輕的心靈尚未意識到：自己已非孩童，而是青春已至，含苞待放！

參觀舞蹈學校的活動接近尾聲，曉晴提出：「媛媛，等妳有時間，可不可以陪我們大家一起去買內衣呀？」

「好的好的，明天就可以呀。」媛媛爽快地答應著：「我們去淮海路上鼎鼎有名的『古今胸罩店』，是別人介紹給我的。」

「好啊！」姑娘們響應著：「我們明天就去！」

人生頭一回買胸罩，即使不熟悉，姑娘們首先想到的也是選擇一家名店。

告別了媛媛，走在回家的路上，准大學生們止不住地感嘆著：好一趟有價值的訪問！好一個有收獲的暑假！

也許上天註定了女生還是應該去屬於女人的天地生活，至少也應該常常造訪那邊。

同一天晚上回到家，每個姑娘都以自己的方式，悄悄與母親聊了此事。所幸，稍帶歉意的媽媽們都持大力支持的態度，並且大手筆地向少女們發放了服裝費。

第二天的氣溫依然很熱，太陽正在往高處爬，少女們便相約著出了門。

而且那日，受到媛媛的啟發，小潔、曉晴和蓮蓮三個都不約而同地穿上了自認為最具女人味的薄薄的衣裳。見面後相視一笑，自然是心照不宣。

看看媛媛，人家裡面的那件小內衣，可以托起她那小山丘一般的乳房；而其他三位姑娘，特別是劉蓮那健康豐滿的酥胸，卻被裡面的小背心裹得平平服服，不敢隨意跳動。

一路上除了媛媛，其他三位顯得有些拘謹。走了一段路程之後，陳曉晴貌似輕鬆說起了玩笑話：「女人戴胸罩，不是歐洲人從本世紀中才開始時興的嗎？為什麼那家店會為它冠上諾大的一個頭銜？」

「對呀——誰給那小東西起的大名？」

姑娘們終於打破尷尬的氣氛，嘻嘻哈哈，很快就來到了「古今胸罩店」的門口。

起初，那三位第一次來的都有一些些怕羞。正在門口遲疑的當口，卻望見裡面竟然人頭擁擠。自己的身子似乎被後面的來人推搡著，想不進去也難。

真是不來不曉得，原來「古今」胸罩竟是如此熱門！

櫃台前人貼著人，而且口音來自全國各地。更有意思的是，人群裡居然不乏男士！他們同那些擠著排著的婦女們一起，手上高舉著別人寫給他們的尺寸條子，不折不扣地為中國其他省市的婦女們代勞著，作為來到中國最大城市出差的殊榮和責任之一。

天是如此之熱，人是如此之多！

被擠得暈頭轉向的媛媛突然想起一件事。她急忙招呼每一個人，迅速從人群之中撤離至門外。

「為什麼喊我們出來？到底還買不買呀？」姑娘們個個汗津津的，卻又欲罷不能。

「看看裡面那麼多人！妳們不但沒有試穿的機會，甚至連量尺寸的時間都沒有」，媛媛解釋道：「我們即使擠上去了也沒有用——至少先要把自己的尺寸搞清楚啊！」

　　大家冷靜一想，說的沒錯：「那我們去哪裡量尺寸呢？」

　　「我剛剛看了一下，這裡出售的胸罩樣式其實蠻單一的，其他牌子應該相差無多。」曉晴對服飾向來獨具慧眼，她看著媛媛問道：「我們能不能找一家普通點的內衣店？」

　　「有啊，前面就有一家『婦女用品商店』。」媛媛想起來了：「希望那邊買胸罩的人會少一些，大家可以有機會試穿一下。」

　　提案言之有理並立刻得到通過。少女們臨時改變了計畫和行程，沿著淮海路繼續前行，直至「婦女用品商店」。

　　果然如她們所期望的那樣，由於此處胸罩的品牌並非「古今」，因此內衣銷售處顧客寥寥。店員看到櫃前瞬間圍上了幾位年輕女子，而且出乎意料地竟都奔「胸罩」而來，便非常積極地幫大家試量胸圍尺寸，並從職業角度給女生們提供了一些合理的建議。

　　受到了非常禮待的小集體成員，熱熱鬧鬧地擠在同一個試衣間內，不免令人懷念起多年前在周潔家的衛生間一起試穿節約領的情景。姑娘們不再拘謹。她們漲紅著笑臉嬉鬧，互相拍打著彼此那對毫無遮掩的、依然在成長中的嬌嫩的大小蓮蓬或石榴，又互相幫著挑選合適的尺寸。

　　那家店的產品，同出了大名的「古今胸罩」一樣，除了尺寸俱全，樣式卻沒有什麼可選的。

　　鬧騰了一個小時左右，幾位少女終於各取所需，不負此行。

　　從那個時候起，這些正從少年階段過度至青年時期的女主人公們，每每走在人前，都真正懂得了做為女人，應該「抬起頭，挺起胸」，充份展現出自己的信心和魅力。

第三章：難捨最是情

青梅竹馬的鄰居哥哥梁成宇聽聞小潔即將入讀其父親任教的名校之後，由衷地為她感到高興。尤其是了解到周潔只是在校走讀生，他同時也稍稍放下了那顆懸宕已久的憂心。

周潔長大了，逐漸長成一位走在路上會引得眾人回頭的美齡少女。

眼睛從來不曾離開過她的成宇，當然不會忽視鄰家少女的每一處變化。每回小潔身上展現出待放的花苞一般的成熟，都同時引發那位鄰居大哥身體和感官上相應的觸動和茁壯。

不可忽視的，梁成宇同樣已經出落得清秀俊美氣質不凡。只是，同周潔那清新亮麗、從不刻意遮掩躲避的外表相比，成宇似乎永遠是那個謹言慎行、不顯鋒芒的謙謙君子。

自從梁成宇住讀醫大之後，不管忙與不忙，不論颱風下雨，他每逢週末必定回到長柏公寓。與其說是為了與家中父母共度一晚，不如說更期待見到心愛的姑娘之面。

結果幾近人意。十之三四，小潔會有時間同他單獨相處一會兒——儘管有時僅在門口相互招呼而已。

雖然在小潔準備高考的那兩年裡，她的周圍似乎「險象叢生」，但就成宇每個週末回來的觀察結果，他只消從小潔對人對己的談笑神情之中，便可「略」知五六：自己仍然是有希望的。

在梁成宇回家轉車的途中，他（稍微小兜一下）便會經過一家紡織廠。緊貼著紡織廠的外牆有個熟食營業部，靠著紡織廠內所輸出的熱量供給，該熟食店基本沒有燃料的成本。因此，凡在紡織廠工作的所有員工，只要去熟食店購物，便可得到優惠的價格。從在紡織廠工會工作的大維姐姐那裡了解到這一情況之後，成宇便央求她為自己引介了熟食店的經理。

從小一起長大的孩子，只要稍微細心一些，便會注意到身邊同伴的喜樂愛好，何況心細如髮的成宇。那個打小就牽動著自己心緒的小潔，什麼時候最開心，什麼時候會生氣；喜歡什麼東西，討厭什麼東西——早在成宇的心中存下了一本細目。

小潔愛吃零食的習慣，可謂人盡皆知，成宇更是了然於心。因此不管每次回家是否能夠見著小潔，他的書包裡總備著不同的小食。兩人相遇的時候，常常故意漫不經心，說聲「人家送的」或「家裡拿的，妳嚐嚐」，隨手遞了過去。

天長日久，同成宇在一起聊天，邊吃著小食，竟成了小潔非常自然的習慣。當然，她的口袋中，同樣少不了可以拿來分享的零食。

對於所有關愛自己的男性，小潔深懷感激。然而剛過十八歲的她，卻還沒有認真選擇戀人的打算。

其實，這類選擇是完全不用「計畫」或「打算」的。因為愛情，往往是不期而遇，油然而生。

周潔的課餘補課終於隨著高考閉幕而暫時告一段落。對於她來說，將來的學業有否難度，似乎不必過早地擔憂。到時若是需要，所有關心她的親朋長輩，都會向她伸出援助之手。

然而，目前小潔倒是出現了一些新的煩惱：那幾位不再擔任自己補課老師的青年才俊們，都在暗中給她留下了聯絡方式，同時不忘記下長柏公寓的公用電話。他們在沒有得到自己消息的幾天之後，都紛紛主動打來電話。害得鄰居們時常聽到那些傳呼公用電話的阿姨們，拉著脖子直著嗓門在樓下大喊「周潔接電話」的聲音。

接過電話之後的周潔更是平添了許多煩惱：那些關心愛護她的「老師」們，都多次熱情主動邀請自己。他們一個個以主人公的姿態，希望引領自己的「學生」，參觀了解她即將就讀的那個名校。

無可奈何的周潔只能一一答應。儘管如此，內心極其機靈乖巧的小潔，非常注意說話的方式。她十分清楚那些「老師」們的用意，因此刻意避免他們互相之間了解其他「老師」也有相同的意願和邀請。

一如過去上輔導課的時候，小潔作為學生，從不在一位「老師」面前提及另外一位「老師」的任何情況。

周潔非常謹慎地挑選和安排著參觀大學校園的日子。每隨一位「老師」的帶領，她都表現出自然的興趣和喜悅。正如當年跟著那些調皮的男生們瞎逛時一樣，內心充滿熱誠。

難怪她的好友陳曉晴總是忍不住地開她的玩笑：「還有完沒完呀？妳這樣一次次不厭其煩地重覆參觀妳爸的學校？有什麼大躍進嗎？」

「呵呵呵呵——說實在話，同以前跟著爸爸作比較，現在這些『老師』在介紹過程中所花費的精力和準備工作，要細緻和重視得多了。」周潔仰面而笑。

「當然當然！『橫看成嶺側成峰，遠近高低各不同』吧？」閨友固然明察秋毫。

雖然對於那些「老師」們的態度上，周潔儘量保持一視同仁。但就其內心深處，似乎稍有上下。比如當她同那位正進入研究生第二學年的賈老師走在一起時，其感覺會隨著身邊那位不僅長得玉樹臨風、連談笑中都似乎帶著風聲的男子，而產生一些些的聯繫和波動。

周潔與那些「老師」一同遊歷大學校園的故事，連家父周主任都沒有被告知，也許這正合了大家的心思。

除了曉晴之外的另一位知情人，反而倒是梁成宇。

成宇目前也休假在家，因此常常會約小潔一起玩。尤其是在周潔的阿哥小清回家的日子，他們三人更是經常聚餐。加之同自己的家人或小清相比，周潔向來在許多方面，更加依賴和信從那個她始終認為是沉穩可靠的成宇哥哥。

多少年來，除了關心和照顧小潔，成宇極少在她的面前明顯表露出男女之情，或者提到另一個高度——兩性之間的情愛等行為。那個時期的成宇，對小潔的關心似乎大過於對她的佔有，至少在行動上如此。

出於信賴，每逢小潔舉棋不定、無可奈何之時，或者當成宇看出小潔的猶豫，言語溫和地向她了解情況之時，她都會毫無顧忌地將事情的原委和「盤」託出，並虛心聽取他的意見。

誠然，從習慣上講，那個「盤」中的內容只限於情節，而不帶多少她內心的評估。這次也不例外。

聽到那些招呼周潔的電話，成宇沒有理由不對此表示一定的關注：「最近妳的電話挺多的。」

成宇說話總是點到為止，至於回不回話完全在於周潔自己的態度。

「是。」周潔並沒打算對成宇隱瞞什麼，或隱瞞太多：「那些幫我補課的老師，希望帶我參觀了解學校。」

「妳爸過去不是帶妳去過很多次嗎？」成宇的風格仍然言簡意賅。

「大概看過一些地方……這些老師打算更具體地帶我去上課的教室和圖書館等處走走，想讓我先熟悉一下以後讀書的環境。」

成宇不再提問。

一直等到第三次聽說小潔要去大學重新「訪問」之前，成宇才終於忍不住多問了一句：「你們學校到底還有幾個圖書館？讓妳一趟兩趟三趟地參觀訪問？」

這下連周潔自己也實在難以迴避，她帶著「咯咯咯咯」一串笑聲，在成宇面前伸出了四個手指頭：「共四次——還有兩次參觀活動。」

看著小潔精靈般調皮可愛的笑臉，成宇緊繃的嘴角也不由自主的往上翹了起來：「去的次數再多，也不知道妳下一次能不能自己找著回來的路！」

「迷路時有你呀！」小潔發自肺腑的一句回答，再次安定了成宇那顆稍感不安的心。

正當周潔在為應付幾位「老師」費神之時，陳曉晴也在為家裡的那些小寵物們心中糾結，甚至有些傷感。

首先是那隻從小抱大的虎皮貓咪（另一隻早已送給親屬。當年那兩隻小貓一起沒完沒了合作對付著那幾條金魚，並在家裡整天追逐打鬧，隨時從樓梯上竄上竄下。為了減少奶奶白天的負擔以及上下樓梯時的隱患，故而在曉晴讀小學時，第一隻便被送走。為此，她曾在人前人後足足流了三天的眼淚）。

這次曉晴將要住校生活了。 而那隻年歲已至暮年、似乎完全喪失當年「虎威」的花貓，不知還能再見幾面？

坐在樓梯上抱著花貓的曉晴，將臉貼緊了牠，喃喃自語：「你可要爭氣些，每天按時吃飯，多休息……我每個週末都會回來看你，記得仍然要去樓梯口迎接我！」

還有那兩隻前幾日剛剛買回來的毛茸茸的小鴨子，每天在地上搖搖擺擺走來走去。有一次差點被父親踩到，急得他一路說著「對不起，對不起」，卻同時提醒女兒：「住校前必須把牠們送人，以免事故的再次發生。」

臨走的前一天下午，曉晴才戀戀不捨將那兩隻蹣跚學步的小鴨子，親自送去了鄰居家。告別前還再三叮囑隔壁的小孩：「你答應了會用心照看的——我下週回來時，要檢查你的工作。」

年初才領養的一對德國芙蓉（金絲雀）總算被家裡同意留了下來。但由於牠們剛好處在合籠的繁殖期，因此是需要特殊照料的階段：比如每天見光的時間，食物裡谷物和添加菜籽的比例，以及到了年底小鳥蛋出生後的孵化和餵養……等等等等。

沒有一件事不令人牽腸掛肚！

總之，在曉晴心裡唯一算放得下心的，是那幾條極易照看、且再也沒貓狗會去打擾的金魚了：「你們任何人在任何時候用手指捏上一小撮魚食，往魚缸裡面一撒就行了。其餘如換水清污的活，就等我週末回家的時候再行處理。」當然僅餵食一項，曉晴還得再三強調：「第一最好單人負責；第二可以不必每天餵食，但絕不可以多餵食。」

一樁樁事體交代清楚，並將一切記錄在紙之後，曉晴才對大家道了一聲「晚安」。

第二天，是陳曉晴入學的大日子。

第四章：踏進高校大門

在劉蓮和周潔她們相繼開學之後，終於輪到陳曉晴的新生入學日。

過了一個懶懶散散、鬆鬆垮垮的暑假，雖然心裡仍然持有那股即將入學的激情，但直到昨晚整理完所需物品，安頓好貓鴨魚鳥，上床休息之後，曉晴才真真切切地意識到：自己的明天，將是人生新的一章的開篇。

輾轉反側的一晚，曉晴想到了許許多多舊事，以及前些天與同班男生（他考取的是同校建築系）一起參觀大學外牆的半日遊。她想像著學校裡面的一切：如教室、操場、圖書館、食堂和宿舍樓等等，甚至對校內的女廁都展開了一番聯想和假設⋯⋯

好多好多年之後，重新回憶起那晚：似乎當年唯一沒有想到的，卻是那門似乎將同自己的人生緊密結合的專業；又似乎那門專業對於她，實在並非如此這般的重要？

早早起床的陳曉晴，臉上睡眠不足的倦容，立刻被自己興奮的情緒所化開。與往常一樣，在家人為自己準備早餐的同時，曉晴忙著招呼她的那些寵眷們。只是今天稍有不同，她必須向各位致歉並一一道別——當然，只是暫別而已。

在新生開學這麼大的日子裡，同幾乎所有在滬新生的家長一樣，陳曉晴的父母毫無疑問是請了假，專程陪送女兒去學校報到。

同其他在滬同學相比，陳曉晴的學校離自己家的住處算是較遠的一個。

那個時候，除了眾多騎腳踏車的，許多上海人每天習慣用盡全力和其他趕時間的上班者、以及外地來滬出差的人們一起，在公共車站擠上擠下，在路上奔跑。即便是在那些特殊的日子或緊急的情況下，也很少聽說會去借用公家的車子，最多喊輛三輪腳踏車什麼的。

陳曉晴的學校雖然很遠，但一家三口吃完早餐，便提著大包小包，一路上換乘了三輛公共汽車，才在接近中午之時趕到了滬建大學。那裡早已人山人海，歡聲笑語，熱鬧非凡。

走進學校的大門之內重新打量這所名校，與那天和同班男生一起參觀學校外圍，似有完全不同的感受。這種感覺除了令人肅然起敬之外，更多的是身居此間的驕傲。

直到現在，陳曉晴似乎對於過去幾年中來自學校和家長的期望與壓力，以及自己長期以來不敢懈怠的努力，有了重新的認同和體會。

在新生報到處遞交了入學表、拿到了學校簡介和學生守則等資料之後，便有高年級的學生過來幫忙。全家人忙不迭地感謝著這位學姐，並趕緊拿起那些裝滿了吃食、蚊帳、被褥、衣服、鞋襪等雜七雜八物品的旅行包，一路跟著她往學校最裡面的女生宿舍樓走去。

過了那一片新生報到的中心廣場，一直往裡行走的過程中，陳曉晴急切地張望著兩邊的環境和設施。她的心裡暗自將這座著名高等學府，同前幾週所參觀過的舞蹈學校相比較。

最主要的印象就是大：看著那些縱橫交錯的大路小徑，以及林立兩旁的教學大樓，曉晴心想：自己可能要用相當長的一段時間，才能搞清哪些樓是屬於哪個系的。

一路緊跟著那位新認識的學姐，走進了一片大樹遮蔭的磚地。時下正值夏末秋始，剛剛從「熱老虎」的酷曬轉入蔭涼之處，只聽聞頭頂上蟬鳴鳥語。被枝葉遮蔽的林蔭道上，透閃出日光點點。撒在行人身上，卻並無任何灼熱之感。

如此場景，倒正合了曉晴的心意。她忽然又惦念起家中每天對籠而歌的那兩隻芙蓉鳥：也許，自由的天地才是牠們屬意的樂園？

走過了那片林蔭道，所有人一下子又曝曬在灼熱的陽光底下，好在前面已是宿舍群了。只見在一條稍寬的水泥直道的兩邊，對稱分佈著幾條橫錯的窄道；磚石窄道的兩邊齊齊的是兩長條種著矮樹的草坪；草坪被一分為二，中間隔著一條寬寬的水泥路，路的兩頭連接的便是宿舍樓前的階梯了。

　　每個宿舍樓的牆上都醒目地標誌著 A、B、C、D 等樓號，前面的那幾排宿舍都只有三層樓高。事實上，大部份的宿舍樓都是三層樓，除了最後那兩排大樓，有五、六層高的樣子。聽學姐的介紹，那是專為學校教師和他們的家屬所安排的居所。

　　陳曉晴的宿舍樓是 E 棟。

　　扛著大包小包，口中喘喘吁吁，衣服似乎已經同身皮沾成了一片，但全家人都被自己的精神頭撐著，臉上竟沒有一絲一毫辛苦和勞累的表情。終於來到了「E」樓的大門外。

　　進了宿舍樓仍然是要登記住宿。在門廊或者進口的左邊是一個小小的門衛室，陳太太驚喜地透過門衛室牆上所開的小窗戶，看到那個負責登記的中年婦女身邊，居然擺放著一部電話機。

　　「你們看，女生宿舍樓裡有電話！以後就用不著太擔心了！」

　　那位學姐用一種忍俊不禁的表情瞄了陳曉晴一眼，把她羞得轉臉看著樓梯，只裝作什麼都沒聽到。

　　也許有一種不成文的規定，新生往往都被安排在最高層。一邊熱喘吁吁爬著樓梯的陳曉晴，一邊在心裡嘀咕著：「幸虧宿舍只有三層樓，不然每天上下跑幾堂課，便已達到一週的鍛煉指標了。」

　　學姐客氣地將大家領入房間後，連水都沒喝就跑回新生接待處了。陳曉晴定下神，看到像是六人合住的宿舍裡面，已經先到了四位女生以及她們的家人。看來性急的新生還真是不少。

　　大家面對面地打過招呼之後，陳曉晴在室友的幫助下找到了自己的鋪位。與此同時，那些做母親的一個個反客為主，開始忙碌了起來。又是整理又是打掃的，好像這是她們自己的宿舍。

　　那些新生反倒心安理得，悠哉悠哉地坐在別人的床沿，聊起天來。每個人的話裡話外，似乎都對本專業在今年取消留學機會而表示遺憾。可同時，每個人的心中又頗為慶幸：如果真的繼續保留出國深造計畫的話，也許今天坐在這個屋子裡的，至少得換掉一半以上沒有「門路」、遞不上「字條」的學生。

聊了一會兒，一位室友站起來說：「該是參觀本宿舍公共設施的時候了。」大家一致贊成，各人從自己的母親那兒要來了幾張「手紙」，相伴著一路尋找那個人人內急時必須報到的地方。

在走廊另一邊的盡頭有一間沒有設門的大房，房內左邊有個套房。站在套房的門外不需任何標識便可憑著那種特殊的氣味，準確無誤地判斷出它的屬性。除此之外，大房的中央是一條裝著雙排龍頭的長長的水池，專供本層樓的學生們每天刷牙、洗手、洗臉和洗衣服之日常所用。

陳曉晴特別留意了一下，這裡同許多其他院校的宿舍一樣，沒有專供女生在本樓裡使用的淋浴房。換句話說，所有的女生以後都得像住在弄堂裡的男男女女老老少少一樣，需要提著浴巾肥皂、內衣外套等一應換洗物品，在眾人眼皮底下穿過幾條宿舍的長行道，去學校的公共澡堂那裡排隊等候。

在沒有任何遮掩的浴室之內，那些正處花信年華、風華正茂的佳人才子們，將當著所有不甚熟悉的同性之面，旁若無人似地寬衣解帶，然後硬是睜著那雙被水霧打濕了的眼睛，爭先恐後地搶佔那些排列齊整淋浴龍頭底下的空位。

在那種場合倒是人人平等。

她和他們不需謙讓，沒有尊卑。無高矮之分，釋美丑之虞——環肥燕瘦，漠然置之！

無奈乎！

第五章：物以類聚

　　送走了父母家人，那些剛剛互相結識的同室女生也將是同班的同學們，便開始了她們人生中的第一次自由之旅——走向學校食堂的晚餐之旅。手中緊握著大學食堂「飯票」的新生們，急不可耐想品嚐公共食堂大廚們的手藝，順帶參觀一下自己今後三餐乘以四年的就餐「殿堂」。

　　姑娘們的手上無一例外拎著一個簇新的小布袋子，裡面叮嚦噹啷裝著兩個簇新的搪瓷碗以及一雙簇新的筷子。陳曉晴的口袋裡還特別帶上了一支簇新的塑膠調羹，以備湯水之用。

　　也許用「殿堂」兩字來比喻大學食堂有些言過其實，但所有從這所大學畢業出道的精英們，不管在多少年後回想起自己的學校食堂，都無法貶低其當年的輝煌。

　　大學食堂的建築面積和規模，雖不如那時赫赫有名的徐匯區「萬人體育館」（簡稱「萬體館」），但其同時容納的人數卻可達數千之多。因此除了提供師生就餐，學校亦將其用作大學禮堂。從一舉兩得的角度出發，大堂的設計顯得頗為實用和講究。

　　看似簡單的兩條長凳中間隔著木桌，在作為會場之用時，所有的桌面都可往後翻開，瞬間就被改變成了一個帶著靠背的長椅；大堂的最前方那開著一個個售食窗口的寬大平台，在學校召開會議或搞演出活動之時，竟可以被佈飾一新，猶如一個原裝的大型舞台；當舞台上的幕簾徐徐展開的時候，各位便不難想像正中的那片白布，正是電影放映所需的尺寸，等等等等。

　　不管怎樣，再挑剔的如陳曉晴等女生，也不得不佩服大學食堂的多功能性。而且，就在新生住校後的第三天，學校就在那個大堂為全體新生召開了一個歡迎大會。通過此次的大會，同學們更進一步地對大堂有了切身良好的體會。

　　由於大堂之大，所有坐在底下聆聽台上校長和領導訓誡的學生，再也不必像在中小學那樣正襟危坐目視前方，而可以交頭接耳，甚至閉目養神。當然，台上喋喋不休的領導對下面持不聞不問的客氣態度，還在於大家雖將在此校共處幾年，但除了今日，以後最多就是畢業典禮上再見，或根本不見了。

反正整個一場歡迎會上所有領導的發言，幾乎沒有在陳曉晴甚至第二天的記憶中留下絲毫的印象，只是恍恍惚惚聽到學校規章制度中有一條「學生在校期間不談戀愛」什麼的。也不知有沒有聽對？

就陳曉晴當時的理解，談不談戀愛如同人有「三急」，是一種感覺意識和自然反應。學校的此項規定，就如馬路電線桿上到處可見的「不准隨地吐痰」、「不准亂丟垃圾」、「不准隨地大小便」，甚至是「我家有個夜哭郎」等的招牌或告示一樣，只是做些樣子向上交差的宣傳工作而已，不見得會有任何實效！

大學中另有一處地方也是那些新獲自由的學生們常去報到的，即校內小商店或小賣部。雖然從其經營的內容來看，它所面向的應是教職員工以及他們的家屬，但每月口袋中揣著二、三十塊可「自由」支配鈔票的學生，也非常青睞這家小店。

明天下午就該回家過週末，按道理已經沒有必要多餘地破費了。而陳曉晴所在的寢室中，還剩下好些家長逼著孩子們帶來的熟菜，諸如那些不易在常溫下變質的鹹魚鹹蟹、豆瓣花生肉丁、黃泥螺、醃黃瓜等。由於大家一味地在食堂嚐新（特別是那個比家裡的大上足足一倍的紅燒獅子頭），因此仍然餘下好多，有些甚至原封未動。

昨天晚上，回寢室最晚的那位女生，帶給室友們一個振奮人心的喜訊：「妳們聽說了嗎？學校明晚為了迎接新生入學，特地在晚飯後放映外國影片！」

「真的？什麼電影？」此消息立刻打消了所有人的倦意，其中包括最愛看電影的陳曉晴。

「聽說是《大篷車》！」雖然所播放的當然還是來自第三世界的印度影片，但也不能不說是社會的一大進步了。

　　處在極度興奮中的全室女生，躺在個自的小天地裡，召開了一個臨時會議。議題當然是如何在週五晚上觀看電影前，完全徹底地「消滅」掉那些不該被浪費的食物，以享父母家長們的心意。

　　「我記得學校的小賣部裡有啤酒和飲料什麼的。妳們覺得明晚是否應該開個聚餐派對，慶祝我們有幸成為同學和室友？」早已看過《大篷車》的陳曉晴，更關心的是慶祝儀式的多樣性。

　　「好建議！既已成年，我們該去買些啤酒來慶祝，順便包消掉那麼多剩下的吃食。」商討的結果，又要提到「物以類聚」那些老話了，陳曉晴深感慶幸的，是她總能遇到一些心靈相通的伙伴！

　　第二天傍晚，全體室友湊足了費用，派兩人去學校的小賣部悄悄拉了半打啤酒上來。姑娘們就著鹹菜，舉杯歡慶同學和室友之緣份。那天晚上電影播放之前，她們寢室裡的所有食物和啤酒，全部圓滿解決。

　　當晚七點半鐘，從學校禮堂大廳的一個角上，人們可以清楚地嗅到那裡傳出的濃濃的酒精味。當然，除了那一角，別的座位上所散發的氣味也並不示弱——那些晚餐後所留下的米粒菜片和湯汁，依然殘留在許多的桌椅靠背和地面之上。

　　第二天是禮拜六，那些在食堂中浪費食物的學生們都可以在下課後搭上公交車，一走了之。然而，陳曉晴她們班的指導員，卻出人意料地堵在了該女生宿舍的門口。

　　滬建大學科技德語專業的指導員，同許許多多那個年代的指導員一樣，是一位前幾年由國家或上級挑選和培養的「工農兵」大學畢業生，其年紀才不過比陳曉晴她們大不了幾歲。坐在女生寢室那兩張放置在中央的大書桌前面，同活潑健美的女學生們面面相對的指導老師，在那些想笑又偏偏裝出一臉誠懇的姑娘們面前，反而顯得有些侷促不安，談話竟出乎意料的客氣。

　　「指導員來啦？」看到老師，昨晚的酒精似乎全失去了作用，女生的心都虛掛了起來。

　　「怎麼樣，都準備好回家了？」

「是……」本來是這麼打算的，這不你來了嘛。

「剛來住校，一切都還適應吧？」

「適應，適應的。」學生們內心在說：怎麼還不讓走？

「以後學校的規定，也要用心學習，好好掌握。」

談到規定，大家不吭聲了。

「昨晚妳們的動靜不小，傳言不少——今天還有記憶嗎？」

「不記得了。」有人大膽答了一句，引起了小小的哄笑。

「呵呵，聽說我班女生的酒量不錯！」

「沒有，沒有——第一次嘗試。成人了嘛，小小慶祝了一下。」

「那這回慶祝過了……」指導員笑瞇瞇地，等著女生的反應。

「舉室同慶的，一次就夠了。保證下回不再喝了！」反應快的，大有人在。

「好，別忘了，妳們今天是下了保證的。」

「保證，保證！」

在寢室中所有女生異口同聲迅速徹底地承認錯誤，並保證以後絕不重犯的前提下，指導員才滿意地迅速逃離了那個屋子。跟著，姑娘們揹起一大包回家換洗的衣物以及吃空未洗的瓶瓶罐罐，一哄而散，各回自家匯報情況去了——當然，除了昨晚所發生的那一幕。

第六章：校牆內外

八十年代初，正是中國重啟國門接納和吸收外部世界的高速發展階段。在這樣一種不可逆轉的大形勢之下，無論大學在讀生是住校還是走讀，他們都不可避免地被那樣的一種新興潮流所逐漸影響和感染。

何況故事中描述的那一代人。從真正意義上來說，他們曾經的每一扇學校大門，除了應對高考的那兩三年，其餘的日子從來都是「開放」著的；他們從社會大學所學到的和即將學到的知識，似乎已不可能僅限於學校教授的範圍之內。

當然，學生群中永遠都不乏兩類不同的人：一類是教師眼中的「好學生」。他們不折不扣地以最大的熱誠，投入最大的時間量，學習、領會和完成學校的教與授。另一類不言而喻是那些時間永遠不夠分配的學生，其結果無非是把不打算給學生餵奶裹尿片的大學老師的時間安排擠掉了一些。他們按著自己的願望在自己的大學生活中注入了一些其他內容。

大學男生熱衷於各種球類活動。而女生的興趣分佈則更加廣泛：除了品嚐美食、淘換時裝、相互燙髮等一望而知的愛好之外，連同男生在一起的活動諸如看電影、跳舞、溜冰、旅遊，甚至簡簡單單在校內無人之時或無人之地拉手散步，以及其他青春互動節目，也在學校老師們的眼皮底下層出不窮，暗濤不止。

說句實話，大學老師在不明著反對校規的原則上，基本上對年輕人的所作所為給予了最大的理解和容忍——視而不見就是最好的處置。

當然，學生好自為之——畢業分配之前，每個學生必須對自己的行為負上一定的責任。因為，視而不見，只是自欺欺人的一種表象！

在那個年代，上海城市戶口的成年人每月按年齡領取專購糧食的「糧票」，而每個大學生的規定口糧在每月三十斤左右。作為一個女學生，這個額度無疑是多出了近一半。對於零花錢永遠拮据的所有姑娘來說，多餘部份的自主糧票就成了變相的鈔票。當然，她們之所以懂得更加有效地改進自己的在校生活，還要歸功於那些長期在學校周圍設攤，以農產品淘換糧票的近郊鄉親們。從經驗上來說，那些農民甚至於比新生更熟悉她們口糧的實際消耗。

雖然不太理解為何那些「種糧」的還需要同學生「淘換」糧票，但聰明的女生們一旦發現了這樣「以票易物」的絕好渠道之後，便各盡所能地將父母每月發放的飯錢省了下來，以作遊玩和趕時尚等活動經費。

為了有效地將淘換來的新鮮雞蛋、田雞、螃蟹、蔬菜等變成佳肴美食，一位室友甚至把家中的一個功率在千瓦左右的小電爐帶來學校，作為本寢室的輔助烹飪設備（也許開學那天學校宣讀規章制度時她剛好走了點神）。

一天晚飯時，寢室裡幾個女生開開心心地把頭湊在一起，每人手中各持一雙竹筷，將淘換來的雞蛋用同樣以糧票換取的豬油邊炒邊搶吃完了，然後各自忙著晚自修的安排。當時陳曉晴正同另一位女生在盥洗室洗碗，忽聽得外面有人說：「哪個寢室的炒雞蛋味這麼香啊？等一下萬一抽查宿舍的老師來了，準保會被抓住的！」

陳曉晴大吃一驚，連忙問周圍的同學：「晚上會有老師來查崗？」

「會啊，常常來。今天聽說已經在查樓下了，應該馬上會上來。」消息靈通的好心人提醒著她倆。

兩人相視了才不過一秒種而已，便忙不迭地跑回寢室。一位伸著腦袋從半掩著的門口關注著外面的動靜，另一個飛快地打開所有的窗戶，並揮舞著作業本子，儘量排搧出房間裡的豬油炒香味。

「快點快點，她們上來了！」望風的女生小聲地回頭催促室友，她正密切關注著那幾位教師模樣的女人走上這層樓，一面緊張地補充著她的發現：「好像她們沒有細查所有房間，朝著這邊越走越近了——也許雞蛋香味傳到那邊了？」

其實，當時房內的廚味已經減少了許多，但曉晴低頭一看——那個電爐還在地面上冷卻著呢！隨著越來越近的說話聲，她實在來不及思考太多，立刻掀開自己的被褥，迅速把餘熱尚存的電爐往床上一扔，蓋上被頭後示意同伙半開房門，然後兩人裝作若無其事地坐下看起書來。

檢查人員果真來到了她們的寢室。兩位老師不急不慢推開房門跨入了一步，雖然面無太多的表情但眼睛顯然極其忙碌。不到一分鐘而已，而陳曉晴她們雖然面帶微笑卻坐如針氈，心裡不停地嘀咕：「我們算是同老師們打過招呼了嗎？還應該說些什麼？她們會問電爐藏哪兒嗎？」

老師們最後把眼睛落到她倆的臉上，停留了幾秒鐘後，一語不發地離開了。

兩位女生對望了一眼，屁股仍然沾在原處，但眼睛和耳朵卻跟隨著檢查人員的動靜，鼻子關注著床上散發出來的微微焦糊味道。直到確定了她們下樓離去，曉晴才一躍而起速速地關上房門，一把掀開自己的被子——還好！它只是被電爐的餘熱燙出了一片焦黃，還沒有達到燃起明火的程度。

為了不給家裡造成多餘的擔憂，陳曉晴決定暫時把被子反個面，每天聞著那股焦香，先蓋上一段時間再說。

在學校住讀的陳曉晴基本上每個週末都會回家，因為她心繫家裡。除了那些陪伴她多年的寵物之外，家中的變化也令她興趣徒增。

由於國家對知識份子政策的改變，她的父親作為掌握多門外語的高級工程師，再次得到科技界的重用。由於技術合作和交流的需要，陳先生還常常出訪多個國家。因此每當曉晴的父親回國，特別是每逢週末之時，家中總是賓朋滿堂。曉晴同那些常來常往的親朋好友一樣，都願意坐在父親的身邊，聆聽著他耐心地陳述自己訪外的經歷，以及發生在世界上其他國家和地區的奇聞趣事。

除了第一次從父親嘴裡聽到美國人登上月球的傳奇，可能同我們大躍進所放的「衛星」一樣有待考證之類的重大消息之外，陳父所描述的每一件細小的瑣事，也都能讓曉晴他們在當時聽得津津有味，過後回味無窮甚至浮想聯翩。

一次陳父提到他的訪日之行：「你們曉得嗎，我們這些代表國家同外國企業商洽的人，在會見之前，都千篇一律要準備一些特色產品作為禮物。」

「是嗎？為啥要送禮？」

「這是一種傳統習俗，中國人好送禮的習慣自古就有！而且聽說日本人對此也非常講究。」陳父有問必答。

「那麼你們都帶些什麼禮物？」大家的好奇心漸增。

「要花錢嗎？禮物可以留下自用嗎？」

「雖然禮物是以個人的名義準備的，但一切都是國家行為。按照團裡的規定和選擇，我當時所帶的是一支放在透明塑膠盒中的『英雄牌』金筆，筆頭為 18K；其他人有的準備了專供（註）的景泰藍花瓶，有的帶手工絲繡圍巾或精美玉雕等等。反正各不相同，但都必須是中國製造的最有代表性的產品。」

「那些都很貴，都是我們『友誼商店』裡才能買到的好東西啊！」

「後來呢？日本人喜歡這些禮物嗎？」

「他們送給你們的是什麼？給我們看看可以嗎？」

大家七嘴八舌，問題一大堆。

陳先生倒是不厭其煩：「蠻好笑的，」才開口，他自己先「呵呵」兩聲：「在雙方高管見面交換禮物之後，幾乎每一位中國代表都為自己所準備的『寒磣』禮物感到害臊！因為在當時，日本代表所贈送的所有禮物，都被極其『用心』地盛裝在一個個以綢帶束紮的無比精美的小盒之內。而我們所送的大多數禮品，都放置於粗製的硬質盒或塑膠紙盒之中。」

陳父習慣地仰起臉，止不住又笑了起來：「晚上我們所有人回到賓館，帶著無比期待在團長面前打開所得禮物之時，竟發現在精美裝潢的禮品盒內，無一例外都是一小塊更為精緻的手工蛋糕，以及一張寫著蛋糕店名的精巧卡片。」

「啊？」大家都彷彿設身其境，除了品嚐那塊蛋糕之外。

「作為出國人員，我們每一個人在外所接受的任何禮物，在回國後必須如數上交，這是鐵的紀律！」陳父解釋道：「只有那一次在團長的默許之下，我們大家有幸品嚐了那塊蛋糕。我帶回了禮盒與名片，讓你們看看——人家是如何精心點綴自己的產品和禮物的！」

陳先生說著，示意女兒將那個已被她收藏下來的小盒子示予眾人。

人們相互傳遞觀摹研究著，每張臉上都顯現出那個驚訝繼而會意的笑容。

多年之後，當人們在中秋等佳節之際，收到親朋好友傳遞和互贈的精緻月餅以及精美包裝之時，臉上早已失去了那種驚喜和期待，甚至都不會再為包裝的浪費而感慨了。

從父親口中聽到的那些奇奇怪怪的故事，讓陳曉晴的內心充滿了探求和期待。她不再滿足於父親的親歷，而是希望獲得更多的渠道去了解外面的世界，去探知未涉的領域。因此，當她聽聞父親因為公務繁忙而無暇顧及原來《報刊文摘》雜誌的翻譯工作時，便自告奮勇：「爸爸，我可以幫忙翻譯一部份報紙文章嗎？你幫我把把關就可以呀。」

「嗯，這倒是一個不錯的想法。」陳父對女兒的建議非常讚賞並全力支持：「這樣既可鍛煉妳的外語及中文寫作能力，同時也能幫助妳獲得更多更廣的書本之外的知識與常識。」

從那個時候起，陳父特別挑選一些適合女兒閱讀和翻譯的外國刊物上的文摘，不僅先讓孩子嘗試和鍛煉翻譯，又體貼地將自己應得的稿酬全額交與女兒，作為學校生活補貼之用（雖然幾乎每篇譯文陳父都需認真地再次校譯一遍）。

註：始於二十世紀六十年代的「專供」或「特供」產品，基本上專門提供給兩類及兩種人物：在北京是部隊等高官和領導；另一類是各大城市的「友誼商店」等，憑票專供給外國遊客。

第七章：山雨欲來風滿樓

　　同其他大學生相比，陳曉晴的好友周潔在表面上可是福氣得多了。作為大學走讀生的她，可以說依然置身於熟悉的環境和熟識的親友、甚至於同以往非常相近的學習方法之中。

　　周潔是那樣地悠哉自樂。唯一讓她稍感不安的，是她的課程表已被那幾位過去的輔導老師完全掌握在胸。由於他們爭相關心著這位已然是同校學生或學妹，因而對於周潔來說，繼續以相同的態度周旋其間「和稀泥」的處理方法，實在不能算得上策！然而，她卻沒有任何除此之外的良方。

　　何況，作為一個備受男性追寵的女生，周潔有令所有女生羨慕和嫉妒的自豪。

　　例如每次課後按照習慣，周潔都要去學校圖書館查找資料並完成作業。在內心深處，小潔非常希望碰到一位可以幫助她功課的「才子」，但卻常常在那裡一下子偶遇了多位昔日的「老師」；再有每逢她去食堂午飯之時，常常有人早早地等候在那裡，或貼心地幫她排著隊，或為她佔了個好座位。

　　謹慎從事的周潔所表現出來落落大方、一視同仁的姿態，卻讓所有「老師」都誤以為小潔對自己情有獨鐘。因此，那些青年「老師」中竟無一人抽身引退。反而變本加厲，各自擺出一副明爭暗奪的架勢。

　　眼看著那些同事或同校的才子們正在把他人變成自己的假想情敵，小潔於萬般無奈之際，只能放棄了許多次留校吃飯或準備功課的機會而逃避回家。

　　但內心深處，她覺得放棄與賈以農「老師」來往，著實有些可惜。

　　也許天助人願，周潔的逃避並沒有讓賈以農知難而退。一天在周潔離校趕往汽車站的路上，賈老師終於等到了那位令自己心儀的女學生：「嘿，小潔！」

「賈老師，你怎麼在這裡？」周潔以明知故問來掩飾內心的驚喜。

「我曉得妳會走這條路回家，就專門在這裡等妳。」在兩位似乎有些心靈相通的年輕人之間，其實沒有什麼需要特別掩飾的語言：「走，先別回家了。我請妳去嚐嚐一家好吃的麵館。」

一邊吸著麵條，深知自己學生的賈老師隨口問了一句：「功課做得怎樣了？有難度嗎？」

怎會可能沒有難題呢？就等著「老師」發問呢！小潔直接從書包裡把作業本拿了出來，來不及地遞了過去——心裡直鬆了一口氣。

找回了靠山，周潔心中主意已定：不管別人怎麼看了，要緊的是目前的這個「老師」，萬萬不可再丟了！

何況，不管自己的內心是否非常確定，但他卻及時出現在自己有所期待的時候——也許是命中所定吧？

從那時起，周潔和賈以農之間的來往趨於頻繁和公開化。當然，不論賈以農的內心是怎樣一種感覺，他倆當前相互來往和接觸的內容，以及在小潔心裡的「實質」，依然停留在「一對一」幫助學習的層面上。

雖然他倆之所學完全不同類。但，學海無界！

周潔對自己的專業興趣平平，然而她一口標準的普通話，以及從小練舞的身姿，加上清純姣好的面容，一進大學便引起了許多人的注意。沒有多久，學校的一些課外興趣小組便聞著周主任辦公室的粉筆味，尋到了周潔的教室。

「周潔，妳願意參加我們的戲劇表演小組嗎？」

「周潔，請妳考慮一下，我們學校廣播室熱忱歡迎妳的加入！」

「好的，好的。可是請我參加的興趣小組很多，我需要仔細地想一想，然後會儘快告訴大家，最終將加入哪一個小組。」周潔來者不拒，至於自己是否具備那樣的天賦，要在嘗試之後才知答案。

就目前這些活動，對她來說，似乎最容易應付而且最具吸引力和影響力的，毫無疑問是作為學校廣播員了。周潔自認讀書方面不具任何優勢，但想到假使在其他方面有些成績或建樹，對自己今後的前途也並非沒有幫助。

　　這類小事，周潔自小只同一貫支持自己的大哥哥們或者小姐妹們商量，她可不會去父母那裡自討沒趣。比如在這次開學之初，她得到阿哥周清的支持，只借用了他的一句話：「從下禮拜起，我不一定有時間回家來過週末了」，便輕而易舉地把外婆「請」回了那個亭子間，讓自己如願以償地圓了十歲起就開始的單人房間的美夢。

　　目前在周潔身邊有兩個人可以給她一些建議：一是那位每天都會見到的輔導老師賈以農；另一位就是基本在每個週末都會相遇的梁成宇。

　　恰巧今天就是禮拜天，剛回到家的成宇聽小潔主動相約，便扔下手裡的包，馬不停蹄趕來赴會：「小潔，我們今天去看電影！我媽剛從病人家屬那裡弄來了兩張『內部』影片。」

　　「好的。」小潔總是樂於接受成宇的好意。何況，自從準備高考以來，她不知浪費了多少次看電影的機會。

　　兩人一路走著，吃著零食。周潔順著成宇問她在學校情況的話頭，將最近被興趣小組積極招募的情況作了大致的匯報。然後悄然而止，只等成宇的意見。

　　梁成宇少年老成、思緒周全。他走了大約半站的路程，將小潔的特長以及能力等方方面面考慮成熟之後，才開口：「我覺得妳去播音小組比較適合。既得心應手，又不會耗費太多的時間。」然後又笑著補充：「等妳成了校中名人，說不定以後前途無量！」

　　一席話正中小潔下懷——知我者，梁成宇是也！

　　週一回學校上課，周潔沒有忘記將其想法再次徵求賈老師的意見。

　　不料，剛剛帶著自信開了個場，那位平日裡才華橫溢開朗豁達的賈老師，竟無禮打斷了她繼續下文的意圖，同時毫不客氣地闡明了自己的觀點：「那種地方根本不適合妳去——樹大招風，妳不應該去湊那種熱鬧！」

　　「什麼叫『樹大招風』？難道參加興趣小組就會招來麻煩？」

　　「想想妳自己的能力，連功課都要緊趕慢趕才能完成，哪還有時間去玩別的遊戲？我是真心為妳著想！」

提到了她的功課，周潔的委屈變成了無奈。

她不會直接去點穿賈以農的心思，但內心其實非常清楚：與從小關心和支持自己的成宇他們相比較，賈以農的所謂「為她著想」，根本就沒有任何為著自己的興趣和前途作過考量！他無非是從其自私的角度出發，不希望好不容易拴在身邊的女子有太多出頭露面的機會，從而再次讓自己身處競爭者的情境之中。

如果說賈以農和梁成宇是同一個情場上的兩個對手的話，那麼，就這一局：賈以農在周潔的心裡就沒有任何勝算。

雖然，從兩人的性格和形象上面作比較，賈以農目前還略勝一籌。更何況，他是那位始終在學業上給與自己最大幫助的人。

權衡利弊，又想到歸根到底自己從小並不執著的泛泛興趣，周潔給了賈老師這個面子，從此沒有再提參加興趣小組的事情。

雖然作為研究生和走讀生不應該有太多的共處理由和時間，但人們還是在學校的各處諸如圖書館、階梯教室、花園、食堂及校門內外等許多場合，碰見成雙成對出現的周潔和賈以農。

不久，學校裡認識周潔父女兩人的周圍，出現了一些風言風語。

為了維護女兒同自己在校的名聲和前途，小潔的父親找到女兒了解情況：「小潔，我聽別人說妳和賈以農在談朋友，而這是學校明文規定所不允許的！今天妳必須同我說實話：到底是有，還是沒有這件事？」

周潔自己也早已聽聞了一些人在背後對她說長道短。同中小學時候一樣，她原本並不在意別人的看法。既然今天父親開始上綱上線，她便不假思索地回答了一句：「沒有啊——我們只不過是在一起讀書而已！我有許多問題需要得到賈老師的幫助。」

「那賈以農自己到底是什麼想法？」看來今天父親打算窮追不捨。

「他的想法我怎麼會曉得？爸爸你還是自己去問他吧。」小潔非常了解自己的父親，為了面子，他絕不可能親自去問賈以農這個問題。

門在女兒這邊給嚴嚴實實地關上了，周主任無計可施。回到家，他愁眉不展地向小潔的母親轉述了學校裡的閒言碎語，以及女兒絲毫不合作的態度。

「不可能吧？小潔不是一直和隔壁的成宇談得很好嗎？」到底還是做母親的心細。

自從梁成宇很出息地考上了醫大，周家對這個同自己兒子一起長大的男孩，沒有什麼反感之處。

周主任細細想來，似乎也像是那麼回事，靜觀事變吧。

在周潔那邊，看到連父親都開始關注自己與賈以農的動向了，她不得不重新考慮今後的行為，並決定藉此提醒一下賈以農。

「賈老師，我們見面的次數可能太多了，引起了一些同學和老師對我的誤解。甚至爸爸也開始對我們經常在一起有些看法，這些天他一直嚴加追問，我真是百口莫辯！」

「辯什麼呀？別人想怎麼說，就讓他們怎麼說好了！何必去在乎別人怎麼看！」賈以農的口氣似乎樂觀其成。

周潔急了：「爸說會影響你我將來的分配和前程的！我其實心裡非常感激你一直以來對我的關心和幫助，但以後我們不要每天都在一起做作業和見面了，不能讓別人繼續說三道四了，好嗎？」

「我都不擔心，妳有什麼可以害怕的呢？」賈以農斷然否決周潔的提議：「別忘了，妳爸可是我的導師！」

看到在關鍵時刻賈以農所表現的是一次又一次的自私，周潔心裡對他的評分線已基本降至了地面。

好在期末考試就要到來，而賈以農除非留校，否則，作為一名研究生，這將是他在校的最後一個學期了。

周潔趁著這個當口，不管他每天照例在圖書館等地設攤候著自己，她還是盡量能躲則躲，避而遠之。

第八章：放得下的年輕人

　　人活一世，該來的事總歸會來。

　　那天陳曉晴接到了周潔的一個電話：「曉晴，這個週末不要回家，我到妳的學校陪你妳一晚，一起過個週末。」

　　曉晴歡天喜地：「太好了！好久沒有在一起玩了，等妳。」

　　那個禮拜六的傍晚，陳曉晴在自己的學校門口，接到了手裡提著大包小包的周潔。兩個一同長大的好友開心地有說有笑，一路回到陳曉晴的宿舍。

　　「我們下去食堂吧，我請妳！」曉晴一看時間，先發出了邀請。

　　「用不著下去啊，妳看我帶來了這麼多好吃的！」周潔順手一包包打開食物，堆放在曉晴的眼前。

　　「哇——還是你們那裡好啊！我們學校外面根本看不到這麼多好吃的東西，今天可是享到妳的福了。」曉晴饞涎欲滴，並迅速擺出碗筷，兩人開吃起來。

　　忽而，喝點啤酒慶祝的願望，在陳曉晴的腦中快速地閃了一下，馬上便了無蹤影了。

　　心滿意足地嚐遍了每一樣小食之後，她倆終於放慢了動筷的速度。陳曉晴這才想起：「今天妳怎麼突然想到來陪我過週末啦？」

　　周潔把手中的筷子往桌上一放，撐著凳子的邊緣把自己的屁股往後面的床上一挪，以那種從小曉晴就非常熟悉的口氣，換了一副非常無奈的神情大嘆一聲：「哎呀——出大事體了！」

　　曉晴「咯咯咯咯」笑起來：「看到妳剛剛胃口這麼好的樣子，哪裡出來的大事體呀？」

　　周潔忍不住一起笑了：「這次真的出事體了！但不是我。」接著又補充了一句：「可是因為我的緣故。」

　　「那妳快點講，到底是出了啥事體啊？」曉晴顯然開始重視了。

　　原來，雖然周潔在父親那邊堅決否認了她同賈以農的戀人關係，但沒想到在系裡領導找賈以農談話之時，他卻大大咧咧全盤承認了同小潔是那種「戀愛」關係。結果當系裡領導找到周潔向她詢問事實真相時，周潔真真正正是「百口莫辯」了。

　　如今的周潔百思不得其解：「妳說，為何賈以農要『陷』我於如此之地？妳幫我想想，這到底算是怎麼一回事？我應該怎樣對付？」

　　真是病急亂投醫，陳曉晴又有多少關於這方面的經驗呢？既然朋友處於危急之中，曉晴只好臨危受命，急他人所急，一起來找找原因，想想法子。

　　「關鍵在於，妳到底有沒有同他談朋友呀？」對閨友來講，這才是目前最需要搞清的問題。

　　「沒有沒有——妳還不曉得我嗎？最多和他一起在課餘時間玩玩，順便請他幫我做些功課什麼的。」小潔急忙撇清。

　　「有過親密動作嗎？」這句話倒非全部出自關心。

　　「除了溜冰，我們兩個人連手都沒有拉過！」

　　曉晴倒是相信小潔的。在她的心裡，周潔應該同青梅竹馬的成宇是一對戀人。

　　「那妳怎麼把事情搞成現在這種地步！」曉晴責備了朋友一句。

　　「我原來倒是有些喜歡他的……後來才發現，他是個蠻自私自利的男人。」

　　聽著周潔半明半白的故事，曉晴望著她，心中不免猜測：「看來也是無風不起浪！但至少，從目前賈某的表現來看，小潔對他的判斷還是正確的。」

　　「妳爸爸是什麼態度呀？」曉晴內心整理著那一團亂麻。

　　「你曉得的，我爸原先問過我，我當場就否認了。現在賈以農這一表白，把老爸氣得火冒三丈！啊呀——我現在不管怎麼辯，老爸都不可能再相信我了！」小潔滿臉討好地對著閨友：「所以只好逃到妳這裡來了。」

「你們大學的研究生可以談戀愛嗎？」

「至少規定不可以同在校生談吧？」小潔在這方面倒是沒有搞錯：「所以我聽爸說了賈以農對領導的表白以後，實在生氣！從此沒有再和他講過一句話！」

「那他為啥那麼大膽，承認是妳的男朋友？豈不違反規章制度？」曉晴心生疑惑。

「不曉得……也許對研究生沒有影響吧。」周潔身處火中。

「看來他對妳是志在必得！他倒是蠻勇敢，可惜不懂得憐香惜玉，呵呵。」曉晴卻在水裡，讚賞起賈老師的勇氣來。

「別開玩笑了！即使追我也不必廣貼告示。」小潔顯然不這麼看：「會不會因為我爸是他們的系主任？」

這麼一說，倒像是有些解了：「那他就是先聲奪人，有些急功近利了？」

「賈以農現在正面臨著畢業分配。他曾經向我提過，希望自己可以留校做助教的。」

「妳對妳爸說過他的願望嗎？」

「怎麼可能——我躲都怕來不及呢！」

「那目前只看周主任的態度了。但我個人以為，妳爸不可能為一個差點讓自己女兒犯錯誤的人開綠燈的。」曉晴一語點出關鍵。

「我想也是，就是在擔心這點。」周潔臉上少見地罩了一層烏雲。

「賈以農既然自私地選擇這樣處理問題，那也只能是咎由自取！」

「如果他這次的分配不盡如意，不知道以後會不會怨上我？」

「如果他是真心愛妳的，所承受的失戀要比失望更大吧？」

「對。反過來說的話，我也不值得同情他的，對嗎？」

「就看孰輕孰重了。」

此事聊到這裡，兩個姑娘似可高枕無憂了。

後來，周潔的父親果然選擇對此事採取不聞不問不插手的態度。賈以農最後知道留校無望，而且努力爭取了兩年的感情和友誼似乎也毀於一旦，便報名投考了外地一所高校的博士研究生。

聽聞賈老師即將離開上海的前幾天，表面上若無其事但內心非常不安的周潔，直接坐車來到滬建大學的門口，再次把陳曉晴約了出來。兩人剛剛在附近的一家衛生標準極低的麵館坐定，心中鬱結且舉棋不定的小潔，根本來不及在意好友正皺著眉，用紙巾擦拭著沾滿了各種湯汁的餐台，迫不及待地拋出了難題：「聽說賈以農考上外地高校的博士生，過兩天就要離開上海了。」

「那不錯啊。」曉晴倒是覺得結局還算圓滿：「雖然他是帶著失望的心遠離上海的，但對於開朗洒脫的賈以農來說，未必不是走向一個全新的開端噢。」

「現在的問題是，在他離滬之前，我應該不應該做些表示？」周潔的難處在此。

原以為萬事大吉的曉晴經她這麼一問，倒也覺得有些棘手：「妳不是已經斷絕和他來往了，又怎麼曉得他即將離滬的？」

「是其他那些輔導老師告訴我的。」小潔眼前出現了多張幸災樂禍的表情，又補充了一句：「妳不曉得，自從出了那件事體之後，每個助教碰到我，都不陰不陽特地暗示了我一次！」

曉晴憋不住笑出了聲：「也好，這下他們的心裡多少平衡了些！」

小潔也「咯咯咯咯」跟著笑了起來：「妳說這件事搞得——裡外全部得罪完了！連我爸自從發生了這件事，都沒再好好同我講過話。」

「事出有因，妳也算是自食其果！」一起長大的姐妹，彼此都非常了解。

「那現在妳講講看，我到底應該怎麼做才好？」小潔一邊用筷子攪著那難以下嚥的麵條，問題依然還在。

「人情和面子，妳選哪一個？」曉晴知道小潔為何猶豫難定，但這次真的顧此顧不得彼了：「無論如何，他都曾是妳的老師和朋友。現在人家都逃到外地去了，我覺得妳去送送他，謝謝他，還是應該的。」

「就怕他不領情啊。」小潔長嘆一口氣。

「是怕他不給妳面子吧？所以我說妳只能兩者取其一。何況，看看他的反應，妳也就曉得他的內心了。」

「那就去火車站送他吧？妳會陪我一起去吧？」

吞下半顆定心丸的周潔回到學校，打聽到賈以農離滬的具體時間。

兩天之後，周潔帶著一大包吃的用的，由陳曉晴陪著，先行近一個鐘頭，早早等候在了火車站的候車大廳。兩人千挑萬選，終於在一個可以看到人員進出、但又不易被他人注意的邊角地區落定。

看到小潔故作鎮定的神情，曉晴有話沒話地找些眼前發生的情況加以評判，以減輕其心理負擔；而小潔雖然一句句地接著閒話，眼睛卻一刻不停地來回掃蕩著那兩個進口。

「來了！」聽到周潔短促緊張的插話，曉晴跟著把眼光放到門口：賈以農正提著一個大包，與幾個同樣拿著行李和包包的人一起匆匆走進候車室。

曉晴看見周潔仍然沒有移動的意思，便用手指點了她一下：「過去嗎？」

小潔臉色沉重地點點頭。兩人不約而同地把笑容堆起在臉上，拎著包拉著手，一同向那邊走去。

賈以農似乎感覺到了熟悉的姑娘正向自己走來。他停止了說話，轉身看著她倆。臉上的表情從無到有，慢慢展出一層笑容：「小潔，妳們也來送我？」

「是的，還給你帶了一點吃的東西。」賈老師慈祥的笑臉相迎讓周潔非常感動。總算有了一個台階可上，她邊回答邊把手中的袋子遞了過去。

「我們不要妳送的東西！」一個尖銳的聲音突然從那群人中突兀而出。

一時間在場的所有人都被驚到了！大家轉過頭看到那位中年婦女正對著小潔怒目圓睜，而且還伸出手擋著周潔正在送遞過去的食品袋。

「媽——妳不要這個樣子！」賈以農略帶嚴肅地制止母親的無禮，

轉身又對周潔說了聲：「對不起，我媽的態度不好。謝謝妳們今天過來送我，請早點回去吧。」

賈母雖然沒有再開口說話，但她緊盯著周潔的眼神中，敵意絲毫未減。

「那就祝賈老師一路平安！學習生活一切順利！」周潔漲紅著臉，急急忙忙把背了兩天的台詞奉獻了一半出去，又慌亂地把包包塞到了賈以農的手上。然後拉著曉晴，逃跑似地離開了候車室。

路上，曉晴緊跟著追問了一句：「妳過去見過他媽？」

「當然沒有，這是第一次！」之後，周潔又補充道：「但願也是最後一次！」

人生尷尬不過如此。

每個人都有著不同的選擇，每個人都犯過不同的錯誤，每個人都懷揣不同的遺憾。

只要學會放過自己，放過他人。

第九章：別久未必情遠

　　對向來重視自己業餘時間的陳曉晴來說，大學假期裡的忙忙碌碌，是她心甘情願的享樂。何況，比起那些假期中缺少資金的女生，她還有一份不小的翻譯收入呢。

　　頭腦中裝滿了一大堆暑期計畫的曉晴，在她回到家中的一天上午，套著一件輕便的連衣直筒裙，腳下一雙鏤空的塑膠涼鞋，手裡翹著個蘭花指，提著一張被金絲鳥拉滿了「金屎」的紙片，咬著下嘴唇快步走出了花園大門。她正打算直接把紙片扔進弄堂口的垃圾洞裡，免得放在家裡招蚊引蠅。

　　剛剛跑出兩三步，只聽背後傳來一聲低沉的呼喚：「曉晴！」

　　她本能地站住了，折回身子，順著那個好似熟悉的聲音看過去——

　　對面公房進口處的水泥石墩上，半坐著一位身型高大、身穿短袖雞心領汗衫的小伙子。他的那張英氣勃勃的臉龐，正是曉晴久久難忘的記憶！只是今天，在棱角分明之間，那張臉更透著一種和悅和欣喜。

　　「陳宏！」曉晴的情不自禁，完全無誤地表露在她的歡容笑貌。

　　陳宏輕鬆地迎著姑娘的那股熱情站立起來，充滿自信地走向已經久違的她。

　　面對正在邁向自己的俊男，曉晴窘迫難當！她低頭下意識地看了一眼自己幾乎僵直的手中，那張屎跡斑斑的紙片。定定地站立在原地，不知如何是為。

　　把這些小舉動看在眼裡，他徑直走到她的身邊，耳語般說了一句：「妳別走！」順手接過了她手中的紙片，快步走向弄堂口——輕輕一甩手，紙片便飛進了它該去的屬地。

　　沒了負擔的曉晴，在陳宏走向弄堂口的間隙，又不免埋怨起自己的衣裝：「怎麼今天居然穿得如此隨便：這條直裙既顯現不出自己的楊柳細腰，裡面又沒有襯上那件足以放大女性優點的小內衣……」

若是這條弄堂稍微長些，她真能跑回家，重新裝飾一番才回來！

挑剔自己其實根本多餘。快步走回弄堂的陳宏，眼睛早已回到了心儀女子的身上。他邊欣賞著那綽綽玉姿、佼佼花容，邊抑制著自己內心的澎湃：「好久未見——難怪自己經過這些年，對她總是念念在懷！」

走近滿目愛意的女子，陳宏一把捏起她的小手，就直往那條通向後街的小走道上領。

曉晴順從著他。

狹窄的走道兩邊是三層樓高的磚壁，在夏照烈日的當口，似乎挾持了一絲難得的清涼。曉晴的身子隨著陳宏手腕的力量，就勢倚靠在那磚牆上面。

陳宏高大的身子往後退了一步，靠在了對面的牆面上。帶著些許羞澀的微笑上下注視著曉晴，以一種對姑娘來說有些陌生的、深沉但極其溫柔的嗓音說著話：「我已經來過幾次了，早晚都有。只不過一直沒有等到妳。」

曉晴同樣帶著笑，回望著他：「你傻呀？不會敲門問一下呀？」

「不敢見妳家人」，他老老實實地回答：「只想等到妳出門的時候才見妳。」

「平常我是住校的，昨天才放的暑假」，曉晴同樣輕聲回應著。

「哦？妳讀哪個學校？」陳宏微微一怔，語氣中稍帶侷促。

「滬建大學。」

「哦，名牌大學——沒想到妳的功課這麼好！」

「不算好的，讀了一門『科技外語』。」曉晴連忙解釋，微微可見他逐漸繃緊的肌體。緩了一緩，補問了一句：「你呢？還在體校？」

陳宏沒有立刻回答，他拉了拉曉晴的手，說：「走，我請妳去吃午飯。」

曉晴低頭望了一下自己的衣著：「就這樣子出門？至少讓我回家換條裙子？」

「不用回家，妳這樣就很漂亮！」

　　曉晴第一次聽到陳宏如此讚美她，當即便打消了回家的念頭。她甚至忘了關照家裡一聲，就跟著他離開了弄堂。

　　似乎早有安排，陳宏把曉晴帶上了公交車。她沒有再說話，依然一路順從。到了目的站，他領著她下了車，穿過半條馬路，來到了一處街心花園的盡頭。

　　曉晴開心得歡呼了一聲：「哇——真漂亮！」

　　那個讓陳曉晴如此驚喜的餐館，由座落在街心花園地下的一個防空洞改建而成，很像當年的長柏公寓。

　　到如今，它被那些極有創意和生意頭腦的年輕一族，將廢物再次利用，並將它們的作用發揮到了極致。

　　跟隨著陳宏，一路往下走進「洞穴」。曉晴感覺到陰涼潮濕的空氣中帶著香甜。馬路上的人喧車鳴，彷彿被隔阻在了另一個世界。

　　服務生問明了兩人之後，帶著他們穿行在三條平行長廊中的一條，然後指著一張空桌示意他們坐下。曉晴一路留意觀看：只見長廊的一邊挨個排著一溜桌椅，而且全部都是相對而坐的單人椅，已經有不少年輕人在那裡用餐了。

　　「看來這裡是專為情侶而設計的餐館。」曉晴暗自作出了推斷，內心更加歡喜激盪。

　　點菜程序非常簡單，因為菜單上僅有寥寥幾份套餐，飲料也只限於熱茶涼茶，以及國內剛剛開始研製的那種難喝的「上海可樂」。

　　沉浸在快樂中，曉晴對食物沒有任何挑剔。今天的她和他，將共同分享「戀人之餐」。從走出弄堂的那個時間，直到落座，曉晴雖然統共沒有講過幾個字，但她的雙眼好似彎月般始終透閃著笑意，兩邊的嘴角也抑制不住地向上彎著。

　　若細細觀察，便會發現話語原本不多的陳宏，已不如剛見面時那樣輕鬆。他常常欲言又止，但被曉晴明明白白的喜悅和愛意感染著。陳宏的眉眼之間，同樣充滿著溫情柔意。

　　「你好嗎？」兩人幾乎同時問向對方，雖然一個選擇口語，而另一個問候則來自眼神。

　　開始吃飯，曉晴回歸自然之態。她看著他，簡單扼要介紹了自己平日裡的學習和生活。

　　陳宏回望著她，眼中始終帶著笑：「妳已經長成大姑娘了——而且越來越漂亮！在學校一定被男生圍著追著堵著，沒有心思讀書了吧？」

　　「無心唸書倒是實話，有時在報廊或圖書館裡也會得到幾個男生的關注。」曉晴不知陳宏這句玩笑的真實用意，只一心想把他的這種念頭給消除掉。因此輕描淡寫地利用校規，把所有追捧者的努力一句帶過：「但大學的規定是不准學生談戀愛的。」

　　「你呢？還在玩劍嗎？」曉晴對陳宏這些年的生活幾乎一無所知，只知道他不會輕易放棄體育。

　　說著話，曉晴把自己的左手伸到對面，放在他的右手上面。陳宏翻過手掌，輕輕撫摸著那纖纖玉指，體驗著女子的溫柔：「沒有。我現在已經工作了，在小學教體育，同時在業餘時間打打籃球。」一絲遺憾從陳宏的眼底很快閃過。

　　「真的？曉得你喜歡體育的——以後我過去觀戰，我喜歡看你們打球。」

　　「妳平常住校難得回家，假期應該多陪陪爸媽，不要一天到晚跑出去。我假如有時間，會再過去看妳的。」

　　當時陳宏的這些話，曉晴有些不甚理解。

　　回家路上，兩人話語不多。曉晴大膽，用手摸摸陳宏那條袖管捲至肩頭、露著堅實肌肉的臂膀。陳宏笑著，低頭看她。她便更壯了些膽，將手挽住了他的手臂——像所有戀人那樣。

　　回到曉晴家的那條弄堂，他似乎是被她的手領進去那條窄巷子的。

　　曉晴主動靠在那牆面上，兩人挨得很近。她把另一隻手臂悄悄移至身後，順便捏起一些腰間多餘的布頭，並儘量地挺起自己的胸脯……

　　她抬起頭，那樣羞腆嬌柔、卻毫無躲閃地直視著他的眼睛，享受著男人嘴裡呼出的每一口暖氣。

那條狹窄走道間的徐徐涼風，竟吹不散姑娘臉上正在緩緩上升的熱潮。

陳宏將一隻手按在曉晴頭頂上方的牆面上，支撐著自己微微向前傾壓的身子。看著心愛女子那炙熱滾燙的鼓勵以及熱切期待的眼神，陳宏緩緩地將他的另一條手臂抬到她的臉旁，用手指上下輕觸著那張愈燒愈紅的臉頰，然後迅速低下頭，親吻了一下她的秀髮。

沉浸和陶醉在幸福之中的曉晴，一隻手用力拽著陳宏的衣角，微閉著雙眼，由著他撥弄自己額頭上的劉海，心中不由自主地期待著更多的溫柔甜蜜，甚至於幻想狂風暴雨的降臨……

一輛腳踏車從他們身後那不多的空間裡慢慢地經過，騎車人的頭始終回顧著那對年輕的身體。

乾脆，那個騎車人將輪子停止了轉動，一隻腳踩在地上，另一隻腳讓踏板往回空轉著，在小巷子的另一頭站著，饒有興致地直望著兩人。

陳宏拉起曉晴的手把她送回家門外。道別時，姑娘戀戀不捨：「難得放假了——有空一定約我，等著你！」

回到閨房，曉晴站到鏡子前面。原想重新評判一下今日的裝束，卻一眼看到自己臉上那尚未退去的紅暈。她無比害羞，迅速用雙手捂住了臉頰。

鏡子裡的那張小臉上，最終只看見那唯一保持本色的尖尖的鼻子。

澎湃的心，直到同家人一起晚餐之後，才逐漸趨於平靜。而此時陳曉晴臉上的笑容卻依然還在自我表現著，不願離開。

看著如此開心的女兒，想起今天中午的不辭而別，曉晴的父母似乎猜到了一些端倪：「今天到底同誰在一起吃午飯？是妳的男朋友嗎？」

「我哪裡有男朋友呀？是劉蓮她們把我拉走的。」

陳父這次也表現出了明顯的關注：「假如妳真的交了男友，千萬別忘了把他介紹給我們。爸爸媽媽不會不通情理，妳曉得的。」

陳曉晴思考了幾秒鐘，便順著父親的話作了一點點試探：「目前尚無——但有你這麼優秀的爸爸作為模範，不知道將來我的男友，要怎樣才可以讓爸媽雙雙滿意？」

聽到女兒的這番問話，陳父以那個全家非常熟悉的姿勢，在沙發上仰著頭，似乎真的是在思考答案。

曉晴的媽媽看著這樣的場面，乾脆笑嘻嘻地替丈夫作了個表態：「其實妳不用太在意爸爸的看法。因為，不論女兒找的是什麼樣的男朋友，每一個做爸爸的，基本上都不會認為他配得上自己的寶貝女兒！」

要不說女人是最偉大的！曉晴母親的坦言相告，讓女兒恍然大悟，心中如釋重負。

從見過陳宏的那日起，那個暑假中的每一天，曉晴都未敢再輕易出門，日日期盼著陳宏的再次相約。可眼見假期已然接近尾聲，卻沒有得到他的任何消息。陳曉晴開始心慌意迷，她實在後悔當時在他的面前如此唯唯諾諾，竟然沒有敢問他具體在哪個學校教課！甚至愚笨到只報了自己家中的電話，卻沒有想起來向他要個號碼。

最揪心的，是那個陳宏究竟是怎麼了？既然等了自己那麼多次，既然兩人如此情投意合，為何又遲遲不約？

陳曉晴想到那個為了男女之事，曾經多次叨擾自己的「戀愛半家」周潔，便決定也將個人的煩惱拿出一半與她分享。

或者，把真正的「經驗人士」李媛媛以及同自己一樣，至今在情感方面毫無建樹的劉蓮一起約了出來，共謀對策？

想到這裡，陳曉晴彷如在自己無力的主心骨旁邊，安上了一些不知作用如何的支架。就算是病急投中醫吧，多少都會得些幫助的。

第十章：寫在臉上的幸福

　　自從李媛媛進入舞蹈學院，並且成為一位職業舞蹈者的那些年裡，雖然其他幾個女孩見面時總免不了向她討要演出的入場券，但其實她們真正得到免費觀賞的機會則少之若無。

　　媛媛男友錢家傑的特殊工作需要，讓他幾乎包攬了媛媛手中所有的免費入場門票，專門用於上下部門的「人事應酬」和建立良好的「工作關係」。媛媛之所以對家傑百依百順，當然首先出於自己對他的愛，更多又是感念錢家傑對她無微不至的關懷和體貼。

　　長久以來媛媛有著比常人更為消瘦的身子，她對飲食起居向來抱著「隨便對付」的生活態度。似乎同她的舞蹈生命相比，那些百姓眼中關乎生存大局的「衣食住行」等人間雜事，根本不在她操心的範圍。

　　每日每餐，媛媛只是機械地大口往嘴裡送著食堂或家裡的飯菜。她下班回家途中，甚至想不到為自己買上一個熱氣騰騰、剛剛出籠的鮮肉包子。幾乎所有衣裙在媛媛身上都顯得無比靚麗，她卻習慣於在重要場合向朋友借上一套，作臨時應付。她記不清楚哪天或哪位的節日壽慶，總是因為忘了預備或草草買一份不太合宜的贈禮，而承受大家責備的目光。她甚至懶得將日積月存「小金庫」裡的鈔票放進銀行，似乎只有藏在近處隨時可見，才能證實自己的努力和成就。

　　日復一日，年復一年；分分秒秒，朝朝夕夕——媛媛持之以恆，堆沙成塔。她自認極其滿足！

　　然而與此同時，錢家傑卻非常非常地心疼她！

　　家傑從小就懂得在外謙讓和交際。雖然他同樣愛看心上人的舞蹈表演，但媛媛平日給他的那些入場券，均被他使作應酬之用。家傑自己則幾乎場場不落地候在劇院門外，等待心愛女子下班。由於他倆相處的時間總在晚上九點之後，對於家傑來講，便有了為媛媛準備點心的時間。

　　其實，錢家傑既不會也不需要親自動手學做任何家事：誰讓家中自上到下一干人等，盡都寵待他這一位！

　　近年來錢家老少通過街坊鄰里的大傳小道，早已獲息愛子傾心於弄堂裡久享盛名的「小美女」媛媛。錢老太甚至伙同著自家的媳婦，親自造訪過李家並一探究竟。對於錢家繼承人的眼光和選擇，再百般挑剔的女人，也不得不認同。

　　「媛媛每天都演出到很晚，你們給她做些夜點心，我一會兒順帶著給她送去。」家傑只需關照一次，沒有討價還價，媛媛每晚演出後的宵夜，便成了錢家女人們的加班作業。

　　那天，媛媛一如往常，坐在家傑的自行車後座。她的一條手臂圍摟在男人的腰間，另一隻手上拿著一塊家傑帶給她的蛋糕：「哎，我們團裡的某某上個禮拜帶來一台錄放機，是她新談的香港男朋友送的。現在她每天都神氣得很，有時不再同大家一起練舞，而用那台機子單獨找地方聽音樂練習了。」媛媛說著，將自己的下顎在家傑的背上輕磕一下。

　　錢家傑蹬著車，聽著，用心感覺著那個碰觸，照例沒有立刻答話。

　　四天以後是週末。上午臨近十一點，錢家傑一反過去悄無聲息進門的習慣，而是大咧咧捧著一個長方形的盒子，走進李家前院。他把盒子輕輕往地上一放，高喊了一聲：「李家阿婆，麻煩妳替我看看媛媛起來了沒有？」

　　錢家傑的這番不同尋常的招搖舉動，不僅出乎媛媛之意料，更是把李家上下所有人都招了出來。

　　看到地上那個比鞋盒大出三、四倍的紙盒，所有人一窩蜂地把腦袋湊了上去。

　　「看吶——雙卡錄放機！」到底是年輕人，媛媛的堂弟不僅立刻認出了這件寶物，甚至把「雙卡」這種技術性的指標都看得一清二楚。

　　「這種進口機子是要憑外匯券（註）才能買到的！」表弟不甘落伍，補充說明了那個非常關鍵的貨品來源。

　　看到媛媛穿著睡衣睡褲下了樓，笑吟吟地站在眾人當中，家傑便把臉對著她，輕描淡寫地說了一句：「給妳練習跳舞時用的！」然後彎下腰捧起盒，跟著媛媛上了樓梯拐角的亭子間。

「你從哪裡搞來的外匯券呀？」喜出望外的媛媛坐在床沿，看著家傑小心地打開包裝盒，取出說明書讀著，忍不住問他。

「同來我們區裡參觀的香港客人一比一兌換的，我答應請他們看妳的芭蕾舞演出。」錢家傑是能人，沒有他做不到的事。當然，那些免費的舞蹈演出也起了一定的作用。

接著，家傑又特別關照了一句：「我上午去『友誼商店』買了這個錄放機之後，連自己家的門口都沒進，直接送妳這裡來了！」

媛媛心下領會。

外表柔軟但內心堅持的媛媛，臉上清清楚楚寫著對錢家傑特別的信任和依賴，這種幸福的寄託似乎從來都不會落空。

自從妹妹上了大學並住宿學校之後，媛媛便常常回家過夜了。那個曾經令她非常厭惡的小小亭子間，如今因為有了家傑，而成為兩人蘭芎互贈、鸞鳳相侶的愛巢。

這時的媛媛，想著自己前幾日那隨口一表的羨慕之辭，不僅再次被心上人聽到耳中，而且如此之快落實到支持的行動上，心中無比感動。她從床沿上站起身，走到正忙著幫自己調試錄放機的家傑身後，把兩條纖細柔軟的手臂圍攏在心上人的腰間，將自己同樣溫柔的身子，貼緊其後。

家傑停住了手裡的活，卻不想立刻轉身。他微笑著，安靜地站在原處，感受和體驗著心愛女子的主動……

相愛中的情侶，何須過多的言詞。如眼前這對，憑著理解和關愛，結合在一起。

小小的亭子間，挽留下那片愛的氣流。回爐之後，再度升華。

李媛媛之後並沒有把錄放機帶去團裡作練舞之用。下個週日的早上聽到周潔、曉晴她們的招呼，她難得將三個好友帶進了自家的亭子間：「曉晴，我想向妳借一些港台歌星的音樂帶。反正這是雙卡的錄音機，我們可以多拷貝幾盤，互相交換。」

「對，順帶給我也錄幾盤。我們兩家用的可都是單放機。」聽出媛媛的話外之音，周潔趁機敲詐。

陳曉晴雖心事重重，根本沒有心思喜酒，只一口答應了閨友們的請求。

四個姑娘都長大了，各有各的忙。今天是她們在學校暑假之後的第一次團聚。到了人民廣場的邊緣下了車。心情原有些壓抑的陳曉晴，看到種著梧桐樹的人行道旁有許多老人聚在那裡，手中並都提著布罩半掩的鳥籠子。

人在聊天，鳥在對歌。她的心緒突然好轉起來，一個人興沖沖走在頭裡，正打算過去逐個觀賞取經。

「喂喂，曉晴！妳在做啥？忘了找我們來是要談妳的正經事體啦？」周潔看著曉晴越走越快，越走越遠，急得追在後面提醒她。

如同被潑上了一桶冷水，曉晴即刻止住了腳步，呆立在前。

「到底出了什麼大事啊？真的有那麼嚴重嗎？」劉蓮仔細望了望曉晴難得嚴肅的表情，邊大步跟上，邊忍不住發問。

「事體大了！人失蹤了！」方才出門時聽了一個大概的周潔故弄玄虛，誇張地吸引著那兩位的注意力。

雖然還未到正午，但夏日的太陽已經把廣場的地面照得微燙。那些清早出門遛鳥比唱的老人家，開始陸陸續續向八方散去。

姑娘中只有媛媛出門前未吃早點，因此大家就近找了一家麵館。

「今天我來請客，是我約的大家。」剛落座，曉晴先道客氣。

「那我們就先點兩碗餛飩，媛媛多吃點。大家坐著講講話就好。」劉蓮善意地提醒各位。

「好的，反正過一會兒還要去『稻香村』買鴨肫。」周潔怎會忘記她的零食。

「快點告訴我們，到底發生了啥事體？」剛入座，蓮蓮擺出兩肋插刀、赴湯蹈火的樣子，性急火燎地再次問道。

曉晴吞吞吐吐，不知該如何啟齒。

「有男朋友啦？」媛媛邊用勺子舀著餛飩，邊揣摩著曉晴的心思。

還是媛媛有實戰經驗，一句話讓曉晴臊得滿臉通紅。

「還不是那個玩花劍的！害得我們曉晴每天都魂不守舍！」周潔忍不住替她挑明，只差報告名字了。

「陳宏？」一起長大的閨友，自然個個都曉得他姓甚名誰。

「你又碰到他了？」

「他現在哪裡？」

「還在玩劍？」

姐妹們一連串的問題，幾乎個個都是曉晴自己想弄明白的！她的頭低得快碰倒餛飩碗了：「他來找過我一次，之後就再沒見著了。其他的我不曉得，所以才找妳們出主意的呀。」

就那幾句台詞，姐妹們益發糊塗了：「妳快仔細從頭給我們講講經過，否則怎麼幫妳出主意啊！」

曉晴勉為其難，將那天的故事和盤倒出，省卻了兩人在小窄道裡的那點細節。

「我真是服了妳了！」曉晴的陳述剛結束，蓮蓮就搖開了頭：「都在一起玩了大半天，應該了解的事竟然都完全沒有搞清楚。」

「我原來心裡蠻篤定的，哪裡會想到……」曉晴欲哭無淚。

「我看妳還是怕他——你從來就很在乎他，所以不敢採取主動。」小潔似笑非笑，毫不客氣地點穿朋友的外強中乾。反正事情一旦發生在別人身上，自己搖身一變就成為專家了。

「其實男人的膽子有時比我們女人還小。我覺得他是因為妳上了名牌大學而有些悶住了。」媛媛這麼分析。

「為啥？」曉晴大惑不解。

「他是個小學體育老師，也許會覺得配不上妳，可能擔心以後在妳家人面前抬不起頭。」劉蓮同媛媛一唱一和。

「我們兩個人談戀愛，同家裡人有啥關係？」

「當然有關係啦！比如他的爸媽和妳的爸媽會怎麼想……還有，將來你們兩個人結婚的話⋯⋯」

「等等，等等！」此時曉晴再也顧不得面子，連忙打斷她們：「哪來的結婚？我們這麼年輕，還沒開始談戀愛，怎麼就到結婚了？」

「談男朋友就是要準備結婚的啦，妳這人哪能這麼糊塗！」媛媛幾乎有些哭笑不得，吃著餛飩的她實在是聽不下去了。

「她的愛情小說看得太多了，中毒不淺！」蓮蓮嘆了聲氣。曉晴如此滴水不進，她只能表示無奈。

曉晴頂真起來。她以求助的眼神看著周潔，問道：「妳也是這麼認為的嗎？」

雖然周潔向來只夠得上「戀愛半家」的稱號，但她「和稀泥」的本領從來一流：「那也要看兩人是否會一直好得下去⋯⋯」

反正周潔此話說了等於沒說，但她不愧頭腦靈活：「現在的主要問題，是哪裡能找到陳宏！哦，蓮蓮不是也在體校讀書，妳能否打聽得到他的消息？」

「應該可以的吧。」劉蓮揚起臉，邊考慮邊回答：「想起來了，剛進校那一會兒，我好像還遇到過他，應該是他吧？但從來沒有再見到他打籃球或擊劍⋯⋯曉晴妳不要太擔心，我會盡力去體校了解一下他的情況。」

有了蓮蓮的保證，難題似乎已經迎刃而解，只是時間而已。陳曉晴原先慌亂的心，即刻安定了許多。至於結婚那個來自亙古的大題目，就目前而言，並非是她應該考慮的問題。

直到下個學期開學，陳曉晴仍然沒有等到陳宏的電話。她雖然有些失望，但並非太過傷心。在曉晴所有的回憶當中，在兩人四目相對的每一個片刻，在陳宏那雙一望而見底的眼裡——曉晴所看到的，從來都是她自己！

她又怎會，輕易地，從那裡走開？

註：外匯券全稱「外匯兌換券」，是中國改革開放初期由中國人民銀行

官方發行的第二套貨幣，專供外國來賓在中國境內兌換使用，始於一九八〇年，止於一九九四年。當年中國規定外國來賓只能去規定的賓館、飯店和類似「友誼商店」等特殊旅遊場合消費，因此發行了這些特定的貨幣。雖然外匯券的面值在理論上應等同於當年的人民幣值，但由於其特定的使用價值，因此事實上它們的幣值至少高於人民幣百分之三十以上。因此，不少外國來賓在賓館周圍的黑市上，常以高價將它們轉手出售給那些「倒爺」。

當年西方許多人士對外匯券所代表的特權非常震驚，甚至有人將它提至清末民初「華人與狗不得如內」的層面。實際上兌換券一經流通之後，國內民眾皆可從黑市的「黃牛」手中以高價兌得，而且可以跟隨外賓或港澳親友去「友誼商店」等場合使用購物。

第十一章：把心存進愛裡

開學之後僅兩個月，提著一大包換洗衣服回家過週末的陳曉晴，正在鳥籠子跟前細心專注地往小罐子裡面加水呢，忽然聽到樓下劉蓮急促的招呼聲：

「曉晴——妳快下來一下。」

「有陳宏的消息了！」曉晴用後腳跟都能猜到劉蓮為何在此時大聲喊她下樓。她立刻心急慌忙地將手中的活停了下來，連平常出門的鞋子都沒想到要換，就直接衝下樓，跑去了花園打開前門：

「蓮蓮——是妳進來還是我出去？」曉晴試探地問道，希望證實自己的猜想。

「妳出來吧——我有重要的消息要告訴妳！」

看來，自己的猜測是對的。

曉晴跨出門口，心裡同時敲起了鼓點。她渾身上下甚至連細小的毛髮，也都緊張地豎起了耳朵，靜候下文。

「我幫妳找到陳宏了！」簡言直告，劉蓮懂友坐以待旦的迫切。

曉晴欲問又止，眼朦朦的，望著劉蓮。

「聽說陳宏幾年前在體校時發了一次高燒，結果打青黴素時又過敏了。經過醫院的搶救之後，他在病床上躺了一個多月。由於他的體質明顯下降，出院後便被『男子花劍』淘汰了。」

所有細節，劉蓮以最精練的話語匯報詳盡：「後來他就轉到了教師專業，聽說去年被分配到『江口路小學』做體育老師。好像他們的學校和你們大學在同一個區，統共離妳只有三站路而已。」

陳曉晴展顏歡笑起來，好姐妹多日的用心收到了回報。

寒假轉眼快到了。一個週末，當周潔再次見到曉晴，便急忙問起：「嘿！你們兩個到底怎樣了？劉蓮不是把一切都匯報給妳了嗎？」

曉晴笑裡帶羞：「我還沒有去找過他呢。」

《那幾個上海女人》

　　「呵呵，我早就說過妳怕他，妳現在願意承認了嗎？」姐妹實在忍不住地笑話她。

　　「怕倒是不怕，就是有點緊張。我想不出見到他以後又該講啥？」

　　「這種話是不需要預先想好的！」為何給她人上課總是比較容易？

　　小潔順帶再提示她一下：「妳等他先開口呀，看看他的反應不就可以了！」

　　「那妳陪我過去！我倆就像在馬路上偶然碰到他那樣的⋯⋯妳看好嗎？」曉晴仍然期盼朋友相助於己。

　　「妳開什麼玩笑！你們兩個人談朋友，把我拉去當電燈泡？虧妳怎麼想得出來！」建議如此愚蠢，周潔固然一口回絕。不過出於同情，她又替姐妹出了個主意：「要嘛，我們先到他的學校外頭去摸摸情況？」

　　絕妙！陳曉晴哪能不予採納？

　　兩個女生約好下個禮拜抽一個沒有（重要）課的下午，去陳宏那個學校附近「偵察」。

　　其實當時陳曉晴的心裡，還是抱著那個同他「偶然」相遇的希望。因此到了那天下午，她在宿舍的疊疊床上，在一大堆衣服中百裡挑一，把自己打扮得既非刻意，又鮮亮奪目。

　　她的這點小算盤，在校門口見到周潔之後，一眼便被人家識破了。小潔忍住笑，提醒她：「我們今天不見人，只偵察！」

　　按捺著自己「偷情」似的心跳，那天「踩點」的結果，除了學校的準確地址之外，其他並無所獲。

　　然而有了第一次，陳曉晴倒是放下了心中的猶豫，志在必行了。

　　寒假到來之前一個愜意的下午，曉晴以輕鬆的心情，離開學校坐車前往早已探明的「江口路小學」。

　　或者說，她自認非常「輕鬆」。

　　來到陳宏學校的門外，她躊躇不前。竟在門外牆腳處站著，直等到小學放學。

　　許久，陳宏騎著輛自行車，兩條長腿來回蹬著，呼的一下從眼前劃過。

曉晴呆立在原地，雙眼緊隨著那條線，心似乎在狂舞。

見到了真人，姑娘才知：很久以來，內心早已有所寄屬！

寒假已過，新學期又開學了。那時的曉晴，似乎已經收拾好自己紛亂迫切的心。

陽春裡的那天下午，陳曉晴套著一件白色高領羊毛衫，配上那條非常時髦的黑呢子「開刀踏浪裙」，鼓足的勇氣憋紅了凍凍的臉頰。

她高舉著傘，迎著空中絮絮白雪，果敢地走向了傾心已久的男子！

剛好小學放課。陳曉晴趁著四散回家的小學生湧出校門的機會，躲過門衛的視線直接走進了校園。看到幾個女生注意到了自己，她彎下腰問：「小朋友，你們體育老師的辦公室在哪裡？」

「哦，就在那邊一樓的第一間。」孩子們熱心地指點著。

陳曉晴逆著人流往裡走，一路引來不少的注目。

看到「體育教研組」幾個字，曉晴推開一扇半掩的門。只見辦公室裡坐著一位中年男子，她含羞低聲問道：「請問陳宏老師在嗎？」

話一出口，自己難免發笑：當然不在，不然還用得著問嗎？

那位老師倒是客氣，他不問訪者姓名便直接回答了這位女子：「陳老師沒有回來，應該還在乒乓室吧。」順手指了一下窗外，笑瞇瞇地用眼睛將曉晴上下打量。

曉晴道過謝，順著那位老師所指的方向，看到操場的另一邊。在那裡有一間長長的平房，前後兩扇門一關一開著。

本是稀落的雪已經止了。曉晴提著把傘，在雪水地上用腳尖踩著，慢慢走到開著的那扇門口：

朝思暮想的那個男人，正背對自己往盒中放著體育用具。曉晴走了進去，默默地站在那裡注視著他……

突然一個轉身，陳宏面向門口看到她——兩人互望著，四目相對！

陳宏不由自主地將手中的幾塊乒乓板扔在了身旁的那張球桌上，身子緩緩地從桌旁繞了過去，走向曉晴，視線停住在她水霧般的雙瞳裡。

$$《那幾個上海女人》$$

「想死你了⋯⋯」姑娘喃喃細語中，夾帶著一些些的委屈。傘掉落在地。

他把她擁入懷中，順腳關上了門。

陳宏低下頭，將兩片寬厚炙熱的唇，吻住了曉晴似乎凍得哆嗦的小嘴，暖著她。

許久，男人將姑娘抱將起來，轉過身走了兩步，那個輕柔的女子便被安坐在了乒乓台上。

陳宏放開了她，把兩手撐在桌邊，左腿往後微微跨出弓步。臉對著臉，它們離得是那麼的近。急促的呼吸聲中，似乎都在吸吻著對方的氣息。

他將腦袋稍稍後仰，想看清姑娘的臉。

曉晴把那兩片羞紅，躲進陳宏厚實敞開的運動衣領裡，將手臂圍繞在陳宏的脖頸上。

他收回了那腿，再次擁緊了她。

回校路上，平生頭一次坐在自行車前槓上的曉晴，大半的時間任由陳宏在一旁推著，她害怕撞見警察。離校遠遠地，便堅持下了車。躲在陳宏的側後，她又擔心遇上同學。

她似有些羞於見人。

那個週六下午，當陳曉晴拎著一大包換洗衣物，同其他幾個女生一起嘻嘻哈哈走出校門行往汽車站時，只見正前方一輛「長江牌」軍用摩托正向著自己徐徐駛來。

摩托車的一邊是個車斗，車斗裡坐著一個會眨眼睛的金頭髮娃娃。

一眼認出自己的心上人，陳曉晴再次想把手裡的包包飛甩出去！

她始終認為自己本該是個浪漫的女子，可偏偏總在他的面前那樣落俗，窘迫難堪！

她依然沒有學會在他面前隨遇而安。

她與同學道了別，轉回身子，同著那輛摩托一個方向走著。自認走出了同學老師的視線之外，便止不住地歡笑起來。

　　曉晴迅速把包包扔到車斗裡，抱起娃娃。在陳宏的示意下，坐在了他的身後用手抱住那腰，柔情萬種，貼緊了他。

　　那個週末，陳曉晴回家比平時晚些。

　　那個週末之後的許多個週末，姑娘的家人習慣了她的晚歸。

　　然而，最先了解曉晴實質性變化的，仍然是她的那幾位閨友：

　　「你倆好了？」

　　「真戀愛了？」

　　「初吻送了？」

　　陳曉晴坦言相認——那吻，「送」得其所！

第十二章：第一次同遊

　　當年李媛媛從舞校畢業之後，直接留在了其所屬的芭蕾舞團。因此從根本上講，其學習和工作並無多大分別。

　　如今周潔的畢業分配也已臨近，她倒似乎還是那個樣子，由著父親為自己安排一應事體，包括她的職業前途。

　　不甚理想的成績，讓她失去了作為管理人員留校工作的機會。周主任經全盤考量，多次篩選，決定將女兒安排至其名牌大學屬下的一個合作專科學院，職務任校長辦公室文秘。

　　在那一類學院工作的所有教職員工雙手呈送的名片上方，「某某大學」的字體，無論大小深淺，向來遠遠超出「附屬院校」的真實校名。

　　周潔欣然接受，樂見其成。

　　眼看夏天將至，周潔約來曉晴，兩人坐在沙發上討論著她的畢業慶典。

　　「陳宏倒是提過幾次，說暑假中想同我一起出遊幾天。妳曉得的，我家裡是不會同意我與男生單獨旅遊的。這次我們何不一起出去？大家登山同慶，還可以享受一下旅遊的樂趣？」

　　「這倒是個新鮮的主意！我看可以！」周潔立刻表示贊成。

　　「那妳先去約成宇。我去同陳宏商量一下日期。」曉晴趁熱打鐵。

　　「……」周潔臉上出現了一些猶豫。

　　「怎麼啦？你倆不是談得很不錯嗎？吵架啦？」急著想把船先給造起來的曉晴，此時有些看不懂她。

　　周潔思考了一會兒：「我看把大維他們都一起約來比較好。妳再去問問劉蓮的意思。」

　　「那倒是。媛媛呢？叫不叫上她？」

　　「叫是可以叫，但估計她不會去的。妳曉得她怕曬太陽，也怕身子受傷。」

姐妹們個個相互了解：「嘻嘻——再說，她是絕對不需要找藉口同男朋友在一起的！」

從周潔那裡離開後，陳曉晴直接去敲了劉蓮家的門。聽到相約登山的設想之後，劉蓮積極報名。臨離開前，曉晴忽然想到一個重點：「對了，從來沒有聽妳說過交男友之事。妳這次是一個人去，對嗎？」

「當然啦，就我一人！」

第二天回校途中，曉晴坐在「長江牌」的車斗裡，向陳宏轉述了女生們對旅行的設想和初步安排。雖然與原先的期望稍存落差，但可與心上人同遊，對他倆來說，仍不失為一則樂事。

兩人非常期待！

期待中的當非僅此二人：周潔的朋友成宇和大維也從此期待著，特別是成宇。

多年來小潔與自己似戀非戀，時近時遠，忽鬆忽緊，若即若離。成宇的心整天七上八下，甚至還常常四左五右的，不知是處在吊桶之內，還是該擱置房樑之上？

他日日觀察著、探詢著、等待著、期盼著——或者說，是習慣和享受著這樣的一種關係。

聽到小潔邀請同遊，梁成宇興奮無比！由此自然而然地，把她的這一舉動提升到戀人關係得到確定的層面上，樂不可支！

至於大維的參與，純屬普天同慶，朋友間有福共享而已。

這樣一種升華，在他們出發之前，梁成宇便給它按下了一個鋼印！因為他明確無誤地觀察到，那個曾經被他誤判過的陳宏，與小潔一同長大的閨友陳曉晴，已然成為天造地設的一對情侶！

那一次登山遊，媛媛的確沒有打算參加。除了她，其餘六位興致勃勃。他們在暑假到來之前特別召開了幾次籌備會，主要議題在於遊山還是玩水，以及時間地點等具體事宜。

出乎意料的，是女生和男生之間對旅遊地點的選取竟大相徑庭：仰慕黃山已久的劉蓮，首先提出自己的選擇。可惜大維和陳宏分別以「老早就已經去過黃山了」為由，撤銷了她的提議，因此劉蓮轉而再次建議攀登華山或是泰山。對登山充滿獵奇和探險之心的周潔和曉晴，倒是無所謂華山泰山或是黃山。她們認為只要有山可爬就蠻刺激了，因此對於劉蓮的建議，她倆只管高舉雙手表示贊同。

陳宏看看成宇，發現他根本無心選取，只顧看著小潔的反應，微笑著聆聽女生們的意見，而且隨時準備投下贊同之票。

不得已，陳宏勉為其難開了口：「我認為這次旅行女生佔了一半，因此最好考慮到她們自身的經驗，以及可能面臨的安全問題。我倒是建議大家此行先選擇普陀山：那裡有山有水，風景壯觀，而且沒有什麼難度和風險。」

「啊呀——那算什麼爬山呀？不過是看看風景而已！」劉蓮大失所望，連聲反對。

「對對對！那有什麼意思呀？一點都不刺激！」小潔和曉晴同樣哇喱哇啦，又高舉雙手過頭：「我們想要爬險山，看日出！」

陳宏再次把目光轉向梁成宇，試圖尋求他的支援。無奈乎，那塊木頭的眼睛正忙著關注著周潔。平日裡蠻精明成熟的左右腦袋，當下似乎都停止了運轉！

倒是大維，察言觀色之後，深刻領會了陳宏的意圖，趕快站出來推波助瀾：「我們幾個大男人爬那麼險的山，都戰戰兢兢！記得上回攀登黃山的時候，回頭看看腳趾頭都發軟——何況還要照顧到妳們這些小姑娘呢？快省省吧！有得玩，慶祝一下周潔的畢業，就已經老開心了！」

一語提醒夢中人！

陳曉晴轉臉看了一下陳宏，四目相對之處，兩人心讀不宣。她終於闔上了嘴，安份起來。

周潔聽著感覺有那麼些危險，內心似乎也打起了退堂鼓。剩下劉蓮一人，只得嘆口氣休戰了。

實在講，戀人之旅，普陀山當然首選！至少，兩人可以攜手平行於同道之上……曉晴想到這些，嘴角旁浮出了兩條笑紋。她欣賞陳宏的深思熟慮，畢竟那次旅遊原出自他固有的心願。

為了感謝大家的理解和支持，陳宏自告可以最低的價錢，買到「高幹（正廳級以上文職幹部，副軍級以上軍職幹部）」才能享用的艙位：「從上海去往普陀山，最好最有情調的選擇，便是坐直達海輪。」

聽說可以在海輪上度過整整一晚，大家的興致再次被提了起來。甚至那個木呆木呆正自我陶醉的梁成宇，此時腦袋裡似乎也生出了些非非之念。

日盼夜想，終於等到啟程的那一天。

陳曉晴帶著個大旅行袋，內裝每日一換室內外衣裙，再加上游泳時所需以及應對特別場合的衣物。離家之前，她堅持不讓爸媽去送：「我們幾個要好的同學一起過去，你們就別再添麻煩了！」

更多，是她不想讓家人這樣子見他。

大維成宇兩個自小熟悉小潔的習慣，因此買了鼓鼓囊囊一大袋的零食。他們這幾位住得近的，熱熱鬧鬧一起趕到碼頭，陳宏早已等在那裡了。看到那些男生女生揹著拎著老多老重的東西，把個陳宏弄得哭笑不得：「幸虧我們不上華山，看著比揹個人還重！」一邊接過了心上人的旅行袋：「走吧，大家趕快上船。」

其實陳宏手中所持的票子，與普通艙無甚不同。但上了海輪之後，一位在甲板上等他的頭等艙服務員，滿臉堆笑地將他們幾個帶到了「高幹艙」。看到如此舒適而且住員稀少的「高幹」艙房，年輕人個個受寵若驚。只是當服務員看著那幾張稚氣尚未全退的姑娘的臉，問「開三間艙房？」之時，每個人都微微怔了一下，不知該如何接口。

陳宏第一個反應過來：「我們要兩間就夠了！反正每個鋪位的上方還可拉下一個床來。」

劉蓮接著附和：「對對，我們三個女生住一間，熱鬧點。」

服務員打開了兩間，關照他們儘量動靜小些，便放心地離開。

艙房門才關，裡面一下子熱鬧起來。大家七手八腳把東西稍稍安置了一下，就嚷著去參觀輪船了。通過實地考察，每個人都發表了幾近相同的感想：除了樓上休息較為舒適之外，其實普通艙也蠻熱鬧的。而且，有個像大廳的地方還放著難得一見的大電視。在他們那個年代，電視機可是了不得！大維是他們中間花錢最大手大腳的，因為他技校畢業後分配工作的廠子，就是上海頂頂大名的「金星牌」電視機廠。只要同銷售科的關係搞好了，一張電視機票可值老大一筆錢！

由於帶了許多吃的，所有人都回到艙房用餐。大家吃得非常火熱，剛有人提議玩撲克，便有人立刻響應。鬧鬧哄哄直到過了十一點。一人說想休息了，姑娘們便留下桌上的杯盞狼藉，準備抽身回屋。

互道晚安之際，曉晴感覺到一雙炙熱的眼睛注視著自己，她偷偷回望過去。

陳宏陪著女生出來，暗暗拉住曉晴的手，兩人直接往走道外走，邊說：「我們要去甲板上吹吹風，妳們先睡吧。」

劉蓮和周潔相視一笑，表示理解。

兩人來到外面。雖已近半夜，但樓下燈火通明甲板上依舊可見人來人往。而他倆所在的甲板處，竟顯得異常清淨。也許是那些「老幹部」們不適合在晚間閒逛吧？

雖然艙內有些悶熱，但甲板上海風撲面，倒是感覺清涼愜意。曉晴將手臂壓在護欄之上，心中有些害怕，便抓牢著鐵欄桿。陳宏試了試風向，站到姑娘的側身後，抱緊了她。

他把頭低下來，輕吻著她的側臉頰。曉晴的手，隨著陳宏的緊擁鬆軟了下來。

忽然陣風迎面襲來，曉晴不由得冷縮了一下。他把她轉向自己，用手臂撐壓在護欄之上，同時緊緊地摟住她的身體。

突然間陳宏想到什麼，便說：「妳在這裡等一下，我馬上回來。」

曉晴滿目秋水，柔順地點了一下頭。

他將她的手重新放置於護欄之上，匆匆離去。

不過一兩分鐘而已，陳宏揹著一條寬大的棉毯回到曉晴的身邊。他用雙臂撐開那毯子，將她和自己圍裹在內。

曉晴被溫暖著。她仰起臉，醉眼朦朧：「你把床上的被頭拿出來啦？」

「反正房間裡熱得很，擺著也是浪費。」陳宏笑起來，繼而低下頭又是一番耳語：「現在我們合蓋著同一條被頭！」

兩人如膠似漆，離不得甲板，回不去艙房……

天剛見曉，海輪正在駛近港灣。從客運碼頭到普陀山的船行時間大約半天，所以一般都是晚上啟程，一早便達目的地了。

甲板上的戀人們全然沒有睡意。他們相倚相擁，仰山附水，與美景共融。

三天兩夜的同遊，他所到之處，她隨行如影！

幸福，隨著輕風漣漪，傳染了弟兄和姐妹。

三天兩夜的同遊，周潔的玉手，曾多次被成宇握於掌心；

三天兩夜的同遊，身高相差無多的劉蓮和大維，開談見心。

第十三章：軋馬路的年輕人

周潔畢業之後的第二年，劉蓮和陳曉晴也面臨工作分配了。

中國女排的輝煌戰績，鼓舞著每一位國民。街頭巷議中捷報頻傳，男女老少精神煥發。更別說國內各大體育院校的學生們了，他們均以中國女排為光榮為榜樣，個個力求上進，奮發圖強！

怎奈從小喝著泡飯、就著醬菜長大的青年運動員們，真要以大球顛覆小球（乒乓）的歷史並非易事！劉蓮她們那些籃球隊員，在校四年，既沒晉升為國家隊員，更沒等到中國女籃衝進世界球強的那一日。她們最終按著國家撥給的分配額度，在大學老師的合理建議下，順理成章就職為新教師或助理教練了。

對於劉蓮來講，少女時期的理想，經過了多年的努力造就了今天的職業，不能不說是一種成功。她每月領著六十多元的工資，除了留下一小部份用作必要的花費，其餘統統交由母親保管。劉媽媽仍在街道服裝廠上班，收入卻明顯比過去增多不少。加上大維常常拿些服裝布料請她幫忙加工，因此劉蓮家的日子正往「小康」奔去。

蓮蓮自從那次普陀山旅遊之後，同大維之間的來往密切起來。

大維是個頭腦活絡的青年，他不甘心在廠裡一直這麼混著，便靠著轉讓那些電視機票子的錢，跟朋友去廣東進了些服裝。他在小菜場找了個能說會道的回鄉女知青，幫他順帶兜售著衣物。而那些需要修補或改變尺寸的服裝，便送去蓮蓮母親那裡，一舉雙得。

大維的姐姐已經嫁人，對方是她在服裝廠工作時結識的一位香港客戶。大維同樣是經由姐夫的引見，才開始接觸那些服裝批發戶的。

大維長得個頭不高，但非常結實。以他自己的話來形容，就是「別人長在個子上的營養，被我積蓄在身體的主要器官和肌肉上了」。

大維喜歡蓮蓮簡單豪爽的性格，他希望同她「齊頭並進」。

對蓮蓮媽來講，大維是個勤奮努力的青年人。更為難得的，是他對劉家的體貼關照。

「他是個很會過日子、非常靠得住的男人！」劉媽媽常提醒女兒，雙腳則不停地踩著縫紉機。

高度從來都不是問題。問題的關鍵在於，人有沒有逐高的願望。

社會與學校，竟是如此不同！難怪學校分明是社會的一份子，但學生們自畢業那日起，就被重新或正式定義為「走上社會」了。走上社會的畢業生們，應著其個性，將自己的才華和技巧施展於方方面面。他們或大展拳腳，或默默無為；或令人刮目相看，或讓人眼鏡落地。

我們不得不佩服周主任對自己女兒的深刻了解和妥善安排：那位自小喜歡瞎跟在阿哥們後面的周潔，工作近一年內，倒是又跟在校長們的身後，幹得順心應手，處得如魚在水。

來來往往的人，繁繁雜雜的事，在周潔有條不紊的安排下，居然面面俱到，井然有序。因此，周潔時常對她的朋友們講：「我真心喜歡自己的工作，樂此不疲！」

姑娘們踏上工作崗位的那個年代，百廢正興，機會眾多。人們不再穿著一色的服裝，商店和貨攤上可以看到日增月溢的產品。食品更不再是一類憑票供應的緊俏商品，最顯著的變化就是大街小巷，餐館層出不窮。

每天的中午和晚上，陪同出席在不同飯館的周潔姑娘，看著比鄰而建、與日俱增的飯店中形形色色的食客們，絲毫不懷疑在這塊土地上，不可能在餐飲業出現「飽和」的字眼。因為飲食的文化，雖源自於溫飽的需求，但早與工作、貿易、交際等一系列人文物流緊密結合。

周潔是一位懂得品味美食之人，她欣喜置身於間。

周潔家的電話再次忙碌了起來，隨著電話出門的次數，又再次攪亂了鄰居阿哥的心。梁成宇警覺地發現：他的小潔似乎同自己有些敷衍相對，漫不經心。

「學校真的是臨時有要緊事，今夜的電影你找朋友陪著去看吧。」這樣的說辭越來越多，成宇不慎憂慮。

《那幾個上海女人》

　　作為醫學院的學生，成宇正處實習階段，他離畢業尚有一年之多。口袋癟癟的未來醫生，有時撞見打扮得花枝招展的心上人，舉手在馬路上招著出租，進出於大小餐館，晚上被公車送回……他怎不心焦，坐臥難安？

　　等待和盼望中的成宇，每回返家的日子，只要見不著他的小潔，都會伸長著耳朵關注著那些「周潔接電話」的呼喚聲。不久之後，周家裝起了私人電話。成宇更難得知心上人之所蹤，便只能留意起鄰居家的開關門聲。

　　家人特別是做母親的，看到餐桌上的兒子雖然身子在家，心卻沒有回門，非常生氣並一再提醒他：「小潔這孩子我們看了她多少年！她不是那種會死心塌地跟著你過日子的人！你快醒醒吧！」

　　能從戀愛中清醒，便不會留下多少愛了。

　　成宇的愛是堅定的！他有承受的能力，他有持久的信念，他不願意從中醒來。

　　他覺得自己非常了解周潔，他回答著母親：「你錯了。小潔不是好高騖遠的女孩。我非常了解她：她從小就不爭強好勝，她永遠順應著大人的安排，她總是在別人爭吵時遠離是非。」

　　但凡談到小潔，成宇的眼前總是看見她那陽光般燦爛的笑容。而那個笑容，就是體現其個性的最佳憑證！

　　「問題不僅僅在於她是個怎樣的姑娘，而在於她的身邊總少不了追求者和相交之人！媽媽擔心的是：我的兒子能不能收服她的心！我的兒子有沒有這麼大的本事，可以管束住向她那樣活絡的女孩子！」

　　梁成宇算不上是個充滿自信的男子，但他善於觀察而且深思熟慮：「你們幾時見過小潔同別人相處的時候，多於你們的兒子？事實上，我才是她真正的男友！」

　　成宇反覆比較多年，內心非常確定：即使小潔沒有在自己身上太耗時費力，這麼些年來不也對本人一往深情，並且持之至今？

　　成宇相信他們彼此有愛，他願意耐心等待。

　　周潔依然忙於工作和交際。雖然常有疏忽，但並不影響自己內心對成宇的信任和依賴。每回失約之後，她都會儘量再找機會帶著歉意作出各式「補償」。看著成宇心滿意足的寬忍表現，她深信他對自己的愛，不同於周圍那些整天夸夸而談之人。

　　周潔有她自己的判斷力！她的思想深處，不會像她的外表那樣子，隨隨便便地跟著別人瞎轉。

　　好友倒是一直在提醒她：「再大氣的男人，也會小心眼的。」

　　「成宇不是那樣的人！他了解我的個性。」小潔常如此回應閨友，同時也關心著別人的情況：「你倆怎樣？陳宏希望妳到哪裡上班？」

　　「他很少對我提要求。一切順其自然吧。」

　　雖然嘴上這麼講，陳曉晴的內心依然有所希望：「當然，最好以後的工作地點不要像現在離得這麼遠。每週來來回回的，陳宏的時間幾乎都花費在接送我的路上了。」

　　「對，男人基本上只有一個要求！」小潔笑呵呵地總結了一下，繼續話題：「分配有些眉目了嗎？」

　　「天曉得——這所學校裡我們沒有熟人可找。反正先上班再說，不行的話以後再換。」在不拘一束的曉晴眼裡，像工作分配這種事，根本沒有什麼大不了。至少，她並不認為大活人會被吊在一棵樹上挪不了！

　　「妳是對的，以後的事以後再說，由自己掌控！」周潔細軟的肌膚裡面，從來也不是沒有撐的，所以她倆能走得近。

　　說著話，陳曉晴的工作落實了。由於她的「科技」水準遠低於「外語」水準，因此被分配在同學中最不受歡迎的服務性行業，作為一家五星級賓館的商務處翻譯人員。

　　曉晴關心了一下上班的地址：全上海頂頂繁華的地段，便樂不思變了。何況一聽說她將在賓館上班，陳宏更是心花怒放！

　　「我們有家了！」他喜歡對她用耳語。

　　「你想讓我第一個被炒魷魚呀？」

　　「炒就炒——下一個工作還找賓館！」

曉晴嬌腆地看看心上人，想起周潔前次的那句玩笑，萬般無奈。

無論如何，所有的姑娘都畢業了。她們離開了多年來令人百感交集的校園，她們總算脫離了老師們的視線。雖然她們的畢業分配依然由著他人而非自己的意願，但畢竟此非終點。

在年輕人的心目中，目前的一切都已回歸自己的手中。他們相信所有不順心的事體都能依著自己的心願和努力，逐漸被充實和完善。

至少，姑娘們自認畢業後最大的一宗好處，便是沒有規章制度可以約束她們年輕的心所引發的年輕的熱情。

在她和他們那個年紀，上海各家電影院隨便放映一段差強人意的影片，都可以得到情侶們滿座的貢獻。

在她和他們那個年紀，上海各個公園的樹叢牆角，每逢明月當空，盡在上演著一幕幕精彩的真人活劇。

在她和他們那個年紀，上海各條馬路上鋪設的瀝青沙石，全是被那些下了班後來來回回戀人們的腳步，所軋平的。

在她和他們那個年紀，上海同時畢業的年輕人太多太多了！那些十多年前在防空洞和過街樓各領一席之地的男生女生，那些正在爭取釋放的自由健康的身軀，已經沒有可能被禁錮在每家每戶狹小悶擠的生存空間裡了。

她和他們如潮水，如破竹，如蜂擁，沖上上海的街頭。勢不可擋，形成了一股年輕的人流。

第十四章：黃浦江邊戀人堤

　　不曉得上海歷史的人，比較容易誤以為「馬路」名稱的由來，是遠古時期的跑馬道——實則不然。

　　十九世紀中葉，當上海灘被西方列強強行佔據成租界後，西方（主要是英國）人在建設上海外灘的同時，將其本國工業革命的成果之一，即先進的道路建設技術推廣到了上海。這類將碎石鋪設於泥濘小道（中部略高以便向兩邊排水）的築路方法，是由蘇格蘭人馬卡丹所發明設計的，因此歷史上人們曾以「馬卡丹」作為「路」的代用名。據說上海人之所以將外灘上這條幾百里長的道路簡稱為「馬路」，還因為在當年常見西方人在此道上揮鞭縱馬。

　　上海的第一條「馬路」，就是黃浦江邊的那條取代了河灘、淤泥、墳墩、茅棚之後所鋪設的道路。有了幾條馬路之後，西方人又在水陸之間建起了一條長堤。堤壩的一頭被劃出了一個公園，就是老上海無人不曉的「黃埔公園」。

　　上海「黃埔公園」曾經是中國第一個面向市民的「公共花園」。然而，在當年這座「公共花園」的門口，曾經掛著「華人與狗不得入內」的標牌。經過六十多年不懈的努力和鬥爭，自民國後的一九二八年六月一日起，該公園才正式對華人民眾開放。

　　黃埔江長堤和公園的對面，集中了舊上海標誌性的優秀建築群。這條建於十九世紀末至二十世紀初的「東方華爾街」上，西方各類建築文化特色如文藝復興、巴洛克、哥特式、古典主義、希臘式、西班牙式，以及英美法等近代風格，展現於一排幾十棟高樓大廈之上。

　　它們鱗次櫛比，中西合璧，交相輝映！

　　在那個以「軍、灰、籃」為代表色的年代直至現在，黃浦江邊高高在上、氣吞山河的灰色建築群的頂端，都毫無例外地豎著一桿桿「五星紅旗」。

那種「紅與灰」色彩鮮明的對照，提醒著每一位上海人在以此為傲的同時，勿忘華人那段曾經屈辱的經歷。

每逢晴朗的日子，無論人們站在江邊的哪個位置，放眼望去都可見人頭攢動，摩肩接踵，熙熙攘攘。儘管如此，應付或忙碌了一天工作的上海「小青年」們，或於晚飯前，或於晚飯後，仍然願意相約著來到黃浦江邊，伴著海風度過情意綿綿的前半夜。

與同樣擁擠的居家屋子相比較，雖然黃浦江邊那條長長的堤壩旁，在天色近暗時早已座無虛席、站無空地、話無私房、行無隱舉；雖然從江面上飄來的空氣中，常常夾帶了一絲絲腐爛腥臭的味道——但是在戀人們的眼中，那裡仍舊是一片廣闊自由的天地。

陳曉晴大學時代那些晚歸的夜晚，有很多次，就是同陳宏一起在黃浦江堤上度過的。

第一晚，當陳宏牽著她的手，擠進了層層人群當中，最後在堤壩的矮牆上靠定之時，曉晴不是太中意那個地方。她雖然沒有用語言來表達自己的反對，但卻讓陳宏感覺到了那種心不在焉的身體反應。

「妳怎麼了？那麼不專心？」

同許多年輕人一樣，陳宏讓姑娘背靠著堤壩。自己則將結實的臂膀張開至最寬的限度，儘量擋住周圍他人的身子與碰觸，讓曉晴有個相對寬鬆的落腳處。

陳曉晴的眼睛正跳過陳宏的肩膀，左看右顧。帶著明顯的羞澀，她用極低極低的聲音回覆著愛人的問話：「這裡人那麼多……我們講話的聲音再輕，都有可能被旁人聽去……」

「小傻瓜。」陳宏兩手撐著動不了，便低頭速速吻一下她的鼻尖，把嘴貼到姑娘那被烏髮遮蓋的耳朵旁邊：「妳再好好看看——現在還有啥人有空去聽別人講話、管別人的閒事呀？」

曉晴偷偷望了一下左右。是的，周圍除了情侶，還是情侶。而且，一對對的，都正忙著自己的事呢！

「道理是對的，但大庭廣眾之下……」曉晴無可奈何地說了半句，便面對現實不再吭聲了。

第一次靠在堤壩上的男女，畢竟難以放鬆。那個晚上直到很晚、夜色很黑之後，曉晴還是不敢說太多話。她既沒有太親熱，又缺乏主動性。但是，外灘小販來回叫賣的茶葉蛋，陳曉晴倒是一口氣吃了四個。

送她回家之前，陳宏問道：「下回還來嗎？」

「當然要來的！雖然背後飄來的泥腥味很重，但是——這裡沒有人會來管我們！」

看到聰明的女伴在戰戰兢兢、半推半順了一個晚上之後，最終還是清醒地意識到了關鍵所在，陳宏倍感欣慰：

「下一次我們爭取來得早些，挑一個好一點的位置！」

果真有了下一回，他倆卻沒有機會找著更好的位置。

也許，當年所有戀愛中的男女，想待的都是相同的去處，想做的也全是同樣的事體把？既然大家都喜歡往那條長長的「戀人堤」上擠，原本害羞的姑娘們，也會逐日習慣，變得自然大方起來。

之後許許多多的約會，只要是走去黃浦江畔，曉晴的眼睛便不再躲閃。

她與他相挽著，沿著長堤一路尋找著可以插腳的位置。但凡有了一線機會，曉晴便見縫插針，先行將纖細的身子佔住那條窄窄的縫隙。

「快來——這裡有個位置！」姑娘的聲音也不再顫弱。手中倒是用著勁，將男友拉了過去。

陳宏總是偷著在笑，並配合默契地將兩條強健的手臂，不露聲色或無視他人的有感有覺中，擴張著自己的地盤。

反正用曉晴那句笑話來解釋的話：「外灘這個地方，本來就是列強擴張的產物。霸道——是有其歷史根源的！」

陳宏把曉晴抱上江堤就坐，讓自己的雙臂鬆弛下來，圍住了心上人的腰際。同附近所有的戀人如出一轍，將兩人貼緊在一道。

夏日裡，姑娘們迎風舞動的彩裙，將那條原本灰暗陳腐的浦江之堤點綴成了戀人們的「萬國」旌旗行。

《那幾個上海女人》

一高一矮，一亮一暗，一靜一動——正與對面那些高高在上之雄偉建築物，比照鮮明，相映成趣！

冬日來臨，浦江沿岸的行人開始顯得零零落落。那些口袋裡積蓄無多的戀人們，在夜幕降臨之後，沒有更好更暖更自在的去處，自始至終保持著對江堤的執著和親睞。

在舉國小青年們人身一件羽絨外套的年代裡，陳宏依舊披著那件曾經風靡全中國的草綠色厚棉軍大衣，將內熱外冷的曉晴，裹緊在江邊堤壩旁。

看著那張縮在大衣裡被自己擁捂得通紅的熱臉，他低下頭再次關照著心上人：「以後出門就別穿風衣了，這條軍大衣足夠我們兩個人取暖的！」

曉晴雙眸笑望著陳宏，伸出自己的兩條手臂，繞在戀人的脖頸上。

她才不喜歡那外表冷冷冰冰、分隔著你和我的羽絨衣呢。

那條寬大厚實的軍棉大衣，才是他和她暖暖的溫柔之鄉！

第十五章：「碰嚓嚓」碰上麻煩事

八十年代初，上海颳起了一股學跳「交誼舞」的熱潮。「交誼舞」的前稱是「交際舞」，聽說當年上海市長在解放初期將這個帶著「舊社會」烙印的名詞，以一字之變，將交誼舞轉變成了人民大眾的文化娛樂形式。

上海人是最會趕時髦的。何況，早在二十世紀五十年代之前，就有那麼一批老上海的「老克拉」，精通舞技。剛聽說北京已經解禁了交誼舞，那些不論在什麼年代都沒有放棄「小資」情調的上海舞眾，奔走相告，躍躍試試！膽大些的，甚至已將自己家裡的客廳傢俱搬空，將三十年代的木條地板重新打蠟拋光，然後迫不及待約上一些熟識的或具有相同愛好的舞者，在小範圍裡回憶和複習了起來，抓緊時機過把久違了的「碰嚓嚓」之癮。

上海人跳舞既有悠久的傳統，又有很高的天份。即使在那些封閉的年代，人們都沒有放棄對於舞蹈藝術的追求和熱愛！五十年代蘇聯老大哥所傳授的工人階級「集體舞」，以及六十年代人民藝術家自己研發的「忠字舞」，都曾在「交誼舞」被取締了之後，讓眾多熱愛舞蹈的上海人趨之若鶩，學習、推廣並流行。

陳曉晴的母親曾是喜歡跳舞的萬眾之一。在她的央求下，陳先生答應在自己家裡做些調整：主要是將餐廳搬到了廚房一起，將沙發和書桌移至一角，敞開了大廳。

「無論如何，我們大家都必須吸取教訓。」丈夫一再叮囑自己的太太，不要好了傷疤忘了疼：「假如不是非常熟悉的親戚朋友，就千萬不要請來家中跳舞，以免後患。」

「曉得，曉得的。我們就找過去那幫親戚朋友，私底下跳跳，過過癮。再說外面也有舞廳開始準備營業了，等它們開張以後，我們就轉去外面跳。」

《那幾個上海女人》

一發難收。之後每個禮拜六的晚上，陳家就開起了家庭舞會。陳太蠻守規定，總是邀請那幾位非常熟悉的舞伴。然而舞蹈並非是中老年人的專利，更何況陳曉晴她們幾個女生早已在讀書和工作場所，學了個一知半熟。如今看到父母親的舞技居然如此嫻熟，而且辦起了家庭舞會，她何樂而不為？

早早地，曉晴通知了其他幾位閨友：「各位，家裡每個禮拜六晚上開舞會，妳們一起過來進修。現成的老師有一大幫呢。」

舞興正熱的姑娘們聽聞，渾身來勁。就連平時只穿運動鞋的劉蓮，甚至沒忘了去買雙皮鞋：「我就穿中跟的，可以吧？」

「可以可以。妳那麼高，舞伴難找，嘻嘻。」大家開著玩笑，又想起了一件大事：「對了，要通知那幾位一道去嗎？」

姑娘們口中的「那幾位」，無疑是各自的男友們。

「還是先不要通知他們吧。一來家裡不讓陌生人進門，二來我們當前的主要任務還是學跳交誼舞。」曉晴言之有理，大家便都贊成。

禮拜六晚飯之後，曉晴周潔劉蓮三人興高采烈地換上了適合跳舞的連衣裙，早早地在曉晴家大廳的一個角落裡入座。在半明半暗的燈光下，吃著陳母特地準備的零食，聊著天。

陸陸續續地，那些叔伯阿姨等長輩進了門，姑娘們饒有興趣地觀摩評判起來：只見女士們一個個花枝招展，她們的腳步至少年輕過身臉十倍之多，隨著優美的舞曲輕盈地旋著轉著，有種飛舞起來的感覺；而那些伯伯們雖然有的體態臃腫，有的乾瘦如柴，但似乎並不妨礙他們衣裝革履、一步一旋、翩翩起舞的自信和歡樂。

以羨慕的眼神跟隨著大人們的舞步轉動著，姑娘們相視而笑。她們小聲比較和評判的同時，心照不宣：「一旦將阿姨們的技術學到手，我們的舞姿一定會超過她們的——因為我們畢竟年輕呀。」

第一位把曉晴帶上舞池的，是她親愛的父親。陳父平時看得多，跳得倒並不多，但陪女兒頭舞的光榮，別人是無法與之相爭的。陳曉晴挽著父親的手臂，朝著姐妹們做了一個鬼臉，走到靠近她們座位的那一邊舞池。兩人剛面對面站直，架起了手勢，她就明顯感覺到了父親凸出的肚皮，直接碰到了自己的身體。

「哈哈哈哈！」曉晴憋不住再次回頭，朝著姑娘們所坐著的方向，大聲笑了起來，並用手指了指父親的肚子。

不僅姑娘們全都跟著一起笑了，連陳父自己也忍俊不禁：「呵呵呵呵，所以這裡不是妳們應該來的舞場。等以後學會了，妳們自有妳們的去處。」

跟著「大腹翩翩」的父親轉完一支舞之後，其他幾位爺叔伯伯、甚至阿姨們都輪流帶著那些腳底早就發癢的姑娘，在小小的舞池中跳轉了起來。

大約一個鐘頭之後，陳太太將燈調到了最亮：「中場休息一下，請各位吃些點心。」如此周到的安排，其實非常非常的必要。不僅當時多半舞者的年紀都已至中年，甚至過了半百，而且跳舞本來也是蠻耗費體力的一種全身運動。

炫目的燈光下，長輩們看清了剛才那幾位跟舞的姑娘，便一個個感嘆起來：

「啊呀，看看——都是些多麼年輕漂亮的女孩呀！不管妳們今天的舞技如何，只消在池子裡旋轉起來，便是一道道自然的美景！」

「對對，真像我們年輕的時候！可惜，阿姨們已是不復當年了。」

帶著信心，姑娘們跟著長輩們學舞時都極其認真。第一個晚上練下來，大家就深得要領：「今天這裡算是來對了，學到了真正的交誼舞！我們過去在外面隨便跟著瞎轉，幾乎沒有任何舞技可言。」

果真，幾個月後，那三位跟在阿姨叔伯身邊學舞的姑娘，一個個練得舞技出眾，儀態萬方。來自阿姨們的評語更是讓她們沾沾自喜：「妳們這些女小囡，倒是些悟性很高而且學習認真的女孩子。憑著妳們已經學到的這身本領，以後無論跳到哪裡，一定會閃亮登場，技冠群芳！」

得意洋洋的姑娘們開始密集聚會，互相通報著各處舞會的信息。周潔的工作性質，無疑是最多機會的來源：「明晚八點，某某學校舉辦舞會——大家準時在門口見面哦。」

類似這樣的舞蹈派對，姑娘們從來樂此不疲，每場必到。當時的上海，像她們那樣自詡「舞藝超群」的女子，每到一處登場，有個專門的名稱，叫做「斬舞」。言下之意，無論她們出現在哪個舞廳，便甲冠一方，首領風騷！

不久後的一天晚上，非常難得，成宇和大維將陳宏約了出來：「聊聊我們男人的事體。」他們藉口如是。

陳宏猜想那兩位可能有事相求，便按時赴約。三人在一家影院新開設的半室外咖啡屋中落座。發過了一圈香煙，成宇看看大維，大維開口問陳宏：「朋友，曉得最近我們那幾位姑娘在忙啥嗎？」

「在忙啥？」陳宏朝天吐了口煙，一副悠閒散漫的樣子。

「她們幾個，到處在『斬舞』！」這次是成宇忍不住，急促地接了口。

「什麼叫『斬舞』？」

「就是跑到舞場出風頭啊！她們自覺舞技出眾，到哪兒都能轉上幾圈，讓所有人刮目相看！」

「呵呵。」陳宏笑笑：「她們還真以為自己天下無敵了，呵呵。」

「你怎麼還沒搞懂——她們是和什麼人一起去『斬』的舞？單單一個女人是跳不起來的！」

陳宏一愣：「曉晴過去倒是問過我的意思。可我既不會跳舞也沒興趣學。」皺著眉猛吸了口煙：「怎麼，你們發現了什麼動向？」

「具體的還不清楚，只聽說有幾個固定跟她們到處換場子的……」

「今天有舞嗎？」陳宏用手指將剩下的那段煙彈了出去，撸了撸本來就短至肩頭的袖口，將身體前傾作出了隨時起身的樣子。

大維用拇指點了一下不遠處的一棟建築：「喏，那裡——剛剛開始不久。」

「走，去看看！」陳宏站立起來，直接往那個方向走去。那兩位迅速對看了一眼，來不及地跟上他的步子。

三人來到門口。大門緊閉，裡面傳來節奏很強的音樂聲。陳宏示意大維打門，大維用拳頭擂了起來。不多工夫，出來一人：「別敲，別敲了——今天是專場，不對外開放的。」

「我們本來就是邀請的對象，你讓我們進去吧。」梁成宇的腦筋轉得挺快，可惜無濟於事。

「邀請票？」那人問道，伸出了手。

「在我女朋友那裡——她已經先到了。你讓我們進去之後就拿給你。」陳宏高大的身體往門口一堵，根本沒有撤兵的打算。

那人又看了他一眼，也許意識到跳舞本身不是什麼大不了的事，便揮了揮手：「好吧好吧——放你們進了。」

三人走了進去。不喜歡跳舞的男人，感覺那音樂聲震耳欲聾。「沒什麼情調！」大維還有心情評判一句。

一進舞廳的門，就看到滿屋子的人，擠滿了可以落腳的地面上。陳宏順手從最靠門口的那個桌子旁拉過一把椅子，二話沒講往屁股底下一放，把左腳架在右腿膝蓋上，不發一語看了起來。那兩位也跟著，在一旁坐下觀起舞來。

此時，陳曉晴正在舞池裡翩翩起舞，旁邊一男伴，兩人配合相當默契；周潔也在舞池裡轉著，伴著一個舞伴，兩人非常投入；劉蓮同樣在舞池中跳著，雖然其舞伴略顯矮了些，但舉手投足，步步到位。

三個大咧咧坐著看表演的男子，在被舞場上方的燈光忽略的外圍，速速交換了一下目光，內心都不得不承認——自己確實是落伍的了！

周潔和其舞伴轉著轉著忽然來到了梁成宇的跟前。見到戀人微微一怔，隨即朝著那個方向機械地笑了笑，沒有停下舞步，又轉了開去。中間偶遇曉晴，迅速給她遞了一個眼色並提醒道：「快看門口！」

陳曉晴轉頭看了那門，見到架著長腿叉著手臂坐在那頭的陳宏。過響的舞曲把姑娘的心攪得七上八下起來，她的腳底有些發沉，慌裡慌張地跟完了那首曲子。三位男性舞伴滿臉帶笑將姑娘們送回到原桌，並不知深淺地在一旁陪坐了下來。

《那幾個上海女人》

　　曉晴用紙巾擦了擦額頭上微微冒出的汗珠，同周潔她們交換了一下眼神。三人隨後站起身，邊打招呼邊往門口走去：「你們休息，我們先過去一下。」

　　「你們怎麼來啦？」一到門口，姑娘們臉上堆滿殷勤同愛人們打著招呼。無處可放的身子，僵立在他們跟前。

　　「聽說最近妳們到處『斬舞』，我們也過來長長見識。」陳宏依然架著腿，也不請姑娘們入座。

　　「跳得好看嗎？」姑娘們只好裝瘋賣傻：「下一支舞陪你們跳？」

　　「雖然看不懂舞蹈，但好像一對對配合得蠻默契的——已非一日之功吧？」

　　聽到這裡，陳曉晴她們清醒地意識到了事情果然有些嚴重，只能進一步討好：「過去裡邊坐吧，向你們介紹一下那幾個舞伴？」

　　「別，別——妳們繼續表演，我們就坐這裡觀摩！」

　　進退兩難之境，姑娘們也是要體面的。陳曉晴乾脆順著陳宏的話答道：「那你們先坐著等我們，跳完舞大家一起回去。」轉身帶著同樣的微笑回到了原座。

　　「他們也是妳們的朋友？」舞伴們顯然沒有錯過那個特殊情況。

　　「對！」

　　「那怎麼不過來一起跳啊？」

　　「他們不會跳，是來看熱鬧的！」姑娘們沒好氣地答著。

　　那幾位舞伴倒放下心來，暗想：「總算他們不是來同我們爭奪舞伴的。」

　　歇了一個曲子，三對舞者又繼續搭檔，跳入了舞池。每位女子的身旁，還是原先的那個舞伴。跳著舞，姑娘們的外表雖然一如既往，但眼睛卻隨著砰砰亂跳的心，總是注意著門口那邊。

　　舞會大約進行了三分之二的時間。終於，陳宏他們踢開椅子站了起來，走到門外。出了姑娘們的視線，她們的內心反而更為慌亂起來。

　　「今天家裡有些事，我們要早點回去了。」閨友們低聲商量一下，最後同身邊的舞伴們打了招呼，站起身速速提前離場。

「好的好的，那就一起走吧。」那三位顯然沒有搞懂，但馬上跟著站了起來：「既然妳們不跳了，我們也沒有興趣留在這裡了。」

「你們不用走，繼續跳吧。」姑娘們盡力攔截，但實在也顧不得說太多。

她們剛跨出大樓，眼睛就四處尋找起來。靠著外牆抽煙的男人們，見著「識相」的戀人跑了出來，便掐了煙迎上去。不料，那幾個不識時務的舞伴，也一路眉飛色舞跟著出了門，口中還喊著：「喂，別急著走啊。曉晴小潔蓮蓮，我們送妳們回去。」有一位還急得做了些拉扯的動作。

沒曾想那人的話音才落，只見陳宏從旁一把抓過他來，揮起一拳，那人的鼻子就開始流血了：「曉晴的名字，也是你他媽的可以叫的？」

看到陳宏雷霆動怒，其他兩個也趁機跟著掄了兩拳。姑娘們則躲在一旁不敢吱聲，更不敢出來勸架。那個先挨了揍的擦著鼻血捂著臉，驚慌失措。另一位有些書生氣的一邊護著自己，一邊喊道：「你們是什麼人？有理講理——為什麼一上來就動手打人？」

「還講理？」陳宏那隻抓著人的手沒有放下的意思，另一隻手指著他的臉：「我他媽的警告你們，以後要是再敢出現在我們女人跳舞的地方，老子見你們一次，就打你們一次！打到你們幾個一聽說跳舞，就他媽的軟蛋！」

被打的那幾位嗦嗦發抖，總算搞清了狀況，連說「誤會，誤會」，「我們只不過是跳跳舞而已，沒有什麼別的意思」，「曉得了，以後不會再發生了」。

陳宏放了他們，回頭看看縮在一旁的曉晴。她戰戰兢兢向姐妹們揮手拜拜，乖乖地走過去挽住了他的手臂。

晚上一到家，周潔便打去電話：「喂，你倆後來怎麼樣了？」

「臉色鐵青著，一路無話。」

「妳家陳宏終於發急了，大打出手！呵呵。」

「是呀。這麼多年早就想看他如何為我打架，今天終於如願以償！總算看到他為自己發瘋的樣子了——妳那邊情況如何？」

「還能怎麼樣？軟硬兼施，讓我保證以後不再瞞著他出去跳舞了。唉——我們算是白學了！」

「哪能白學呀？教會他們！」

第十六章：第一堂社會課

　　工作了半年多的陳曉晴，一日回到家中，驚喜地看到從小疼愛自己的乾親阿姨和姨夫從香港回來度假了。

　　那位阿姨是阿爺和奶奶的乾女兒，長得出奇的漂亮。她記得小時候家裡人常常講，自己若肯多吃一口菜，長大後會像乾阿姨那麼美！

　　乾姨夫原來是江蘇的一個科研單位的負責人，因此常常來滬出差。每逢回滬的日子，他們都會回到陳家。一來探視曉晴的奶奶；二來姨夫同陳先生非常投緣。姨夫通常一坐便是很久，和所有親朋一樣，他特別喜歡聽陳先生描繪國外的所見所聞。兩年前，不知從哪裡冒出一個「近親」，把阿姨姨夫一家接去香港生活了。而且，之後姨夫經常回國，特別是參加廣交會等。聽說他生意非常成功，其短短兩年，從一位國研高管搖身變成一名富賈商人，實在令所有人既匪夷所思，又嘖嘖稱羨。

　　這一次他們依然帶著六歲的女兒過來。曉晴非常喜歡那個大眼睛的小姑娘，一邊陪著她玩，一邊學著她那半生不熟的廣東話。他們離開之後，陳父把女兒喊到身邊：「爸爸想問妳一些事，妳來這裡坐一下。」

　　看到寶貝女兒聽話地陪著自己坐下後，陳父問道：「妳在賓館的工作怎麼樣？以後有沒有晉升的機會？」

　　「哪有什麼晉升可言！我在那裡就是一個擺設，沒有多少真正需要我做的事。外國語學院畢業的有很多，他們比我更適合在那裡上班！」曉晴不說假話。

　　「那妳想不想換換環境？」

　　「混混日子還是蠻開心的，至少獎金比老同學高出好幾倍。」曉晴突然意識到父親不會無的放矢：「爸爸是要幫我換工作嗎？」

　　「那倒還不至於。知道今天妳阿姨姨夫來做啥嗎？他們問起了妳的情況。」

　　「是嗎？那他們有什麼建議？」女兒蠻機靈的。

《那幾個上海女人》

「他們說看著妳長大的，從小就喜歡妳。如果妳有意去香港發展，妳姨夫說會培養妳。」

「真的？」曉晴抬頭望了一下天，或者是家裡的天花板。

「爸媽不希望妳離我們太遠，但事關妳的前途。」陳父擇詞以告：「不必太過著急，妳先好好考慮幾天。他們還要在上海住些日子的。」

才二十出頭的曉晴，每天愜意地生活在親朋好友的中間，還有寵著自己的男友，她極少或者還沒有認真考慮過自己的「以後」。突然得到這樣的一個機會，當然希望去爭取和嘗試的：「爸，香港不算太遠——我想跟阿姨姨夫出去闖闖！」

雖然還沒有具體了解過姨夫究竟怎樣把曉晴帶去香港，但從他自己的經歷和對姑娘下一步的安排來看，應該問題不大。最主要的，當陳曉晴聽到姨夫將帶她參加今年的廣交會，就已經躍躍試試，充滿期待了。

臨下廣州之前，曉晴把所了解的部份細細地向陳宏交了底，最後補充了一句：「都說香港不是那麼好進的，我也只是半信半疑。但廣交會倒是期待得很！」

陳宏摟著她的手依然如故：「會想我嗎？」

「想……也想逃開你！」曉晴逗著他。難得有機會令愛人不安，因此姑娘想看看他的反應，聽聽他的下文。

「廣州不算遠，我還追得到！」

她原先不曉得自己想要的回答是什麼，但就其臉上的表情，似乎足以欣慰。

陳曉晴請了兩週長假，花完了自己和男友工資袋裡所有的錢，買了幾件在當時算得上是最好的服裝，依著姨夫的安排，隻身來到了廣州。

原以為生活在國內最先進的大城市，工作的賓館又首屈一指。到了廣州一看，才知來者居上，山外有山。比如所住的那家不算頂級的賓館，同上海最好的相比，只在餐館裝潢一處，就略高一籌。品過佳肴美食之後，更勝一籌！

一切是那樣的新奇，陳曉晴眼花繚亂，幻想連連。

　　曉晴見到姨夫的那日，同時還見著先她而到的另外兩人：一位三十出頭、如她的乾阿姨一般美貌的女子，和另一位年紀與之相仿的俊美男子。聽介紹，他倆均來自江蘇，原是文工團的演員；看情形，似乎同曉晴一樣，有幸獲得姨夫的提攜和培養！

　　晚上，曉晴被安排與那女子同屋；而那位男子，則陪同姨夫。

　　廣交會開幕，他們一行四人，浩浩蕩蕩開進會場。陳曉晴是個隨性的人，但卻也注意到那兩位對她的謙讓。例如進門時，他倆總習慣退後一步。曉晴以為自己特殊的親戚身份，令此二人自謙。

　　那一日，曉晴從外面散步回房，撞見原來摟在一起的兩人。那男的沒打招呼，便逃一般地離開。曉晴是戀愛中人，非常理解同室女伴。見男的已走，女的正急著藏匿原本敞開的胸前那兩顆碩果，便笑笑自顧洗洗，準備休息。

　　那晚，女伴的話語多了些，示好之心昭然。曉晴熱情回待，並同樣告知自己對將來的憧憬。談話中曉晴提及自己的阿姨：「妳長得同她一樣漂亮！」

　　「是嗎？妳常常見到妳阿姨？」語氣中，她表示出極大的關注。

　　「原先並不常見，但以後會常常見的。姨夫要幫我辦去香港替他做事，還講過要教我開車。以後我應該就住在阿姨家。」曉晴直言相告。

　　「哦，我好像也聽妳姨夫提過，但據說是讓妳接送小孩、看看家什麼的。」看來她對內情了解更多。

　　「不會的吧？我大學畢業，姨夫說要培養我的。」天真自信，寫在臉上。

　　「那我先恭喜妳！」

　　第二天是週末，姨夫讓曉晴同那位「大哥哥」出門一日遊：「我和那位大姐姐要接待重要的客人。」

　　曉晴每天在廣交會裡聽著人們大談或暗談「許可證」那些，正覺索然無味，難以自遣。忽然聽說可得自由一行，便歡天喜地隨著去了。不曾想，那個男人沒帶她遊覽，先去了個影院看場電影，曉晴還算合意；

接著吃過飯就直接帶她舞場裡「見世面」去了。

陳曉晴原本非常喜歡溜冰跳舞。出了「斬舞」那件事之後，雖然又參加過幾場舞會，但不會跳舞的陳宏總在旁邊坐鎮，跳兩步時還不得不配合著他在原地「踏步踏」。因此，就舞蹈本身，曉晴既不陌生也不反感。只是今天原以為「一日遊」的，何況想起那人昨晚與同室女伴的親密行為，曉晴不想生事。

不想歸不想，被安排著的事，總歸會發生的：只跳了第一支舞，那人的手便不安份起來！曉晴憤而離場，走到門口，對縮著腦袋緊跟出來的男子說：「我們回賓館！現在就回！」

那人驚恐萬狀，竭力討好：「我錯了！請千萬別告訴妳姨夫！他們還有重要的事要辦。我們必須等等再回！」

「她是你的女友吧？你這樣做，對得起人家嗎？」

「求妳也別告訴她——她是我的老婆！」慌亂中，那人道出實情。

現在輪到曉晴大驚失色了：「是嗎？那你們⋯⋯」

再次聯想到兩人昨天如此慌張躲避的行為，曉晴雖莫明其妙，但實在不願細究。也許，人各有難吧？

那人既已實言相告，曉晴便不再多慮。她要了杯飲品，在舞廳外面坐了一會。很長的一會兒。

聽說可以走了，她如釋重負回到賓館。曉晴整晚面對天花板，沒有多提一個字。

第二天，一切似乎回復之前的狀態。陳曉晴只是偶爾發現，姨夫很少再同她講話——或者根本沒講過話。她不太在意，直到有次晚餐時，在那女子的啟發下，曉晴剛剛開談了一點點個人的理想和抱負，卻見姨夫的臉上出現了一種極其冷峻的笑容，她被嚇到了，話音戛然而住。而且，似乎永遠沒有再續的必要了。

幾天之後，陳曉晴獨自回到家中。一五一十，將所經歷之事報與家人。陳太太憤而不平：「原來他是想讓我們家小囡去給他們當女傭！真是知人知面不知心！」

　　奶奶也忿忿不平，口中一直嘀咕著：「世道真是變了！世道真是變了！」雖然，世道早已變了。因此家中沒有人再費心去糾正她。

　　陳父疼惜自己的孩子，摸著她的長髮，連聲道歉：「爸爸不識人！差點害了女兒！」

　　曉晴倒是安慰父母：「你們不會害我的，女兒肯定會回來的！」

　　「對的！人有時會看錯人，也會說錯話或做錯事。但是妳要記得，人不能走錯路！」

　　「我曉得！」

　　不久，聽說那個長得很像阿姨的文工團演員，去了香港，真正取代了阿姨的位置。她原來的丈夫，既能為利而協助他人與妻作樂，自然不會令妻子心存內疚了。人之無恥，竟至如此！

　　剛剛涉世，對人生充滿憧憬的年紀，來自尊敬長輩的那份酷冷，卻不免令人耿耿於懷，揮之不去。回到上海回到家，回到了愛人的身邊。陳宏撫著曉晴的臉：「別難過，只當一次經驗吧！以後我不會再同意妳跟著別人去瞎撞了！」

　　等著禮物的閨友們，聽到這段經歷都嚷了起來：「香港那地方是不能去了！人變得太快了！」

　　曉晴倒不十分贊同：「不在於去的地方，而在於去的是什麼人！」

　　有些東西在骨子裡，與生帶來。

第十七章：池魚之殃

　　李媛媛的父母提前辦理了病退（註一），已從邊疆返回上海。原已擁擠的舊宅，一下子爆棚！

　　幸好媛媛從未放棄舞蹈劇團的單人宿舍，妹妹也仍在大學住校。因此，其父母暫居亭子間，但從此家中紛爭不斷。作為長房，其父母不甘蝸居亭子間內。更何況，表弟阿寶也一直叫嚷著，說母親正在同農村的父親辦離婚，不久也將回到上海家中。

　　那些支內父母回滬所引發的後患，所波及的無辜，目前並非別人：真正遭受魚池之殃的，往往反倒是自己的孩子！

　　從國家規定的年齡上看，李媛媛和她的男友錢家傑已達適婚標準；但就兩家目前的居住條件來講，那是一個遙遙無期的結果。當然，他倆目前倒是不急，媛媛的主要心思仍在她的舞蹈事業。

　　「大美人」媛媛進住弄堂多年，遠近聞名！然而，其爸媽看著周圍鄰居熟人的女兒，長相遠不如自家女兒，那些父母卻對「毛腳女婿」千挑萬選：一眾女子，嫁得舊房退賠的、大學畢業的、港澳來尋的、擺攤發跡的……種種種種，每次回門，耀富揚眉！

　　再看看自己家的「毛腳」，雖然衣履還算筆挺，同女兒站在一起還尚般配，但其嗓音越來越低，笑容越來越暗，禮物越來越差——主要原因，在於沒有學歷！他作為原「領導梯隊」的培養對象，隨著上司們的大「換血」，一起被下放到基層工作了。這樣一來，其多年來的模範形象和優越感，瞬間消失殆盡！

　　雖然錢家傑的現狀不盡人意，但同媛媛之間的感情卻絲毫未減，兩人依舊來往甚熱，親密無間。

　　不日，錢家傑的姐姐就快嫁人了，請柬已送達各家，包括媛媛和她的家人。

　　中國人很要「面子」，上海人更甚！不僅要「面子」，而且必須真正「兌現」。

上海人，從不來虛的！他們若說「請客吃飯」，那寧肯自己喝上半個月泡飯，也會請你飽餐一頓；他們手上得到一些好東西，還沒顧得上打開細看，就會先想著該還掉哪個人情；他們但凡從別人那裡收到一絲絲好處和照顧，便銘記在心，有機會定當以實答謝！

孩子們結婚，父母雖然沒有太大實力，但卻會廣宴親友同事。他們聚各路所送之禮，為孩子操辦大事，光耀門庭！大事之前，比比記帳；大事之後，慢慢還禮——上海人的父母如此受累，天地可憐之！

錢家當前正在操辦喜事。

錢家傑的大姐所嫁的，是本車間新委任的副主任。他是個復讀生，大專畢業。對於針織廠女工來說，這便是首選了。再往上尋的話，只有為數不多的幾位大學畢業生，機會寥寥。

錢家的房源同媛媛家大同小異。因為家中有老有少，家傑同時還有長姐幼妹，因此本無多餘的房間，只是各有各的小天地而已。

姐姐如今為「全家」找回一位「學婿」，本是件光耀門臉之舉。可男家偏偏同樣房源緊缺，甚至更缺！年齡實在不等人，既已「上車」，終得「補票」（註二）。無奈之下，家中只好同意讓他們「暫時」在女方家中安下新房。所謂「暫時」之意，既為區別「招婿」之嫌，又是與弟弟家傑調換房間的藉口。

婚禮還是得要大辦，要風光，要面子！

下了基層的幹部錢家傑靠著原來的那些關係，為大姐預定了一家中高檔次的餐館。聽說婚宴的餐費將按照小飯店的標準來收，全家甚為滿意。婚禮之前，錢家父母拿出筆記，一筆筆仔細無誤地填上人名以及他們所隨的禮。

上海人結婚禮物基本分兩大類：一類是人們提前送達的「實用」禮品。那些東西有的明顯是久壓箱底的轉送禮物，有的是跑遍大街小巷淘來的特價物品。收到此類禮物之後，家人便開始四處尋鋪訪店，爭取確定其實際價格，以作人情及成本核算。

　　另一類禮物看似較受歡迎，卻隱患無窮：那便是所收之錢禮。雖然那些鈔票可以暫時幫助婚禮上等的開銷，但記載下來的龐大數字，將是日後父母在「人情」及「錢財」兩項的長久債務。孩子婚禮之後的許多年裡，他們將不斷收到親朋好友的婚宴喜帖、添丁請柬、喪事通知，等等。名目繁多，還之不盡！

　　李媛媛的爸媽也收到了婚宴喜帖。作為未來的「親家」，當然「面子」和「裡子」全都必須到位。在「毛腳」的體貼幫助下，李家夫婦沒出一分錢，一隻手進一隻手出，既送了禮物又隨了份錢。

　　婚宴如期舉行。當時的上海，已經徹底取締和消滅了「憑票買菜」的供應方式，雖然雞鴨魚肉葷素配置按各婚宴的買桌價而定，但基本可見全數到位。

　　在新郎新娘進場與各位打過照面、領導代表發過演講之後，飯店統一以最快速度送上了菜肴。說時遲那時快——只見每個圓桌上除了飯店提供的餐具之外，瞬間多出許多飯盒！人們相互客氣地、看似公平地、熟練快速地，將桌面上的主菜分而裝之，喜筵後將各自帶回家中慢慢品嚐。

　　婚宴很快結束，留下一些愛喝酒鬧場之人。除了他們，席間極少有吵架臉紅之事發生。最多待各個家庭回府之後，回憶並總結一下同桌他人的「門檻」之精。

　　回滬後首次出席喜慶場面的媛媛父母，雖然聽從女兒的建議，提前在包裡夾帶了兩個飯盒，但仍然被此等陣勢驚愕不小！好在他們反應不慢，在鄰座的善意點撥之下幡然醒悟，迅速加入分食大軍之列。更為得意的是他們未來的「毛腳」女婿錢家傑，乘著大姐姐夫給廠領導敬酒之際，偷偷將主桌上的一隻「紅燒蹄膀」上的肉，裝入了盒中，塞進了準丈母娘的包裡。

　　婚禮結束，回到弄堂裡的亭子間，媛媛爸媽拿出了「私房菜」，溫上一盅「加飯」酒，重新開了個小灶。邊品著酒菜，再回想經過，夫妻兩個長吁短嘆起來：「剛剛跟著鬧新房，看了錢家上下，實在覺得委屈我們媛媛了！」

「就是，他們竟然把家傑換到亭子間去住了！而且聽說他大姐已經懷孕，以後孩子一落地，哪裡還會有我們女兒的新房？」

「我們媛媛的脾氣那麼倔，即使他們騰出了新房，以後那麼大的一家人，哪能在一起相處？」

橫想豎想，怎樣都是難以接受！

隔了兩日，媛媛爸媽給女兒打了個電話：「爸媽想去你們劇團看看。」

到了女兒的劇團駐地，老兩口連「大觀園」景都顧不上欣賞，直接進了宿舍。他們剛坐在女兒的床沿便開了腔：「爸爸媽媽已經連著幾天沒有好好睡覺了！為妳的終身大事操心吶！」

媛媛莫名其妙：「我的終身大事？為什麼？」

「我們兩個想來想去，覺得那家人家不適合作妳的婆家！」

媛媛愣了一下。她扶著桌子邊，坐了下來，看著父母。

「妳想：他們家上有老下有小，現在家傑的大阿姐又在家裡結婚生小孩。你倆若是結婚的話，新房在哪裡？」

李媛媛終於搞清了父母的想法，當時的她卻根本不以為然：「大姐姐夫是暫時的。他們家對家傑說過，兒子以後結婚一定住家裡的。」

「妳怎麼這麼天真？妳將來讓大姐姐夫帶著孩子搬去哪裡？人家帶著孩子住得好好的，會乖乖搬出去嗎？」

媛媛真沒想過這個問題，因為她還沒跳夠舞，她並無近期結婚的念頭。但經父母這麼一提，她不得不開始考慮起來：「他們全家就家傑一個男孩子，很寶貝他的。」

「條件在那裡擺著！妳想將來和這麼一大家子的人，擠在同一棟房子裡嗎？」

媽媽再次提醒女兒：「看看我們自己的家！妳還沒有住夠亭子間？妳還沒受夠大家庭嗎？」

媛媛那雙美麗的大眼睛黯淡了下來，她想起自己那幾乎同床一般大的生活空間，想到小潔和曉晴家的漂亮天花板……那時的她有些傷感，無言以對父母親。

「妳過去同我們提過，劇團裡只有宿舍，沒有希望分配住宅。妳也不可能跳一輩子舞蹈吧？那個錢家傑現在又下來了，應該也沒有分房的希望了吧？」父母不想揭「毛腳」的短，但事實就在面前擺著。

今天以前，媛媛一直以自己的職業為豪，也一直安心享受和依賴著家傑對自己的關愛。她過去沒有意識到的隱患，如今被父母揭示出來。更為嚴重的，他們的憂慮絕非危言聳聽，自己不久即將面對這一切！

那天父母離開後，媛媛一動不動蜷縮在床，心中無比悲哀：家傑是她自小就傾心相許的男人！錢家傑在媛媛的心目中，早已無異於親人。

李家父母開始改變對錢家傑的態度。他們拒絕收受他的禮物，他們不歡迎他的來訪，他們拉著臉回答著他的問話。

家傑當然有所感覺，以為是下了基層的緣故。他的內心也正處於難以適應的階段：自己已不太年輕，從頭再作高考補習，似乎沒有任何可能。他答應讓媛媛跳到二十八歲，不料卻等來了李家人對他的排斥。

唯一的安慰，是媛媛對自己的愛！

媛媛臉上的笑雖然變得機械，但卻仍然安心在旁。至於其他變化，她一個字都沒有提。可兩人的約會，似乎回復到了學生的時代。他們只能瞞著李家的長輩，暗中往來。

媛媛逼著自己隱忍。她想等等看，錢家的現狀是否會出現轉機。

幾個月之後，錢家大姐的孩子呱呱落地。滿月喜酒之後，媛媛在家傑送她回宿舍的途中，終於沒有再忍：「你大姐他們是怎麼打算的？不走了嗎？」

「走哪裡去啊？她婆家又沒有房子！」

媛媛想問：「那我們怎麼辦？我們的新房在哪裡？」但頓了幾秒，換了另一種方式：「那你家不是要擠破腦袋了？」

「有什麼辦法！」家傑心不在焉地接著話。

那種事不關己的態度讓媛媛首次在他那裡領受到了委屈。她覺著家傑沒有站在自己的立場考慮問題，她覺得他這次沒有維護自己。

　　媛媛閉上了嘴，她感到前所未有的失落！

註一：當年的「病退」與目前國家規定的「病退」條例有所不同。它是一種略微寬鬆的政策，主要面向那些被迫「上山下鄉」插隊落戶，以及支援國家內地（簡稱「支內」）的城市原住民。讓他們有一個回城團聚的名目，作為變相彌補。

註二：當戀人們先有了身孕，再「奉子」成婚的，被嬉稱為「先上車，後補票」。

第十八章：女人間的爭奪戰

　　梁成宇從醫學院畢業，順利進入父母所在二十多年的醫院工作。看到那麼多同事對自己的兒子交口稱讚，他的父母深感自豪。

　　「梁醫生，你的兒子英俊瀟灑，不如送給我們作女婿吧？」好幾位同事如此半開玩笑半認真。

　　「好啊，看看你們哪個女兒長得最討人喜歡，我做主了！」梁大夫夫婦這樣回答。

　　玩笑歸玩笑。醫院內科來了一位相貌堂堂、謙遜沉穩的年輕大夫，而且又是本院梁醫生家的公子——這樣的消息從來是不脛而走！一時間，梁成宇醫生的值班室門前，常見一些年輕女同事，特別是單身護士來回走動。另有一些膽大的，甚至乾脆進門尋話挑逗。

　　萬花叢中，很少得見男人避之門外。可成宇心中秋水佳人，切切在念！

　　對於兒子的「痴戀」，梁醫生的太太林醫生卻從不以為然。她向來覺得那位眉飛色舞、每日到處趕場的鄰家女孩，全然不符合作為梁家媳婦的基本條件。可惜作為母親，她們常常忘卻自己的孩子也有他們自己的擇偶標準。

　　成宇的心是堅定的，但這並未阻止他的母親堅持為他的擇偶操心。自從小梁醫生上班之後，家裡來客頻繁，其中不乏青春美貌女子。被逼無奈的成宇常常藉故出門，或勉強應付。

　　一天晚上，成宇的鄰居和戀人周潔照例很晚回家。剛進門，她的母親便將她拉至一邊，緊張兮兮地問道：「妳每天這麼晚回家，到底在忙些啥？」

　　「吃飯呀！今天我校宴請阿爸他們的校長，我當然要作陪啦——比老爸級別高，嘻嘻。」女兒擺出一副得意的表情。

　　「成宇曉得不曉得妳每天在做啥？」

「曉得的吧……跟他有什麼關係？」

「妳不曉得！妳外婆聽人家講，成宇的媽媽在自己醫院裡給兒子找女朋友！」

「是嗎？用得著他媽瞎起勁嗎？」小潔的語氣不怎麼在意，但神色已轉。

「妳到底同成宇確定了關係沒有？應該提醒他一下的！千萬不要做傻瓜！」

周潔一語不發回到房裡。她內心極其明白，來自外婆的消息並非空穴來風。

兩天後的午餐時間，周潔給自己安排了外出「公差應酬」的工作。她穿著一條與白色反差極明顯的連衣裙，腳蹬一雙剛剛時興起來的丁字形高跟羊皮鞋，晃著那個從陳曉晴賓館搞到的港製小拎包，裊裊婷婷，一路向醫院員工們打聽著：「成宇，就是你們醫院新來的梁醫生，在哪個房間值班吶？」依著別人的指點，徑直來到成宇的面前。

「喂——吃過午飯了嗎？」

「啊呀，小潔！妳怎麼過來啦？為啥不先來個電話？」成宇驚喜交加。

「我剛好在隔壁辦事，過來看看你吃了沒有。假使還沒吃，就一起出去午飯啦。」周潔語氣輕鬆。

「好好好，我們一起出去吃！」成宇得意至極，即使已經用過餐又如何？

「要不要叫上你媽？」

「不用了吧。」成宇明知她倆合不來，只當客氣話聽聽而已。

他雙眼緊緊盯著自己的愛人，手腳不停地解下白大褂。然後滿面風生，由著周潔在一眾人等面前挽著自己的臂膀，氣宇軒昂地經過走道，下了樓梯，跨出了醫院的大門。

當小梁醫生喜氣洋洋回到醫院，母親林醫生正坐在兒子的座椅上。潔白的大褂上方，托著一張同樣無色的臉：「小潔來過啦？」

「是啊！她剛好在附近辦事，就過來約我一道吃飯。我帶她嚐了隔壁那家新開的飯店。」兒子似乎意猶未盡。

「這個小姑娘實在不得了！」母親丟下了那句話站立起來，丟下了正在自我陶醉的兒子，走回自己的辦公室。

從那天起，梁醫生家明顯減少了來訪的年輕女子，成宇落得清閒。也許母親講的是一個事實：小潔是故意來醫院「作秀」的！但，這不也證實了她對自己的那份緊張嗎？

成宇細細回品，心中竊喜。這麼多年來，他已習慣並享受著，從周潔點點滴滴的「小動作」中，去體證她對自己的真情實意。

「妳若能走得出，就經常過來看看我。」美人主動來訪讓成宇躊躇滿志，他趁熱打鐵。

「曉得了！」之後的一段日子裡，周潔的確每過一兩個禮拜便去醫院：有時共進午餐，有時等他下班。

不久，幾乎全院都傳遍了梁醫生家的英俊小生，有個漂亮的青梅竹馬！對此，老梁夫婦不置評語，而小梁醫生則面露喜色有問必答。久而久之，那些明目張膽的小護士們，個個轉移了目標。

一天中午當成宇匆匆趕去食堂午餐時，發現竟忘了自帶飯券。猶豫之際，旁邊一位同樣身穿白大褂的高個子女子，把一疊用橡皮筋捆著的飯券往他手中一放說：「用我的吧。那麼遠的路，別回去拿了。」

小梁醫生連聲道謝，買完後把找頭還了給她，卻發現自己似乎並不認得那位女醫生。一同走到桌邊，成宇欲問卻三緘其口。那位女子倒落落大方：「我知道你是內科新來的梁醫生。我姓喬，在外科手術麻醉室上班。」

成宇心想「難怪自己沒見過她，原來兩人是隔得很遠的同行」，便再次道謝，並聲稱自己會親自登門歸還飯錢。

「不用急的，下次吃飯時帶給我就可以了。」

欠了人情的小梁醫生，不折不扣地在心裡記下了這筆帳。然而之後幾天，他在職工食堂左顧右盼卻總未見其人。梁醫生心裡納悶，抽個時間直接來到外科麻醉科。打聽之後才知喬醫生的母親病危，因而請假。

年輕人中，成宇是少數做事一板一眼的男人。幾天後，當他聞悉喬醫生在家戴孝的消息，心中不免有些沉重：「媽，妳認識麻醉科的小喬醫生嗎？她的母親過世了。」

「認識啊，你是怎麼曉得的？」母親有些驚訝。

「噢，我欠她一些人情。妳覺得我們是否應該去看看她？」

「應該的——既然你認識她。」母親答應得挺爽快。梁家母子在第二天下班之後一起去到喬醫生的家，對她以及家屬表示了慰問。

幾週之後，喬醫生回訪梁醫生的家，以表感謝。事後林醫生對兒子說：「那個小喬雖然歲數大一些，但蠻懂道理，為人處事非常得體！」

「對，她人真不錯！」成宇對她沒有反感。

「你那個鄰居小潔最近還常去你那裡？」

「是的。昨天還帶了一個同事，請我幫助找老醫生看腎病。」兒子據實以答。

「你才工作多久？已經聽到她至少介紹過一打的病人來院裡看病！她以為醫院是我們家開的？」林醫生一聽就生氣。

「她也是好心，幫助人吧。」其實梁成宇也有些煩。他覺得老是麻煩其他醫生，就是欠他人的情：「我會關照她，以後儘量少找麻煩。」

下次約會之時，梁成宇提醒了周潔一句：「以後除非同妳有直接關係的，其餘看病的事妳儘量少往自己身上攬。我剛參加工作，恐怕影響不是太好。」

「是你媽有閒話了吧？她自己不是每天都在接待這個幫助那個的，怎麼到你這裡就不行了？」周潔毫不留情，反唇相問。

「她也是為我好。」做兒子的就是笨，一看到戀人生氣，連忙把責任推卸了出去：「我只是提醒一下，也不是不幫妳的忙。」

周潔去麻煩成宇的次數明顯減少。她了解他，是個不越雷池之人，平日裡只是看著自己的面子勉強而為罷了。對於成宇，周潔沒有不放心的理由，只要他母親別無事生非。「好在不久以後，她也快退休了。」

周潔有此耐心。

醫院的職工食堂裡，人們偶爾會看見小梁醫生和小喬醫生坐在一起用餐。羨慕者有之，甚至還有藉機挑話的：「嘿，小梁醫生，你那位漂亮的青梅竹馬今天怎麼沒有過來找你啊？」話，是說與喬聽的。

梁成宇心無城府：「她哪裡那麼有空！她是校長秘書，大學裡事情很多。」

周潔實在很忙，看到吹自醫院的硝煙基本散盡，她又開始忙她自己的事了。成宇對自己的愛，她不存任何懷疑！

小姐妹中總是無話不談。在周潔與陳曉晴約好了品嚐上海首家「漢堡包」時，她以一種勝利者的姿態把鬥爭過程細細描述了一遍。

「看來妳挺愛成宇的，這次真是豁出去了！」陳曉晴看著她，忍不住笑了起來。

小潔自己也忍俊不禁：「一招不慎，我算是把自己給套進去了！」

「兩家大人有啥反應？」

「他家目前還算風平浪靜。成宇膽子倒是越來越大，開始過來拍我媽的馬屁了！」

「那妳家裡的意思呢？」

「還會有什麼別的意思！我外婆已經去他家偵察過了，說傢俱老舊老舊的，以後要換成組合式的——完了！」

「哈哈哈哈，妳這叫沒事找事，庸人自擾！」朋友幸災樂禍。

「硝煙驟起，本人不得不應戰吶。」小潔唉聲嘆氣：「妳倒是挺篤定的，沒人來同妳搗亂！」語氣中不無羨慕之意。

「誰說的？前幾天我還小受一驚。」曉晴臉上的表情，並非刻意在安慰閨友：「當然最後化險為夷了，嘻嘻。」

「真的？」周潔倒是吃驚不小：「怎麼可能？快講給我聽聽！」

「前幾周陳宏家開派對，慶祝他妹妹二十二歲生日。」曉晴看看小潔：「妳知道的，他一直想帶我回去見他父母。」

「所以就藉機邀請妳啦？」朋友一猜就著。

「是，我跟著他去了。」

「也是應該的，你們談了這麼多年了。」

「去之前，他特別告誡了我兩件事：第一，絕對不要穿喇叭褲；第二，說是老家的規矩，晚輩第一次上門，應該給長輩斟茶奉茶。」

「他倒要求不高！是給公公婆婆奉茶吧？」小潔一臉狡猾：「妳做了？」

「我哪有選擇！」曉晴長嘆一口氣。

「這沒什麼大不了。晚輩尊敬長輩，也是應該的！」閨友沒有理解那聲長嘆。

「問題不在這裡。」曉晴儘量忍住笑：「妳知道我不會做家務。當時那麼多人，心裡壓力又大，結果手一抖，壺裡的水除了沒進茶杯——桌上、地上，甚至老爺子的衣服褲子上，應有盡有！」

「哈哈哈哈！」兩人笑得前仰後倒。

「那也不至於？」好不容易止住了笑，周潔又關心起下文來。

「他妹妹的女同學，也是軍人子弟。」曉晴說著，換了一種眼神：「他們幾個從小一起長大。而且不僅姑娘自己，連她父母也來湊熱鬧。兩家大人之間，如莫逆之交！」

「真的？姑娘很漂亮嗎？妳過去從來沒聽陳宏講過？」一連串的問題，說明閨友同樣意識到事態的嚴峻。

「他沒提過。那女子很高很漂亮，後面扎一條粗粗的長辮，像『李鐵梅』那樣。看著另有一種味道。」

「他倆有事嗎？眉目傳情什麼的？」

「他倒沒有，心思在我這裡，大概是擔心我再鬧更大的笑話吧。」曉晴又開始自嘲了。

「呵呵……那個姑娘呢？」

「對他——一往深情！」曉晴臉上浮出一絲陰雲：「對我——咄咄相逼！」

「可憐，妳那天本來就處在下風頭！」

「我也同情自己！向來心高氣傲，哪能承受如此挑釁？」

周潔看到小姐妹這般無奈，於心不忍：「那妳總該反戈一擊吧？」

「天時地利人才和：在那種情況下，我只好忍辱負重。」

「什麼天時地利的，我看妳就是太在乎陳宏！妳在他的面前什麼時候大聲喘過氣的？」姐妹們一路走來，知人料事：「後來怎麼樣了？」結局比較重要。

「送我回家的路上，看我不言不語的，他好像一直偷著在笑。快到家時他附耳輕言：『我媽非常喜歡妳！』」

「何以見得？」

「我也這麼問他，有些不可思議。他說媽媽在廚房同他講：『你的女朋友用眼睛在說話，我喜歡這個姑娘！』」

「真是了不起，她看出妳很愛她的兒子！」

「是！女人只要細心，就能感覺別人的心意。」曉晴說著，心裡竟生出「假若她是我的婆婆」那樣的念頭，隨即很快甩了一下頭。

「還是妳棋高弈精！不戰卻驅人之兵。」周潔不無羨慕：「哪像我吶！」

「哪裡，我也是後患無窮，難以招架吶。」曉晴再次長嘆：「現在他開始期待我爸我媽的召見了。」

「哈哈哈哈——女大不由人，我們以後的事體多了。」

第十九章：幾人歡喜幾人愁

劉蓮的男友大維這兩年生意不錯，從菜場地攤一直做到上海著名個體商販雲集的「華亭路」上，進一步躋身於剛開始發展的其他幾條個體商街。他早已辭去了電視機廠的工作，經常來往於廣東和上海之間，一門心思做起了服裝買賣。

由於長年到處奔波，他不放心替他照看攤位的那些「插隊」回鄉女子。一直希望正在體校做教練的女友劉蓮放下身段，幫自己管理起那些攤位。

劉蓮的媽媽雖然非常欣賞自己「毛腳」的能力，但並不同意讓女兒過早地放棄手裡的「金飯碗」。雖然那碗飯，已被證實了其中沒有多少「金子」的含量。

「我們結婚吧，這樣妳媽媽就會放心一些了！」中國人求婚的方式與其他國家的年輕人有著很大的不同。中國的男女結婚更多來自雙方家庭的考慮：比如傳宗接代，比如申請住房，比如照顧老人，比如奉子成婚……再比如像劉蓮大維那樣，希望得到一種法律上的確認，以及物質上的保證。

接近二十五歲的蓮蓮已到法定結婚年齡，對於大維的提婚，在聽取並徵得母親意見之後，終於欣然接受！劉媽媽為著女兒高興，四處誇讚著自己的準女婿，並開始著手張羅起孩子的婚事。

兩家人住得很近，又各有兩間房間。因此從條件上講，他們沒有別家之憂。只是在談到新房佈置時，兩家稍有不同意見，但最終仍得圓滿解決：雙方各為孩子們準備一間新房。大維去外地進貨時，劉蓮回家陪伴母親；大維回滬時，兩人住回男家。可謂皆大歡喜！

劉蓮將喜帖發送至姐妹：「請妳們的爸媽也一定要來熱鬧熱鬧。」

收到請束，陳曉晴找到周潔，商量該送什麼禮物。一邊說著笑話：「最晚談戀愛的兩個人，沒想到動作倒蠻快的，走到我們所有人的前面去了！」

　　「人家具備結婚的條件：要錢有錢，要房有房，當然沒什麼再等的必要了。」

　　「那我們該怎麼辦？人家都成了『萬元戶』了，我們送什麼禮才拿得出手呢？」曉晴一臉愁容。

　　周潔倒是見多識廣：「新婚總會有許多人送類似的東西，我們就送那些別人給不了的物品吧。」

　　「他倆還會缺什麼呢？」

　　「冰箱吧，放在蓮蓮家裡！」周潔考慮問題就是細緻獨到。

　　「沒有票子，有鈔票也買不到呀。」曉晴想到家父從國外買回來的那件大件，可惜家裡同樣需要。

　　「票子我去想辦法。妳獎金高，出錢就是了。」周潔乾脆俐落解決了難題。

　　「只是，妳從哪裡再去搞票？妳家不是才買了一個嗎？」

　　「學校每個辦公室輪流發，我先扣下一張再講，反正都要經過我的手。」周潔洋洋得意：「雖然級別不高，妳朋友手裡的小權還是蠻好用的！」

　　「妳實在是位輕權重，真是找對了工作！」當年一張「票子」的價值，不比冰箱本身低多少，曉晴話中不無羨慕之意。相比之下，她對自己隨性的生存理念產生了些許懷疑。當然，此不過為腦中一閃念而已。

　　劉蓮的請束同樣送達了媛媛那裡。萬萬沒有料到的，那張請束竟變成了錢、李兩家之間戰爭的導火索。

　　看到喜帖，觸物感懷的媛媛不免再度對錢家的安排產生不滿。她把請束往錢家傑眼前一擺：「看看——人家才戀愛多久，都快要結婚了！不但鈔票和房子樣樣不缺，聽說兩家人還爭著吵著，都想把新房佈置在自己那邊！我倆在一起那麼多年了，可別怪我的爸爸媽媽：婚房現在哪裡？」

　　「妳不是說要多跳幾年嗎？我是家裡的獨子，真到結婚那一天，老人怎麼可能不為我們作安排？」錢家傑的回答，其實沒有絲毫的底氣。

「不要拿我的舞蹈作藉口！不信你試試看，即使到了我們結婚的那一天，你家裡也變不出我們兩人的新房來！」

戀人苦苦相逼，家傑毫無招架之力。面對多年來對自己百般依賴充滿信任的美女媛媛，他目前只能忍氣吞聲。

家傑回到家，一腔悶氣便想找個出口。他先找母親打聽：「大姐他們打算一直這樣在家裡住著？孩子已經生了，他們應該可以去廠裡申請房子了吧？」

「哪裡輪得到你姐夫！他們廠本來就沒錢，何況還有那些正規大學畢業的等著分房呢！聽你姐姐講，儘管他們排著隊，但這幾年裡不會有什麼希望的。」

「那他們原來不是說暫住嗎？怎麼，不打算搬了？」

「不搬就不搬吧，反正孩子也要幫他們帶的。」母親的話聽起來倒像是樂意。

「那我怎麼辦？我和媛媛結婚後住哪裡？」兜圈子沒著落，錢家傑無可奈何直奔主題。

「你們不是還不想現在結婚的嗎？怎麼，媛媛又改變主意啦？」母親有些著急地看著兒子。

「那倒不是。媛媛的父母有些擔心，畢竟他們家也沒有房子。」家傑看到一向心疼自己的母親真的擔心起來，心中有些不忍。只說了個大概意思，悶悶地回到自己的亭子間。

看到一向寬容的孩子不同尋常的言行，錢媽媽實在有些擔心。到了晚上，她把兒子的意思轉述給家傑的父親聽：「我看他們兩個或許有結婚的打算了，要不你去問問家玉的意思吧？她從小同你最親。」

「我看問也是白問！妳現在讓他們三個搬去哪裡？」錢父絲毫沒有支持的意思：「我看全是媛媛父母出的餿主意！原來風平浪靜的，他們一回來什麼都變了！」

「也不能全怪人家，條件在那裡擺著。家傑的工作被調換之後，媛媛倒從來沒埋怨過我們的兒子。」母親的心不光偏袒著兒子，媛媛也是她從小看著長大的：「她自己也是個很努力的孩子。」

錢父無言以對，內心平添出一絲焦慮。他想了一個晚上，決定第二天探探女兒的意思。

「家玉，爸爸同妳說件事。」話雖然開了頭，但面對剛剛添丁的女兒，老爸委實難以啟齒。

「什麼事？我聽著呢。」

在女兒的催促下，父親只好勉為其難開口道：「家傑他們可能打算結婚了。家裡實在沒有他們的新房，不知妳婆家有沒有可能擠一擠？」

「是家傑講的？爸，你別聽他瞎說！媛媛要跳舞的，他倆現在根本沒打算結婚！」大姐家玉倒是不著急，她熟知弟弟的性情：「肯定是媛媛的爸媽在一旁攬事體，給家傑壓力，別理他們就是了！」

此番討論暫時擱置。

劉蓮大維那邊正緊鑼密鼓地操辦著婚事。反正常下南邊，大維乾脆把錢交給劉家，對丈母娘說：「一切拜託你們費心！錢不夠的話，再向我要！」

「夠了夠了！你放心去忙你的生意好了，這裡的一切會安排妥當的。」面對如此貼心的「毛腳「女婿，劉母心滿意足。

劉蓮被那些婚前準備搞煩了，她約了小姐妹一起出去輕鬆輕鬆：「喂，妳們有時間逛馬路嗎？幫我挑選幾件婚服和結婚用品什麼的。」

同時，她非常感謝閨友的禮物：「禮太重了！讓我怎麼感謝妳們兩個？要不然今天妳們也選幾件衣服，錢我一起付了。」

「不用不用。大維一直給我們批發價，已經非常不好意思了。」小潔曉晴二人興致勃勃陪同著準新娘逛街選物，異口同聲地再次拒絕蓮蓮的好意。

「那妳們講講，還有什麼別的需要我可以幫到的？」劉蓮始終是大氣的姑娘，何況如今的她，似乎什麼都不缺的樣子。

「要說幫忙嘛……倒是有一件。」兩密友似笑非笑的表情看起來，她們早已通過氣了。

「說吧，千萬用不著客氣！」劉蓮兩肋插刀的豪氣不遜當年。

「我們想⋯⋯希望妳以後可以幫我們多領一些那個⋯⋯」

一個扭扭捏捏，另一個再行補充：「當然，你夫婦倆還是可以按結婚計畫，早生貴子的！」

劉蓮總算是聽懂了，隨即哈哈大笑起來。想到三人經常結伴去找較遠較僻靜的小藥房，一人買盒「萬金油」吸引僅有的一位店員注意，其餘兩個一人望風，一人在櫃台「憑證領取」的盒子中「行竊」⋯⋯有一次自己乾脆把整盒「避孕套」都拿出來了，並大言不慚地說：「一樣是『偷』，不如多拿些。至少可以杜絕一段時間的『違法』行為！」

難怪她倆今天如此要求！看來是想藉著自己的已婚身份，將「非法」行徑永久地變相「合法」化：「哈哈，真是輸給妳們兩個了！」

劉蓮的婚禮快到了，除了媛媛的父母，小潔和曉晴的爸爸媽媽都會參加那個同自己女兒一起長大姑娘的婚禮。席前曉晴特地同自己的父母打了招呼：「爸，媽，今天我不同你們一桌，我坐主桌。你們被安排在小潔父母那一桌，你們聊你們的。」

「妳那個男朋友呢？他會參加嗎？」父母一直關心此事，總算找著機會了。

「參加的，到時會引介給你們認識。」女兒故作輕鬆地回答，內心極其無奈：「這次絕對躲不了了。」

「還是那個騎『長江牌』的？」看來紙是包不住火的。

「老早就鳥槍換炮啦：他阿哥前兩年託人搞了輛進口摩托車，結果第一次出去兜風就摔斷腿了，後來轉送給他用了。」說著，曉晴心裡非常不捨：「我倒是特別喜歡那輛『長江』的！」

「他家是什麼情況？都快要見面了，妳還不讓爸媽多了解一些？」看來大人們最會得寸進尺。

「人民教師！而且除了他和他妹，全家清一色黨員幹部！」曉晴乾脆把話說完，省得他們再問：「如果你們『九三學社』（民主黨派）願意吸收新鮮血液的話，我倒是可以勸他爭取的。」

陳父竭力忍住笑：「那倒不必——肝膽相照就可以了！」

婚禮那天，除了新郎沒吃好之外，陳宏不僅半飢半飽，甚至連陪酒的任務都沒敢接。雖然他和陳家長輩，只是在剛到時和撤離時才打個招呼見上兩面。

從父母的表情和態度上看，陳曉晴似可放心。

第二十章：情危

　　劉蓮大維的婚禮上，除了那位不怎麼動筷的陳宏，還有一位也強作笑臉陪坐主桌，那個人就是錢家傑。

　　作為禮物，李媛媛讓她的男友錢家傑，幫助劉蓮他們在本區的一家三星級酒店定了十二桌酒席。除了收費打了大折扣之外，由於廚師是老熟人，因此每桌各奉送了一盤大菜。因而這次的婚宴酒席，不僅可嚐到賓館級的廣式菜肴，還省下了至少幾百元。當然，折扣的一部份作為回禮，在婚宴當晚便送給了那位賓館大廚。

　　參加他人熱鬧的婚禮，似乎習慣性地成了家傑和媛媛兩人的負擔。為了迎合那個氛圍，他倆都在強作歡顏。就在來時路上，媛媛還喋喋不休地幫家傑「分析」著錢家的現狀以及未來。

　　家傑覺得媛媛像是變了一個人！他認為，毫無疑問是因為其父母，也就是比自己更親近的人，在為戀人出謀劃策。

　　更為無奈的是，家傑內心同樣感覺錢家確實做得有些過份：他們沒有好好為自己的婚姻作打算，卻把原屬於自己和媛媛的那部份，輕易地轉送給了大姐他們。家傑自知理虧，因此只能在愛人面前悶不作聲。

　　李媛媛顯然對錢家已經不抱多少希望。目前只有家傑，還在幻想著情形是否會有所改進。

　　兩人喝完朋友的喜酒，便告辭匆匆離去。一路上媛媛再次拉下臉將「房事」重提，並發出了最後「通牒」：「你應該同家人攤開了談，儘早把問題解決掉！」

　　媛媛此舉，與其十多年前同親屬分食的處理方式，基本相似。只是對家傑而言，實在非其為人處事的做派。

　　被逼無奈，在進退兩難之境，家傑不知應該將鬱氣撒向哪裡。那晚回到家，藉著酒勁，他用力踏著樓梯，直接走進不得已同大姐一家「暫換」的亭子間裡，然後重重一腳揣上了門。

家傑極為罕見的無禮舉止，瞬間驚動了全家上下！不到兩分鐘，老老少少圍擠至他的房裡。看著仰臥在床上的「家族繼承人」，大家七嘴八舌地關心起來：

「怎麼啦家傑？不是好好地出去喝喜酒的嗎？」

「同媛媛吵架啦？」

家玉不提這事還好，剛一出口，錢母立刻想起了兒子的心結，便趕快拉了一下女兒的手，示意她莫要再提。偏偏女兒就是不領情，繼續管著閒事：「你女朋友得罪你了，怎麼拿家裡人出氣呀？看看你這種沒出息的樣子！」

家傑忍無可忍，生平頭一次反唇相責：「都是妳害的！還有臉說別人！」

家玉一下被噎住了，半天沒回過神來。

錢父看著情形不對，趕緊把所有人拉出了小小的亭子間。

家玉這才有些醒悟：「家傑這是在罵我嗎？爸，你告訴我，他這是在罵我嗎？」

「不是罵妳！他心情不好！」母親急著掐斷火源，可惜為時已晚！

「不對，家傑的話完全是針對我的！我曉得了：他們兩個因為我佔了家傑的房間，恨上我了！」

「不是恨妳，他倆只是擔心自己沒有新房結婚。」錢母壓低聲音，生怕兒子聽到。可偏偏女兒就是要大聲：

「他們結婚了嗎？他倆打算結婚嗎？家傑都快三十了，全家跟著拍了人家這麼多年的馬屁，至今不是還在做著白日夢嗎？」

可憐亭子間裡的男人，只能裝聾作啞！因為聽著大姐的叫罵聲，家傑同樣覺得不無道理。

沒打算插手錢家事務的姐夫，聽到了新媳婦的吵鬧聲趕快跑下樓，順著老丈人的眼色把家玉拉回了房間，儘量息事寧人規勸著她：「妳快別吵了，家傑又沒有出來講妳！妳這樣子大叫會吵醒小囡的。」

家玉回房，想到弟弟的窩囊，內心不依不饒，音量倒是放低了些：

「還沒把人娶回來，我們全家就已經圍著他倆轉了！聽說媛媛從小就厲害得不得了，以後他們結了婚，還怎麼了得！」

「我們的確住了他們的房間，妳就不能先忍一忍？」

「為什麼我要忍？我不姓錢嗎？」家玉長氣短出：「憑什麼就他家傑可以住家裡？我還就是不走了！在家住一輩子！」

第二天一早，心中依然忿忿不平的家玉，看到該上班的都上了班，便抱起孩子，穿著一雙拖鞋，就去李家登門「拜訪」了。

「喔唷，錢家大阿姐來啦？小寶貝醒啦？」坐在門口擇菜的媛媛奶奶客氣地打著招呼。家玉尷尬地敷衍了一聲，就直奔亭子間而去。

看到錢家人未請自來，媛媛的父母有些吃驚：「噢，新娘子來啦？吃過早飯了嗎？」

「別客氣，我過來找你們說點事！」家玉抱著孩子沒有入座，卻不諱直言。

老兩口本能地感覺來者不善，便在床沿坐定一語不發，兩雙警覺的眼睛同時注視著她。

「昨天我們家傑同你們媛媛喝完喜酒回家之後，就同家裡大吵起來！」不知深淺的家玉稍微停頓了一下，灰暗的視覺空間裡感覺不到對方的任何反應：「家傑責怪我們夫婦佔據了他們的新房！今天我到親家這裡來，就是想要弄弄清楚：他們兩個到底有沒有打算近期結婚？你女兒不是講還要多跳幾年舞嗎？假如他們真要結婚，我們就是打地鋪，也會把房間讓出來！」

看到錢家晚輩如此氣焰，李家長輩氣得渾身發抖，立刻反唇相譏：「這位阿姐——請妳先別稱我們為『親家』，我們實在擔當不起！妳睡妳弟弟的房間也好，睡妳家的地板也可，同我們李家沒有一絲一毫的關係！我們媛媛即使跳到四、五十歲，老得沒人要了，也絕不會嫁到你們這樣的人家去！你們儘管放心！」

家玉偷偷跑來李家宣戰，卻沒想碰到這樣的釘子。她似乎有些明白了弟弟的苦衷，也許不只房子那麼簡單。因此，她順著李家父母的話，把調子放低了些：「我還是那個意思：如果他倆真有近期結婚的打算，我們會讓出房間的。」

「千萬不要客氣！我們媛媛可沒那麼大的福氣！錢家大阿姐請走好！」李家長輩不屑一顧，直接轟人出門。

家玉發現自己闖下了大禍，悄悄溜回家中，閉口不提方才所發生的事情。

看著錢家大姐逃出亭子間，媛媛的父母任由自己渾身顫抖個夠。他們無話可說但心意已決：女兒萬萬不可跳入火坑！萬萬不能嫁入錢姓一家！

晚上，夫婦倆商量再三之後，來到舞蹈團宿舍探訪女兒。

最近已是心緒不寧的媛媛，看到父母再次來訪，當下明白：他們定有要事同自己商談。她勉強支出一分笑容，乖乖地坐在家長的對面，靜候開場。

來前準備充份的父母，極力保持著冷靜的語調，斟字酌句，將早上發生的事體一五一十，具體明瞭作了匯報。沒有添油加醋，沒有惡語中傷——女兒自然懂得其中厲害。

李媛媛當然知道。不僅如此，她甚至想像著前日兩人分手之後，家傑在自己的壓力之下，是如何回家為愛人所作的「維權鬥爭」。看到父母今日的態度，她甚至有些後悔：「是否昨晚逼人太甚？畢竟家傑是錢家寶貝的獨子，更是自己心愛的男人，是否不該把他推到眾叛親離的絕地？」

媛媛沒有講話。

父母以為女兒難以接受現實，便耐心開導：「事情既已發生，妳也不要想不開。至少通過他們家裡人的態度，讓我們看清了錢家的本質！只要妳能下定決心，不再同錢家、包括那個錢家傑有任何來往——憑著我們女兒這麼優秀的條件，怎麼可能找不到更好的男人！」

媛媛沒有話講。

父母以為女兒終於看清形勢，正在有所覺悟，又極力安慰起她來：

「時間可以醫治一切！女兒，妳要了解，這個世上絕大多數的初戀，都沒有走上婚姻之路。解開了心裡的這段結，妳的機會更多，將來一定會更好！」

媛媛低垂著的大眼睛裡，泛起了一層水霧。不一會兒，水霧凝聚起來，變成大顆大顆的水珠子，連著幾條線，下落至地。

母親心疼自己的女兒，想上前去摟抱她。媛媛用手臂擋著，女兒早已不再習慣向母親撒嬌了。

媛媛任憑自己，獨自思痛！

幾個月後，周潔和曉晴應邀去劉蓮的新房聚餐。她們坐在貼著「義大利」商標的三人沙發上，對著正面如牆一般高的組合傢俱，小潔突然想起一件事情。她猶豫再三，還是向閨友們透露了這條小道消息：「妳們曉得嗎？聽我外婆講，媛媛已經和那個錢家傑分手了！據說她的爸媽最近託老同學給她介紹了一個港商——不是那種買了一套西服來大陸找老婆的小買賣人，而是真正的大財主！」

「什麼？怎麼可能！」劉蓮大叫起來。

「對啊，他倆好了那麼多年，怎麼可能分手？」曉晴也難以置信。

「好像是媛媛的爸媽堅決反對。可能因為錢家人太多，條件太差，而且家傑的大阿姐又把婚房給佔了。聽鄰居說他們兩家人吵了起來。」

「再怎麼講，都是不可思議！媛媛雖然有些較真，但她不是個貪心的人！」

「聽說男方一見到媛媛就樂昏了頭！他們家經常從香港來人，請客送禮不斷。此事已經瘋傳整個弄堂了。」

「那錢家也已經曉得了？」

「應該的吧……」有些具體事宜，周潔尚不清楚。

「那我們怎麼辦？去安慰她還是裝聾作啞？」劉蓮總是好心好意。

「媛媛極少同我們談她男友的事。假如此事真的發生了，我們現在去『安慰』人家，似有高攀之嫌吧？」曉晴想得比較深些。

「對對，我們還是靜觀事變吧！媛媛出嫁時，不會不通知我們幾個的。」周潔很篤定。

　　話題到此，所有姐妹都擺出一副若有所思的表情。

　　菜端上了桌面，那點憂思隨即散盡。

第二十一章：出國熱潮

　　八十年代中期，在中國的一些大城市中，年輕人出國留學的熱浪滾滾！

　　首先始於那些大學本科以上的成績優等生。他們爭取到了美英等世界名牌大學的入學資格甚至獎金，便在全家族的支持下，衣裝革履地出國「深造」去了。

　　看到那些孩子正留學國外的家長們的神氣勁，一批家底略豐或者是海外有親屬的家庭，也開始積極主動幫助自己不太「成器」的孩子們，提供出國「升造」鍍金的機會。

　　如此殊途同往的兩撥人，帶給了國內截然不同的兩個效觀：那些高等學府的高材生們，「深造」之後大都留在國外繼續實踐，與支持過他們的親友們難得再見了；而那些雖然出國「升造」但依然學業無成的，不管在外頭幹了些什麼，倒是一個個腰纏萬貫的樣子，同國內親朋來往甚密。

　　那個時候的一塊美元，市值基本在八至十塊人民幣之間。

　　換個算法：假如留學生寄回國內八至十美元，也就是人家國外的一小時工資數額，便相當於國內大學生一個月的工資和獎金收入。

　　雖然國內所有的老師家長學生仍處於「萬般皆下品，唯有讀書高」的動力和氛圍之中，但矛盾已經出現。

　　那些在眾人眼裡沒有好好唸書的人，很多開始發財了！而那些發了大小財的人中，竟有許多來自「留學升造」的途徑。

　　看到這一途徑的聰明好學的中國年輕一代，從此前赴後繼，絡繹不絕地奔向國外錦繡前程。

　　按理說故事裡那幾位姑娘之中，陳曉晴最具出國「深造」的條件。至少，她的語言沒有太大的問題。然而，父親的工作卻阻礙了女兒的留學，她的申請（多指美國）肯定會被按上一個幾年都抹不去的「移民傾向」。曉晴既不敢嘗試，也沒有大志。

　　然而，看著身邊的變化，想到在早年雖不讀書、卻狠批「讀書無用論」的時代，曉晴非常困惑：「忙了半天，讀書到底是否有用？」

　　也許父親的年紀真的開始見老，他坐在沙發裡仰頭觀天（花板）的時間越來越長。許久，陳父終於回覆女兒：「假如所讀的都是些與人無助的東西——那也許還真的不如不讀吧。」

　　回答在女兒看來，同樣似是而非。

　　夫唱婦隨。劉蓮聽取了丈夫的建議，同時也體諒母親的擔憂，她採取了非常穩妥的「留職停薪」策略：自己既不必再去單位報到，又保留了那個「金色的飯碗」。她開始忙碌於大維的幾個服飾銷售攤位，每日來來回回收錢、數錢、存錢。

　　羨煞人也！

　　由於感激媛媛的男友家傑在喜宴上的鼎力相助，過去毫無共同之處的兩個男人，現今卻打得非常火熱。大維和家傑，已然成為一對互幫互助的好友！

　　劉蓮吃驚地看到這一變化，多次藉機向大維打聽人家的私事：「你到底問過錢家傑沒有？他和媛媛兩人究竟是怎麼了？真的就這樣分手了嗎？」

　　丈夫卻總是敷衍她：「嗨，別人家的事妳少管！男人有男人自己的想法！」

　　蓮蓮並非喜歡管他人閒事，她只是關心媛媛。

　　席捲大地的「留學」風潮，把許多青年人帶向了遠隔重洋的西方。由於個人之學習成績、以及簽證和距離等多重阻礙，不記得從哪天起，人們竟把目光轉移到了本國的近鄰——東「洋」日本。

　　日本政府有意同西方諸國分享中國留學生源，將對華人打開國門的消息風傳而至，無脛而行。大街小巷中的千家萬戶、男女老少，都基本了解到一個極具吸引力的入學條件：對於申請赴日留學的語言學生，沒有以往讀書成績的限定！

換句話講，所有對學習日本話有興趣者，在一個相當寬廣的年齡規定範圍之內，均可申請赴日留學。

「留學風潮」再起！而且那一陣子狂風所捲走的，是極易符合「留學」條件的泱泱大眾。

甚至，波及到那些先「富」了起來的小商小販之中。

昨日剛從廣州回滬的大維此時正靠在床上，邊休息邊聽著太太向他匯報最近的生意情況。突然一問：「曉晴的外語那麼好，為啥不出去留學？」

被打斷了話頭的劉蓮歪著腦袋想了想，覺得自己並不十分清楚：「曉晴好像沒有提過。再說她爸一直出國，她的美國留學簽證可能不會被批准的吧？」

「去日本呀——不是有許多人正在申請去日本？」大維不過隨口一說。

「曉晴又不是讀的日語，她怎麼會去日本？不過，我們那些攤位上倒是每天都有人在討論，好像日本打工的話每月工資有幾十萬。不過去了之後，沒有幾個人像是好好在唸書的。」

「唸書作什麼？到最後不還是為了養家活口？」大維的頭腦真是蠻靈的：「我實在是忙，否則倒想出去混混看。」

「那我可以去嗎？」劉蓮看著本上所記，腦子裡按著攤位上聽來的數字換算著學費：「我們又不需要借鈔票出國！」

「妳怎麼能去那種地方吃苦！」大維挺疼惜太太的：「要去也是我去。我倒是應該出去見見世面，闖闖新路子！」

講完這句話，原本旅途勞累的大維精神抖擻地坐起身子：「妳還別講，這條路說不定真能行得通！而且現在上海的攤位越擠越多，老頭老太、大人小孩都能進到貨，全部跑來插一腳。鈔票已經不像過去那麼好賺了。」

「你還真的打算去日本啊？聽說男人干的都是粗活，我們弄堂七號那家的兒子回來度假時，家裡人看到他那雙又粗又腫的手，心疼得都不想再讓他回日本了。」

「那他還回去嗎？」大維明知故問。

「好像還是走了吧……」

「就是啊！嚐到了甜頭，誰想回頭啊？男人吃點苦怕啥？」大維真的興奮起來，就像當年下決心辭職那樣，摩拳擦掌，似乎要大幹一場：「弄不好我替家裡拿個日本身份回來！」

「對對，你有那個本事的。」劉蓮倒並非真的上心，以為此事講講就算過去了。

沒想到幾天之後的夜晚，大維喝得高高的，一進家門就捲著大舌頭嚷了起來：「我們去日本！決定去日本了！」喊完倒頭便睡。

到了後半夜，酒醒人也醒了，便去吵女人。劉蓮睏著呢，本不願理他，卻被他的話給驚醒了：「哎哎妳醒醒——我們決定去日本試試，今年下半年就走！」

「誰是我們？」蓮蓮轉過身，半睜開眼。

「家傑和我兩個人。」

「什麼，錢家傑也去？」劉蓮這一驚非同小可，立刻睜圓了雙眼。

「他在這裡實在是混不下去了，想去日本碰碰運氣。」

「那他和媛媛究竟怎麼樣了？」回過頭來，閨友還是更關心那件人生大事。

「還不是那樣——都處得像夫妻一樣了，分得了嗎？」大維總算透了點消息。

「那媛媛家裡……」

「隨那些老的去瞎搞吧。反正他們兩個人暗地裡還好著，就是結婚沒那麼容易。媛媛發過話，假如家傑想娶她，就必須做出成績——出國也算是一條出路吧。」

「那他們哪來這麼多鈔票去付語言學校？」

「我先借一半給家傑，他再讓家裡想想辦法湊一半。」大維說完，又補充了一句：「他到了日本賺到了鈔票，會先還給我的。」

　　劉蓮沒再說話，想著媛媛他們到了這個年齡，還不得不搞「地下活動」，心裡實在挺同情他倆。

第二十二章：蹊徑

錢家人聽說媛媛的父母正在接待港胞，並打算接納其為乘龍快婿，都為繼承人大抱不平，甚至想衝到他們家去評理。家玉內心慌張，便極力勸阻：「那個難伺候的不嫁就算了，我們家傑也實在耽擱不起！乾脆讓他死了這條心，反而可以找個過日子的回家。」

錢家傑早已聽說大姐去人家家裡瞎鬧的事體，他雖惱怒但也清楚，阿姐此舉僅為導火索而已。在此之前，媛媛父母早已將自己拒之門外。因此，他並不十分遷怒於家玉。

所幸的是，曾經發出通牒的媛媛從父母的態度中，真正感覺到了與心上人的感情以至婚姻的危機，因而反而冷靜了下來。他們兩個商量著對策，媛媛對家傑說：「既然目前我們還沒有結婚的打算，不如仍然維持地下戀情。」

「那妳我父母那邊怎麼辦？」家傑依然憂心忡忡。

「讓他們兩邊去由著自己的性子鬧好了。我們兩人既不參與也不解釋，混過一段日子再說。」當然，媛媛還是對家傑提出了合理的要求：「無論如何，在我們結婚前，你一定要努力改變現狀！否則即使將來勉強結了婚，我們也不見得有福可享！」

家傑沒有理由反對：「放心吧，讓自己心愛的女人過上好日子，本來就是我多年的夢想！」

自從家傑和大維交上了朋友，他便利用過去結交的那些社會關係，幫著大維解決一些手續上的困難；與此同時，他也在努力地向大維學習生意經，希望自己有機會時可以建立一番事業。

那天家傑被大維喚出來喝酒，聽大維提到了他的新發現：「現在許多人都往日本跑。特別是那些做小生意的，每天牛皮哄哄，都在談論這件事。」

「你也有去日本的想法？」家傑聽出大維的話外之音。

「有些想法，出去闖闖不算壞事。而且別人都可以賺到鈔票，我也一定可以的。只是本人讀書不好，語言方面也非常欠缺，所以也只是想想罷了。」

家傑聞言，猶如稻草堆裡找出一條麻線！他便自告奮勇：「我陪你一道去！我們兩個人既相互照應，又可以共同尋找賺錢的機會。」

「那當然好！只是你的學費怎麼辦？這筆啟動資金還是蠻大的。」

「聽說很多人都是借了鈔票出國的。我也可以先借，然後爭取多打工早些還錢。據說在日本打工兩三個月後，就可以還上大部份學費和債務了。」看來錢家傑的信息量也不算少。

「那這樣吧，我回去讓蓮蓮算算看，爭取借一半給你。另外一半，你自己去想想辦法。」

「那實在是太感謝了！我保證一旦找到工作，先把鈔票還給你！」

「好，那我們就說定了！大家回去早做安排，爭取今年年底以前搞定！」

兩人各自回家，按約行事。

錢家傑在全家召集了一個會議：「你們都曉得我的工作基本已無前途可言，重新讀書更不現實。現在一個朋友願意帶我出國留學，我覺得這是個千載難逢的好機會，希望得到家裡的支持。」

家玉夫婦一聽，世上竟有如此好事落在弟弟和自己的頭上，首先回應：「你放心去吧，家裡老人有我們來照顧！」

可老人們卻不這樣想，他們捨不得孩子遠離自己，便著急問道：「去哪裡？很遠嗎？可以經常回來嗎？」

「去日本，就在隔壁。每年還有假期可以回國探親。」家傑恐生麻煩，儘量報喜。

「聽說現在去日本的人很多，賺了鈔票回來後，又帶了很多人出去。」姐夫的消息也蠻靈通的。

「我們也聽說了，苦得很！還有一種說法，叫『洋插隊』！」父親起初不以為然。

「啊唷，爸——你以為那是當年上山下鄉『土插隊』，還要全家跟著貼鈔票吶？現在這個『洋插隊』，是可以發財的」，家玉笑著糾正老爸的落伍思想：「誰都曉得！」

看到家長們似乎默許了，家傑才把實質性的要求端上桌面：「現在還有一個問題：我的朋友最多只能幫我出半數學費，還有一半要靠我自己解決。」

聽到現在，家人恍然大悟：還有學費要解決！便一個個沉默下來。

機智的錢家傑並沒有告訴家人，另外那一半也是向他人所借，以免生變。看到如預料中的反應，他沒有立刻向家人伸手，只是提醒了各位一句：「這也許是我唯一的一次改變命運的機會！如果你們能幫我湊到這一半學費，我將爭取在一年裡連本帶息一起還清。」

家傑回房之後，全家長輩又集在一起開了會：「家傑自從工作調動之後，女朋友也飛了，一切都不順利。現在既然他想出國，說不定倒是個機會。」

「現在主要是這筆鈔票的來源：除了這些年替他存下的工資，包括原來準備派作結婚用場的，我們至少還要幫他借到好幾千塊。」

「問問家玉他們吧，看看能有什麼辦法。」

這邊在開著會，家玉夫婦也正在房間裡盤算：「我們應該借些錢給家傑，畢竟他女朋友這事因我們而起。何況假如他在日本真的混好了，說不定以後我們也可以過去。」

就這樣，這件看似難度很高的事，竟在全家上下的鼎力相助之下，以出人意料的高速度得到圓滿解決！

對工作單位早已喪失信心的錢家傑，義無反顧地辭了職！他永遠告別了那個曾以為豪卻又難以自控的工作，走上了一條在當時認為是真正「自食其力」的生活之途。他來到愛人面前，再次挺起胸脯：「媛媛，妳等著我！一定會讓妳過上好日子，會讓妳住上大房子的！」

媛媛依偎在愛人懷中，以自己的信任和依賴，貼緊著他的心。

媛媛不貪心，她再次堅信她的男人，會盡自己的力量，愛護自己！

　　看到了曙光的年輕人，不再擔心被家長分離。媛媛同家傑的潛底之戀再次浮出李家的水面。媛媛的父母為之震驚：「怪不得人家一趟趟來上海，妳那麼不聽話地一次次躲避！妳把爸媽放在眼裡了嗎？妳不是在害我們這兩個為你操碎了心的父母嗎？」

　　女兒望望父母，無言以辯。

　　何為愛，何為害——由著家長們自己去反省！

　　在等待申請留學的日子裡，錢家傑刻苦學習著日語。與此同時，大維則不斷地在親朋鄰友以及生意環境中打聽相關信息，結識同行之人。因此短短幾個月後，兩人對日本留學生的近況有了相當程度的了解，並且自認已做足了可以做到的所有準備。

　　那天大維興沖沖跑去家傑那裡，告訴了他自己新打聽來的一個好消息：「家傑，我已經了解過了，上海去日本有兩條航線：一是飛機，二是輪船。雖然從價格上比較，相差無多，但聽多次往返的留學生介紹，乘坐輪船可隨身攜帶的物品不僅多而且限制少。」

　　「船上真的可帶食品？那就坐船。這樣可以省下許多初入日本後的生活費用。」家傑認為這確實是一條可行之道。

　　大維和家傑兩人跟隨「留學前輩」選擇了坐船東渡「留洋」。他們的行李中，除了衣物被褥等生活必需品之外，還照著他人的經驗，帶上了許多新生們難以想像的物品：諸如煮飯用的火油爐、炒菜鍋、大米、食油、熟泡面、醃肉魚乾、鹹菜醬瓜，等等等等。可謂思想周到，食用一應俱全。

第二十三章：東渡日本

一行人扛著拎著拖著大包小件，經過兩天海上之行，到達了日本橫濱。又攜帶著一大堆雜物坐上了火車，終於抵達了繁華的日本東京。一路上但見人流、車馳、店集、物盛——琳瑯滿目，目不暇接！大維拍拍家傑的大腿，兩人喜目相對，隻道是「來對了地方」！

跟著那位介紹人走進為他們臨時安排的住處，兩人臉上的喜悅神情立時化為烏有：雖然之前早已經做過多方了解，但其房子之陋，房間之小，合居人數之眾，卻仍然讓他們大失所望。

同來路時所見相比較，反差之巨，簡直令人難以置信：他們竟處同一座城市！

不見房東同住的出租屋中，有一個小廳。廳裡沒有什麼傢俱，而是分塊堆放著一些煮飯用具以及大包小包的袋裝食品等。走道上是幾乎相對的兩間臥室，其中一間房門緊閉，據說上夜班的那些女生正在睡覺；另一間便是大維他們的男生宿舍。一眼望去，房中同樣沒有傢俱之類的東西。滿地亂七八糟的被子及「床邊」堆放著的旅行包，隔出多達八、九個狹小的私人空間。雖然是白天，但仍有一兩位暫時尚未找到工作的「留學生」，滿臉愁容蜷縮在自己的「榻榻鋪位」上。對於新來人，他們見怪不怪，嘴邊努力擠出一絲笑容，算是打了招呼。

留給新來同伴的「榻榻米」，是最靠近拉門的兩個邊緣地帶。但逢有人進出，風聲提醒左右。

帶路的朋友看著兩張不悅的臉色，只說了一聲：「你們剛來，將就著先住下。明天去學校報個到，多交幾個朋友。等找到工作以後，情況就會完全不同了！」送了張地圖之後便道了別。他已經往返中日多次，儼然是位成功之士。另有住處，不為所怪。

雖然現狀令人失望，但眼前閃過那些回國的留學生花錢如流水般的情形，大維和家傑兩人依然對未來充滿期待。他們以最快的速度整理完自己的簡單床位，大維走到同室那兩人跟前，遞上兩根煙，問道：「你們也是新來的？」

他倆接過煙，一個講：「來了幾個月了。」另一位愁眉不展：「我已經來了一年多了。」

「那你們有工作了嗎？」錢家傑也坐了過去。

一位回答著：「還沒找到。工作不好找！」

另一位講：「原先有過，現在沒做了。」

「不是說這裡的體力活很好找嗎？」

「聽誰講的？來的人越來越多！現在飯店洗碗的工作都是中國留學生自己在搶！」

大維家傑面面相覷，倒抽著口氣，默默回到自己的鋪位。錢家傑找出了日語對話書和 Walkman（隨身聽），將耳機套上……注意力卻再難集中。

天色灰暗了下來，同住的留學生們陸陸續續回巢了。隨著移門的滑動聲，氣氛不再顯得那麼幽寂。特別是對門那些嘰嘰喳喳的女生，讓人回想起自己的學生時代。

聽著那麼多女人來回走動的聲音，大維不僅問：「女生那間房很大嗎？好像住了不少人？」

「同我們的一樣大，但她們可以輪流睡覺：一部份人白天睡覺，晚上上班；另一部份人白天上課或上班，晚上回來鑽其他女生的被筒！」

創意無限——兩人聽得目瞪口呆！錢家傑笑著提議：「要不我們也這樣搭檔，房錢可以省下一半？」

馬上就有人接口了：「我倒是想！可惜半夜的工作只收女人！」

「什麼工作？」兩人特別好奇，且躍躍試試。

「酒吧裡唱歌、陪酒！那裡不僅工資很高，還有不少小費和生日紅包可拿。所以呵呵，女生們天天都跟不同的客人說：自己剛巧是今天生日！」

另一人同樣羨慕：「日本的夜生活非常熱鬧，錢也很好賺！別看她們現在擠著住，不出幾個月，便會一個個穿著漂亮的衣服搬去 1LDK(TO) 了！」

「什麼是 1LDK(TO)？」

「就是包括飯廳、廚房和衛生間的一室小套房。聽說月租至少要十幾萬。」

家傑沒有再接口，也許內心自嘆著非女兒身。

從此，大維和家傑在日本的目標，已定在了 1LDK(TO)。他們甚至幻想著，不久便可以把愛人們接來日本，住到那種套間裡。特別是當他們以後的每一天，拖著疲憊的身子，回到宿舍等著淋浴的時候。

那個簡單的淋浴房，不過是一個水龍頭和一片塑膠布而已。每當裡面有人在洗澡時，大家都按照著沿襲下來的方法，在塑膠「門」外，擋著一個板凳，同時還可以放些衣服等物品。

就這樣的條件，在大維他們住久了之後，已經曉得是非常幸運了。因為在東京那樣的大城市，還有許許多多的住宅裡面，根本就沒有淋浴房！

不僅是留學生，即便是當地人，也都像中國老式弄堂的住客一樣，不是每天，而是隔了許多天有了時間之後，才一個個手提毛巾和內衣，到周圍私家所辦的公共浴堂「淨身」去了。

唯一不同於中國的，是日本的許多澡堂是男女「共浴」的。這樣的一種「體貼人性」的習俗，顯然為那些生活在狹窄空間的百姓們，提升了一些人類起碼的生存條件和樂趣。

用時下國內翻炒得最熱鬧的文字來形容的話——「男女共浴」所代表的，是一種日本式的平民「文化」。

身心還沒有完全開放的中國留學生們，當然對這種「文化」有所諱忌。特別是女生，她們寧願選擇較遠的澡堂，抵制去泡那些「共浴」。雖然，即使是男女分堂的澡堂子，也往往像一個小小網球場，中間攔了一塊不透明的網，兩頭高高對面坐著一對老夫婦（通常為澡堂主人）。他們儼然像兩個裁判，密切關注著左右兩邊的湯池：那是誰的老婆，誰同誰是朋友，哪位姑娘的身材好，哪個中年婦女年輕時不得了的漂亮，現在她的奶子開始下垂了……不僅一目了然，雖然見多不怪，但仍可為夫妻兩個飯桌上的鹹菜，添加些調味佐料。

「要做，就做這樣的小生意！」好多留學生嘴裡不說，心裡挺羨慕的。

無奈何——這種公之於眾的享受，是別國他人的「文化」。華人是學不來的。

去語言學校報過到，兩人便開始了留學的第一個內容。從交際能力上講，此二人各有千秋。他們互相合作，但凡打聽到一個工作的機會，便一同前往應聘。不久，家傑如願找到了一份週末在菜市場清洗的活。又過了兩週之後，大維經人介紹，頂替了一位回國的留學生，幹起了晚間幫廚的工作。

有了收入，兩人的幹勁十足。領到了幾次工資之後，他們的信心被提了上來：「我們是不是應該去找一間好一點的房間，兩人合住？」大維迫不及待：「本人實在不堪忍受這樣的『群居』生活了！」

「再等等吧。」家傑何嘗不想改變現狀。但細算下來，按照目前的收入，一年後還過欠款，交付完下學期的學費之後，將沒有多少積餘。因此，他希望大維可以同他一起堅持：「明年，等我還請所有學費，可以嗎？」

「好吧，那就再住一段時間。但你目前的工作時間太少，應該再找一些晚上的活。」大維直言不諱提出建議。錢家傑表示贊同。

兩人邊讀書邊幹活已近一年。當時日本語言學校放假後的留學生基本有兩個走向：一是回國探親；二是多找一份工作，努力掙錢。大維聽家傑說沒有回國的意思，便把他介紹給了自己飯店的老闆，自己則準備回國一趟。畢竟那邊有家，還有幾個攤位。

大維準備動身回國之前，聽留學生中有人在向女生們兜售「二手」物品，他倆便向此人「訂購」了幾件禮物，其中包括女式手錶、化妝品及精美內衣等等。臨行前，家傑將所有物品以及一些現金交給大維，再

《那幾個上海女人》

三關照：「請你家劉蓮悄悄地將這些東西帶給媛媛。我家就拜託你自己把鈔票送過去，不必提媛媛那邊的事體。」

「曉得曉得，你放心吧！」

剛巧在飯店打工時，有人向錢家傑打聽中國的一項熱門產品，他立刻將此信息轉告給大維：「聽說目前全日本都在搶購中國的『101 生髮水』。售價很高，基本在一萬日元左右。你這次回去，一定要找到貨源。」

大維帶著這個商業信息回國之後，發動了一切人際關係查訪。發現這項由中國的一位農民赤腳醫生（註）所發明的產品，為全人類無奈的禿頂者們帶來了「再生髮」的福音。據說該產品用後見效顯著，因此即便在國內，眾所周知「101 生髮水」的熱潮正席捲日本市場，儼然成為新一代的熱銷產品！

大維順利地找到了「101」的貨品來源，並以現金和訂購兩種方式，將該產品帶入日本。與此同時，錢家傑正在利用自己逐漸流利的日語對話能力，挨門挨戶在小商品和化妝品經銷商中聯繫買家。由於兩人的默契配合，幾個月後，大維和家傑順利賺到了去日之後的第一筒金！

正在此時，辛苦了一年多，力不從心的錢家傑卻病倒了。日本寒冷的早晨，讓每天起早貪黑不停工作的他得了肺炎。為了省錢，錢家傑起初堅絕不捨得住院治療。直到後來高燒不止，並被確診為肺炎之後，他才不得不住進了醫院。

每天看著辛辛苦苦賺來的鈔票消耗在住院醫療費上，讓家傑身心倍痛！雖然之後回憶起來，當時醫院中的那個病床，竟是家傑在日本留學期間最為舒適的床笫了。

康復出院後的錢家傑痛定思痛，覺得自己應該放棄苦幹蠻幹的掙錢方式。他更仔細地算了一筆帳，然後同大維一起商量起對策：「我覺得在日本留學打工有些利弊之處，我們應當面對和解決。」

「我也正考慮此事：首先這裡除了同當地人結婚，沒有可以自由工作或留下的可能性。因此，我們所賺的鈔票必須無止境地拿去交付學費。」大維同樣有所擔憂。

「是的，我們不可以在此地作永久居留的打算！」

「現在的問題是：假如我們不交學費，就必須像別的留學生一樣，『躲』在黑處。這幾年中，就沒有可能再回國探親了。」

正在商量之時，國內傳來喜訊——劉蓮懷孕了！這幾位一起長大的年輕人中，終於即將迎來他們的第一個後代！

面對如此情形，兩人便沒有其他選擇。大維將繼續支付留學學費，以便可以隨時回國探親，並負責兩國間小商品進貨和銷售等事宜；而與此同時，家傑將辭去白天其他地方的工作，而成為大維的「替身」，承接語言學校的學習「工作」。

大維將支付家傑的「學習」工資。

至此，兩人從合租的宿舍中搬出，租下了一個隱密的單間，開始了「一黑一白」的新生活。

註：「赤腳醫生」是中國六十年代末，隨著農村「互助合作社」的建立而衍生的一個新興醫療服務機構和人員的名稱。它所代表的是那些由當地土生土長和家傳「醫生」、或者是那些「半農半醫」的下鄉知青中稍經培訓的鄉村醫務人員。其名稱於八十年代後期被較為專業的農村「鄉村醫生」所取代，人數多達百萬之眾。

第二十四章：待嫁深閨

　　劉蓮的肚子日顯。走在路上，她還更是用手撐著後腰，把「尖圓」的肚皮推到人們的眼前。據說大肚子若成「尖頭」的形狀，那便是生男孩子了。

　　其實，蓮蓮早已託了周潔，在成宇的醫院做過超聲波了。那位好心的醫生順帶讓所有在場的準媽媽和姑娘們，看了看顯示屏幕上那條預示「男子漢」降臨的、至今卻尚為細小的「軟骨」。

　　走出醫院大門，大家嘻嘻哈哈擁著「光榮媽媽」，找了一家看著乾淨的飯館飽餐了一頓，接著便開始逛大街，為「共同的兒子」購買嬰兒用品。第一個降臨的孩子，總是集萬般寵愛寵愛於一身；母憑子貴，第一位做母親的，當然更是最受重視的。

　　雖然劉蓮的丈夫不在家，但並不妨礙她每日裡吃著最好的，被前後兩家和閨友們關心簇擁著，享受女人一生中最理所當然的那段福份。

　　護送劉蓮回家後，周潔和陳曉晴走在弄堂裡，感慨起來：

　　「妳說，早婚早生孩子比較好？還是晚些好？」小潔的語氣中明顯偏向「羨慕」二字。

　　「不知道，反正我還沒有準備好！」曉晴據實以告，反問道：「怎麼，妳也想結婚了？」

　　「不知道，我蠻喜歡小孩的！」談到結婚，周潔總是非常猶豫：「很難想像同成宇每天關在一間房裡無所事事的樣子。」

　　說著話，陳曉晴甚至聽到周潔心裡的嘆氣聲。她不由得問：「你倆相處得好嗎？」

　　「從來都蠻好，甚至沒吵過架！」

　　「那妳在嘆什麼氣呀？」

　　「妳覺得我倆性格合拍嗎？」小潔的聲音無精打采。

　　「成宇是個比較內向的人。他自己雖然不太喜歡熱鬧，但從來都沒有限制過妳的自由；而妳一向懂得交際，同任何人都可以輕鬆相處。」曉晴有些不解：「你倆之間應該不會有什麼大的問題吧？」

「所以妳覺得我和他都能相忍著過日子？」小潔終於道出了心中的顧慮。

陳曉晴哈哈笑了起來：「應該是相互理解相互體貼吧，至於那麼慘嗎？」

「蠻累的。家裡的生活單調沒意思，外面又不可以像現在這樣隨心所欲。更麻煩的，是要同他的父母住在一起。而且，他媽媽好像從來就不喜歡我。」談到婚嫁，周潔總歸憂心忡忡。

「家裡長輩催著你倆結婚了？」

「他們家已經正式同他談過了，說明年吧。」

「那妳爸媽的意見呢？」

「我正要同妳講——我發現他們有了新的想法！」周潔的臉，一時竟變得嚴肅起來。

「什麼想法？」曉晴看看閨友的臉色。

她們沒回各自的家，在樂民路上新開的一家咖啡館裡找了個僻靜的桌子，叫了兩杯咖啡坐了下來。曉晴看著周潔。她開口道：「阿哥小清交了個女朋友，計畫明年結婚。妳曉得我家就兩間房，所以原來家裡打算讓我先嫁出去的。」

「也算安排合理。」曉晴想：「又是一個『按需結婚』的結果。」

「但現在爸媽考慮更多的，是小清的工作和前途。原來計畫讓他頂替媽媽去醫院實驗室工作，但阿哥沒有任何相關學歷和特長，因此只能打打雜做做搬運等事體。爸爸覺得太沒出息，想幫助他出國。」

「啊？讓小清出國留學？」曉晴毫不掩飾自己的訝異，轉而一想：這也算是一條出路。便問：「妳家拿得出讓他出國留學的學費嗎？」

「鈔票倒是可以湊——但家裡人太了解他了，不敢把寶押在他的身上！」

「那怎麼辦？」

「他們想讓我先出國，然後幫助阿哥！」

「啊？讓妳留學？」曉晴此驚非小，話語聲似乎蓋過了四座。

「啊呀——不是留學，是嫁人吶！」同樣大呼小叫的小潔，臉上顯現出更大的煩惱。

「嫁啥人？」

「我爸過去的一個學生，已經在美國申請綠卡了。」

「所以為了拯救妳阿哥，家裡要犧牲妳的幸福！妳自己是怎麼打算的？」小姐妹驚愕不已，心想：「這都什麼年代了，竟還會出現這樣子的父母？知識份子的父母？」

「妳曉得我本來有些害怕結婚的。但他們把我養大，在我身上花費了最多的精力和鈔票……」小潔顯然不知將作何應對。

「所以妳也認同：父母養大女兒，是為了有朝一日以她的幸福來換取兒子的前途？」曉晴感到悲哀的，是小姐妹的逆來順受之心。

「他們當然也講是為了我好的：那人至少是大學畢業，現在幫著家人打理餐館。」小潔儘量表示理解。

「那妳自己到底是什麼決定？」

「我怎麼可能為了嫁人而拋棄成宇，先拖著再說吧。」看來小潔心裡定力依舊，曉晴似可放心：「對，拖著也是一種辦法——沒有辦法的辦法，但有時蠻管用的！」

周潔笑笑，轉而關心起朋友的幸福：「你們兩個現在怎麼樣了，有結婚的打算嗎？家裡有壓力嗎？」

「我從來沒想過這麼早結婚，他也沒有提。反正家裡人都不找我們的麻煩，找也沒用，呵呵。」曉晴似乎對一切都不怎麼在意：「我倆處得挺開心的。」

「真是羨慕你們兩個，可以由著自己的興趣做事。」

「呵呵，也有小插曲的。」想到那件事，曉晴忍不住先笑了起來：「陳宏第一次來我家時，我對他講，儘量搞得隨意一些，像路過或接我出門那樣。可他實在不敢太隨便，大熱的天穿了一件長袖襯衫。」

「哈哈，那加上緊張，肯定是滿頭大汗了。」小潔設身處地想像著那個場面。

「不僅滿頭，連身上都開始濕了。爸媽留他吃飯，他坐立不安！後來我爸有些看不過去了，便讓我轉告他：若實在太熱，沒必要硬套著那件長袖襯衫。妳猜後來怎麼樣？」曉晴還未講完，自己實在忍不住「咯咯咯」地樂了起來：「他馬上問我：真的可以脫嗎？接著，立刻解下了襯衫，說去幫忙洗碗。」

「他膽大包天，嘻嘻……」

「更好笑的是，我爸一看他光著上身，嚇了一大跳！立刻對我說：他不曉得年輕人襯衫裡面居然沒穿背心！還問我，陳宏是否藉機顯示他的肌肉！」

兩人捧腹大笑。

「還有好笑的：自從那天登門以後，他居然也開始試著來拍我家的馬屁了。」曉晴好不容易止住了笑，又想起了另一件更有意思的事來。

「難以想像——我實在想聽聽那個人是怎樣拍馬屁的？」周潔非常期待。

「有一天他對我說，老家（大概是哪個革命根據地）每年夏天都要給他們家送西瓜。因為送得多，所以他父母親常常將一部份西瓜轉送給其他朋友。他然後看著我說：『那天看到丈母娘很喜歡吃西瓜，妳家女人多，拎西瓜蠻累的，不如今年讓家鄉的人轉送一些去妳家？』我覺得言之有理，便答應了。」

「對對，應該給人家一個拍馬屁的機會。」周潔饒有興致地聽著，沒忘了發表意見。

「那天我爸下班回家，走到弄堂口便生氣起來——誰家的大卡車攔腰停在那麼窄的弄堂門口？大人小孩走道都要貼著牆根！」

「妳家的？」小潔一猜就中。

「呵呵，妳真聰明——整整半卡車西瓜，正往我們家中卸貨呢！圍觀的分瓜的老老少少一大堆！我爸氣得一回家就對我發脾氣，說別人會以為我家開始做西瓜生意了，影響簡直壞透了！他請他們不要再卸了，趕快離開，還搭送了一條香煙。笑死人了！」

「哈哈哈哈，陳宏也挨罵了？」

「沒有──幸虧我那位說『做好事不留名』，那天沒有跟著一起出現。」

「真聰明，他倒是脫險了！妳家這輩子也沒吃過那麼多西瓜吧？」

「我說既然太多，不如送人吧。可老爸講，那樣做影響更壞。最後全家每天一人半個西瓜當晚飯，吃了整整一個月！劉連倒是也幫著吃掉不少。」

「哈哈，這個陳宏──實在是馬屁拍到了馬腿上！」

開開心心回到家中的周潔，又做回了三明治裡的那層夾肉：一邊是成宇同他家人催促訂婚，另一邊是父母逼著她答應美國的婚事。

她的內心非常堅定，臉上則繼續採取以微笑「和稀泥」的策略。雖然，這樣的方式已逐漸走向窄路。尤其是那天成宇把她帶去傢俱店，滿懷深情地注視著她：「我知道妳不會喜歡那些上門打製的老式傢俱。我們同劉蓮大維一樣，買組合式的，新潮一些。妳覺得好嗎？」

小潔左右為難，只能微微一笑：「傢俱先不急著買，我還沒空去你家看看房間該如何佈置，以後再說吧。」看著成宇漸轉失望的情緒，周潔自知理虧。然而，又有誰體諒她的難處呢？

在周家的眼中，一路看著長大的鄰家孩子成宇，突然成了阻礙自家女兒「前途」的絆腳石，他們不再待見他。除了明確關照女兒不得與之談婚論嫁之外，每當成宇招呼「伯伯、阿姨、外婆」時，他們竟毫不客氣地擺出愛理不理的態度。

成宇不知周家的家長們因何而變。但除了察言觀色，他始終忍辱負重，依然我行我素。梁成宇的心裡，只在乎與小潔的感情！

沒有徵求女兒的意見，周家早已將小潔的相片等資料寄至美國。在周主任的眼裡，此事如同以往對女兒的諸多安排，最終會得到孩子的順從與合作。

　　可惜這次他們想錯了——孩子年齡大了，其心同樣在成長。女兒雖然很少忤逆家中「大人」，但嫁一位真心愛護自己的男人，是她立志不變的心願！

　　周潔的內心可不糊塗，可惜情勢越來越緊急。而且，這次連阿哥小清竟也避之不見。

　　眼看著洶湧的暗濤即將翻出水面，這實在不是周潔所希望看到的結局，因此她咬緊牙關，始終未曾對成宇吐露過一絲攸關細節。

第二十五章：天無絕人之路

　　煩惱日增的周潔下班後不願回家，便約了陳曉晴，說要去她的賓館一起晚餐。兩人邊就餐邊聊著各自的近況。一同事來到桌前，將幾張紙放在曉晴的面前：「曉晴，我可以請妳幫個忙嗎？」

　　曉晴接過紙，問那位同事：「是幫你翻譯這些，對嗎？」

　　「對，但請先別讓領導知道，還不曉得最後會不會批准呢。」

　　曉晴掃了一眼那疊紙，是申請留學的表格，她馬上領會，便答道：「放心！翻譯完，我會直接交給你。」

　　同事離開後，周潔問道：「什麼東西？私人的事情嗎？」

　　「對，留學申請。一個小忙而已。」

　　「留學哪裡？」

　　曉晴仔細看了一下，回答：「雪梨的語言學校。」

　　周潔有些吃驚：「雪梨在哪裡？也有語言學校？讀英文的？」

　　「雪梨是澳大利亞的一個主要城市，目前也開辦了許多英語學校。聽說國內現在有許多人開始往那邊跑。」

　　「快告訴我，它在哪裡！」周潔如獲稻草，急促央求著。

　　兩人迅速吃完飯，曉晴帶著周潔回到辦公室，指著牆上掛著的地圖上那一大片土地：「這就是澳大利亞，雪梨在這裡。」

　　周潔坐下，看看曉晴，欲言又止。陳曉晴忽然醒悟：「妳也想申請出國留學？」

　　「妳呢？妳覺得可行嗎？我們一起去！」周潔的音量不高，但非常果斷。

　　「出國嗎？去雪梨？不太了解那裡，好像沒聽爸爸講過……他也沒到過澳大利亞。」曉晴顯然沒有成熟的出國念頭，但同意此為不錯的一個選擇：「這樣，等我回家問一下再作決定。」

　　「那好，妳先了解清楚。現在我們把申請表多複印幾份備用！」

關鍵時刻，周潔總是出人意料，智勇過人，而且快速付之以行！分手之前，周潔再次敲定：「無論如何，我們要走就一道走，要留就一起留！」

陳曉晴回到家，將此事匯報與家人。陳父仰頭考慮了一下，說：「爸爸不反對妳們出去見見市面，而且相互有個照應也不錯。但是，澳大利亞似乎是以畜牧業為主的國家，不知是否年輕人的首選；再者，妳本身學的是外語專業，還有必要再行進修嗎？」

「當然要的！學習和使用口語也很重要的！」女兒見到一絲曙光，豈能不望風而動，積極爭取。

「去問問妳媽媽吧，是否捨得讓妳離開。」陳父已然是應允了，提醒女兒要體諒母親的感受。

然而做母親的，卻更為關心女兒自身的幸福：「妳不打算結婚嗎？年紀已經不小了！」

經母親一講，曉晴想到了陳宏。她冷靜下來，不知該如何取捨。

得到了家裡的支持，陳曉晴將周潔喚了過去。剛把父母的意思轉告給她，小潔便面露喜色：「大事已定——妳先把表格填好，馬上遞交申請！我們開始作出國準備。」

「我打算先找陳宏，聽聽他的意思。」

「他是個思想開放的人，一定不會阻止妳出國留學的！」周潔倒是會看人。

「話是這麼講。但畢竟我不是去其他地方出差，以後不知哪天才能再見。」曉晴自己先難過起來，眼圈紅紅的。

「先好好同他講，爭取他的理解。再說，他一向那麼疼妳！」姐妹好言相慰，竟忘了自身的麻煩。

曉晴提醒道：「妳怎麼打算的？先告訴家人還是告訴成宇？」

「當然是爸媽——學費還沒有著落呢！」小潔這才想起那是筆不小的開支：「成宇家是不會讓獨生兒子走的，也不會出這筆學費的。」

「那怎麼辦？分手？」

「以後再說吧，先解決目前困境要緊！而且，簽證能不能拿到還不曉得呢。」

周潔回到家，採取了同曉晴商量好的策略，說是由陳父幫著聯繫的語言學校：「我們兩個一起去——你們不是希望我出國嗎？我不想靠別人，不願意走結婚的路線，我要自己出去闖！」小潔少有的堅決神情又一次展露臉上：「再說，你們不是希望我將來可以幫到阿哥嗎？靠自己可能會有希望；假如倚靠別人，你們覺得有把握嗎？」

家裡人半天沒有搭腔。小潔回到房中，由他們在外討論。看到女兒這次鐵了心不肯嫁人，全家終於決定讓她到高天厚地去「碰碰釘子」。再說，至少，她不會嫁在國內了。

周潔得到了家裡的支持，開始悄悄準備出國事宜。對於成宇，她始終不知該如何啟齒。她竭力在他面前保持著伶俐可人的常態，慢慢等待機會，再尋找合適的言辭。

陳曉晴沒依著周潔的意思將留學申請立刻交上去，她心中有許多不捨。她不願獨自神傷，因此在同陳宏約會時，直接將難題拋給心上人：「我還沒有遞交申請，想聽聽你的意思。」然後淚眼汪汪，耐心等候。

陳宏聽完她倆的留學計畫，垂下眼睛，思考良久。等陳宏再次抬起頭，他問她：「妳真的離得開我？」

她回答：「離得開——暫時的吧……」

他再問：「妳心裡能夠放得下我？」

她的眼前似乎看到了一條長辮，回答：「放不下！」

他質疑：「妳的留學計畫裡沒有我們的將來？」

她肯定：「心裡有！」淚珠排成了兩個隊，墜地積成了一潭水。

陳宏抱住她，無語。

那天份手之前，他關照她：「既然決定走，早些把申請書交了吧，周潔也難！」

陳曉晴照著做了。

好幾週過去了，她沒有等來陳宏的約會。「咎由自取！」等待中的曉晴每日以淚洗面，但其心底有一處地方卻依然頑強地充滿期待。她不相信，人與人之間的情愛，可以被距離所阻斷。

劉蓮住進了醫院待產，等待小生命出生的熱情暫時壓過了一切。三個尚未成婚的閨友下了班有早有晚地來到醫院，側著腦袋聽到裡面三兩個產婦疼痛之下，此起彼伏叫罵著自己丈夫的聲音，尷尬而笑。

難得見到媛媛的面，姐妹們問起了她的近況。

「我蠻好的，就是見不到家傑。他想把路費和時間省下來，爭取早點回國。」媛媛伸出左臂，讓她倆看那個日本名錶。

「你們兩個可謂情真意切，而且配合默契。聽說錢家至今還以為你倆早都分手了。」曉晴從心裡佩服。

「對啊！妳就不怕錢家傑被日本人招了女婿，不回國了？」周潔開著玩笑。

「他既不捨得，也不敢！」對於家傑，媛媛似有成竹在胸。

好友的自信引起了其他兩位各自的傷心，曉晴牙口不清地發著聲：「可惜我們兩個前景黯淡……」

「你們兩位『小資』又怎麼了？」媛媛並不擔心她倆：「不是自在得很嗎？」

「我和小潔打算出國留學了。」

「真的？去哪裡？」

「澳大利亞的『首都』雪梨。」周潔搶著鬧笑話。

「雪梨不是澳大利亞的首都，別瞎講啦——那是澳大利亞最大的城市，就像上海。」曉晴來不及地糾正她。

「啊，這麼好——妳們一起去？那他們兩個知道嗎？」

一個無可奈何答著「知道」，另一個則更心虛地說：「還沒講。」

「簽證下來了？」媛媛非常關注。

「還沒有，剛交上去不久。」

「會批嗎？」媛媛有她所關心的原因。

「應該會吧……聽說只要手續齊全，幾乎都會批准的。」

《那幾個上海女人》

「需要考托福嗎？」

「讀的就是英語，不用先考。」

「那在澳大利亞有前途嗎？賺得到鈔票嗎？」

「不知道。聽爸爸講，那裡人口不多，工廠也不多。」曉晴實在只是去那個本不熟悉的國家看看的打算，還沒有考慮那麼多。

然而，說者無心，問者有意。靜默思考了幾分鐘後，媛媛再次提起了話題：「也許可以定居也難講。」

「那裡剛剛開始招收留學生，一切都還沒有定數。」曉晴似乎感覺到什麼，追問了一句：「妳也想去留學？」

「我不去，舞還沒跳夠呢！」

「妳真敬業！」周潔不得不豎起拇指，誇讚著她並問道：「跳不動了怎麼辦？」

「當舞蹈老師啊。我跳了這麼多年的領舞，應該有資格的。」

「當然啦——妳會成為出色的舞蹈教練的！」

「媛媛，我們很佩服妳！」

媛媛最自信的兩件事：一是跳舞，二是愛人——件件如實，板上釘釘！

那天半夜，當年「小集團」四位成員的第一位後人，終於在女人們的期待和道賀聲中接受了觀禮。看著疲憊不堪但依然精神煥發的蓮蓮，姑娘們無不為之感到幸福。

分享著這一喜悅，陳曉晴看到了機會。幾天之後她鼓起勇氣以此為藉口，去聯繫她日思夜想的男人。

聽說孩子出世並已出院，其父仍在東京，陳宏應著曉晴的相約去劉蓮家道賀。不見則已，一看到陳宏的身影，曉晴便開始質疑起自己衝動的選擇：拋下戀人出國留學究竟是對，還是錯了？

陳宏仍是那樣，泰山崩於前，面無改色！他只是留意了一下曉晴的臉色，微微翹了翹兩邊的嘴角。一路陪著來到劉蓮的娘家，進門就目不轉睛地盯著孩子看，笑著說他像極了爸爸。

　　男人們都什麼眼力——幾乎所有女人都說那孩子長得像他媽媽！曉晴正傷心著吶，沒工夫去糾正他。她暗自觀察著心上人的一語一笑，內心稍稍生出些責難之意：「他竟不傷心！」

　　離開劉蓮家走到樓下，曉晴在公房門口的台階上停住腳，心狂跳起來——

　　他笑笑，用手臂摟過她的如柳細腰，重重吻了一下那對久違了的熱唇。然後擁著她，走向與陳家相反的弄堂口，把她帶了出去！

　　曉晴的雙眼中瞬間注滿了淚水，她懂得了什麼叫做失而復得。

　　那晚，陳宏把曉晴送回她家門外時，以漫不經心的口氣問了一句：「那張澳大利亞留學的申請表，妳多印了一份嗎？」

　　聞言，曉晴欣喜過望！她迅速抬起臉，月光下的那雙秋水秀眸，脈脈送情：「多印了十份……」

　　他終於憋不住哈哈大笑起來：「一份就夠了——妳現在上去拿給我！」

第二十六章：男人不懂

聽說了陳宏也要申請留學的消息，周潔顯得鬱鬱寡歡，同興高采烈的陳曉晴剛好形成鮮明之對比。

沉浸在幸福中的曉晴沒有及時體察到好友的情緒，以為這是一條可行之路並提出了建議：「妳趕快讓成宇也去同家裡談一談，求得支持一同出國。」

「怎麼可能——他們家絕不會讓他出國留學的！妳想想，他好不容易讀成了醫生，家裡怎麼可能會同意他去國外打工！」周潔的內心還有其他顧慮，話只是沒說出口：「他媽說不定正找機會斷了我同他的關係呢。」

陳曉晴仔細想想，也對：「設身處地為人家考慮，這確實是一個大難題。」

「所以我到現在還未開口。」

「真的？成宇沒有感覺到什麼嗎？妳家人也沒告訴他們家？」

「他們不會講的，怕鬧事。而且，」小潔一臉歉意：「他們現在都不答理他。」

「可憐……就怕他會誤解妳。妳家裡讓你嫁到美國的事，妳一定也沒同他講吧？」

「當然不能講！」

「那妳打算拖到什麼時候，才告訴成宇妳出國留學的事？」

「等簽證下來之後吧。」

自新中國建立以來，繼轟轟烈烈的「文化大革命」以及「復課鬧革命」之後的那一場後無來者的學生「民主革命」運動開始了。原以為很快便會下來的簽證，由於國內形勢的急劇惡化而被暫時擱置了下來。

出人意料的是，大維和家傑兩人在那個時候先後放棄了日本，回到上海。

回國以前，他們得到媛媛那裡傳來的信息，覺得同真正的「西洋」國家相比，以「東洋」自詡的日本絕非久留之地！權衡利弊，大維決定先行回國，了解清楚再做決定。

到家後，他一邊看著自己的寶貝兒子，一邊同妻子商量著下一步計畫：「我們在日本雖然可以掙到一些鈔票，但每天過得很苦，而且似乎永無出頭之日！媛媛對家傑講，周潔曉晴她們正在辦澳大利亞留學。所以我們也打算回國，重新尋找留洋的機會——比如澳大利亞的雪梨。」

劉蓮有些擔心：「你們兩人又不會講英文，去那裡重開爐灶，也蠻難的。」

「其實在哪裡都一樣，都要花工夫的！去澳大利亞留學，至少有希望接妳和孩子一道生活。日本留學生根本沒有希望過夫妻生活，所以這次家傑好像是下了決心的。」

「要我幫你們去問問曉晴嗎？」蓮蓮不再反對。

「妳在家照看兒子吧，我自己去了解清楚後再作決定。」

那天，梁成宇來到周潔的學校等她下班。

剛走出校門的她有些訝異，但仍保持著甜蜜的笑容：「怎麼今天下班這麼早？已經在這裡等著我了？」

「我看中了一套傢俱，應該非常符合妳的口味！我們現在就過去把它買下來！」今天成宇少有的執著語氣，讓周潔不得不乖乖跟從。內心卻一路盤算著，等一下將如何「婉拒」這份好意。

兩人來到傢俱店。面對笑臉相迎的售貨員，以及用詢問的眼睛看住自己的成宇，周潔始終不置可否。

「我們今天買下這套，好嗎？」

小潔從成宇的語氣中，似乎味出了一種堅持。她牙關緊閉，繼續保持沉默。

成宇把她拉出商場，以一種從來未見的眼神看著她，重語相問：「請妳告訴我——到底是為什麼？」

周潔垂下眼簾。兩人顯然已至攤牌之時，她心中十分不忍。

成宇見狀，悲憤更加難抑：「聽說妳要出國『深造』了？」

周潔此驚非小，她渾身緊張起來：「你聽誰講的？」

「大維回來問我的！可惜我像個大傻瓜——對此竟一無所知！」

看來梁成宇今天是有備而來，周潔無可解釋或爭辯。她轉而楚楚可憐地望著成宇：「你願意同我一道走嗎？」

看著那張熟悉的小臉，失去了平日裡的俏麗和靈秀，梁成宇的心開始溫軟下來，同時又是那樣地無奈。他講話的聲音甚至帶著哭腔：「怎麼可能？小潔——我怎麼可能陪妳出國？」

「你既然不願意出國，那我該怎麼辦？」

「留下來——我們結婚！」

成宇的回答絲毫不出周潔所料。可是她很想告訴他：此路早已行不通！但小潔忍住了，只淡淡地回了一句：「大家再好好想一想吧。」便轉身慢慢走上街頭。

聽到周潔如此透著冷氣的回答，成宇失望的情緒更甚。他跟著她，說著狠話：「難怪妳總是推三阻四，原來自己早有出國的打算！」

「不是早有打算，是沒有辦法！」小潔糾正著他的想法，雖然於事無補。

「妳從來就沒有同我結婚的打算，我永遠只是自己在痴人說夢！」

周潔沒有回應他。

「真不曉得，妳是否真心愛過我！」如此說著，成宇的眼中浮現出兩人過去一次次的月下風前，鶯期燕約……他搖了下腦袋，完全不可理解。

聽到這句話的周潔，將牙咬住了下唇。她眼前所出現的，同樣是那雲朝雨暮，似水纏綿……她沒有再說話。

一路回程的兩人，與平日裡完全相反：男的侈侈不休，女子寂寂獨行。

當晚，梁成宇氣急胸悶地回到家，哭倒在床。母親坐過來床邊，把手放在兒子的身上：「受氣了？不聽老人言——吃虧在眼前！」

「媽……小潔要出國了……」成宇涕淚縱橫，難以自止。

母親義憤填膺，雖然痛子所痛，卻免不了火上添柴：「這個沒良心的！早就提醒過你了——不該對這種女人抱有幻想的！」

聽到母親開始責罵心上人，成宇自覺沒有掌控好自己的情緒，便擦著鼻涕坐起身子，儘量恢復和保持住冷靜：「媽，小潔是真心對我的，只是不願意現在就結婚。妳不要再責怪她了！」

「不結婚？那她同你談什麼戀愛？她這不是在害你嗎？」

僥倖「贏」回了兒子的母親，沒有放鬆對失戀者的窮追猛打。

梁成宇很難回答。他連自己都沒有搞清楚：為何青梅竹馬的小潔同自己戀愛一場，最終卻選擇出國而拋棄了婚姻？

梁成宇忘了，他本身也有抉擇。他，同樣也在令愛人失望！

身心疲憊的周潔回到家，無聲地走進自己的房間。雖然成宇尖刻的責難，稍稍減弱了她心中積壓已久的自責。然而，那份自小建立起來的信任和依賴，卻於瞬間飄去，蹤跡難尋……

該發生的，一如註定的那樣！

大維一不小心在成宇那裡說漏了嘴，自知闖下了大禍，只能去蓮蓮那裡求助：「沒想到周潔竟是瞞著成宇在辦理出國留學，這下我算是得罪她了。」

劉蓮原也並不知詳情，她找到曉晴詢問：「小潔為什麼沒有將留學計畫告訴成宇？他們兩個吹了嗎？」

曉晴雖了解內情，但既然小潔自己不講，她也只能含糊其實：「簽證都暫停了……小潔可能認為目前沒必要講吧。」同時心裡擔心著小潔目前的處境，便匆匆將剩下的那幾份申請表並著譯文，一起交與蓮蓮。待她離去後，曉晴馬上把周潔約了出來。

「成宇已經知道了？」其實，從閨友的表情她便已經看到了答案：「他是什麼態度？」

「還會有啥態度——他是不會跟我出國的！」

「那你倆……」

「他應該恨死我了吧！」周潔的聲音帶著失望，眼中則滿目淒涼。

「怎麼可能恨妳呢？一下子難以接受罷了，妳要給他一些時間。」陳曉晴是過來人，她深信——愛，不該那麼脆弱。

周潔笑笑，帶著苦澀。

成宇眼中的小潔，從來是那張嬌恬可人的笑臉，以及那對顧盼流轉的秋瞳。他無論如何都想像不到這樣的一個可人兒如今正忍淚吞聲，淒入臟腑。

當成宇從大維那裡獲悉簽證停發的消息之後，他滿懷期待之心，再次找回自己的愛人兒，陪伴其身邊。這時，他沒有去徵求小潔的意見，也不再顧忌母親的嘮叨，擅自購回了那套組合傢俱。

然而，冥冥之中，成宇豈知，天意已定！

大維留洋的心意已決，家傑也不再猶豫，他毅然回國，並立刻同大維一起申請留學澳大利亞。在那些等待簽證的日子裡，錢家傑又馬不停蹄地跟著陳宏上了幾個月的英文課，實為精神可嘉。

半年之後，澳大利亞對華留學生的簽證陸續簽發下來。其寬鬆的留學政策，讓故事中的那幾位申請人，都幸運地成為受益者。

臨行之前，大維對妻子作著承諾。劉蓮懷抱兒子，怡然自足，回應著他。

家傑讓愛人等著自己。媛媛含情凝睇，傳遞著期待和信任。

周潔期盼成宇國外相聚，他卻雙唇緊閉，不作任何回應。小潔依然心存希望，前段時期成宇畢竟回到了自己身邊，她決心努力爭取。

第二十七章：人生大事

孩子們出國在即，每位家長的心裡都不免患得患失。

雖說現今的「洋插隊」學生，令當年的「土插隊」者遠不可企及，但畢竟所行路途更遠，再見更難！

那些即將奔赴他鄉的男男女女，除了大維有幸娶得一妻、生得一子之外，其餘一干人等，都已過了法定婚齡。

在中國家長的心中，孩子們的「大事」未辦，總歸是自己的責任。他們自認目前可做的，是在孩子遠離膝下之前，幫他們「定」下終生。

錢家傑回到上海的第二天，家裡才曉得原來這些年裡，兒子同媛媛始終情緣未解，兩心相依。他們為之感動，竟主動上門道歉，希望同李家再續前親。而家傑近些年來為女兒所作的努力和成果，早已讓媛媛的父母從內心接受了他這位「毛腳女婿」。考慮到家傑此番遠赴澳大利亞歸期難定，雙方父母居然口徑一致，督促著孩子們先行完婚。

媛媛欣然同意成婚，讓年過三十的家傑樂不可支！因此，兩家人在沒有住房分歧等不利因素的干擾下，在家傑獲得簽證的第二個週日，昭告並廣宴遠親近鄰。

至此，錢家傑和李媛媛長達十多年的戀愛終於修成正果！

美中不足的是，新郎即將在一個月之後再次離開嬌妻，單身奔赴前景不甚明瞭的異國他鄉。

媛媛和家傑的婚宴，周潔隻身前往祝賀。她不敢去觸動成宇那條脆弱的神經，不希望在出國之前節外生枝。

大維吸取了上次的教訓，在相熟如兄的成宇面前，緘口不提此事。

喜獲媛媛家傑大婚的請柬，曉晴和陳宏攜手同賀。他們沉浸在婚禮的氣氛當中，分享著朋友的幸福。喜宴當晚，幾杯喜酒下肚，二人心神蕩漾，羨從中來。

回家路上，陳宏把戀人摟得緊緊的：「我們也趕在出國前結婚，好嗎？」

曉晴停住腳步轉向他，微醉的雙眼如頂上那輪半透半明的彎月，兩條手臂習慣地圍繞住陳宏的脖子，喃喃低語道：「太匆忙了……我們過去講好了的：不應該只為了結婚而去結婚！」

她踮起腳，親吻了一下心上人：「再說我們這樣子有什麼不好？去了國外不是更自由了？」

陳宏了解曉晴：「曉得妳不喜歡踩著別人腳下的土走路，妳喜歡自探蹊徑——那就依著妳！」

曉晴則萬分感動：「慶幸有你，一路陪著我任性而為！」

「既然如此，妳今晚也由著我再任性一次！」

陳宏把曉晴抱轉身，擁著她朝遠離回家的路上走去……

然而，再任性的孩子或成人，也有家長在上！

特別是兒子的父母，總要等到自己的孩子順順當當地把佳人娶回了家，才可稍稍放下那顆擔著多年的心。兒子即將遠行，雖說男兒應當志在四方，如若身邊有個長期相「絆」的女人，對所有做父母的來講，並非不是一件令人放心的好事。

更何況，許多家長最後都發現：許多男兒的「志」，實在也沒有走出去多遠——無非是從父母緊裹的襁褓中掙出，又心甘情願鑽進了女與子的螺螄殼內。

平日裡陳宏的母親早已習慣兒子的晚歸，今夜卻耐心等候在客廳。

陳宏輕手輕腳地打開門，有些驚訝：「媽，這麼晚了，妳怎麼還沒有睡？」

「我在等你！」

兒子走到母親身邊坐下：「有要緊事？」

「兒子的所有事體，對媽媽來講，都很要緊！」

兒子望著母親，想到快要離開家了，他感動著母親的那份不捨。

「兒子，這些天媽媽同你爸爸在商量著：既然你決定了同曉晴一起出國留學，一起過日子，走前是否也該把婚事辦了？」

「那個，不用急吧……都什麼時代了，現在的年輕人都不在乎那一張紙的。」兒子不知該如何把戀人的意思解讀給母親，只能隨便糊弄一下。

「人家姑娘的父母會有想法的，你應該主動求婚的。」母親反過來提醒著兒子。

陳宏眼前閃過那張不聽話的俏臉，心想「我倒是主動得很，可人家偏不領情」，口中卻不得不答應著：「曉得了，下次去她家時，我會提的。」

「還有，雙方家長至今還沒有碰過面，爸媽想請他們作為親家來家裡坐坐。」

「別坐家裡啦，還是約在飯店比較自在。這件事我倒是同曉晴商量過。」

兒子一句話，就把父母的計畫給推翻了，卻也在情理之中。

陳母立刻應允了：「那也好。我們先去找家合適的飯店，然後再鄭重地邀請曉晴的家長見面。」

考慮到兩位父親的辦公處均在外灘，雙方家長的會面最終安排於歷史悠久的東風飯店中、新開的那家「美國肯德基家鄉雞」快餐店。

當年的快餐店在國內可謂新生事物。那家上海首屈一指的「高級」快餐館，也許是絕無僅有的同歐洲古典主義建築風格聯繫在一起的「新潮」餐館。除了地點和裝潢一流，剛開張時連食者也盡是些衣裝革履之士。

陳宏的父母把親家首次見面安排在如此「洋派」的餐館，足以見得他們對這次會見的重視，至少是在「定婚」之規格。

會見當晚，陳宏和曉晴各自陪伴著自己的父親就近先到飯店。經晚輩們鄭重介紹之後，雙方父親以誠摯的握手示禮，逗得兩個搗蛋子女憋不住在一旁擠眉弄眼。之後在服務生的引領下，兩位陳先生寒暄入座。晚輩們則再次回到餐館門口，以恭敬的心等待家母的光臨。

不一會兒，兩位母親大人一先一後來到餐廳。經孩子們熱情引介之後，媽媽們竟同樣握手以示友好。之後在子女們陪同下，一起走到相談正歡的丈夫們身邊——大家再度起身握手行見面之禮。這次終於惹得子女們哈哈大笑起來：「領導們請注意了——見個面吃個飯，不用握這麼多次手的！」

稍後，陳宏的爸媽示意兒子一同前往人頭擁擠的購餐處。陳宏知趣地把曉晴按在座位上：「妳陪著爸媽先說說話，我們去去就回。」自己跟在父母的身邊朝購物窗口走去。

「我看先來兩隻雞吧！如果有雞腳和膀子什麼的，讓服務員多秤幾盤。」陳父一路走一路關照著妻子。

「啊唷，老爸——幸虧不是在桌上點菜！這裡可是快餐館，吃的是西式套餐！」兒子在旁聽到後，不由得哈哈大笑起來：「你是否還想點上一盤花生米，三兩二鍋頭？」

「這裡連酒也不能喝嗎？那還是找錯飯店了！」老爸聽聞，實在有些後悔。

「親家公常去國外出差，洋氣得很！你不能按自己的口味請客。」母親倒是明白人，幫著兒子開導起臉上明顯寫著「失望和無奈」幾個字的老公。

一家三口最終在服務生幫助下，端著六套大餐，回到親家的桌位。

雙方再次客氣地寒暄道謝之後，開吃起來。

席間，曉晴留意到準公公雖然打開了餐具包，但對塑膠刀叉和雞塊足足看了一分鐘後，才照著父親的動作依樣畫瓢，勉為其難地餵了自己兩口素菜沙拉。她便在桌子底下用腳碰了下陳宏，耳旁悄聲提醒一句：「找服務員拿幾雙筷子吧。」眼睛又朝他爸那邊示意著。

「呵呵呵呵——真是老革命碰上新問題了！」陳宏一看，憋不住又大笑了起來，一面站起身：「我替你們要幾雙筷子去！」

「哈哈哈哈……我們還真是不懂吃外國菜。」他爸自己也樂起來：「所以讓孩子們去國外見見市面，學學西方國家的生活方式，應該還是正確的！我看親家用老外的叉子，已經非常得心應手了。」

　　陳曉晴的父親聽聞此言，便放下叉子，以雙手拿起雞塊撕起肉來，邊放嘴裡邊解釋道：「其實最方便的吃法還是用手！」

　　「可以嗎？」在座的幾乎異口同聲。

　　「當然可以——外國人也是這麼吃烤雞的！而且，據說還是我國清朝的李鴻章，親手教會洋人的！」

　　隨即，會餐氣氛變得熱鬧起來。

第二十八章：為情所累

　　故事中的男女青年，正是走向成熟、學習擔當責任的年齡段。他們日前所面對的出國熱潮，是不弱於「高考」的又一波驚濤巨浪。

　　走了的，或是留下的——個個身陷其中，難以自拔。

　　青梅竹馬的戀人周潔，就這樣逐日追風去了。行前丟給梁成宇一句話：「要我，就出來找我！」

　　成宇要她！他自小就愛著她，可惜，他走不了！

　　在姑娘的眼裡，應該沒有什麼可以絆住他腳的東西；而在成宇的心中，似乎早把一切都獻給了小潔，他也找不出小潔可以放棄他的任何理由。

　　在自家所住的長柏公寓門口，戀戀不捨地送走了自己的初戀。當時的梁成宇泣不成聲：「還會回來嗎？我可自始至終會等著妳回來的！」

　　成宇發自內心的呼喚，小潔銘刻在心！但她還是毫不猶豫地先行一步，出國去了。

　　「小梁醫生的漂亮女朋友出國了！」

　　消息好像長了飛毛腿似的，不想讓它走，卻早已跑完幾圈。再回到原點時，「出國」兩字的後面又跟上「拋棄」、「分手」、「悔婚」、「可憐」等一眾隨行。

　　玉樹臨風、溫雅謙和的小梁醫生，一時間在許多女同事的口中，成了一個受她人欺騙或讓她人背叛了的犧牲品。她們再次帶著好奇和同情之心，走訪於梁醫生的辦公室。膽大些的，乾脆直接開口詢問有關女朋友的消息。

　　「是的，小潔出國留學去了……她時常來信的……哪有那麼快回國……」小梁醫生每天以全身之力支撐著一張笑臉，不厭其煩地回答著各式各樣的人、以及重覆百遍的提問。他沒有撒謊，周潔一直不斷地同他保持著通信往來。她在信中匯報著自己在外的學習和生活近況，同時也免不了間接地試探成宇的口風，看看他是否有出國留學的意向。

雖然在信中小潔總是刻意地報喜不報憂，但梁成宇根本沒有出國的打算。與此同時，他也不相信有一天小潔會回來上海與自己完婚。目前成宇所做的一切，無非是在適應。他在外作戲，在內自我冷卻。他每天躺在床上，將過去一幕幕回現眼前。

孤寂失望的梁成宇，目前只有時間去回憶過去，對照現在；他重覆多遍讀著來信，研究並質疑著信中所有的話；他懊惱已經發生的一切，卻沒有多餘的心情和時間去計畫兩人的未來。

成宇的心很重很累……心把身體拖垮了。成宇住進了病房。他高燒不退，診斷是肺部感染。

病房一時間成了本院小護士們的業餘工作室。她們自覺自願，輪流值班，輪番照看。

小梁醫生病倒的消息，很快傳到了手術麻醉間喬醫生的耳中。她不僅聽說了小梁醫生的病情，同時也獲悉了他的病源所在。

經過一番考慮，喬醫生利用工作間隙跨樓前去探病。方才走到小梁病房門外，便聽到裡面嘰嘰喳喳的。她探頭望去，小梁床前似乎不乏探病解悶之人。

喬醫生提著水果食品袋子，轉身走去梁母的辦公室。她在門外看到林醫生正在裡面獨坐著看病例，便輕敲了一下本來半敞的門：

「林醫生！」

「哎——小喬妳來啦？」梁母立刻摘下老花眼鏡，熱情相迎。

「我現在剛好有空，想去看看小梁醫生。不知這個時間，他是否方便？」在前輩面前，小喬醫生總是輕聲慢語，謙順有禮。

「方便，當然方便的！妳來——我們隨時歡迎！」

林醫生迅速站起身，挽著小喬的手臂，一路帶她走去兒子的病房：「難得妳想著來看他，還帶那麼多吃的東西！」

兩人才跨進病房，便感覺到騰騰人氣，林醫生笑著趕人：「怎麼，都跑來這裡上班了？其他病人還有人管嗎？」

　　說得那些偷著過來「加班」的姑娘們，一個個伸著舌頭，貼著牆面往外溜——眼睛卻沒有放過那位有資格同林醫生共挽的「外科」醫生。

　　看到文靜素雅的喬醫生，梁成宇的內心也不由自主地安靜了許多。他疲憊友善地朝她笑笑：「被她們吵死了⋯⋯謝謝妳們前來救駕。」

　　「你躺下吧，別講話了。我坐一下，看看你就走。」順著那種令人安心的溫和語氣，成宇真的乖乖躺下。

　　林醫生用手量量兒子的額溫：「燒開始退了，看來炎症已經轉輕。再過幾天就會完全康復的。」她整理了一下兒子身上的被子，然後把臉轉向喬：「那妳就再多陪一會，我有事先回辦公室了。」離開時，梁母順手帶上了門。

　　喬醫生站起身：「好的，我等一下再走。」她從桌上拿起了一盒已經切成小塊的西瓜，把凳子往床邊拉近了些：「知道你現在吃不下任何東西，我特地給你買來了西瓜。」

　　梁成宇受寵若驚，趕忙又支起半個身子，聲音沙沉：「太謝謝了！現在西瓜不好找吧？我自己來！」

　　喬醫生復坐下，看著他吃。

　　他吃得很快，盒子見了底。

　　梁成宇望著喬，有了玩笑的力氣，聲音也清爽了許多：「大冷天吃了妳的西瓜，病會好得很快的。」

　　「其實對生病的人來講，西瓜有時真的比什麼藥都有效。」喬醫生一邊收著盒子：「你睡一會吧。我回去了，過兩天再來看你！」

　　梁成宇目送著喬走出病房，心中溫熱。這麼些年來，他一直努力地關心和伺候著心愛的姑娘，卻第一次用心體驗到被他人照顧的滋味。

　　成宇沒有馬上睡著，閉著眼睛的他想起了心上人，回憶起她的笑：「不知遠在他國那張嬌媚的笑臉，是否依然？誰又將幸運地成為她的下一任護花使者？」

　　成宇一路想著，走進夢裡⋯⋯半夜醒來，依舊如夢。

　　答案於何處尋？

年輕人如山一般倒下的身體，在眾人的照料下，很快便康復了；然而成宇的心，被那條長長的情絲纏繞著，依舊是那樣的沉重。

他沒有在信中告訴小潔，自己病了。卻重覆讀著那些回信，挑剔著她的粗心。

原本兩週一封的情書，被在天邊忙碌的小潔推遲了一天，兩天……然後是一個月，兩個月……

沒有情書陪伴著的日子，漸漸被來自他方的理解、安慰和照顧所填補。

下了班，一臉茫然的小梁醫生慢吞吞地換上自己的衣服，慢吞吞地走向醫院大門。一個溫柔的喊聲從後背傳來，衝著他而去：「小梁！」

「哎，是喬醫生啊！」應聲回望的梁成宇，驚喜地發現那聲招呼來自小喬。

「身子全都恢復了？為啥不在家多歇幾日呀？」語氣中滿滿地透著關切。

「在家多躺也沒多大意思，反正上班也是坐著，還能學點東西。」想到自己多少欠著喬醫生的情，成宇對她似乎給予了超出別人的熱情：「有時間去隔壁小館坐坐？」

「好啊！」

反正他們兩個都沒有人在等候，他們兩個都不急著回家。

小梁信任喬醫生，他把她當作知己。在他身心空虛的時候，在咖啡屋的一個僻靜的角落，在小餐館食客散盡的時間段，甚至在狹窄的人行道上踱步之時——成宇帶著那份信任，將自己多年的不悅和苦水傾訴於她，一吐為快！

喬醫生非常善解人意。她感激小梁醫生對自己的信賴，她懂得如何安慰他人痛楚的心靈。兩人一起時她很少說話，只是一味傾聽。她不住擴大自己身心的容量，好讓那個痴心漢有個可以傾吐和撒嬌的地方。與此同時，也慢慢讓他領受和習慣成熟女子的耐心和體貼。

就這樣，雖然並非出自梁成宇的本意，但他身心被逐漸清空的容積裡，恰好在那個需要的時間點上，被更多更實在的溫順柔情所填補……

久而久之，兩位年齡相仿的醫生不再是下班途中「偶遇」，而是相約著在眾目睽睽之下從醫院的大門同進同出。在那些嘰嘰喳喳的小護士們的眼裡嘴裡，小梁醫生和小喬醫生，儼然已是一對情侶。

梁成宇打小就不是一個衝動的人，即便是要選擇一位聆聽心聲的對象，他也絕不是隨機隨便隨性而取的。

成宇的認真，在包括喬醫生的所有姑娘眼裡，就是代表了「認真」二字。

然而又有誰知，在成宇的內心，卻始終儲存著一大片芳草園地，永遠不會被清除出空。

那片泛泛綠洲上的植被，雖未結果，卻早已根深蒂固！

第二十九章：他鄉第一課

　　青梅竹馬的一行人，將陸陸續續在一兩週內遠赴澳大利亞的主要城市雪梨。

　　在他們到達之前，陳曉晴的同事早已在那邊生活了大半年之多。他答應去接機，並為大家預先準備了一個臨時的安身之地。

　　由於出國人員遽增，造成了當時飛機座位一票難求的局面。陳宏託人先後搞到幾張不同日期的機票後，經商量決定由曉晴和周潔兩人先行出發，為大部人馬之後的到來作好接應準備。

　　看著孩子們每天忙進忙出，購買了一大堆的衣物用品，還不時地從行李箱中挑出放進的，陳曉晴的父母忍不住總在一旁開著她和他們的玩笑：「從你們所帶的東西中我們發現：你們這群人根本不是出國留學，倒像是去國外度蜜月的！」

　　而陳先生的那句話更是體現出當年家長的真實感受：「估計這些大孩子們把手裡的鈔票消費殆盡之後，他們也就該打道回國了！」

　　話雖如此，對第一次遠出國門的姑娘們來說，她們活蹦亂跳的年輕心裡，真還就比蜜月更為興奮和期待。

　　第一撥出門的姑娘，得到了親朋好友們隆重的歡送待遇。

　　由於可以託運的行李有嚴格的重量限制，周潔和曉晴兩人依照他人的經驗和點撥，明知雪梨正處夏季，仍然將份量最重的風衣和大衣等冬天所需的衣褲，在走進海關的那段路上，層層套在了自己的身上。

　　百感交集的曉晴和周潔，淚眼汪汪地離開了父母親友的視線。平日裡對裝飾打扮極為挑剔的姑娘們，看著自己和對方那纖細窈窕的身子，竟被包裹在多層疊穿的長外套中，自覺滑稽可笑至極！

　　等到見怪不怪的海關人員熟視無睹、按部就班地檢查放行後，姑娘們如釋重負，並迫不及待地解除了渾身所負！她們拿出早先預備的輕便「蛇皮袋」（俗稱，指當年那類小生意人常用的藍白交織的塑膠袋），將所有衣服一併裝入其中。

當兩人再次對望和審視自己，從上至下，終於找回了以往的氣質和自信。

飛機在香港轉機，讓姑娘們有了大半日的時間，去感受一下那個在內地人眼中極為富麗堂皇的機場大廳，以及琳瑯滿目的櫥窗和物品，甚至包括那些令人眼花繚亂的燈箱及廣告。

一路走著看著，她們的腦中換算著人民幣與港幣、港幣同美元之間的匯率。摸著漂亮的皮夾子裡所攜帶的幾百美元，姑娘們內心明白：此地的豐盛和輝煌，對於自己來說，暫且只是封鎖在眼底的櫥窗而已。

儘管如此，她們並沒有感到太多的無奈或悲哀。因為姑娘們知道，自己所努力的方向，正是在尋求開啟那把大鎖的鑰匙。

眼見為實——姑娘們自認當前所為，是極為正確的人生選擇！

離開了華燈璀璨人聲鼎沸的香港機場，經過了長達十幾個小時的航行，終於在昏昏沉沉的睡夢當中，陳曉晴和周潔兩人聽到了機長提醒旅客目的地已近的廣播。她們揉揉眼睛，專注地聆聽著那段聲音，臉上的疲憊和倦意逐漸消失——澳大利亞這個所佔面積同中國相近的國家，就在自己的座位之下！

曉晴探過身子，從拉開的窗戶中望向地面：但見一大片紅色的土地和丘陵中，間歇地出現稀稀拉拉的房頂、水池和綠地。她抽回身子貼緊在椅背上，表情有些發呆。

周潔的眼睛依然俯瞰下方，嘴上卻忍不住提問：「怎麼底下那麼大片的土地，卻只有這點七零八落的房子？我們真的是自費跑來這裡剪羊毛了？」

「不會吧……聽說那些城市蠻先進的……可能目前我們還在澳大利亞郊區的頂上吧？」曉晴的回答明顯有氣無力。

兩人同時回想著昨日香港機場的華錦，回憶著陳父從西方發達國家和地區帶回來的相片，心裡將那些場景同眼前所見作著比較，竟發現不是所有的「西方」國家，都是那樣的先進和繁榮！

　　當時陳曉晴心中暗想：假如世界上真有三分之二的勞苦大眾，還生活在水深火熱之中的話；假如自己恰巧選擇了一個「貧窮落後」的第三世界國家，去留學深造的話——那她們這一趟的長途遠航，最終只能落得個自費遊或蜜月行了。

　　正開始自嘲自怨，機身抖動了起來。兩人再次把緊張的眼睛掃向窗外，不免一陣狂喜！她們同時抓住了對方的手，懸著的心隨著飛機的降落而趨於平和：雪梨到了！

　　而且——一棟棟高樓大廈由遠至近，如立體電影那般，撲面而來！

　　機身穩穩著陸了，姑娘們相視而喜。

　　雪梨機場的走道很長很長。兩人一路無話，拉著大小行李快步隨著人流向外走去。沿途既不需要到處打聽，也幾乎沒有什麼可以四顧瀏覽的東西。

　　「從一個國家走進另一個國家的大門，原來不過是跨過地上所畫著的一短條粗線而已！」排著隊等候海關檢查的陳曉晴這麼想著，緩解著自己內心的緊張。

　　沒有任何麻煩，陳曉晴和周潔兩人，先後踏上了澳大利亞的土地！

　　陌生之地，最為寬心愜意的便是見到自己的同鄉。當曉晴看到原本並不十分親密的同事前來機場迎接自己的那一秒鐘，她的內心竟覺得異常激動並滿懷感激之情。那位同事熱情地打著招呼並帶著兩人走向停車場，在那裡，停著許多車輛的中間，有一輛在上海很難見到的舊轎車，正是前來迎接她倆的那一部。

　　七手八腳地幫著把行李搬上車子之後，兩位姑娘正打算一左一右打開後排車門登車時，那位同事提醒她們：「你們兩個不能全都坐在後面——這是國外的規矩！」

　　「是嗎？」「為什麼？」兩人大惑不解。

　　「把朋友或親屬一人留在駕駛座上當作司機是不禮貌的行為。在這裡，只有出租車的客人才可以坐在後排。」

　　曉晴覺得言之有理，馬上坐到駕駛座的旁邊。她回過頭對著後座上的周潔說：「出國留學的第一堂課，就從現在開始！」

一路上，那位同事再三告誡兩位姑娘一定要儘快學會開車：「在國外第一要緊的就是要有車！有了車，妳才可以找到合適的工作，還可以找到便宜的住處。因為這裡坐公車要等的時間很長，車站同車站之間的距離也特別遠，與國內完全不同！」

剛才暗中偷著笑話這輛舊車的姑娘們，終於開始理解為何路上有那麼多的車——而且從比例上看，新車實在是很少！

會開車的好處，在大家臨近同事的住地就體現出來了：從他指點的那個公車站到他與別人合租的房子之間，幾乎要走上半個多鐘頭。「而且，」同事耐心介紹說：「公車只有上下班高峰時間才會有三十分鐘左右一班，其餘時間幾乎在一至兩個鐘頭左右一班，週末則更少。」

初來乍到的姑娘們，先已倒抽了一口冷氣！

「別擔心——我們大家都是這麼過來的，以後會習慣的！妳們先睡我的房間，我臨時在廳裡混幾天。」同事看出那兩位稍稍有些發愣，便安慰起姑娘們：「我已經給妳們找來了一大堆報紙，妳們首先應該找那些離火車站比較近的房子，雪梨的火車還是蠻方便的。」

正如同事介紹的那樣，當姑娘們匆匆吃過飯並急速地借來地圖翻閱報紙之時，她們發現雪梨的火車四通八達。雖然轉車比較麻煩，但看來只要住得近，就不怕趕不上火車。

「我們明天就出去找房子，因為另外幾個朋友過幾天也要到了。」兩人清楚，不可太過麻煩朋友，何況他還要讀書打工。

那晚，陳曉晴除了仔細圈出火車站附近的房屋出租廣告之外，順帶還研究了一下那些招工廣告。聽聞澳大利亞家裡的電話只收月費，不收本市話費，她倆甚感慰籍。

幾天下來，姑娘們終於在一個越南難民的聚集之地、同時也是中國留學生群集的地區，租下了一個兩房一廳。其租金很低，為每週八十澳元，相當於四、五百元人民幣。那個住處，離火車站只有十多分鐘的步行距離。

《那幾個上海女人》

　　剛剛出國的中國學生，無論在外購置了什麼東西，都無一例外地在心裡按照當時的匯率，將澳元轉換成五倍的人民幣。因此，當人們每花出一筆鈔票時，伸出去的手都會跟著自己的心，微微顫動。

　　新租的舊房子裡面的生活設施除了床之外倒還齊全，讓接連抵達後的大維和家傑兩人大喜過望——他們比較著在日本留學時的居住條件，言語之間彷彿走入了人間仙境！

　　「每人每個禮拜只付十幾元，就可以住得這麼好——難怪人人都爭著搶著要來澳大利亞！」

　　他們出自內心的喜悅，令為找房立下汗馬功勞的陳曉晴躊躇得志。她笑瞇瞇地看了陳宏一眼，只見他同樣在以讚許的目光獎勵著自己。雖然，在他倆的心裡仍有一絲絲的遺憾：由於三男兩女合租兩間臥室，他倆只能暫時把它當成男女生宿舍了。

　　由此，幾個從小一起長大的「老同學」，如今在國外，又變成了名副其實的「同班同學」——不甚樂哉！

　　禮拜天，大家結伴而行，去熟悉一下附近的生活設施和環境。走在小區的商業主街上，竟發現除了幾家餐館，許多商店如銀行等在國內非常重要的部門都大門緊閉。留學生們大惑不解，多方打聽之下才曉得，原來西方人的週末，不是用來逛大街，而是去教堂做「禮拜」的。

　　當然，這樣的註解來自詞典。如今的西方人，在週末仍然習慣待在家中，放鬆一下連日以來工作的疲憊，同家人朋友一起喝酒聊天，或者整理自家的花園，也算得是一種休閒和享樂。

　　所以，大街上的店，禮拜天就沒有生意可做了。

　　星期一，大家相約著再次出門，他們仍然要去一趟銀行，辦理一下開戶手續。這次所有人都興致勃勃，選擇了坐地鐵去市中心，順帶可以一日觀光。

　　找到銀行辦正事要緊。一群人剛進門，便發現排隊等候的實在不算少。大家正專心致志站在隊伍中，等著窗口按號召喚時，突然見到一男子衝到其中一個櫃台邊，一把搶過客戶手中的那疊鈔票，然後在銀行所有人員的大呼小叫聲中，從那些排著隊的客人身邊跑了出門。

說時遲那時快——當陳宏他們幾個反應過來那是個劫匪之時，他們便立刻跟著奔出了門，追將過去……

不料，他們剛剛出門，銀行的大門便關了起來。所有人的眼睛都詫異地看向那幾位一起進來的中國女子。她們接受了銀行和接著趕到的警員的詢問，當地人才搞清：原來她們的同胞不是劫匪一伙，而是「見義勇為」去了！

該事實，在那幾位沒有追到劫匪之後，又返回銀行的小伙子們那裡得到了證實：道理明擺著——哪有劫匪同伙自己返回銀行的！

警員弄清了情況，便離開了。銀行管理人員再次客氣地告誡來自中國的留學生們：抓壞人是警察的工作，賠款是保險公司的責任。

言下之意：千萬不要越俎代庖，多管閒事！

雖然，這樣的一種生活理念和處世方式，不是他們從小被教導的，但入鄉隨俗！

而且，最重要的，是避免禍及自身！

那幾位留學生走出銀行，感慨萬千：過去課本上所讀到過的，西方人「自掃門前雪」的故事，原來實有出處。

第三十章：命中機會

　　躺在海綿床墊上的那群年輕人，住過還沒到兩個禮拜，便開始意識到了一個嚴峻的現實：雖然每週的開銷不算大，但畢竟每週甚至每日都必須開銷！因此，儘管國外的空氣還沒有聞夠，雪梨的風景還沒有看遍——尋找工作卻已為情勢所趨，勢在必行了。

　　那日晚飯後，大家集中在一起，等著曉晴從免費報紙上一條條翻查出有關晚上或週末的招工廣告。突然，讀到市中心有一家剛剛開始營業的賓館，正在廣招男女「Host & Hostess」上夜班。自認英文早已過關的曉晴便迅速向各位傳遞了這一大好信息，並解釋道：「這裡所講的賓館『主人和女主人』，應該就是招聘服務生或接待員的意思！」

　　摒氣凝神聽完曉晴在電話中同對方約定了面試時間之後，在場的每個人均神情激動，滿懷期待之心。

　　第二天傍晚，所有人穿戴整齊，坐上駛往雪梨市最為繁華的地區的火車。據說，那裡也是日本人投資最密集的地方。到站後，他們拿著地圖，沒費太大勁便找著了那家富麗堂皇的大酒店。看到大堂接待處的工作人員居然是日本人，家傑和大維比其他幾位更添了一份求職的自信，並且用令其餘三位極為羨慕的日語，同此人咿哩哇啦交談了幾句。

　　領班聽說來意之後，便客氣地將大家引到了電梯口，並告知面試將在二樓展開。所有人在大維他們的感染下，興奮地上了樓。經過唯一的那條同樣裝飾華麗的長廊，走至一間半明半暗的大廳。

　　立刻，有人前來將男女分別帶到幾位坐在桌前、等待前去應聘的人員面前。一路走著，姑娘們注意到類似的接待人員不下七、八個，他們的面前已有其他應聘者正在對話中，似乎基本上只見女生。

　　周潔和曉晴剛一落座，便可從面試人員的臉上泛照出無比欣喜的眼神。談話中，對方只問了她們的年齡、單身或是已婚、曾經做過什麼工作、來到雪梨幾天等簡單易答的問題，隨後便以一種極其熱誠的語氣，通知她們：「妳們被錄取了！歡迎妳們從下週起來此工作！」

兩人歡欣之際，陳曉晴向面試人員提了一個愚蠢的問題：「那請問──我倆以後的具體工作是什麼？」

對方一怔，臉色顯示出尷尬之色。他反問道：「之前妳們不清楚這是一份什麼樣的工作嗎？」

「只知道賓館服務，並不具體。」陳曉晴據實以告之。

「噢。妳們的工作非常簡單：就是在這樣的房間，陪客人喝喝酒、聊聊天、唱唱歌什麼的。」

聽完他的話，姑娘們在昏暗的大廳裡對視了一秒，陳曉晴先站了起身：「非常感謝！但是也許是我的英文理解有誤：這個工作並非是我等的特長！」

兩人垂頭喪氣走出大廳，三位男士早已在那裡站著。看著她們走近身邊，陳宏第一個發問：「妳們被錄取了？」

「是……但我們拒絕了這份工作！」曉晴又問：「你們幾個呢？」

「人家不招男人！」

走在街上，難得一見的繁華讓笑臉再次回到每個人的臉上。對於首次應聘的失敗，他們沒有太過失望，因為自己畢竟已置身於此！大家相伴著回家，一路上還有人開著曉晴的玩笑：「妳也算外語專業畢業的？趕快回校進修去吧！」

「天曉得！本以為只有中文才會一字多義──原來英文也如此！」曉晴學藝不精，不免強詞奪理。

由於每個人不斷的努力和嘗試，在一兩個月左右的時間裡，大家都先後找到了自己的工作。

在此之前，陳曉晴已按著當地人的習慣，為所有人手寫了一份「工作簡歷」。她便是靠著自己一手漂亮的英文大寫字體，深得老先生老闆的讚賞，為自己謀得了一家航空機票代理的工作。好在語言學校自從收費之後，便不再緊盯著學生們每天的出勤率了。

一開始上班，陳曉晴便發現那個公司其實主要經營同亞洲的進出口貿易，她的那部份工作只是其中的一個小項目而已。聽聞老闆特別喜歡招聘中國人，曉晴立刻把周潔介紹進了自己的公司。

過了一段日子，陳曉晴在別的員工對話中聽到了周潔的名字，她稍稍留意了一下。那晚回到家，躺在海綿墊上的曉晴問周潔：「那裡上班如何？」

「工作非常輕鬆，只是拿著貨單對照實物而已。」周潔笑笑，又補充了一句：「那個老頭（指老闆）每過幾天便在我的桌子上放件東西，不是蘋果就是香水——也不知道他是啥意思！」

「還能是啥意思——追妳咯！」曉晴耳中早有所聞。

「他也太異想天開了吧？」小潔聳了聳肩。

「見到美女沒有想法的，也不能算是男人吧！」事不關己，曉晴開著閨友的玩笑。

「蠻麻煩的！今天他提出讓我同他一起出去午餐，我沒答應，只說帶了飯的。」周潔的聲音有些無精打彩：「他讓我明天不用再帶午飯，說要帶我去一個好吃的餐館。」

「那妳準備跟著去嗎？」

「不想去，可也不想得罪他——現在的工作畢竟那麼好！」

第二天晚上，周潔看曉晴沒有提問的意思，自己先做了匯報：「今天去了一個『男士俱樂部』吃飯。不得了，連市長都有專用的座位！」

「真的？妳見到雪梨市長了？」陳曉晴一下坐起身，兩眼放著光。

「沒有！聽說他基本不去那裡吃飯。只不過是一些重要人物，都在那個著名的男士俱樂部佔一個寫著名字的座位而已。」周潔解釋著。

陳曉晴放心地躺下，心中想著：「還好，沒有把她帶去酒店或其他什麼地方。看來老闆應該還算正人君子。」

又工作了一段時間，下班後兩人如常結伴回家。周潔卻一反常態，沿路無語。

到了家，她們兩個合作著煮飯燒菜。曉晴發覺她一直沉默寡言，便開口詢問：「今天妳是怎麼了？」

　　周潔回答：「有點事……過兩天再同妳講。」

　　週末早晨，周潔同過去一樣，拿著一疊信紙走到附近的公園去寫情書，體貼地把房間留給了姐妹。中午回家吃飯時，她問曉晴：「你倆今天會出門嗎？」

　　曉晴看了她一眼，再望望陳宏：「不打算出去了。妳有事？」

　　周潔沒有接口，只送了一個眼色過去。兩人回到臥室。周潔從包裡拿出了一疊紙，交給曉晴。曉晴一看，那是一份長期工作簽證的申請表格：「是妳的？」臉上難掩大喜之色。

　　周潔點點頭。

　　「老闆幫妳申請？」曉晴需要確認。

　　她再點頭：「妳覺得辦得下來嗎？」

　　「當然啦，有人擔保就行！」比較之下，曉晴似乎更為高興。

　　「先替我保密，萬一辦不下來就糟糕了。」周潔輕聲叮囑姐妹。

　　「曉得了！」曉晴口中應著，一面動手幫她填寫著表格。

　　等了不到兩個月，周潔的長期工作簽證就順利下來了。除了曉晴，她沒將此事告訴他人：「我打算下個月回國一次。目前我想只對大家說要從這裡搬出去住。妳看呢？」

　　「好的，就照著妳的意思，我們悄悄進行！」

　　陳曉晴平日裡一直同姐妹開著玩笑，說自己非常羨慕兩地分居的戀人，可以有機會發揮情書的特長和水平。如今看到小潔獲得如此佳機，她體諒姐妹回國的迫切，以及那份忐忑不安的焦心。

　　當然，陳宏倒是以為自己目前才是那位最大的受益人！

　　他終於如願以償，將自己的全部家當，在同室們羨慕嫉妒的眼神注視下，堂而皇之搬進了心上人的房間。

第三十一章：彈出去的眼淚

　　出國不到一年的時間，周潔便獲得了兩年的工作簽證。她成了眾多留澳學生中最幸運的那個人。她可以往返兩國之間，她可以見到親人！

　　周潔果斷地向老闆請了兩個月的長假，回到了上海。她沒有大張旗鼓，沒有提前通知親朋好友。

　　住進陳曉晴幫她聯繫好的一家四星級酒店，稍作休整之後，小潔換上那件曾經讓兩位姑娘都愛不釋手的連衣裙，外面套上一條收腰的長風衣，配著一雙高跟的皮靴，一路裊裊婷婷，趕在下班之前走去成宇的醫院。

　　路人無不驚嘆：澳大利亞服裝設計師的大膽裁剪，居然將中國女性之豐肌柳腰，襯托得完美如是！

　　醫院沸騰了！人們瘋傳著「小梁醫生的青梅竹馬回國了」這樣的消息。而那位小梁醫生本人，更是驚喜交集難以自持！他再次仰頭挺胸，在眾目睽睽之下任由美人牽著，穿過醫院的走道，步下一層樓梯。莫知莫覺地被帶領著，跨出了自家醫院的大門。從頭到尾，他根本不曉得自己曾經說過些什麼。

　　兩人來到了賓館，成宇方才如夢初醒！他跌坐在椅子上，用手托著自己那個感覺快掉到地上的下巴，細細打量起眼前這位彷彿脫胎換骨之後的「青梅」——

　　秋波微轉，似有千言萬語；姍姍而近，難抑心蕩神移……

　　許多許多年以前，他的心便早已被她擄獲！

　　二日上午，走廊裡清潔工的動靜把成宇從夢中吵醒。他睜開眼下意識地轉過頭，看著凌亂的被子中那溫軟的身子，輕輕觸吻了一下女子的香膚玉肌，起身走進浴室關上門。昨晚，他已留意到衛生間裡有一架電話分機。他撥了一個外線，直通母親辦公室：「今天幫我向醫院請假，我可能要到晚上再回家。」

電話的那一頭，是母親的雷霆之聲：「還請什麼假！還晚上回家！出大事體了——你現在趕快給我回家！越快越好！」

「能有什麼大事！」成宇那樣想著，迅速掛斷了電話，回到床笫之間。

傍晚，成宇對小潔說：「我們兩人一起回家？」

周潔猶豫著：「你先回去吧，我還沒有通知家裡吶。讓我先整理一下再回去。」

他感動之至：「那我先走，回去之後給妳電話。」

梁成宇回到家，發現父母一臉嚴肅，靜等著兒子。

「我又不是小孩子——你們用得著這樣？」父母如臨大敵的表情，成宇實在不屑一顧。

「小潔回來了？她不走了？」梁醫生用眼神制止了太太，難得自己先開口發問。

「對！她拿到了工簽，以後可以自由往返了！」成宇的語氣中不無自豪。

「那她就有資格拖住你了？」林醫生還是忍不住開了口。

「什麼叫拖我？」成宇非常反感母親的態度。

「別忘了——你今年都已經快要三十了！」

「那又怎樣？」

「你必須立刻同小喬結婚！」母親的口氣不容置疑。

「不可能！不論是過去還是將來，我真心要娶的只能是小潔！」兒子也難得如此堅決，他回身走往自己的房間，不打算同父母糾纏不止。

「沒有將來了——小喬今天來找過我，說她已經懷孕了！」

正漠視父母的臉色而走往自己房間的成宇驚聞此話，瞬間停住了腳步。他飛速轉身看著父母，一臉驚愕，希望這只是他們的一句玩笑或者氣話。

無奈，兩位長輩的臉上沒有一絲笑容，神色嚴峻看著自己。

梁成宇高大的身軀搖晃起來，他無意識地張開手臂想抓住什麼——

母親撲過來扶著自己的兒子，幫著他小心翼翼地坐下。

只見那時的成宇，眼中的光散漫開了去……

母親似乎在他面前說著話，可惜自己的聽覺隨著視覺的模糊同樣出現了障礙。成宇止不住地搖著頭，企圖驅走籠罩住他的那圈陰影；他又竭力試著站立起來，企圖衝出那層層的包圍圈——卻不料周身乏力，力不從心！

成宇強迫著自己的腦子飛快地運轉：或許還能轉出自己的身子，飛向自由的天空——可嘆事與願違！

眼前晃來晃去的，從母親的臉，換成了那兩張姑娘的臉，最後停在了那張熟悉的笑臉上，久久不願離去。

可憐的父母，用盡全力把那堆發顫的軀體扶進了房內，安置在床。他們嘆著氣，退出了兒子的視線。母親找了個可以看到他的位置坐了下來，目不轉睛，留意著兒子每一個微弱的舉動。

癱臥在床上的成宇，百思不得其解：很早很早以前，小潔便是自己日盼夜想的新娘，唯一的那個新娘！

到底發生了什麼？

周潔開開心心回了一趟家，看到了久別的父母及已婚的阿哥阿嫂。全家聽說小潔在如此之短的日子就獲得工簽的傲人成績，無不對其讚譽有加。傍晚，周家人個個意氣風發，大張旗鼓的開拔去了淮海路上最熱門的餐館，為遠道而回的女兒接風洗塵。

席間，大哥大嫂主動進酒拍馬，父母紅光滿面不住提醒著兒子：「你妹妹向來比你爭氣！以後我們全家都要靠小潔過上好日子了！」

周潔，女，那年二十七歲。自己的幸福還沒有尋著，已然揹上了周家的頂樑！

晚飯後回到賓館，周潔看了一眼被服務生整理得一絲不亂的床褥，嘴角掛滿笑意：昔日少小無猜，如今兩情繾綣——何須盟山誓海，但求比翼連枝！

不料那夜，小潔卻是孤枕單棲。

　　回國第三日上午，睡眼惺忪的周潔看了一眼時間，側過身掛了一個電話去成宇的醫院。她得到的回答是：「梁醫生今天請假。」

　　她放下電話，安心起床梳洗，等著他。

　　果不其然，沒到中午時分，成宇便敲開了小潔的房門。滿心期待的姑娘迅速將愛人領入房裡拉到床邊，卻沒有注意到他那張滿面愁容——直到坐定下來。

　　「你怎麼啦？」小潔專注地望了望他那個奇特的表情，心中猜想：「定是他母親從中作梗。不過，那有什麼大不了的！」

　　「我有件事想同妳講——」成宇支支吾吾，從床上站立起來：走了一兩步，又回身坐下……又站了起身……

　　周潔開始警覺起來。她沒有開口說話，臉上的笑容也收起了些。她指指對著床的那把椅子，示意他坐下。

　　梁成宇終於坐定。他吧雙臂支撐在兩條大腿之上，十指交叉緊握著自己。抬起眼睛看了看小潔，竟不知該如何啟齒。

　　周潔依然不作言詞，只是靜靜地注視著他。

　　「我整整考慮了一個晚上，還是決定先告訴妳，然後我們一起想辦法解決。」開了話頭的成宇看小潔沒有反應，便垂下眼自管自說下去：

　　「妳那時走了，我心裡很痛——生了一場大病，住進了醫院。當時醫院裡已經傳遍了我女朋友離開我出國留學的風言風語，不少人在看我的笑話，也有人真心地關心我，照顧我。」他停了一下，再抬頭看看仍然沒有太大反應的小潔：「我們醫院外科麻醉間有個女醫生姓喬，她是我媽的朋友，也經常過來安慰我並照顧我……後來每當我心情難受的時候，一直是她在身邊陪著我。」

　　周潔的眼睛直視著他，仍然沒有提問。

　　梁成宇只好戰戰兢兢繼續以很低的語調說下去：「前天妳來到醫院把我接走以後，有人就把妳回來的消息通知了她，之後，她去找了我媽。」

　　「憑什麼？」小潔第一次提問。

梁成宇的身子搖晃一下，聲音益發的蒼白無力：「她告訴我媽——她已經懷孕了！」

周潔的臉色開始變成紙灰那般，周身跟著顫抖起來。她艱難地嚥下正往上翻滾的那口苦水，竭力保持住冷靜的語氣：「為什麼是她？」

「啊？」成宇似沒聽懂。

「為什麼是這個女人？」周潔一字一頓地問道。

「噢——我媽說她很懂道理，是賢妻良母型……她真的一直對我很好……她明明曉得我愛的是妳……」成宇邊想邊擠出一些回答，有些語無倫次。

「你倆的孩子，同你媽有關係嗎？」

「我以為妳不會再回來了……我那時非常痛苦，心好像被人掏空了……那麼多年我一心一意地愛妳關心妳，妳卻還是狠下心走了……她對我好，讓我感到一片真心……」成宇結巴起來。

周潔將臉轉向窗外，兩行淚水無聲地流淌下來：「所以你認為她對你，比我對你要好？」

「我不曉得……妳走了，扔下我一個人……她一直陪著我……我病了，她照顧我……」成宇緊張的心幾乎跳出了自己的身體，他顧不上言辭，只一味重覆著那幾個字。

「可是我回來了！我急著回來，為了見你！」周潔一腔悲哀，不知如何，又不知該向誰傾訴。

梁成宇心如刀絞，慌亂中無謂地作著自我辯解：「我不愛她的……她也曉得我真心愛的是妳！我只是太傷心太失望了，才會同她那樣子的……」

「你撒謊——她是你的選擇！你沒有隨隨便便往籃子裡面抓菜，你選擇了她！因為，」小潔再次將眼淚吞往肚裡：「你認為，她才是真心對你好的那一個！」

「沒有——不是這樣的！我今天先來同妳講清楚，就是希望可以得到妳的原諒……我馬上會去和她談！」說著這樣的話，成宇哀從中來，痛哭失聲：「這麼久以來，我一心一意想娶的，從來就只有妳小潔！」

周潔再一次把臉轉向他，再看一眼那位向來處事沉穩的心上人。哀慟的聲音中充滿了絕望：「可你沒有等我！」

成宇撲了過去，半跪著趴在周潔的腿上，泣不成聲：「我錯了——小潔，給我一次機會！讓我去同她談——她阻止不了我愛你的！」

她竟微微一笑，止住了淚水的俏臉更添了幾分苦澀。

清幽的聲音，彷彿在出口的那一時間，便已被風帶了去了：「來不及了——現在必須阻止你的人是我！今天的你已經別無他選，應該一心一意去請求妻兒的諒解了！」

周潔沒有再看那個始終趴在自己腿上的成宇，她咬緊了牙，指了指房門。

習慣了在小潔面前仰人眉睫忍氣吞聲的成宇抽著涕撐起了身子，邊看周潔邊說：「我馬上去找她談，妳等著我的消息……」隨即一步一回頭向門外走去。

看到成宇打開門跨出了自己的房間，周潔飛奔了過去，在成宇的身後使盡全身之力，把他關在了門外。

聽到身後急促關門聲的成宇，猛然怔抖一下，隨即清醒地意識到：「小潔對自己關上了門——我如今恐怕再也回不了頭了！」他立刻掉轉身嚎啕大哭起來，兩隻手用力拍打著房門：「小潔，小潔——妳讓我進去！我還有許多話要對妳講！小潔——我離不開妳！」

精疲力竭，周潔的身子順著門板滑坐到了地上，眼中如泉湧般的淚水，以更快的速度滾落至地。外邊成宇狂亂拍打著房門的力道，「咚咚咚咚」震撼著她那單薄的身子，直搗心扉！

她沒有再給他見面的機會。

連夜，周潔整理了行李。她在第二天修改了回程的日期。

周潔走了。

房間裡曾經的歡聲愛語、雲蹤雨跡，將被封鎖在失戀者的記憶中，一無所覓。

　　然而，人世間那些曾經被拴在了一道過的，那些不得已而被阻斷了的，除了物體，應該還有記憶，應該還有感情，應該還有生命……
　　而生命——不正是那一切的延續嗎

第三篇：人母

　　故事裡的那些女子在成長過程中，經歷了一次次的蛻變和焰練——她們終於破繭成蝶，她們早已長大成人！

　　不同於入學，不同於高考，不同於工作分配：她們不再服從或倚靠父母老師長輩的安排和提攜；她們憑藉自己的心意和能力，作著人生至關重要的抉擇。

　　她們忠於自己的情感，她們注重自身的價值；她們敢於探尋嶄新的人生道路，並且身體力行，義無返顧，為自己的選擇而努力不止。

　　無論成敗，她們都該為自己贏得掌聲！

《那幾個上海女人》

第一章：女人學駕

　　周潔提前一個多月回到了雪梨。她的臉上依舊帶著微笑，但熟悉她的每一個人，都會懷念那片已經被遮蔽了的燦爛陽光。

　　她沒有住回原租房，而是在密友的幫助下，搬進一個洋人的家庭，獨租了一間單人臥室。她需要一個屬於自己的私人空間。

　　「我暫時不打算回公司上班了，想利用這段時間練習開車。」周潔同好友陳曉晴談論著自己的計畫。她倆均早已通過了駕照的書面考核，只是還沒有排出時間學習和練習駕駛而已。

　　「那也好，反正妳還剩下一個多月的假期。」姐妹實在很心疼她，所以盡可能順著小潔自己的意願行事。

　　周潔回到雪梨那日，聲淚俱下。曉晴曾千方百計，希望從中找出一絲挽回她和成宇兩人關係的可能。然而，其可能性是如此不實，令閨友幾乎喪失了勸和的信心。不得已中，她只能蜻蜓點水：「妳真的就不能給他和自己一點點機會？畢竟相愛這麼些年了！」

　　「如果當時他破斧成舟，我倒是很難離他而去的。」周潔對成宇的行為依然耿耿在懷。

　　「假如他選擇先去那邊妥善處理的話，你會原諒他嗎？」閨友似乎明白姐妹的主要心結是在哪裡。

　　「那他就不是成宇了，呵呵，」小潔苦笑，成宇當時的心理活動，自己再清楚不過了：「他如此精明，絕對不會冒此兩頭不著的風險！」

　　「朋友相處得久了，也許只能永遠作為朋友——彼此真的太過了解了！」陳曉晴感慨起來，想到了他倆的一波三折，同時也為他們多年的感情非常惋惜：「也許，你倆註定只能是朋友？」

　　「回不去了，也沒有必要回去了！」周潔的話聽著像是想明白了。

　　「只是，人真的那麼容易走出挫折嗎？」曉晴不免懷疑起來，但卻沒有暴露在自己的臉上。

　　周潔開始認真學車，而且對技術的掌握竟出人意料的快穩。不僅如此，每天她把自己的時間安排得很滿，滿到沒有片刻去回想過去。

　　回公司上班不久後的一天中午，周潔同陳曉晴約了時間一起午餐。突然，小潔感到胃中不適，便急急跑進了洗手間。當整理完餐具後，趕往那裡的曉晴再次看到小潔時，卻被她那蒼白的臉色驚嚇不止：「啊呀——妳這是怎麼了？怎麼臉色這樣子可怕？要去醫院看看嗎？」

　　周潔背靠牆上，微閉著雙眼，以一種疲倦的神情搖了搖手：「沒事的，下班以後再講。」

　　惦記著周潔的身體狀況，陳曉晴剛一下班就過去找她。她想先看看閨蜜的情況如何，再確定是否要帶她去家庭醫生那裡。

　　當曉晴再次見到小潔時，她似乎已無大礙，臉色也比剛才恢復了許多。曉晴放心了些：「剛才到底是哪裡不對？需不需要去看醫生，確診一下？」

　　周潔當時的表情非常奇特，她猶豫了一下之後才勉強答道：「用不著看醫生的！但妳今天陪我回家好嗎？過一會我們先去一趟藥房。」

　　「當然可以！妳身體不舒服，我應該送妳回去的。實在不行的話，明天妳就在家歇歇，我可以替妳去請假的。」曉晴義不容辭。

　　兩人回去之前，按著周潔的意思來到了藥房。只見她低頭抬頭地在架子上東看西找，最後拿了一支類似溫度計那樣的物品，交給了曉晴：「妳幫我看看盒子上的英文字，寫的是什麼？」

　　曉晴接過一看，大驚失色！轉而看著小潔，一時竟說不出話來！

　　「對嗎？那我就去付鈔票了。」小潔神色鎮定地從朋友手中接過了那支「筆」，徑直走向櫃台。交完了費，周潔將「筆」放進包裡，輕輕對目瞪口呆站在一旁的曉晴說了句：「我們回去吧。」

　　走在路上，陳曉晴移動的雙腿看著比小潔還重。她倒像是病人。

　　小潔帶著曉晴回到了她的住處，從包裡拿出那支測試筆：「曉晴，妳再幫我仔細看看使用說明。」

　　曉晴機械地接過筆，從盒中抽出一張說明紙，讀著。眼前不住被上面所標識的那個「＋」號所干擾，幾乎沒見其他寫了些什麼。她以顫抖的聲音告訴小潔：「看到那個『＋』出現後，就是確定懷孕了⋯⋯」心裡不由自主地期待著，但願等會看到的，是那個「－」號。

幾分鐘後，小潔從洗手間回到自己的那間臥室。手中所持的測試筆上，明白無誤地顯示著一個「＋」！

「妳是什麼時候發現的？」曉晴期期艾艾，未敢直說那個詞。

「前兩天學車的時候，就有點感覺到反胃。後來發現『老朋友』一直沒來」，小潔故作輕鬆地笑了一下：「用不著這麼緊張——這又不是在國內！」

「那妳打算怎麼辦？要告訴他嗎？」

「絕對不會告訴他的！先讓我好好考慮一下。」小潔的聲音非常堅決。

陳曉晴張開嘴，欲言又止。心中想著：「還考慮什麼，不是應當趕快想辦法解決嗎？」眼睛一直盯著小潔看，卻猜不透她心中所想。

那晚，曉晴輾轉難眠。她搖醒了身邊人，把小潔懷孕的情況轉告了他：「算算都已經兩個多月了，你陪她去趟醫院吧——總該有個男人出面的。」

陳宏答應幫忙，隨即又嘆了一口氣：「沒想到他們兩個青梅竹馬一場，最後居然是如此結局！」

第二天，陳曉晴上班後立刻找到周潔：「我已經同陳宏講過了，他會馬上抽時間陪妳去醫院的。妳也該早些請假，做好準備。」

周潔垂下眼，聲音是那樣的輕：「謝謝，但我還要想一想。」

陳曉晴神色茫然地望著她，不清楚小潔口中一直在講的「想一想」到底是在指什麼。

為著姐妹心急如焚的曉晴，終於在週末聽小潔約她去家裡談一下。她飛快地趕到那裡，臉上掛著「迫不及待」四個字。

「我想留下這個孩子！」周潔開門見山，拋出了自己的決定。

「？」閨友差點跌到地上。

「我已經考慮很多日子了。我實在很難想像：除了他之外，我還會去同哪個男人，生兒育女？」

看著周潔隨著話語不住流淌的淚水，陳曉晴的眼睛也濕了起來。她清楚地知曉周潔的內心，她同樣理解那份萌自竹梅、持之已久的感情，早已將小潔和成宇兩人的身與心，緊密地繫結在一起！

她甚至同樣難以想像，心中失去了對成宇的信任和依戀，小潔此後將如何一人獨行？更何況，現在已不再是一個人了！

想到這點，曉晴立刻意識到姐妹即將面對的艱難人生。她沒有其他選擇，只能盡力規勸小潔放棄這個決定：「不可以！妳別忘了眼前的事實：那邊已經回不過來了！」

「同他已經沒有任何關係了！妳曉得，我本來就非常喜歡小孩子，我想留住這個寶寶！」周潔的決心不容質疑：「何況，我們已經身在國外，我不怕一個人把孩子帶大！」

「身在國外」四個字，在當年的姑娘們心中，份量是那樣的重！

它所代表的，似乎是「自由」兩字。懷著一顆自由的心，年輕人勇往直前，無所畏懼！

然而，不是所有人都毫無膽怯之心。陳曉晴目前就為著好朋友極其擔憂，她並把這種憂慮寫在了臉上。

周潔看看姐妹，反而倒過來勸慰她：「再講，我們實在也不算年輕了，早到了生小孩的年齡。妳看蓮蓮的兒子都已經兩歲多了。」

「只要還沒嫁人，就依然還是年輕人！妳不想想妳的將來？妳知道帶著一個孩子，再找人嫁會有多難？」

「我不找！假使將來有那麼一天，我真的碰到一個談得來的，孩子應該不會是負擔！」

陳曉晴覺得姐妹有些異想天開，但人活著，就該滿懷期待和信心。她向來從內心佩服周潔：那個嬌小的身軀裡，總是蘊藏著無畏和膽氣！那裡從來沒有該與不該，沒有對與不對，沒有敢與不敢——做，就是做了！

　　周潔執意而為，到了這個份上，作為好姐妹只能鼎力相助：「如果妳打定主意要生下這個孩子，我們大家會幫著妳的。」不過，後面還是添了一句：「希望妳還是再多考慮考慮，聽說三個月之內還可以做出取捨。」

　　陳曉晴本來還想提醒她，也該設身處地為孩子的將來著想，但是最後還是忍住了沒說。回到家，她又想到了那個尚未出世的孩子，對著愛人感慨道：「天底下所有的孩子，會否來見這個世界，只在父母的一念之間。他們似乎根本沒有選擇出生的權力。直到自己成為父母的那天，便又開始掌握起他人的命脈了！」

　　為了這個孩子，周潔更加積極地練習駕駛。那位華人教練看著這位勇敢的小女人一天天開始顯得笨拙的身子，甚為擔心，因而多次勸阻：「最近就別上駕駛課了，妳的身子不方便的。而且，這樣多少都會給大人小孩增加一些危險因素。」

　　「正因為孩子一天天大起來，我更要抓緊，儘快考出車牌！」

　　看著美貌少婦如此堅持，那位教練只能盡力而為。在他的幫助下，周潔順利通過了路考。她利用省下來的幾千元學費，買了一輛雙門的二手車。每天晚上吃過晚飯，便開去附近的商店或超市購物，自我練習駕車技術。

　　同樣為了孩子，周潔決定繼續留在原公司工作。目前她非常需要這筆穩定的收入，同時也感謝老闆對她的特殊關照。

　　上著班的小潔，雖然盡可能選擇一些可以掩飾其懷孕跡象的衣服，但日長夜大的孩子卻並不懂得體諒母親的難處：小傢伙貪心地吸收著媽媽身上的營養，無拘無束地伸展著自己的骨骼。

　　周潔未婚先孕的消息在公司傳了開去。一開始人們交頭接耳，甚至可以聽到「誰是孩子他爸」和「也許會生出一個混血兒」之類的傳言。隨著周潔落落大方的舉止，大家漸漸地便不再猜忌，倒是紛紛跑來關心一下小潔與她的孩子，祝賀這位女同事即將晉升為母親。稍有一兩位平時相交甚好的，也曾提醒小潔：「還是應當讓孩子的父親負起責任！」

　　最受衝擊的應該是那位洋人老闆了，但他算得上是一位君子。猶豫了幾天之後，他曾在沒有旁人的情況下，走到周潔的身邊耳語了一句：「不管這個孩子的真正父親是誰，我都願意成為他將來的爸爸！」

　　小潔心存感激，卻婉拒了如此大的恩惠。

第二章：一紙婚姻

　　澳大利亞留學的第二年所遇到的情況，同大維和家傑他們在日本時基本相似：不僅辛辛苦苦打工掙來的錢又要花在學費上，每個人還要疲憊地奔波於讀書和工作之間。不久，大維和家傑兩人便選擇了與過去相同的捷徑，並將節省下來的學費陸陸續續寄回家中。當然，錢家傑的家就是有李媛媛的地方。

　　陳宏同曉晴也十萬火急商量了起來：「我覺得，既然我目前的工作主要是週末和平時的幾個晚上，那麼不如繼續在白天堅持讀書。」

　　「那樣也好。至少現在的政策是入讀正規大學的學生，可以辦理在澳配偶的陪讀簽證。」曉晴同樣了解當時的行情：「但是你不能繼續在語言學校混日子了，因為陪讀簽證只是針對正規大學的配偶。」她提醒著愛人。

　　陳宏求之不得：「所以啊，為了省下那筆多餘的開支，並確保妳白天的工作時間，妳已經毫無選擇，只有乖乖做我的小妻子了，呵呵。」

　　兩位曾經下定決心走出世俗的年輕人，特別是陳曉晴，如今不得不為了那份陪讀簽證，將在沒有雙方長輩的陪同下，同愛人步入婚姻的殿堂。

　　「我們只是去註冊結婚，拿到那張結婚證書之後，就去學校申請陪讀。」陳曉晴邊答應著愛人，邊自欺欺人：「婚禮先不急著辦，等以後雙方父母到了再說，好嗎？」

　　陳宏當然是希望昭告天下：曉晴已是自己明媒正娶的太太！然而同時他也理解，這樣的婚禮遠非他們夢想中的結婚典禮，只好不得已而應之。

　　當然，這個婚姻，也並非沒有值得欣慰和炫耀的浪漫元素。正如曉晴再次自我安慰的那樣：「無論如何，我倆是在遠隔重洋的澳大利亞註冊結婚的！」

「何況，這裡還有那幾個一起長大的朋友，來見證我們的婚禮！」陳宏也有他自己的滿足和安慰。

結婚那日，幾個伙伴陪同著準新郎，開著那輛紮著綢帶的舊車，前去周潔的租屋迎娶新娘。陳曉晴本人已於前天暫時搬去了那裡，象徵性地按照習俗同陳宏分開兩晚。

那時，周潔的肚子雖然可見，但還沒有太過明顯。經兩個女人刻意裝扮了一下穿著之後，自覺可以瞞過大維和家傑兩個粗心的男人。

一群人開著兩輛車，高高興興地來到了澳大利亞民政局。在當地官員的證婚下，陳曉晴和陳宏兩人，在形式上結束了多年的戀愛裡程，而成為令人羨慕的一對「新人」！

他們不僅得到了朋友們最熱烈的祝福，當遠在國內的家人及親友聽獲這一喜訊之後，在沒有新婚子女的出席之下，照樣擺起了一桌桌的酒席。兩家同慶，喜結姻緣。

這樣的一種慶祝方式，在之後許多年的生辰和佳節中，成為許多留學生之家長，對那些遠離自己孩子們的一種遙祝和寄賀。

結婚註冊儀式結束之後，一行人來到了當地的一家著名的中餐館。這是自從留學澳大利亞之後，他們第一次走進類似的中餐大飯店。一眾人讀著菜單，發現其實同嚐過的西餐相比，中餐實在不算貴。至少，同樣的價格可以吃到更高檔的食物。例如，當年的一隻龍蝦不過三、四十元而已。而且中餐的味道依著海外華人的品味，實在比西餐更為合口。

吃著美味佳肴，周潔和曉晴想起了在上海「紅房子西餐館」所嚐過的那隻小烤雞。她倆至今都對它念念不忘。小潔甚至說：

「我總是覺得有些奇怪，為什麼到了國外卻從來沒有吃到一樣好吃的烤雞？這裡的烤雞到處都是，價格也不貴，可惜就是沒有當年『紅房子』的那股鮮味！」

被她一講，大家都認真回憶了一下，發現果真如此。

最後，還是曉晴作出了結論：「也許是因為這裡的雞太多了，大家只是把它當主食。就像我們平常吃的米飯那樣——所以淡而無味吧？」

　　所有人一陣符合：「對的，對的！連超市都有賣的，烤雞在這裡實在只是家常便飯而已！」

　　有了那張結婚證書的另一個好處，便是可以像當地人那樣自由地在澳大利亞生兒育女。兩個月之後，曉晴有了與周潔同樣的身體反應和感覺，並且很快得到了證實——又一個小寶寶即將在澳大利亞誕生！

　　同其他留學生相比，陳曉晴和周潔都是幸運者。由於她倆各具陪讀和工作的合法身份，因此她們不僅可以享受當地婦女的同等待遇，以後生下的孩子還可獲得澳大利亞出生的證明。

　　周潔的肚子越來越大，但她每天依然堅持工作。明擺著的一個情況是：孩子出生以後，她將不會再回原公司上班了。

　　「我會與你共同進退！」曉晴也早有此打算。何況，她肚子裡的孩子可比小潔的那個會鬧多了，實在把媽媽折騰得厲害。眼看著周潔的產期已近，曉晴對她建議：「我們乾脆搬出來，另外同妳一起租個兩房一廳。大家可以從此相互照應著。」

　　周潔仔細考慮幾日之後，婉言回拒了姐妹的這份好意：「妳曉得我是喜歡自由的人。以後大家可以住得近些，但還是不要住在一起吧。」

　　「那妳坐月子該怎麼辦呢？」姐妹擔心起來。

　　「妳沒見到醫院裡的那些產婦們，生完孩子都是自己走進病房的？她們可沒有中國婦女那種坐月子的想法！」

　　「倒也是。我還聽說醫生讓她們當天就去沖淋浴。不像中國老法講要等上那麼多天，甚至於一個月後才可碰水。」曉晴也想起來，去醫院檢查時在那裡遇到的孕婦，有的都生過幾胎了。

　　「哈哈哈哈……簡直難以想像！到時候說不定人都要臭掉了。」周潔開懷大笑起來。

　　看到隨著孩子即將誕生，好友周潔的臉上逐漸展開的笑容和自信，陳曉晴由衷地為她感到開心。她也跟著大笑起來：「呵呵，真是那樣！過去在國內我曾經聞到過一位產婦的頭髮氣味——實在是不敢恭維！」

　　「是啊，謝天謝地！我倆總算不會被家長逼著去包那塊頭布了！」

「現在我們也是家長了！」陳曉晴不無自豪，同時又惦記起姐妹的「月子」：「那到時該怎麼幫妳？」

「其實不用麻煩的。我辦簽證時必買的醫療保險中，可以承擔老外『產婦中心』的費用。我打算生完孩子先轉去那裡住上一兩個禮拜，之後就差不多可以自理了。」

看來小潔早有打算，曉晴也就放下了心。她沒有買過類似的保險，但有陳宏在身邊照顧，想想應該不會太難。

陳宏一人擔起了照顧兩個准媽媽的責任。他定期陪送她們去醫院檢查，幫著購物，隨時聽候召喚和差遣。

周潔自從懷孕後一直遠離著大維和家傑兩人，她不希望自己懷孕生兒的消息這麼快傳至國內。

第三章：他國謀生

　　那幾位年輕人出國之前，曾聽一些具留學經驗的人士講過，在西方國家有「三把刀」較為吃香：剃頭刀、切菜刀、以及手術刀。

　　據說這三把刀中，你若能夠熟練地使上一把，就不愁到了國外會沒有飯吃！

　　因此在出國之前的一次次例會上，大家曾對此開展過深度的討論：

　　三把刀中最值錢的那把「手術刀」，看來不是那麼容易掌握的。更何況，那個技術若要在國外得到充份發揮的話，必須具備足夠的語言能力與之相配合。

　　至少，當時那位離「手術刀」最近的內科大夫梁成宇，對出國行醫根本就沒有絲毫的信心。

　　「剃頭刀」聽起來不像有太高的難度，但就目前各位的水平來講，似乎還遠遠達不到可以被尊為「師」的程度。雖然，大維和家傑兩人曾對自己充滿信心並「磨刀霍霍」：「那個不難！你們曉得嗎？在日本留學時我們為了節省生活開支，早就跟著別的留學生學會了使用日本的電動削髮器，互相幫著理髮推髮了。」

　　為了證明自己的實力，錢家傑和大維兩人甚至當著各位的面，用那把從日本帶回的電動剃刀做了一番現場表演。可當幾位姑娘看到他們傑出的互相演示之後，幾乎噴飯！

　　陳曉晴更是一邊摀著胸口大笑一邊說：「你們這兩隻互相『推理』過的腦袋，讓人一看就曉得：絕非靠『手工』精打細造出來的產品！」

　　劉蓮也止不住笑話他們：「我實在佩服你們出門的勇氣！」

　　最後，就只剩下那把份量最重的「切菜刀」了。

　　菜，人人都會切——最多速度有待提高，或者厚薄不要計較。目前關鍵的問題是如何烹飪，這個難題到了陳宏的嘴裡倒是變得非常簡單：「外國人又不懂中國菜的味道！我們照著自己的口味調製一下，不就可以了？」

「對對，反正只要我們嚥得下去，老外也應該吃得下去！」

附議之後，大家便開始商討具體的操作方程。一個說「從現在起我每天在家練習切菜」，另一位又接口講「我立刻去找餐館的朋友多學幾招」。

陳宏突然意識到：「可是我們幾個全都沒有廚師證書，憑什麼出去找工作呢？」

大維把眼睛看向家傑。錢家傑明白其意，便開口承諾：「我可以找過去的朋友幫幫忙。只是，搞到一張問題不大，恐怕三張證書會有些難度。」

「能搞幾張就先搞幾張。實在不行的話，等到你有了工作，還可以介紹大家進去洗碗」，大維倒是蠻有自知之明：「別忘了，我可是洗碗『專業戶』，呵呵。」

沒多久，錢家傑真的搞到了兩張「三級廚師證書」。考慮到陳宏和自己正在學習英文並且成績顯著，他便只有對大維說聲「抱歉」了。大維自知學業不精，只盼望以後可為兩位「大廚」打個下手。

因此，出國前各位也算做足了準備工作，接下來便是看每個人的運氣了。

那日，幾位男士穿得整整齊齊，跟著曉晴周潔她們去了日本酒店面試，家傑和陳宏甚至沒有忘記帶上那兩張證書。可惜除了見到那滿臉堆笑的接待者之外，連抖露一下「廚師證」的機會都沒找著。一時，大家竟都有些灰心喪氣。

回到家，陳宏把那身「正裝」脫下來，直接扔到牆角的旅行袋上：「穿得一本正經的，自己看著就覺得好笑！除了那家日本酒店，我看一路上老外都穿得很隨便。」

大維馬上接口道：「這裡是蠻奇怪的？在日本每個人都這樣子穿正裝，他們很注意服裝和體面。」

「我們是出去找工，給別人打工——還管體面不體面？」陳宏實在有些難以理解。

「反正人靠衣裝。穿得像樣些，總會給人留下個好印象吧。」看來家傑大維他們的思維方式，還依舊停留在日本留學時代。

陳宏聯想到，在國內時，常常見到一些穿著「麻將牌」一樣方方正正西裝的男人，那一板一眼的言談舉止；又想到了那些穿著國外二手市場淘回國的「正宗」西裝，抖著腿在領館門外換外匯的「倒爺」們，實在不敢苟同。

「總之，我以後是不會再這麼穿了，你們兩人就隨意吧。」陳宏將那套出國前隨著眾人計畫著定做的西服扔到牆角之後，除了同曉晴註冊結婚的那一日，就再也沒往身上套過。

沒多久，錢家傑找到了一家義大利餐館的工作。雖然他出示的是那張「三級廚師證書」，可與人家的義大利菜是風馬牛不相及。因此，他只能以「廚師」的身份降級作為「幫廚」。這倒反而給了這位不具備多少廚藝的大廚，一個從頭學起的良機。

工作得之不易，錢家傑甚為慶幸，他不敢有絲毫懈怠。不僅任勞任怨爭做著別人不願幹的活，錢家傑還不忘抓緊時機偷師學藝。工作才兩個多月，他的出色表現得到了餐館老闆的肯定，將他每週三個晚上的工時提高到一週六天，並每小時給他增加了一元的工資。家傑感佩在心，遂更加發憤努力。

幾乎每個禮拜，錢家傑都將五十元現金夾在寄給媛媛的信中。非常幸運的是，很久以來，似乎天佑其辛苦，那些隨著滔滔不絕至寥寥幾行的文字所寄出的鈔票，竟張張不落地送達愛人的手中。

已經走向舞蹈生涯尾聲的媛媛，每週喜獲兩三百元的額外收入。雖然那些鈔票一文不動，被裝入了李媛媛的那個錢袋子裡，但她細頸上托著的頭臉可以抬得更高，纖腰所撐著的身子也可以繃得更直了。是否繼續跳舞，甚至是否面臨下崗等所有的擔憂，不再令其悶悶於心。媛媛甚至開始花些時間和鈔票，依照家傑的建議去夜校讀讀英文，做起了有朝一日出國團圓的美夢。

看到錢家傑果真憑著一紙證書找到了工作，陳宏也增添了尋工的信心。那日，他走過一家五星級賓館的門口，突發奇想：「由於我們對自己的那張證書缺乏信心，平時總在小飯館裡找工。今天本人不如壯起虎膽，進此五星大酒店去碰碰運氣？」

這樣想著，陳宏便走進了賓館大堂。聽說是來找工的，服務生禮貌地把他帶到了一個辦公室。那裡的工作人員問明其來意之後，便拿出了一張表格，請陳宏填上所需內容。與此同時，陳宏將曉晴為每個人所預備的簡歷留在那裡，之後卻猶豫了一下——最終沒有拿出那張「三級證書」。一切搞定之後，那人告訴陳宏回去等候回音。

此一過程是那樣地簡單和程序化，沒有浪費的時間，沒有任何的壓力。陳宏辦完了工作申請，一身輕鬆走出大堂，來到馬路上，回頭望望那棟高樓，心想：「我如果真的可以在這裡上班，曉晴一定會跌破眼鏡的，呵呵。」

幾天以後，並不抱太大希望的陳宏，竟出乎意料地收到了賓館的通知，前去見工。廚房的領班把他帶去職工食堂，一路問著：「你會做中餐？」

陳宏答得猶豫：「會——主要看你們有些什麼食材。」

那位領班說：「慢慢來，先幫著打打下手。」

此話正中下懷！

賓館的職工食堂原有一位廚師，也許廚藝不夠精，因此只能燒給本酒店的職工吃。看到來了一位中國「大廚」，全體員工便都期待著可以嚐新。他們喊著陳宏的洋文名字，向他提出想吃中餐的美好心願。

在澳大利亞，週末工作有一大好處：工資是平日的兩倍！故而，陳宏只做兩日，便可得到像錢家傑他們做五天的收入。何況，平常若有需要，陳宏還常常被喊去加上晚班。

細心好學的陳宏，同家傑一樣，很快便掌握了那幾個每週重覆製作的職工菜肴。在員工們的一再央求下，他有天上班後徵得同意，去本酒店對外的大廚房取回了一大把四季豆。回到職工餐廳以後，陳宏先蒸熟了一大鍋米飯，然後熟練地將四季豆一把抓在手中，往桌面上一敲一頭齊後，一刀切去根部；再反過來同樣敲一下，切除了另一頭的根部，然後再切成小丁備用。隨手又拿了一個洋蔥，切成差不多大的小片。

陳宏又拿出飯店常備的大明蝦，快速的去了殼，並同樣切成小塊之後，撒上一些紅酒和鮮味醬油（老外的廚房倒是樣樣不缺）醃著。接著起了個大油鍋，將洋蔥、豆角丁、蝦仁按順序倒入油鍋，稍稍翻炒兩下後，將米飯全數倒入鍋中，再次撒上鮮味醬油以及少許鹽之後拌勻。

一大鍋中式炒飯就已完成——香味四溢！

員工中人人爭相嚐鮮，讚美之聲不絕於耳！

從此，這味佳肴被定名為「陳式炒飯」。隨著陳宏中西烹飪技藝的提高，他非常榮幸地被正式公認為該酒店之二十二名大廚之末，專門負責員工食堂的配菜與烹飪。

順利得到工作之後的陳宏和家傑，沒忘了將朋友們包括大維等介紹進自己的工作場所。當年的眾多留學男生，幾乎個個都在飯館的廚房排過隊，等著廚師和老闆按照當日的需要招募幫手。大家頻繁穿行於各個餐館廚房之間，甚至在暗中作著自我分配和工作時間的調節，許多人儼然把自己當成了多個廚房的「幫廚主人」。

第四章：海外安居

留學生們互幫互助，逐漸形成了一個朋友的大圈。他和她們不再安於寂寞，更不用像在日本那樣生活於黑暗之中。他們常常一起喝茶（午餐）和晚宴，一起看錄像或電影，甚至相約著一起外出駕遊。

留學生的生活變得豐富多彩起來，除了結婚生子之外，其餘的，幾乎同當地人沒有太大區別，甚至更加精彩而多樣化。

然而，單身生活畢竟不可維持長久。何況，幾乎所有的留學生都早已過了結婚生育的合法或世俗公認的年齡。眼看著那些結了婚後出國的正面臨兩地長期分居甚至妻離子散，又眼看著那些情投意合或者早已同居的伴侶們生活在沒有婚姻保障以及生兒育女的困境之中——

澳大利亞政府，大赦天下了！

二十世紀九十年代初，幾乎所有的在澳逾期留學生，都無比幸運地拜「學運」所賜，以「難民」的身份，獲得了合法居留的身份！

接下來的一系列變化和升華，是那些拖兒帶女的妻子前去同久別的配偶團圓，是那些終於可以在澳獲得合法結婚生子生女權益的夫妻，是那些急著申請出國與子女們團聚的父母……

不一而舉。

在留學生們個個春風拂面、舉家歡慶的日子裡，周潔卻在遠離人群的一角，帶著兒子過著單身母親的生活。然而，可愛的孩子早已拂去她臉上的陰霾，陽光已時時再現於這位年輕母親的臉上。

為了盡可能保住孩子出生的秘密，她一個人搬去了同大維他們相反方向的小區居住。除了陳曉晴夫婦，她沒有將此事告知任何親朋。她遠離眾多的留學生，而在那個洋人為主的邊遠小區裡，找到了一份幼兒園幫護的工作。這樣，小潔既可與兒子同處，又得以養家糊口。

因此，單親媽媽周潔過得倒還安定。只不過那一日，她卻急急地跑去找到曉晴：「妳曉得嗎——澳大利亞就要大赦了？」

《那幾個上海女人》

「一直聽說有這個可能，但不知是真是假。」陳曉晴好像還不懂得其厲害關係。

「啊呀，妳怎麼還沒搞懂：他們那些逾期居留的，都可以申請作為『難民』得到大赦！而我們反而不行，不屬於大赦的範圍！」

「真的？」這下子陳曉晴也開始發怔了：「那怎麼辦？」

「我剛找人了解了一下：像我們這種情況的，除了嫁給當地人，還有申請技術移民一條路可走。」小潔的消息向來靈通。

到了國外，住在偏遠地方，事體還是樣樣搞得清，頭腦還是那麼機靈。陳曉晴從骨頭裡佩服她這位閨蜜：「真的可以嗎？那我們就趕快抓緊辦呀！」

「可以的！聽說就是因為要大赦，技術打分也比較鬆了。所以，我已經把我們三個大人兩個小孩的申請表都拿來了，妳趕快看一下。妳負責這裡的事情，我找人把國內需要辦的材料給弄過來！」

一切安排就緒。才短短兩個月，周潔和曉晴兩家都順利獲得定居申請，比別人反而早了幾個月。一場虛驚至此才算過去。

獲得定居後，周潔已作出決定，暫時不辦理父母來澳團聚。雖然，來自家中的壓力極大。

父母曾一再催促：「妳儘量早些把爸媽辦過去。這樣，過兩年就可以申請妳阿哥他們一家移民澳大利亞了。」

「爸，你現在都還沒有到退休的年紀。而且，你在大學裡的地位那麼高，朋友那麼多，來了這裡不是會感到非常失落嗎？」女兒儘量曉之以理。

「我當然不願在那裡常住。主要是考慮到妳的阿哥小清他們，他倆實在不夠爭氣！如果我和妳媽不申請移民，他們哪裡會有希望出國？」父母的算盤總是如他們所意。

「那你們覺得在國內沒有出息的人，到了國外會浪子回頭、鴻圖大展？」

「妳在那邊，不是可以幫助他們一家子的嗎？」

不曉得從哪天起，周潔便成了家裡的「重屬」。似乎從今往後全家一應老少的前途和幸福，都將要這位單身母親一肩所扛！

父母可有想過，家人可曾關心——

自己的女兒親人，如今過得怎樣？是否幸福安逸？

獲得澳大利亞定居的留學生之中，錢家傑屬於那類歸心似箭的萬眾之一。

為了節省開銷，他平時同其他留學生來往得不多。過去幾年裡，他更是極少參與大家的吃喝玩樂等消費活動。他一門心思地打工賺錢，他深知自己的年齡以及肩負的重擔。

因此，當澳大利亞政府終於下定決心，繼美國大赦之後，同樣為在澳華人學生提供了無條件定居的優惠，並真正落實到了絕大部份的留學生之際，錢家傑是那些等待領享「大餐」的泱泱大眾之中，準備最早、最充份的那一位。

在護照和簽證尚未到手之前，錢家傑回國探親的準備一切就緒：他已經向移民公司了解詳盡有關夫妻團圓的申請細節；他跑遍那些平素早已留心的特色商店，購回了一大堆回國所需之禮品；他預定好了機票，但等簽證一到，便啟回國之程。

看著錢家傑忙進忙出忙著回國事宜，大維的內心卻無比焦急。

他的一隻腳在前段時間的工作當中，由於穿了不該穿的輕便鞋，讓一根釘子從中扎了進來，穿透了腳背，造成了嚴重的腳傷。所幸的是：雖然此事發生於下班途中，但老闆卻被要求承擔其「沒有預先警告員工不得穿此類鞋子工作」的責任，而將負責他的醫療、工資補助、賠償金等一干費用。

不幸的是，至今大維的腳仍不方便站地行走，因此也就暫時不能回國省親了。

看著家傑每天一反常態、興奮無比的樣子，大維既表示理解，又非常羨慕。他從內心為朋友感到高興：「終於熬出頭了！你家媛媛也熬出頭了！」

「一樣的！等你的腳傷有所好轉，也能立刻回家把老婆兒子接出來了」。家傑體諒大維迫切無奈的心情，安慰著他：「我們大家這麼久都熬過來了——曙光已在眼前！」

「是的，是的。噢，對了，你回去後千萬別告訴蓮蓮我腳受傷的情況，只講請假有些麻煩。等過了這段日子，我一定會儘早趕回上海——別讓她們為我擔心。」

大維一邊關照著家傑，一邊拿出一疊換好的美元交給他：「你這次不會帶太多的鈔票回家吧，反正人都要過來了？請你幫我把這些美金交給蓮蓮。」

「我自己帶得倒是不多。可是，你為啥要帶這麼多鈔票回去？」家傑接過美元，非常驚訝。

「我已經同朋友談好，先進一個二十尺集裝箱的領帶來賣賣看。」大維解釋道：「你看，我現在已成六等『殘疾人』了，又夠不上拿殘廢金的級別。以後不知還能不能幹重體力活，所以想開始做點小買賣。」

「重操舊業對你來講倒不是壞事。何況現在有了身份，以後你自己可以直接來回進貨了。」家傑蠻支持他的，接著便關心起他的生意來：「你覺得領帶是個商機？」

「要試了才曉得。我只是將這裡的領帶同國內的做了些比較。我們那裡真絲領帶的價格，都比這裡的針織領帶要便宜很多。」大維據實以告。

「噢，這就好。」家傑聽後，覺得似乎可以放心，便小心翼翼將美元貼身藏好。想到兩人過去的一個教訓，他「呵呵」笑了起來：「還記得我們的『101 生髮水』嗎？」

「當然記得——全軍覆沒啊！真慘，呵呵。」

當年剛來這個國家時，他們二人曾經依據自己在日本的「經商」經驗，隨身行李中儘量省出一尺之地，用於帶上一大堆的「101 生髮水」，準備在澳大利亞加以推銷貼補生活。只可惜那時的澳大利亞同亞洲的商業交流如此之少，在中國及周邊國家和地區名噪一時的「101 生髮水」，竟沒能為此地的「禿頭」者帶來福音！

想到此，家傑有感而發：「我是不敢再作嘗試了——想到那些過了有效期的『101』，覺得自己還是太平點，多打工掙鈔票吧！」

聽到家傑如此說，翹著傷腳、陷在那個屁股幾乎已接「地氣」之舊沙發上的大維，倒是「哈哈哈哈」地大笑了起來。

他回憶著當年的情形：「想想還是被曉晴講對了：這裡的男人都以剃光頭為性感的標誌，誰還在乎頭髮是否少了幾根！所以，做生意一定要入鄉隨俗。」接著又補充了一句：「領帶一向是老外的專用，這次選擇的方向應該是正確的！」

總算是摸到了一點點生意門路的大維，心下甚為寬慰。

第五章：團圓何止於夫妻

　　錢家傑終於錦衣還鄉，帶著那份自豪——實為錢、李兩家掙足了面子！

　　消息傳遍了整條弄堂。不僅是老錢家，每天還有許多認識與不認識的新老鄰居把老李家也圍了個水洩不通。老老少少們終於看到李家遠近聞名的「小美人」，在變為齡過三十的「大美人」的許多年之後，迎來了她榮歸故里的丈夫！

　　不僅如此，聽說目前其丈夫正在積極為她辦理著出國團圓的手續！

　　「李家阿姨，你們真是好福氣唷！你們的女兒眼光這麼好，給自己找了一位弄堂裡赫赫有名的好男人喔！」

　　「李家爺叔，你們夫妻兩人的命真好！就等著跟女兒去國外享清福咯！」

　　人來人往，絡繹不絕。其熱鬧程度甚至超過了當年那些擠破門、前來訪問剛回上海的「小美人」媛媛姐妹的情境。只是如今鄰居們嘴上的「爺叔阿姨」，已非昔日李家的阿爺奶奶，而變成李媛媛的親生父母。

　　李媛媛本人更是每日喜形於色。她與家傑一起住進了錢家那間暫時讓大姐家玉騰出的大房，每天穿著自己在上海各高檔自由市場淘來的漂亮服裝，聽著鄰居們諸如「國外的衣服穿在大美人身上就是般配」之類的讚美聲，在愛人、家人及一眾人等眼前倚嬌弄俏，顯盡風情。

　　家傑的全家同樣以子為豪。不僅如此，錢家長輩們逢人便誇讚自己的兒子和媳婦，是天生郎才女貌的一對小夫妻。錢家每個人不僅捧著兒子，再次對他的媳婦也無條件地遷就和照顧著。尤其是那位小姨子，整天圍著阿哥小嫂，說著好聽的話，手裡還遞著零食：「我家阿嫂長得就是漂亮，打扮起來也顯得比別人洋氣！以後出了國走在馬路上，絕對讓老外看花了眼，嘻嘻。」

　　錢家傑幫李媛媛把團聚申請送至澳大利亞領館之後，再過一個禮拜就要返回雪梨了。那天趁著媛媛回她父母家，家傑的父親走入兒子的房間。

當時，家傑正在整理行李物品：「爸，有事找我？」

「對，兒子。這兩天我們大家商量了一下，決定先讓爸爸同你談談全家將來的計畫。」

「什麼計畫？爸你坐下來講。」家傑指著房裡的那張椅子，自己仍然手腳不停地整理著衣物。

「你現在定居澳大利亞了，家裡老人倒是不用你太操心，暫時可以讓家玉他們夫婦照顧著。但是，爸爸媽媽把你養大，總是希望以後可以同兒子生活在一起！原來我們家裡的住房條件緊張，你選擇出國留學，我們都沒有反對。現在你在那邊的生活穩定了，家裡希望你可以把爸爸媽媽接去國外，一起生活。」

「可我現在怎麼接你們過去呀？澳大利亞移民有規定，兩個孩子的父母才可以選擇是否去澳大利亞生活。而我們家是三個孩子。」家傑停住了手裡正做著的事，在床沿坐了下來。他看著父親，臉上顯出了為難之色。

「這個情況我們已經打聽清楚了，所以決定讓你先幫你妹妹家靈出國留學。等她在那裡結婚後拿到了定居，我們老倆口也就可以過去同你們團圓了。」

錢家傑呆呆地坐著聽著，未置可否。心裡不免嘀咕起來：「有關父母團聚的細節，不知家裡人是從哪裡『打聽』得那麼細緻的？自己至今還沒有來得及考慮這個問題，家裡人倒已經替我作出了『決定』！」

看到兒子沒有任何反應，錢父緊追著問了一句：「你到底是同意還是不同意？」

家傑被逼無奈，只求蒙混過關：「等我過段時間把政策了解清楚再說吧。現在媛媛的事情都還沒有落實，我不方便把家靈先辦去澳大利亞的。」

錢父站起身，轉而往門外走去，臉上明白露出不悅之色：「其實也沒什麼可衝突的！媛媛申請的是夫妻團聚，她的簽證早晚都會下來！」

「我曉得了——但是這件事先別對媛媛講。」家傑對著父親的背叮囑了一句。

錢家傑和李媛媛住在家中的最後幾日裡，關於家靈留學和兩老移民的事體，沒有人對媛媛提起過一個字。然而，只要一有機會，錢母和錢父便輪番提醒著兒子此事的重要性，似乎已勢在必行。錢家小妹妹家靈倒是閉口不提此事，每日仍舊哄著捧著哥哥嫂嫂。

雖然家裡氣氛依舊熱鬧，但父母那兩雙等候答覆的眼睛，始終令兒子甚為不安，難以正視。在自家住的最後那段日子中，錢家「老、中、青」三代人所精心烹製的菜肴食物，已經讓家傑感覺索然無味。

送走了久別重逢的家傑，媛媛回到了她劇團的單人宿舍，開始計畫辭職和出國事宜。沉浸在幸福之中，她期待的心早已飛向雪梨那個雖然遙遠，卻是心上人所在和自己今後的家。

那日，李媛媛想起了大維沒有回國的原因，便去買了一些小孩的食品，前往探視劉蓮母子。

「嘿媛媛，妳來啦？快請裡面坐。」蓮蓮的心情看起來蠻不錯，一見到小姐妹便開起了玩笑：「本來該去錢家看看你們，但想到久別勝新婚，所以還是把那點時間省給你們夫婦自行方便啦。」

「家傑已經回去了。我抽個時間過來看看妳和寶寶，順帶問問妳家庭團圓的申請辦得怎麼樣了。」

「申請表格基本上都填好了，還等大維再幫我確認一下，馬上就會交上去了。」

「那真是太好了——我們大家居然會在國外相見，實在不容易。」

「就是。」蓮蓮突然想起一件事：「聽說陳宏曉晴倒是常常同大維他們碰面，但大家很久都沒有見到小潔了。」

「是，她好像搬到了很遠的地方——可能心情不好，想一個人靜靜？」媛媛跟著嘆了口氣：「沒想到成宇那麼靠不住！」

「他倒是來找過我幾次，東問西問的。我知道他關心小潔的近況，可惜我自己也不太清楚。」劉蓮倒不是撒謊，她曾多次向曉晴打聽過周潔，卻也沒有問出多少內容：「聽大維講，周清和他們家人早都不理睬成宇了，所以他只能來找我問話。」

「要我也絕不會再理他的——女兒都這麼大了！嘴裡一直講愛著小潔，結婚生孩子動作倒是蠻快的！」媛媛為朋友憤憤不平。

「對！他現在一定要後悔死了，我們所有人都快出國了！」

小姐妹們雖然不甚了解箇中具體原因，但卻眾口一詞，為周潔喊冤叫屈。

「聽說過年的時候，曉晴陳宏他們會帶著女兒回國，就不曉得小潔是否會一起回來？」

「難講呀，這是她的傷心之地！而且，他們兩家又住得那麼近。」

新年到來之前，陳宏曉晴果然帶著寶貝女兒回國探親。兩家四代同堂，融洽共敘，同享天倫之樂！

當陳曉晴再次見到姐妹們之後，便被她們纏住不放。提問一個緊接著一個，試圖讓她在此短短兩三個鐘頭裡，全部匯報多年來留學國外的點點滴滴。當然，其中包括至今音訊尚缺的周潔近況。

「她蠻好，就是暫時還請不出假回來。」曉晴的回答仍然含糊。

「我們兩個猜想著，她是不是不願意再見成宇？」劉蓮直接問道。

「有些這方面的原因吧……時間長了就會好的。等妳們過去了，自然就會見到她了。」曉晴雖如此答著，眼前卻出現周潔一個人帶著的那個漂亮小男孩，心裡不免難受起來：「聽說成宇夫婦生了一個女兒？」

「對！還聽說他老婆是同一家醫院的麻醉師——也不知當年怎麼把他給麻醉了！」提到那對夫婦，大家都沒好氣。

第六章：放不下的總歸是情

　　陳曉晴回國的消息不知怎麼的，竟傳到了梁成宇那裡。他連著去了陳家幾次之後，終於見到了曉晴的面。

　　「小潔好嗎？」成宇把曉晴約到附近的一家私人咖啡店，不敢正視她那張冷若寒冰的臉，卻以急促的語調詢問起周潔的情況。

　　「重要嗎？聽說你倒過得蠻好——喜得貴子？」

　　「不是兒子，是個女孩。」成宇的聲音輕了下來：「我心裡其實一直牽掛著小潔！」

　　「沒有必要了吧？你既已討了老婆，生了小孩，就應該心滿意足啦！」陳曉晴沒有一句話是給著好臉色講的。

　　「不一樣的！我對小潔的感情是永遠都不會變的！」

　　梁成宇居然振振有辭，這可真把曉晴給點著了：「所以你覺得吃著碗裡的，還可以去攪那隻鍋裡的？」

　　成宇沒有回話，眼圈開始紅了。

　　曉晴看著他，口氣稍稍放緩和了些：「你既然選擇了這條路，就沒有必要再瞻前顧後的！何況，聽說你的夫人對你很好？」

　　「談不上很好，尤其在結婚之後……我同她之間從來沒有像小潔那樣親密的關係——她不是我所喜歡的類型！只是我媽過去一直講，小喬很懂事很會做人。而且妳們也曉得的，我媽向來不太喜歡小潔，覺得她不是賢妻良母的類型。」成宇的聲音低得連他自己都不清楚，此話究竟說出口了沒有。

　　可曉晴還是聽清了，她實在忍無可忍：「你的母親憑什麼這樣講？！你又憑什麼這麼認為？你都還沒有同小潔在一起生活過，怎麼就敢相信和斷言：她不是個合格的妻子和母親？你曉得這些年來，小潔是怎樣努力闖過來的嗎？」

　　想到好友周潔作為工作的單身母親，每天辛辛苦苦但卻勤快俐落地做著家務、帶著孩子的情形，好姐妹不禁悲從中來：「一個女人還沒有成為別人的妻子、還沒有做得孩子的母親，竟被斷下如此不實和可怕的定義——我真為天底下如小潔那樣的所有女子感到無比悲哀！」

這麼些年來，梁成宇總是陷於自怨自憐的情緒當中。他卻實在沒有好好想過，作為情感失敗者的小潔，那痛徹心腑的哀慟以及難以承受的磨難！此刻聽著陳曉晴的責備，曾經自詡「護花使者」的梁成宇不禁滿臉羞愧和懊惱，止不住黯然淚下。錯已鑄成，悔之又奈何？

陳曉晴站了起來，拋下成宇一人長吁短嘆，獨飲自省。

曉晴回到雪梨，帶回了梁成宇的消息。

除了曉晴，小潔沒有在任何時候向任何人再次提起過這個名字。她本該可以忘記，卻因為那個小生命的延續，將記憶完整地保留下來。

「所以，他倆生的是個女兒？」一抹難以察覺的微笑，從周潔那白皙的肌膚之間透閃了出來，隱隱約約。

周潔所關心的，在曉晴看來，仍舊出於並停留在中國上幾代人的思維方式。更深的那層意思，也就是陳曉晴所一直擔心著的，是小潔的心裡因為放不下，而依然在較著勁。

孩子們在兩人的眼前追過來跑過去，他們是那樣可愛！每個來到這個世上的孩子，上天為其選擇了特定的時間、在特定的地點而誕生——他和她們都是註定要來的！

「是的，聽說長得像娘家人。」曉晴事無巨細，將自己打聽到的件件匯報到家。

「為什麼他會覺得婚後沒勁？」聽者也蠻仔細的。

「他對蓮蓮講過：那個女的自從結婚以後，每天下了班就獨自在房間裡坐著看書休息。她說自己不怎麼喜歡做家務，也不主動幫著照顧孩子……反正成宇的母親已經退休在家。當然，聽說她性情蠻好的，從來不提任何要求和意見，也不和家長頂嘴鬧事。」

「所以這就是他們梁家人，對於『賢妻良母』的選擇標準？」周潔的那抹笑容，再次從皮膚深處暴露出一些跡象來。

「我原先以為，人最怕的就是比較。現在卻認為，人該怕的應該是無人可比！」陳曉晴也笑：「看看現在的妳——自己動手，豐衣足食！我實在是從心裡佩服妳的工作和生活能力。」

「兒子是我最大的動力！」

「能力也是很重要的。」曉晴忽然想到一件事：「有時候女人的能力太強，並非是一件好事噢。」

「何以見得？」周潔顯然沒聽明白她的意思。

「妳自己把什麼事情都搞定了，就不急著找男人啦。」曉晴不願講得太認真，故意把口氣放得輕鬆一些。

「男人和老公是兩個概念。」周潔笑笑，看看兒子。

曉晴倒是懂得她的。愛子勝過一切的小潔，很難想像會有其他的男人同她一樣，愛護自己和成宇的兒子。好朋友只能規勸她：「別太苦了自己。遇到合適的，給自己一個機會。」說完了，她倒先笑起來：「妳怎麼會缺少機會和男人！妳就慢慢挑著吧，呵呵。」

「現在最大的問題倒不是男人，而是那兩位呀。」周潔忽然想到了即將面對的人，馬上同曉晴商量起對策來：「假如劉蓮她們吵著要來我家，我該怎樣做？把兒子藏起來？」

「藏，也只能藏一段日子，大家遲早會知道的。況且，孩子一天天長大了，比如我們家小囡。要是我經常帶著她同蓮蓮她們一起活動，我肯定會提心吊膽的，擔心她會一直問我：怎們小潔阿姨和凱文（周潔兒子）沒有來呀？」

「這倒是……那我到底該怎麼辦呢？」聰明人也會有難辦的事。

「妳只是不願讓國內知道，還是想連這裡的人都一起瞞著？」陳曉晴雖然如此問，但答案卻無非只有一個：「都瞞著好像不太現實吧？」

「能瞞得住上海嗎？如果這裡人都曉得了，上海早晚都會曉得。」這個推理是正確的：「如果可以盡量不讓他知道有凱文存在，應該就可以了。」

陳曉晴想了一會兒，突然靈機一動：「這樣：把妳家凱文的出生月份換到我們囡囡的後面。以後國內即使知道了妳有個兒子，應該也不會再把他同成宇聯繫在一起了。」

「好倒是好⋯⋯那別人會問孩子的父親是誰？」

「所以妳必須馬上給他找一個！」陳曉晴抓緊時機，半開玩笑半認真地說著：「對了，那位考車教練還時常來幫妳『練車』嗎？」

周潔也跟著笑了起來，未予回答。

「既然『省爺』經常來照顧你們母子倆，那不然就算在他頭上吧？雖然是虛擬的，但我想，他一定是深感榮幸，呵呵。」

那位教練倒是個好人。他是當地老華僑的兒子，結過一次婚。等到辛辛苦苦攢起來的一點點積蓄，都被洋人老婆喝酒喝了個底朝天，他才發現找錯了人並迅速離了婚。之後就變得小心翼翼的，把自己的錢包看得緊緊的。甚至遇到如周潔那樣令其心往神馳的女子，他也能做到堅守少出⋯⋯比如那次他誠意邀請周潔曉晴兩人去酒吧坐坐，問了她們中意的啤酒之後，便跑去櫃台樂樂顛顛地拎了兩個瓶子過來：一瓶自己喝，一瓶分了一半在順手帶過來的那個啤酒杯裡，遞給她倆——那晚實在是把兩位少婦樂得閉不上嘴。

因為教練姓沈名業，從那以後，兩人便給他起了「省爺」的別號。

「省爺」不捨得在女人身上破費，對孩子倒是有求必應。不僅僅是「求」字，他還常常自覺自願地留意著兒童玩具的升級換代。害得曉晴的女兒常常去了小潔阿姨家之後，回來便提醒父母親：「凱文又有了新的玩具了。」

周潔感動著「省爺」的用心，接受著他的情意，卻始終沒有給兒子凱文另找父親的打算。

第七章：入鄉隨俗

大約半年左右，劉蓮母子和媛媛相繼來到澳大利亞的雪梨，同丈夫歡喜團聚。開頭的那段日子裡，她倆的內心別提有多麼的興奮和滿足。住的是男人千挑萬選為太太們租借來的房子：其外觀和舒適程度，不但比下有餘，更是遠遠超過了上海的新公房！

她們每天高高興興地整理著家物，不時還跟著丈夫出外購物。節假日或是一旦有了空閒時間，一起長大的好友周潔曉晴她們，又輪番著請客吃飯，或是帶著穿得嶄新鮮亮的姐妹們招搖過市，逛街遊覽。因此，新來者臉上個個神清氣爽，怡然自足。

一個多月眨眼便過。那一日剛下班的錢家傑帶著滿臉喜氣回到家，對如同沉浸於新婚燕爾之中的媛媛講：「妳曉得嗎？在妳還沒來雪梨之前，我已經在飯店老闆那裡為妳申請了一個工作。老闆對我特別好，今天專門過來通知我，說妳隨時可以去店裡上班了！」

媛媛一愣，立刻發問：「我去你們飯店？做啥事體？」

「當然是做服務員咯——妳又不會燒義大利菜，呵呵。」家傑興致很高，對自己的女人開著玩笑。

「那服務員的主要工作是做什麼？」媛媛的表情和問話的語氣中，除了不甚理解，還有非常不屑。

「當然是接待來飯店吃飯的客人：比如說寫寫菜單，送酒上菜什麼的。」看著媛媛艴然不悅的臉色，錢家傑的興奮情緒著了涼，講話的聲音隨之變得軟弱無力：「哦，對了，現在妳的英文可能還達不到要求，所以應該先幫著別的服務員打打下手：比如擦擦桌子凳子，送送飲料，端端菜那些事。」

「你讓我去伺候別人？你不知道我在自己家裡，從來都不做這些事體的？」

媛媛的斷然拒絕，讓家傑始料不及！他怔住了。然後閉上了嘴，訕訕地走進淋浴房。

很久以來，這是頭一次夫婦兩人整晚都沒有作床第之交流。他們各懷心思，仰天而眠。

第二天上午，錢家傑照著習慣先行起床準備了兩人的早餐。他自己吃完後便去洗手間梳洗完畢，走回廳裡一看：媛媛今天起得也蠻早。

家傑心中暗喜，便開口確認：「妳是否打算等一會同我一道去飯店？」

不料媛媛卻用眼角甩了他一眼，回答：「開啥玩笑！曉晴同我和蓮蓮早就約好了，今天出去午餐。」

錢家傑搖搖腦袋。雖然還未到中午上班的時間，他寧願提前離家。

李媛媛沒動家傑為她預備好的早餐，卻打了個電話給陳曉晴：「妳計畫幾點來接我們？」

「午飯前吧。我要先送陳宏去上班，然後再過去接妳們。」曉晴側著腦袋把電話夾在肩上回答著媛媛，一邊熟練地餵著女兒。

陳曉晴家同當年大多數留學生的家庭一樣，只有一部二手車。白天曉晴若是要用車的話，必須先帶著女兒開車送陳宏到工作地點。好在陳宏的上班時間同家傑一樣，都是接近中午時分。

曉晴帶著女兒送走了丈夫之後，便依次接上媛媛和劉蓮母子，來到一家泰餐館。三大兩小五個人坐定後，陳曉晴一邊為女兒繫上安全帶，一邊對她倆說：「泰餐的味道非常特別，好像一個菜夾雜了五種味道。雖然吃任何一個主菜都可以嚐到其特色，但我們還是多點幾樣，一次嚐個夠。」

一邊吃著，看到今日媛媛的臉色有些不悅，而且少言寡語的，大家不免關切起來：「怎麼啦媛媛？今天妳有些不舒服？」

李媛媛只猶豫了一秒種，便和盤倒出她與家傑的那場爭執，最後補充了一句：「早曉得出國是為了來端盤子，當初還不如留在上海！至少在那裡，我還是很受歡迎！而且，我的舞蹈經驗豐富，到哪裡都可以做個舞蹈老師！」

媛媛午餐吃得很少，她一直說著話，振振有辭……餐桌上的空氣慢慢沉寂了下來。

大家低著頭，又吃了一會兒，陳曉晴才緩緩地開口講話，她的眼睛依然看著手上的叉子：「那妳原來一直以為妳的老公是在做什麼——當妳收到他每個月寄給妳鈔票的辰光？」

媛媛沒有回話。

曉晴把臉抬了起來：「我們在這裡的每一個人，都是這樣子走過來的！妳已經非常幸運了：家傑有本事幫妳早早地聯繫好了工作！妳曉得嗎，當年有多少個日子，我和小潔在雪梨的烈日底下出門，包裡只帶著一瓶出門前準備的自來水和幾片熱得黏在一起的切片麵包。我們拿著地圖，用省下的午餐費坐幾站火車到達工業區，一家一家敲門找工……我們甚至連自己會幹什麼、將做什麼、工資多少，都沒有時間考慮太多。一門心思地，覺得自己只要找著了工作，口袋中才不會身無分文，飯桌上就不會青黃不接！」

「我們大維講，他也很苦！你看看他的腳，差點都要瘸了。」劉蓮開始有些感觸了，設身處地作著想像。

「再看看妳倆：一過來就住上這麼好的房子；冰箱裡東西塞得滿滿的；老公有時間還陪著妳們出去吃飯……媛媛妳有沒有想過，光靠他一個人的話，要做多少工作，賺多少鈔票，才能供得起一個家庭？才可以讓大家過上更好的日子？」

「那妳現在不是也沒有打工？」媛媛心有不甘，但聲音不再那樣理直氣壯。

曉晴嘆了口氣：「我當前實在是沒有辦法呀：孩子即便送托兒所也只能待到下午。我還試過請人來家裡幫忙，可惜費用之高，甚至超過了自己的小時工資！而且，我的一個朋友因為請的工人不負責任，竟不小心拉斷了小孩子的手臂。我和陳宏即使在上班，心思也不得不一直掛在家裡和孩子那頭。」

曉晴看看她倆臉上擔驚受怕的表情，便緩和了一下口氣：「妳們知道我媽快退休了，我等著為她申請來這裡團聚。有了媽媽過來助我們一臂之力，我就會立刻出去上班的。」

「那我可不可以去找舞蹈學校的工作，比如教舞？」媛媛退一步，開始嘗試面對現實。

「妳當然可以試著找找看，但我覺得目前條件還不夠成熟，因為妳畢竟不是職業舞蹈教師。想要在這裡成為正規的舞蹈老師，不僅資格，語言能力應該也是一個必要條件。妳可以看看小潔的例子——她原有正規大學工作的經歷，來到這裡好幾年了，才剛勉強考了個幼兒輔導老師的資格證書。」

那晚，錢家傑回到家中，臉上少了平常的笑容，媛媛倒是主動了許多。而且，出乎家傑意料的，是妻子在床上竟主動提出：「要嘛明天我就跟你去上班？」

家傑欣喜之極，轉身雙手捧住愛人的臉，不住地親吻著：「好的好的，妳放心：我會請大家幫助照顧妳！妳先去見工試試，不行再說。」

第二天上午，錢家傑果真帶著媛媛去了餐館。整整一天，聽著老闆和工友們對漂亮夫人的連聲誇讚，家傑臉上的歡喜之色常駐。

晚上回到家裡，站了一天的媛媛倒是有些興奮。她坐在沙發上一邊專業地捏著稍微腫脹的腳，一邊在電話中給曉晴匯報著工作：「事體不難也不算太多，主要是幫著把菜端到桌子上。午飯之後休息了兩三個鐘頭，接著就是準備晚餐。晚上客人比較多。走來走去忙著，倒是比呆站著還更舒服。老闆提供免費晚飯，可惜我不怎麼愛吃……」

那邊陳曉晴鼓勵著她，並順帶提醒她：「鞋子沒大問題，反正妳一直都習慣穿平底的。衣服要儘量穿得簡潔一些。這裡的人都不講派頭，只圖方便。但要注意一點：老外絕不會在第二天穿前一天的衣服去上班的，即使那件衣服是已經洗過烘乾了的。」

「真的？那衣服沒有髒也要每天都換？」媛媛顯然開始重視起來。

「對。當然，冬天的外套即使每天換，大多數人也只把衣服掛著。不怎麼髒的衣服沒必要天天去洗。」

《那幾個上海女人》

「知道了——看來老外也有老外的講究！」

「是的。我們來到國外，最重要的就是要入鄉隨俗。」

做了幾個禮拜的餐館服務生，李媛媛倒是開始適應了那份工作。特別是澳大利亞餐館發薪的日子不是像國內那樣按月發，而是每週都可以看到辛勤勞作的收獲。無疑讓像媛媛那樣剛參加工作的人，充份感受到在國外打工的一大最為直接的誘惑力和滿足感。

然而，她的丈夫近日來倒是憋得有些鬱悶。終於，下班途中，錢家傑以非常謹慎的語氣，徵詢了一下太太的意見：「媛媛，妳看在我們那邊打工的男人女人都穿著簡單的 T 恤衫。妳能不能同大家一樣，別再穿得那麼漂亮去上班了？」

「為什麼？你知道我從來就討厭穿 T 恤衫和牛仔褲的！怎麼，到了國外上班，穿什麼衣服也有人管？」媛媛講的是大實話，她這輩子都沒有穿過 T 恤衫和牛仔褲，那類服裝實在不適合她穿。

「我只不過問一下妳的意見而已。」家傑一聽苗頭不對，趕快收回建議，轉調誇獎起來，企圖息事寧人：「事實上，我老婆穿連衣裙，就是比所有人好看！」

雖然錢家傑沒有再提及此事，但媛媛開始留意到同事們對她的另眼相看。她有了不自在的感覺，並將這種感覺在閨友們的下次約見時說了出來：「有時候她們竟說我的衣服都很 Fancy（花哨），可是我又沒有穿高檔服裝去上班，只是喜歡穿連衣裙而已。」媛媛顯然非常生氣，她完全不能想像別人會如此看待自己的服飾。

「是不是嫉妒妳漂亮呀？」劉蓮倒是開著玩笑，她對此事也並不以為然。

「應該不是，還是出於不同文化和生活習慣的原因。」曉晴直言相告。

「對啊，我們剛來的時候，別人也是這樣看我們的。」周潔同樣深有體會：「我們觀察學習了很久，才搞清這裡人的各種生活習慣。」

「穿衣服又有什麼講究？」媛媛既不可理解，又有些不知所措。聽周潔和曉晴均如是說，便趕快向她們取經。

周潔看看曉晴。曉晴會意，就簡單介紹了一下：「西方人穿衣服有幾個特點：第一他們分工種。一般白領也就是坐辦公室的，基本穿得比較正式。他們之中，男的可以穿襯衫、打領帶，或者加一件西裝外套；女的習慣穿套裝或連衣裙。再有就是藍領，比如工人、餐館廚師和服務人員等，他們極少穿著正裝或連衣裙去上班，而是比較隨意地穿些 T 恤什麼的。」

講到這裡，曉晴停了一下，看了看姐妹們的反應。見她們似洗耳聆聽，便繼續下文：「第二，並非白領的工資會比藍領高；他們的衣服也不一定比藍領貴，只是一種白領身份的象徵而已。第三，白領到了節假日，便一個個特別換上了休閒的服裝，以昭示眾人：自己今天休假！而藍領如果有派對或聚會等，也常常會穿著連衣裙等自己喜歡的漂亮衣服出席。第四，即便是連衣裙，也有適合工作和晚宴等區別：不管是哪一類連衣裙在澳大利亞都很貴，所以年輕人不會花太多鈔票買很多件。」

「所以，當大家看到媛媛妳每天打扮得那麼漂亮去店裡上班，自然會認為妳太奢侈太招搖，不適合同他們在一起工作。」周潔補充道。

李媛媛嘆了口氣：「天曉得——我的那些衣服其實一點也不貴，換算到澳幣只有一、二十塊錢而已！」

周潔笑了起來：「可別人不曉得啊，尤其是穿在妳的身上！現在妳倒是要花澳幣去買幾件上班穿的了，估計不會低於二十元的，呵呵。」

「大家都是過來人。當年我們準備出國的時候，買的衣服比妳還要多！爸媽在旁邊一直講我們不是來留學的，而是來度蜜月的。現在那些衣服全都扔在箱子底，除了同妳們出來吃飯時挑幾件穿穿，其他時候幾乎一點用處都沒有！」曉晴笑咧咧作著補充說明，卻忘了周潔的心結。講完後，才想起不該提「蜜月」兩字，她趕快看一下小潔，閉上了嘴。

她似乎並沒有在意。

第八章：靠手起家

　　大維用他的腳傷所得到的賠償費，從國內朋友那裡進了一個貨櫃。產品中除了兩打非常流行因此價格不菲的羽絨滑雪外套之外，絕大部份均是百分百的國產真絲領帶。

　　當年每條領帶的進價實際還不到十塊人民幣。刨去運費和場地租金等，其成本也絕對不會高於三塊錢的澳元太多。

　　做過廣泛市場價格調查的大維，發現在購物商場出售大眾產品的商店裡，一條普通的領帶，絕非真絲材質的，價格均在十幾至三十多元左右；何況那些男士專用店和名牌專營店中所標售的領帶，價格動輒高懸於五、六十元、甚至百元以上。

　　作為男人，做著男人熟悉的生意，賣著男士必備的用品——胸有成竹的大維，此番彷彿勝券在握！他一週五天依然忙著餐館打工。禮拜六和禮拜天，便在人人可租的小區週末集市定下了一個攤位，所繳費用為每天五十澳元。

　　聽說大維夫婦已經開始在當地新起爐灶，好朋友中，凡週末有閒暇時間的如周潔曉晴她們，便帶著孩子們一起過去助陣。反正多年來，她們也早已養成光顧週末集市的習慣了。

　　開張那天，集市裡熱鬧如故。大家早早幫著大維把攤位支好，所擺的主要是兩大類截然相反的物品：一是許多質地相近但花式不同的真絲領帶，均價每條十五元，按質地厚薄略有上下之分；另一類是冬天所穿的羽絨衣，樣式相近分四種顏色。由於進價和當地市場價較高，故售價定為每件一百二。

　　人來人往的市集中，可以看到許多面帶微笑的臉，隨著他們的身子從大維他們的面前來回走過——卻難得有人停留在攤位上，仔細查看或詢問那些漂亮的領帶。倒是有幾個趕集的，大致看了看那些羽絨外套，口中客氣地說著「Very Nice」。然而最終，他們的腿還是把自己的身體和聲音一塊帶走了。

原來信心十足的大維，第一天開張便遭受重創，這讓他百思不得其解。無奈，第二日的集市，他把領帶的價錢降至十元，把羽絨衣也降到了八十澳元。儘管如此，其利潤仍然幾倍於成本，關鍵在於最終所出售的數量。

本來禮拜天不打算再去集市的陳曉晴，為了鼓舞閨友的意志，再次帶上女兒，早早地跟著來到他們的攤位。可惜，一天又快過去，竟還是只出手了寥寥幾條領帶。晚上，大家聚在一起吃著飯，同時總結著這批看來註定會以失敗告終的貿易投資。

大維無論如何都難以理解這樣的結局，他不禁又想起當年「101 生髮水」同樣慘敗的經歷：「要嘛這裡的磁場真不適合我們中國人做生意？我實在搞不懂：為啥會做什麼，就倒什麼？」

他那「磁場」兩字倒是一下字提醒了陳曉晴：「這就說明我們還沒有摸到老外的脾氣，我們的思維方式依然停留在亞洲的習慣。」

「但領帶明明就是老外用的東西——我又不是在賣中國老奶奶的毛線衣！」大維從裡到外就是不服。

「我不懂做生意。但我在想，或許就是因為它是老外用的東西，所以他們才不會到你這裡來買？」曉晴講完這句話，大家都安靜下來，仔細想了想，似乎有些道理。

劉蓮第一次開了口：「有可能的。我看去集市的人都拖兒帶女的，不像是戴領帶的。也許，改賣毛衣還有點希望？」

「對，」曉晴繼續分析：「即使那些白領由於工作的關係需要戴領帶，也應該也不會買好多，他們也許習慣了去男士商店買個一兩條作為替換。何況，過去沒人在集市上出售過如此『高檔』的東西，因此你的領帶質量再好，價格再便宜，需要領帶的人也想不到會跑去集市買。」

「那我就清楚了：我馬上停工，然後一家家上門找客戶批發，專供那些出售領帶的商店。」

大維的腦子就是活絡，如此一來，領帶銷售這盤棋就反敗為贏了。

《那幾個上海女人》

　　幾個月之後，雪梨許多男士用品店都在出售來自中國的優質絲綢領帶，價格是其他普通領帶的一半。大維回顧過程，說得頭頭是道：「你們曉得嗎？他們店裡那些普通領帶中，原有一大部份的產地同樣來自中國，但是通過正規外貿途徑外銷的。層層加碼和稅收之後，價格當然不可與我的同日而語啦！」

　　雖說大維的批發售價還算理想，假如按照單件成本核算，大維應是發了財，實則卻不然！

　　看到了擠入澳大利亞市場的中國領帶，許多同樣清楚其成本並熟悉進貨渠道的華人，便競相效仿。由於接二連三的集裝箱蜂擁而入，導致人口稀鬆的澳大利亞各地，領帶供應遠遠超出了需求。因此，大維家僅批發出三分之二的領帶之後，市場便完全趨於飽和！

　　儘管如此，拿回投資總額並略有盈餘的大維夫婦兩人，如釋重負！他們把剩餘的領帶分散至各位朋友家的車庫，不管別人是自用或出售，是還清或不還鈔票——那些真絲領帶，用大維學來的那句北方話，就是「去他娘的了」！

　　比起當年的「101 生髮水」，第一次的領帶「貿易」對於大維來講，雖收益不大，仍可謂大獲全勝。因為於他之後，幾乎在所有的集市，人們都將不斷看到數不勝數的優質真絲領帶，堆積求售。

　　「領帶貿易」過後，在很久的一段時日中，大維聽從了太太「還是太平點，回去打工掙工資」的最高指示。他一面在餐館內穿上厚底鞋，繼續做幫廚，一面總結著此役的成效和經驗，以備再戰。

　　雖然人已到了國外，然而中國人民不屈不饒的置業奮鬥精神，與生俱來。

　　不久，劉蓮母親的親屬團圓申請得到了批准，她是第一位來到雪梨的老人家。開開心心地跟著女兒女婿以及親朋好友們吃喝玩樂了一大圈後，劉媽媽聽說澳大利亞的手工活超級貴，靈機一動，便同女婿商量：「既然這裡做一條窗簾要那麼貴，我們就應該把這個生意拿過來。這麼簡單的事體，我和蓮蓮兩個人完全可以在家裡接活開店！」

　　大維一拍腦袋，覺得自己真是找對了丈母娘！他馬上帶著比親媽還親的丈母娘，到處去看合適的縫紉機。設備投資一應俱全之後，劉蓮請曉晴幫忙寫了一塊「窗簾製作加工」的廣告牌子，照著老外的樣子，就支在自家所租的房子外面。同時，隨著中文報紙的出現和增多，他們發現，每週只需花上十多元，便可在密密麻麻的各式廣告版面，擠得一席昭告之地。

　　帶著嘗試的心理所開始的家庭作業，居然非常火紅！這讓所有本不對低價廣告抱有多少幻想的華人，突然理解了為何那些版面只有兩項主要內容——即轉刊過時「新聞」以及充斥著千百條重覆廣告的免費華文報紙，竟如雨後春筍般層出不窮！也許，對越來越多因親屬團聚而生活在英語為主語國家的老人來說，能夠手拿一份免費的報紙，讀著那些與已無甚大關的中文廣告和過時消息，無非也是一種對本土文化的懷舊和追思情結。再者，華人始終都需要自己的文字來推銷和找尋適合華人的產品。

　　家和萬事興！除了劉蓮他們家，在雪梨非常「太平」同心協力打工掙錢的媛媛和家傑夫婦，錢包也日漸豐厚了起來。因此小姐妹們難得見面時就與媛媛開起了玩笑：

　　「看你們夫妻每個禮拜連做六、七天工，鈔票越賺越多！媛媛，現在妳曉得皮夾子和枕頭底下，是絕對放不下那麼多鈔票了吧？」

　　李媛媛的臉上按捺不住的笑容，證明絲毫沒有藏藏匿匿的必要了：「存銀行！我們還是相信這裡的銀行！」

　　「對呀，只要白天去看看往上升的數目就可以了。省得妳像老早那樣，到了晚上一張一張偷著數了，哈哈。」

　　如今的李媛媛是自豪的和滿足的。雖然她仍然不怎麼捨得花錢，但心裡曉得，假若有一天自己真的需要什麼，他們夫婦其實都買得起，因為自己已是個「有錢人」了。

　　「講實在的，媛媛，妳真的還不打算生小孩嗎？年紀已經不輕了，家傑就不著急？」每次見面，劉蓮總會關心這件事。

《那幾個上海女人》

　　周潔也為她著急：「妳看，蓮蓮和曉晴都不失時機，爭做『光榮媽媽』準備生二胎了。這裡是多好的機會啊，想生幾個就生幾個。妳可要好好把握機會！」

　　「本來我一直想跳到老，所以真的沒打算要小孩。現在我倆也在商量，可能今年吧。而且，兩家老人催得也很緊。」媛媛照實匯報著，她做事向來按計畫。

　　「這就對了。妳看現在那些好不容易等到定居的高齡青年，都一個個迫不及待地排著隊生著孩子！妳要是再不抓緊，以後生下的小孩就比別人晚一代了。」劉蓮仗著那個已進讀小學的兒子，把自己的輩份也順勢抬高一點。

　　事實上，媛媛家傑夫婦倆已有打算。東風將至，他們尚在準備中。

第九章：置了家的女人最安心

　　李媛媛跟著丈夫工作了一段時間，正得意洋洋，只聽得一日家傑對她講：「家裡打算讓我把家靈辦過來。」

　　「怎麼辦？」媛媛吃驚不小。

　　「當然是留學咯。妳曉得我們家孩子多，爸媽過不來。所以想趁著家靈還是單身，先讓她過來再說。」

　　「所以我倆辛辛苦苦掙來的鈔票，都要浪費在你妹妹的學費上？」想到這些日子以來忍氣吞聲吃苦耐勞，媛媛委實難以接受這樣的結果。

　　「我也不願意——但又能怎麼辦？」錢家傑不願提此事，早已一拖再拖：「再說，以後她可以打工賺錢，還給我們的。」

　　「不行！我們既已打算生孩子了，那就要做你一個人養家的打算。現在的壓力太大了，暫時顧不上你妹妹。」媛媛斬釘截鐵，其決心不容質疑：「你就這麼回答你家裡人！」

　　「我倒是也同媽媽提到過生孩子的計畫。但她說等家靈拿到定居，他們還可以過來幫我們帶孩子的。」家傑的口氣越來越軟，內心深處，他也不想給自己添麻煩，更不想無事生非。

　　「家靈拿定居？連個影子都沒有的事，你家倒是很會安排！再講，我生下小孩後，我的爸媽一定會過來幫忙的。」

　　錢家傑原還打算為自家人做些軟弱無力的爭取，一聽那曾經給過自己無數次臉色的岳父母要過來一起生活，頹然跌坐在床邊：「他們啥時候講要過來的？」

　　「爸媽早就同我商量過了，只是我不願意讓他們看到我現在正做著這樣的工作。所以，我想等自己快生的時候再給他們辦簽證。」

　　看來已經飛到了同一個林子裡的那對小鳥，還各自都沒忘了自己家的院子。至少，家人會不住地提醒他們。

　　錢家傑非常無語。他心中的壓力徒增了一倍，暗自叫苦不迭：「若是真的把丈人丈母辦了過來，對錢家更是難以交代和擺平了。」思慮再三，也只有規勸自己的父母，先求得太平——抱兒孫要緊！這一招倒是管用，聽說兒子媳婦正在積極孕育下一代，錢家暫時偃旗息鼓，沒有再行逼迫兒子。

眼看又一年的聖誕臨近了。那天，媛媛突如其來，向閨友們和她們的家人發出邀請：「我們要搬家了。下個禮拜天中午請各位前來我們的新家，參加『暖屋』派對！」

昔日的閨友們好久都沒有見到媛媛夫婦了，便一個個興高采烈、拖兒帶女地，在那個陽光裡都透著快意的上午，按著媛媛所告知的新址，趕去熱鬧一番。

媛媛家傑他們的新居，是在一個新建小區的邊緣。他們所住的是一套舊的六連體房子的最末端，國外稱作 Unit。雖然自家門前沒有什麼花園草地，但其背面卻正對著一大塊的政府保留地。從二樓望去，綠草如茵的後面，是一套套看著嶄新的單層小屋，站在二樓的窗前倒是有一種居高臨下的感覺。

李媛媛的新家共有兩間臥室和一個比主臥大一些的客廳、一個連著餐廳的廚房以及一套衛浴。據家傑介紹，該房最大的優點是樓下具有相同大小的建築面積，原設計是作為車庫和活動室所用。由於他們這套房子處於最裡端的便利，比前面的五套更為合算的，是後邊多出了兩個可以停車的地方。因此，原先的房主已將該房的樓下裝修成完整的兩個大房。雖然比上面的主建築矮了四十公分，但以智慧的華人發展的眼光去看——已然可見其更廣義的實用性。

媛媛笑眯眯地一路跟著大家參觀著自家的房子，身體移動的速度明顯地見慢。周潔第一個發現這種變化，便悄悄拉了一下曉晴的衣服，用眼睛示意了媛媛微微隆起的小肚。曉晴再對劉蓮耳語：「媛媛這是已經懷孕了嗎？」

劉蓮一看，心下已同意這種推測。女人們入坐客廳之後，一邊環顧著雖然簡單，卻樣樣美觀實用的二手傢俱，終於沒忍住，趁著家傑同男人們去了樓外抽煙聊天的時機，問了媛媛一個究竟：「怎麼想起來搬家啦？是快有小囡了？還是妳爸媽要來了？」

媛媛喜氣洋洋：「對！我懷孕已經快三個月了，目前正在申請父母團聚——所以我們買下了這套房子！」

姐妹們聽聞此話，驚得從座位上彈了起來！她們個個竟都忘了恭喜媛媛「喜得貴子」，卻忙不迭地走到她的前面追問起來：「什麼？這房子是你們兩個買下來的？」

媛媛再次喜滋滋地點著頭，讓大家更是又驚又羨：「第一次聽說留學生可以買得起房子！你們兩個實在是很有本事！」

「我們也還沒有完全付清：房子和各種費用總共要超出十萬。我們自己出了百分之五十，其餘都是向銀行借的，每個月要還利息。」媛媛補充了一句：「但是妳們也曉得的：即使不買房，也是要付租金。我們家傑說寧可付利息——房子總歸是自己的！」

「什麼？買房子可以向銀行借鈔票？所有人都可以去借的嗎？」平時向來自認在國外生活的經驗和知識比媛媛多得多的姐妹們，對此卻聞所未聞！她們一個個吃驚得睜圓了眼睛，七嘴八舌問個沒完。

「應該可以的吧？好多事我也沒搞清，具體要問我們家傑。」媛媛一臉的幸福感，真是羨煞人了！

此時的周潔和曉晴兩人面面相覷；劉蓮走到樓梯口，衝著大維喊了一聲。不一會，男人們說著話，慢慢走了上來。

「嘿，你們知道嗎？這房子是他們兩個買下來的！」太太們迫不及待地做著匯報。

「聽說了，不錯不錯！他們兩人進展神速！」

曉晴看看丈夫那種替他人高興的神情，突然感到有些失落。劉蓮更是直接開口：「大維，我們什麼時候也買一棟自己的房子住住？」

「呵呵——不急！我們應該先立業！」大維同樣笑呵呵地為著別人開心，一副與己無關的樣子。

聽到大維的「立業」兩字，曉晴更是增添了一層失落感，她尷尬地看看周潔。只見她的表情倒與自己相互照映著，兩人微微一笑。

下午，三個姐妹對著媛媛夫婦再三道賀之後，送走了趕著去賓館上班的陳宏，大家又聚在陳曉晴的小居裡面，開起了例行會議。離開了媛媛的家，大家都把羨慕兩字直接用語言表達了出來。

「媛媛真有福氣，都已經住上了自己的房子。家傑真是個非常顧家的好男人！」劉蓮首先開口。

「媛媛自己也蠻努力的。妳仔細想想：她從中學開始就一直不停地工作。就是現在，雖然不喜歡當餐館服務員，但來了這裡一個多月就開始上班。剛聽她講，她打算一直做到父母過來。這樣子拼命，妳我都吃不消的。」陳曉晴很感慨。雖然眼紅，但成事在人之努力。

「對，記得媛媛從小就懂得把握機會並爭取主動。她雖然從來都不關心別人家的閒事，但只要獲得一點點信息，就會緊緊地抓牢每一個機會。」

聽到周潔的這番分析，大家都回想起媛媛過往的一貫表現：堅持課外活動，爭取家中分食，申請舞蹈院校、主張男友留學，甚至是堅守自己的愛情——她都把握良機並不懈為此努力。

「想想也對。雖然我們每次都是在媛媛成功了之後才被通知，但不難想像她也許已經身經百戰，從一次次的失敗中走過來的。」

總結完別人的經驗，若再不對自己提出遠景規劃，姐妹們似乎也顯得太幼稚了。因此，大家便繞七繞八，把話頭轉向了自己。

「蓮蓮，妳家早就應該具備買房條件的，你們的基礎比媛媛他們要好很多的。」

「我家的經濟，我從來作不了主。剛才妳們也聽到了，大維講要先做生意。」溫順的劉蓮在家向來夫唱婦隨，倒也安逸。

「曉晴，妳家有多少財產？」

「同妳差不多，兩三萬吧？不夠買房子的。」陳曉晴很久都沒有出去幹活了，現在又有了身孕，她有自知之明：「妳知道前幾年鈔票都花在孩子和學費上了，所以這兩年陳宏有機會就去加班。」

「蓮蓮倒是不用擔心。我們兩個這樣下去，真要到猴年馬月才能買房了，呵呵。」周潔不免自嘲起來。

「妳不一樣的，妳可以嫁個有房的呀——噢，對了，你真的不願意同那位『省爺』結婚嗎？人家可是很專一的對妳噢。」劉蓮一如往常，關心著姐妹的婚事。

自從蓮蓮和媛媛兩家移民澳大利亞之後，大維的父母也搬去了香港他姐姐那裡。因此，雖然周潔至今沒有告訴任何人孩子的身世，雖然所有一起長大的叔叔阿姨們看著凱文那張似曾相識的可愛小臉，幾乎都可以準確猜到其父是誰——卻不再擔心這個消息會立刻傳到成宇耳中。

曉晴是了解周潔的，聽著劉蓮的玩笑，她轉過頭看看周潔，幫著又開了話頭：「革命尚未成功——同志們還需繼續努力！」

「我覺得，既然妳老公讀的是旅遊專業，妳又有賓館工作的經驗，你們兩個應該合作開個旅行社。」周潔設身處地為朋友提了個建議。

「對啊，那倒是好辦法。我也覺得妳應該同陳宏好好規劃一下。」劉蓮投著贊成票。

陳曉晴雖說同樣覺得言之有理，其顧慮卻遠遠大於幻想：「可惜，我們兩個都不是做生意的材料！」

「誰天生就會做生意的？都是要試了之後才曉得。」劉蓮的說法，大多數人都會贊同。

「當然，人人都可以去試。」可惜，陳曉晴卻是那少數一群中的：「但是，古往今來成功的生意人，都屬於天生是材的那一部份！」

周潔提出了那個建議，此時卻並無心參加討論，她正在思考當中。

第十章：擰到一起的那條繩

李媛媛臨產前，她的父母都順利地辦成了澳大利亞團聚的簽證。

雖然錢家傑通過太太一再關照兩位丈人千萬低調，儘量別驚動錢家那不僅是劍拔弩張、弦都已繃至欲斷的神經。可老丈人丈母實在是太得意了，他們顧不上考慮和維護女婿的家族。更重要的，是他們必須在自己族裡揚眉吐氣，轟轟烈烈地搬出窩囊地久居了多年的亭子間！

簽證下來不到兩三天的工夫，全弄堂的老老少少都曉得了：「大美人」的父母要去澳大利亞給女兒女婿帶孫子了！前來李家道賀的人，竟都不忘沒事找事地再去錢家道喜：「錢家阿姨爺叔，聽講你們快抱孫子了。終於盼到這一天了，恭喜恭喜啊！」

「聽說你們親家已經萬事俱備，你們錢家啥時候也申請出國看兒子孫子啊？」

去錢家賀喜的人多了，親家不日將要移民澳大利亞的消息便不可能是個新聞了。錢家一面滿臉堆笑地感謝著鄰里親朋的祝賀，一面在兒子偷偷打來的電話中連連責備：「總聽人講：娶了媳婦忘了娘——原來自己生的兒子就是如此！」

錢家傑用省下的飯錢，好不容易找機會打幾個電話回去問安（在沒有互聯網的年代，每分鐘的長途話費需要三、四塊澳幣），卻總是落了個自討沒趣。便乾脆省了給自己找麻煩，並將電話費也一併省下了。

他實在搞不懂，從小跟著大人一塊受的教育和再教育，思想上應該早已根除了封建迷信和家道尊嚴那一套。怎麼現今已經到了二十世紀的尾巴了，家人還沒有清醒地認識到：將與他們兒子相伴一生的妻子李媛媛，在自己的眼裡心裡，就是比家長更為重要——如此簡單的常識？

兒子的置之不理，讓錢家人不得不放下身段去拍親家的馬屁。好在親家公正被喜悅充滿了頭腦，便大包大攬，把錢家小妹的留學事宜「包在了我們媛媛的身上」！

親家此舉此攬，雖然有些越俎代庖。但其權力指向倒也恰如其實。

媛媛的父母到達雪梨，剛好趕在女兒臨產之前。聽所有人都在講這次很可能是個男孩子，老人家歡喜得很，一再誇讚自己的女兒：「肚子就是爭氣！」

得意之餘，老爸想起了他對親家的保證，便在私底下詢問了女兒的意思：「如果難度不是很高的話，就幫家靈辦一下留學。」

「你們兩個怎麼這麼糊塗？我們剛為著你們要來買了房子。現在貸款還有一半沒還清，利息很高且還在付著，哪裡有多餘的鈔票幫她付學費？你們的情況同她是不一樣的，你們有合法定居身份，可以申請救濟金。」媛媛口中埋怨著老人如此多事，但也知道對方父母和家人確是難纏。

「那就算了吧，妳只當我沒有提過。我們實在不曉得要付這麼多學費。」李爸爸趕緊收回承諾，反正一人做事一人當。

雖然這麼說，媛媛私下裡也覺得這件事早晚要面對和處理，否則便會揹上一個「不孝」之罪名。不得已之下，她還是找到朋友幫著出些主意。

「其實也蠻簡單的。現在有這麼多大齡青年取得了定居，單身的一定會有很多。給家靈直接找個想結婚的男人嫁了，既不用付什麼學費，又可以幫她早些拿到定居。」

劉蓮出的這個好主意，立刻被大家所採納。周潔想到了一個更簡單的方法：「對啊，沒有比這個更省事了。而且，她馬上可以獲得簽證。據說現在辦結婚團圓的，可以先過來同居，然後直接在這裡申請結婚和定居。」

媛媛聽後猶豫了一下：「還是讓他們結了婚再過來吧。」

「好了，現在就差一件事了。」曉晴看大家篤定得好像木已成舟，不由得潑了些冷水：「還缺個新郎官！」

水溫剛好，頃刻間所有人都安靜了下來。一會兒，媛媛把臉轉向周潔：「妳認識的人多，追求者也多……」

她的話音未落，曉晴倒是笑呵呵地接了口：「對——讓她勻一個出來！」

周潔自己也笑了：「要嘛把『省爺』介紹給她？」

「妳的『省爺』我們可不敢要！再想想有沒有比較合適的？」媛媛她們雖然並不相信那位「爺」是小凱文的父親，卻也不打算奪人所愛。

陳曉晴忽然想到了一人，便用眼睛看著周潔。還沒開口，自己先忍不住哈哈大笑了起來：「小潔，還記得那位『藝術家』嗎？整天拿著把漆刷子的？」

周潔一聽，也憋不住地笑開了：「他倒是急著要找對象結婚的！」

媛媛一聽有戲，馬上停止了對腳的習慣性按摩，坐直身子問：「是誰？真有希望嗎？人怎麼樣？」一邊看著不停在笑的周潔她倆。

終於，曉晴止住了笑，說道：「人是蠻不錯，就是不太會說話。」並開始介紹起來：

前段時間她和陳宏兩人去看了一個當地的畫展，在那裡遇到了幾位留學生畫家。其中一位國內畫院畢業的留學生，長相不俗。雖說他出國留學後一直在替人刷漆，但對藝術的那份熱愛之心，溢於言表。大家在畫展相遇之後，一見如故，便結交起來。考慮到周潔至今仍是單親，曉晴時常在大家相約喝茶聊天時，有意無意地將她引薦給新朋友們認識。

處了一段時間之後，那位畫院的老學生倒滿心喜歡周潔。而且據觀察，小潔也蠻欣賞其人的堂堂儀表。把這一切看在眼裡的姐妹，想到礙著太多人，他倆可能沒有交流和表白的機會 便藉機創造了一次三人見面的機會，並做好了先行告退的打算。

那天，三人在餐館入座後不久，畫家便口若懸河，談起他的過去以及將來的打算。曉晴覺得有些意思，不妨多坐了一會。只聽得他終於在兩位女士禮貌和鼓勵的眼神中，壯起了求偶之膽氣：「周潔小姐——妳有著我生平見過最明朗的笑臉，本人從心底裡欣賞妳！如果不是怕『寡婦門前是非多』的話，我早就想去單獨找妳了！」

周潔不動聲色地看看曉晴，只見她正以哭笑不得的表情回望自己。

兩位女士一時竟張口結舌，無從對應。

過了好幾秒鐘，周潔才慢悠悠地糾正了他一下：「還活著呢！」

「誰還活著？」畫家顯然沒有搞懂小潔所指。

「孩子的父親！」曉晴看姐妹實在沒興趣再去回答他，便替她講個清楚。

那次之後，陳宏夫婦還在同那些畫家們保持著來往。可周潔胃口大倒，沒興趣再參加那些活動了。

「聽說他出國前原已結過婚，但女方這些年等不及，跟別人跑了，因此他才又恢復了自由。」曉晴最後作了一下補充。

「我看沒什麼大問題。藝術家的腦子本來同我們老百姓有些不同。家靈長得蠻好看的——試試吧！」媛媛邊聽邊作出了評價和決定。

回到家，她把姐妹們的「建議」向老公作了匯報。這是個一舉多得的好辦法，錢家傑深深感佩太太們的智慧。他迅速通知家裡把小妹的相片多寄些了過來，然後煩請曉晴拿去說媒。

「女孩子蠻好看，就是少了一技之長。」那位畫家內心是滿意的，嘴裡這麼挑剔著。

「正是因為沒有一技之長，才有可能夫唱婦隨呀——比如以後你去替人刷漆，她一定會理解你支持你，甚至可能會幫著你一起幹的！」陳曉晴自己都不能相信，竟有如此做媒之才。

此事大功告成！半年不到，家靈定居澳大利亞。而且，夫婦倆從此果真如曉晴所預言的那樣子：男工女隨，勤勞持家，也一路奔著小康去了。

又過了幾個月，家傑的父母親順利獲得了親屬團聚的簽證。錢家大張旗鼓地在弄堂裡宴請鄰里，分享即將出國含飴弄孫的喜氣。

錢家長輩到達澳大利亞時，他們的孫子剛過一歲。在丈人丈母的幫助看護下，聰敏可愛的小男孩正在咿咿呀呀，蹣跚學步。這情景讓方才在小廳沙發上坐定的阿爺奶奶眉開眼笑，心花怒放。

錢家的孫子似乎曉得自己姓誰：一直被外公外婆帶大的孩子，竟服服帖帖在奶奶的懷抱裡睡得很香⋯⋯阿爺站起身，跟著專門請假接待父母的兒子，參觀了家中這片小小天地。

「爸，現在媛媛的爸媽每天幫著我們帶孩子，所以他們都還是睡在樓上。暫時只好請你們睡樓下了，希望你們諒解。」家傑戰戰兢兢，邊說邊看著父親的臉色：「其實樓下雖然矮了一些，但也算獨立的一房一廳了，蠻自由的。」

錢父沒有搭腔。

旅途勞頓，到了晚上，老兩口便於樓下安寢。之後的幾天，錢家兩對老人白天爭相看顧孩子，晚上錢老夫婦在樓上看一會兒電視，然後悄無聲息地下樓睡覺。

小女兒家靈盼到父母團聚，便多次前來探視。親人在國外相見，自是一番親熱。晚上，家靈陪著爸媽坐在樓下的床上，說著體己話：「這裡房間倒是蠻大的，就是你們年紀大了，一趟趟往上跑，喝口水上個廁所什麼的都不太方便。」

一席話剛好觸在父母的痛處，但人有先來後到一說，老兩口無可奈何。好在孫子同阿爺奶奶特別親，錢家老人便時常將他帶下樓。孩子覺著新鮮，居然常常樂不思蜀。外婆外公帶孩子累了一年多，倒也樂得暫偷一時閒歇。

定居澳大利亞的老人，基本都可享受同當地人相同的生活補助金。與子女們同住的家長大都按著國外的習慣，將一部份鈔票交由孩子作補貼之用。等了一段共處的時日，李媛媛看到公公婆婆沒有拿任何鈔票出來，便暗地裡提醒了一下家傑：「這裡的規矩，你還是應該同你爸媽講一下的：這棟房子是貸款買的，我們每週都要付高額利息；而且，這麼多人生活在一起，開銷真是蠻大的。」

本來是件家常小事，錢家傑卻憂心忡忡。他心理早已非常清楚，父母並不甘心當前的住宿安排。可是太太的這個要求實在並不過份，他只好硬著頭皮去作「提醒」。

「那她父母付多少？」老爸舉起當頭一棍，說明他早有思想準備。

家傑支支吾吾了半天，只好據實以告：「原來一直靠著丈人丈母幫著我們帶孩子，我和媛媛才有可能繼續打工。他們兩人一直非常辛苦，所以就沒有再收生活費。況且，在這裡找個看孩子的，費用實在也是很高的。」

「那行——以後孩子我們來帶！我們也不用付飯錢！我們還要搬樓上去住！」老人的要求倒不算過份。只是，該有個先來後到。

錢家傑被難住了，他無力解決。然而死要面子最終會導致更慘的結果，久病成醫的家傑早已學聰明了，他把難題直接推給了太太。

李媛媛向來懂得如何處理家庭矛盾。她先同自家父母通了下氣，然後讓家傑去轉告他的親爸親媽：從本月起，每對老人都按月補貼相同的生活費，同時按月調換樓上樓下睡覺——孩子從來都不是問題，自有兩家老人主動照顧著。

交了飯錢的兩對父母，雖然沒有在飯桌上明爭，但在桌底下暗鬥不止。家中從此永無寧日。

媳婦女兒臉色長綠，女婿兒子愁眉不展。

第十一章：女人擇業仍為家

　　周潔的兒子快要入讀小學了。即使作為海外華人，家長們都會為孩子選擇一個好的學區。周潔也不例外。

　　經過一段時期的考慮和準備，她約了多年的密友曉晴出來：「我們兩個的小孩都快讀小學了，妳有什麼打算？」

　　此時，陳曉晴已是兩個孩子的母親。得到了來自上海父母的幫助，她正在陳宏工作的旅遊公司做半日工。聽到小潔的提問，曉晴同樣發現有些需要面對的情況：「噢，對了，學校離得蠻遠的，以後要開車接送了。」

　　「我指的不單是距離——孩子的學校應該找什麼樣的，才是目前應當考慮的問題。」

　　由於特殊的原因，小潔和曉晴的孩子比別的留學生的孩子都年長幾歲。因此，當年在澳大利亞並沒有颳起來自大陸的那股「學習」風氣。聽到周潔如此說，曉晴有些吃驚：「妳覺得這裡的小學不夠好？」

　　「倒也不是不好。但是聽阿哥講，現在國內條件稍微好一些的，都花幾萬幾十萬把小孩子往名校裡塞。」

　　看著姐妹欲言又止的表情，曉晴已明白了大概：「他的女兒進了名校？」

　　「沒有什麼可以奇怪的。他們全家都是醫生，當然讀得起！」看來對遙遠的那頭，周潔依然有所牽掛。

　　「那妳的意思是，要搬到鬧區來了？工作怎麼辦？重新找？」

　　「我想同妳商量，既然我們兩家的條件不允許在那些貴族學區租房買房，我們可不可以在好的學區合租一套房子，開個公司？」

　　「合開公司？做什麼生意？」閨友更加糊塗了。

　　「上次提過的，開旅行社啊！」小潔顯然已經深思熟慮：「妳看現在馬路上的華人越來越多，而且將來只會增加，不會減少。既然妳和陳

宏都有這方面的經驗，為什麼不試試自己開一個呢？「

「我們沒想過，也不懂得營銷。」曉晴真沒想過自己或老公有哪些經商的本領。

「我來公關。妳知道的，這是我的本行！」此話倒是一點都不假，周潔真是這塊材料。

晚上陳宏回到家，曉晴把周潔的建議說給了他聽，並補充道：「這裡的華人越來越多，看來以後孩子的讀書氣氛一定會受到新移民的衝擊和影響。我覺得小潔的未雨綢繆，還是正確的思維方式。」

「妳們想試的話，我不反對。但我們畢竟一大家子人要吃飯，不該兩人全部投入。而且，既然妳們小姐妹合作，我也不便插手太多。我看這樣，妳可以辭職去嘗試生意，但我仍然留在公司。如果以後妳們實在缺人的話，我會加些班幫助妳們。」陳宏顯然有其顧慮，但已經非常合作了，曉晴便適可而止。

接下來的幾個月，周潔和陳曉晴二人開始忙著在好學區找辦公處。幾經周折，兩人終於在一個著名公立學校校區的主要街道上，找到了一處較為理想的商住兩用房。計畫中，前面帶櫥窗玻璃的大房間作為辦公用房；後面帶著廚房衛浴的兩個小間，暫時用作周潔和她兒子的小家。

接著兩人便馬不停蹄地準備開業之事。小潔負責各種業務聯繫，曉晴則負責公司註冊等一系列書面文件。一切安排妥貼，趁著還未正式營業，那些一同長大的朋友們便鬧鬧哄哄地吵著要一起出去週末遊。周潔她們一想：「也好，順帶走一趟車試試。」

因此，按著自家旅行社制定的出行路線，陳宏從關係戶那兒租到了一輛中巴，幾家人帶著老的牽著少的，便出發了。

整個途中，各家老少相處甚為融洽。到了旅館之後，老人家們的興致甚至比年輕人還要高漲。第一天晚飯過後，錢家傑的父母將事先準備的麻將牌拿了出來：「來來來——每家老人各出一位，參加角逐。」

「呵呵，你們想得蠻周到的。」

「你們會的玩牌，我們不會的就幫忙照看孩子。」

　　歡聲笑語中，人人放鬆玩樂起來。一切看著妥當，周潔把曉晴拉到了門外：「過會兒我有事要離開一下。可能會晚些回來。妳幫著照看一下大家。」

　　曉晴會意，隨即笑了起來：「離市區這麼遠都有朋友——佩服！」

　　正聊著，果真一輛吉普停在眼前。周潔朝閨蜜揮了揮手，便跟著那車去了。

　　近半夜，老中青們正準備收了麻將洗洗睡覺，只見周潔回到旅館，兩手各提了一隻大龍蝦：「剛好！你們都還沒有睡覺，先把龍蝦當夜宵吃了！」

　　大家一看，歡呼聲一片：「啊呀，看我們這些人一直忙著打麻將、帶孩子睡覺的，都不曉得妳是什麼時候出去抓的大龍蝦？」

　　才有了睡意的一群人，哪裡經得起如此大的誘惑！大家七手八腳，利用旅館中僅有的設施，將那兩隻大龍蝦生吞活剝分而享之了。

　　公司組織的第一次週末集體遊，在非常熱烈的氣氛中順利結束。其中第一位功臣，周潔當之無愧。

　　旅行社正式開張營業，周潔和曉晴兩人忙得不亦樂乎。除了安排國內旅行之外，更多的服務項目倒是代售機票。當時，一張機票的佣金常常只有百分之十左右。她倆每天不停的接打電話，雖然大多數的華裔特別是老人都以詢價為主，但服務必須保持耐心且面面俱到。

　　剛開始安排旅遊時，兩人便清醒地意識到，其實最難得的，是找到像陳宏那樣可以開中小型旅遊車的司機：一是會講中國話的司機本來就少，另外就是駕駛員的工資太高。

　　所以，一開始她們為遊客所安排的行程，大都是跟著當地洋人的旅行團走。而且事實上要湊滿一車人，實非容易之事。漸漸地，願意跟著華人旅行團走的人多了起來，小小的旅行社開始面臨升級換代——也就是專用旅遊車和固定駕駛及導遊等的投資和規劃。

　　周潔再次希望曉晴能爭取陳宏入伙，可是他卻斬釘截鐵不給太太打工。雖然，陳宏是以玩笑的口氣拒絕的：「天底下的烏鴉不管姓什麼，最後都變成黑色的了。尤其是盤剝親人的時候，下手都毫不留情！我們做老公的已經在人身和錢財兩處，被太太們雙重剝削完了——妳還是讓我在外保留一些自由吧，呵呵。」

陳宏態度堅決，曉晴對他一向「無奈」，周潔也不能強人所難。

有些男人對太太們的事業敬而遠之或躲之不及。卻也有人願意像飛蛾撲火，自投羅網！

那位不時出現並關心在周潔身旁的「省爺」，獲悉她們正為著駕駛員的人選煩惱不止的時候，便挺身而出，自我推薦：「我可以做啊！我的駕技你們還有什麼不放心的？」

「好是好，可我們怎麼雇得起你呢？你平時可是以小時收費的！」周潔口上這麼答著，臉上早就明明白白地大書「熱烈歡迎」四個字了。

「錢多錢少都不重要，付得出的時候再付就可以了。最要緊的，是本人支持妳的一顆愛心吶！」看來小氣的老實人在情急之時，也懂得大義凜然，犧牲自我。

陳曉晴在一旁聽著，免不了偷著笑「看來不做一家人，有不是一家人的用處」。而小潔卻早已開心得合不攏嘴了！

女人的心，其實非常非常容易滿足。

關鍵在於男人所給的東西，是否合意。

有了一位固定駕駛兼導遊，又請了幾位包括陳宏在內的替補隊員，旅行社便下決心購置了幾輛中巴。在大家的協助和努力下，生意蒸蒸日上。

不過兩年，周潔便在同一個學區借貸買下了一棟小房。原來的兩間住房被改變成了高管辦公室，旅行社多雇了兩位專作接待的幫手。平時周潔主要負責聯繫業務，「省爺」則馬不停蹄地來回奔波。這讓始終停留在文字工作的陳曉晴感到有些壓力，她同陳宏商量了一下，便在午飯時把自己的想法同周潔作了交流：

「小潔，這麼久以來，我發現自己實在不是一個經商之人。就拿我們旅行社目前的情況來講，大多數的客戶都是由妳招徠的。我最近一直在考慮：現在既然生意已上軌道，不如妳一個人接手做下去⋯⋯」

話音未落，小潔便立刻反對：「這個旅行社是我們兩人一起做起來的！妳走了，我該怎麼處理那麼多的事體？」

「我沒講要離開呀。」曉晴停了一下，讓周潔有心理緩衝的時間，接著便繼續：「從目前的規模上看，我覺著這間辦公處略嫌大了些。我想把現在這間房還是用作自己辦公的地方：平時幫妳處理一些文件等事務，等於為妳承擔了一部份的房租；同時，我打算掛牌給人做翻譯——此為一舉三得，妳覺得可行嗎？」

建議聽起來確實不錯，周潔似乎沒有反對的理由。

從那時起，兩位志同的姐妹便在不同的跑道上，做著個人所熱衷的事業。周潔揹有單親的負擔，因此每日兢兢業業。她慶幸有著好姐妹和愛慕自己的男人，始終在身旁陪伴她支持她。陳曉晴從小便是個隨性的女子，她身邊有著養家的丈夫，因而可以不緊不慢地按著興趣，做著自己喜歡的事體，倒也十分愜意。

第十二章：會發家的男人

當陳宏家傑等一眾老留學生雙腳踏在原地上，安份守己地打工養家之時，不安現狀的大維雖然沒有放棄當前的飯碗，卻一直不斷地關心和尋找著貿易契機。做過的幾次嘗試，讓他悟出了一個道理：鈔票永遠在人們的口袋裡！而有人的地方，才有錢可賺！

澳大利亞地廣人稀，所以從世界數一數二的生產大國稍稍多進了幾個貨櫃，便把每個商業中心的相關鋪面都填滿了。何況，當前人人都曉得，如何將澳大利亞出售的物品售價除以十來換算出中國國內的市場價格。這樣一算，花了銅錢的消費者心裡不順；而僅賣出十分之一貨品的商人們，又覺得浪費了人利。

總而言之，大維早已吸取教訓。他一再對太太講：「像我們這些做小生意的人，應該想辦法將這裡的東西轉賣到中國，而不是把中國的東西銷來這裡。生意的好壞，第一是由人口來決定的，第二才與銷售什麼以及貨品質量有關！」

抱定宗旨的大維於是開始尋找本土的優良產品，企圖以慧眼識「奇貨」。用他自己的語言便是：「趁著現在大多數的留學生還在忙著打工養家，我們一定要爭取搶在小宗產品貿易的起跑線上！」

「為什麼你只把生意著重點放在『小宗產品』上呢？」太太劉蓮一邊飛快地踩著縫紉機，一邊順口答著話。

「因為就澳大利亞本國所出產的物品來看，絕大部份來自農牧業和礦產業。這兩大貿易可不是隨便人可以隨便做的，那可是國家計畫和行為。」大維不住地叮囑自己：頭腦必需始終保持在清醒的狀態。

他掂了掂自己的份量：「我們假若能在那些『大宗商品』的邊緣，找到一些衍生產物；或者在兩國間主要貿易的周邊地帶，撿到一些相關貿易，那便有得做了！」

煤炭沒希望……鐵礦沒想頭……小麥中國好像不缺？剩下的——大

維講了：「本人最近打算去牧場蹲個點，到那裡仔細挖掘一下在羊毛、牛肉等大宗商品走掉了之後，還有什麼別人不太感興趣，卻大有發展前途的邊緣產品。」

你還別說，聰明人就是聰明人！在農場，大維遇到一對韓國夫婦。他們正在加工和經營的項目，立刻引起了大維的注意：該韓國夫婦有一張執照，專門生產並包裝經銷一類非常特別的護膚產品。這類產品當時在海內外華人中可謂聞所未聞，見所未見，用所未用——

其實，便是後來風靡祖國大地每一個角落的「綿羊油」。

在中國人眼裡，鄰居韓國人的美容技術是數一數二的，然而該「綿羊油」的系列產品，卻並非為其所發明。雖然難以考證，但據說是新西蘭或是澳大利亞或是英國的早期牧民，將這類油脂品從洗羊毛的髒水中提煉出來之後，通過簡易的自加工而變成了保護皮膚的潤滑劑（註：綿羊油簡易提煉程序）。

親眼目睹這一變廢為寶的全部過程，大維深深感慨人類智慧的結晶以及科學技術的進步，更感謝蒼天賜予他如此獨特的創業機會。最重要的是，此類產品的確非常適用於中國冬天乾燥的氣候導致的開裂肌膚。而且，該羊油脂取之於洗毛水，而非從羊身上的任何部位所提取，因此應該不會含有人們所擔心的面脂肪和皮下脂肪等不利成份。

大維不失良機，快馬加鞭地決心將此成本極低、利潤極為可觀的實用產品，介紹和售賣給國人。

為了向中國出口綿羊油產品，大維一趟趟返回大陸，帶著那對韓國夫婦所製的綿羊油護膚品，嘗試著申請大陸進口許可證。然而，由於大維沒有熟識的相關領域的朋友，歷經兩年多時間來回奔跑於北京、上海和雪梨三地，加上找人請客送禮，哩哩啦啦總共花費了十多萬塊的人民幣——進口許可證申請卻始終沒有著落！

一次次無功而返的大維，眼看著這麼好的產品，經過了如此久的努力卻面臨流產，如何心甘？

總算，上天不負辛苦人！

正在此時，中國崛起了——國強民富！具體體現在祖國人民所擁有的鈔票就像撐破了口袋那樣，源源不斷地湧出國門，衝擊和席捲著世界各個角落因經濟低迷而造成的積壓產品：那些久居櫥窗的各類名牌被銷售一空；那些瀕臨破產的公司，因為設計生產中國品位的產品而捲土重來……

澳大利亞和新西蘭並非生產大國，重新調研之後的大維，發現此地可以大量外銷的「名牌產品」少之又少。然而所幸的是：觀光旅遊是兩國的拳頭產品，而且經營者正逐漸由於華裔的踴躍加入而趨於強盛。隨著來自中國的旅遊者增多，旅遊產品也同時趨向熱門，以破竹之勢一發而不可收。

大維清楚地看到這一變化，並及時把握了這個商機：既然出口「小商品」仍然要被政策的「大條條」給框住，那麼我還不如在當地加工生產，通過那些針對出國觀光華人的銷售點和禮品店，將這一類產自「純淨」國度的「純天然」護膚產品，以各式各樣的運作方式，源源不斷地輸入祖國大地，造福一方同胞！

眼光獨到，時機成熟——如今無人可以阻擋大維的成功。

「非常感謝祖國鄉親們的大力支持和大方回饋！」這句讓大維一直掛在口上的感謝詞，真真正正代表了他的內心。大維此番經營獲得空前的成功，使他在短短一兩年內一躍而成為雖沒有在世界或澳大利亞富豪榜上排隊、但的的確確富豪的身價！

怎奈好景不長。這個世上從來不乏聰明之人。而那些智商高於常人的，不約而同地有著相同的嗅覺和眼光。當人們看到綿羊油在默默無聞地沉睡了那麼多年之後，竟於一日之內突穎而出，成為了外銷「小宗產品」之中的最熱暢銷品，個個既驚訝又羨慕，因此眾議紛紛：

「怎麼，那種油竟可以用來護膚？」

「那些天然護膚品真的是從洗羊毛的廢水中提取的嗎？」

「如果你自己也去牽幾頭羊，讓牠們滿地打滾後，再給牠們洗個熱水澡——也許同樣可以得到天然的護膚品。」

《那幾個上海女人》

　　不用等多久，當人們清晰地了解並確定了澳新兩國的這筆財富，竟是來自自家草原上（如歌裡所唱著的那樣）跑著的像白雲一樣多的羊群時，競爭便無可避免了。

　　競爭總是技術發展的助推劑。

　　正躊躇滿志計畫著廣開分店的大維，第一次的危機警鐘當然是來自掌握著第一手旅遊資源和信息的周潔。那日幾個好姐妹一道喝茶時，周潔將一個重要的銷售信息告知了大維的太太劉蓮：

　　「妳家大維曉得嗎？這些日子以來，市面上出現了好幾個不同品牌的綿羊油？」

　　「好像聽他抱怨過。但我家的生產能力比較大，銷售點比別人多，應該不至於有太大壓力吧？」蓮蓮顯然有些不以為然。

　　「別太大意了！我聽遊客說，你們家的綿羊油雖然便宜，但功能不多；別人的價格已經賣過你們好幾倍了，因為他們在產品中加入了其他成份。」

　　「真的？」劉蓮聽聞，有些坐不住了：「吃過午飯，妳們帶我去看看。」

　　來到旅遊產品連鎖店，劉蓮買下了所有別家的產品。剛剛跨出門，她便感慨起來：「真的不便宜！早知道越貴的越好賣，我們也該把價格定得高一些！」

　　「價格哪能隨便定的——這裡人又不是不曉得成本。」周潔笑笑，提醒著姐妹：「要想辦法在原來的產品中注入新的元素！」

　　「這種天然產品，應該不是可以隨便添加東西的吧？」劉蓮有些懷疑，她可沒有那些花花腸子。

　　「妳傻呀——當然不是隨便加的！妳看看別人的產品，加的都是些維生素和蘆薈等天然植物。」

　　「蘆薈我們家有，我媽種了一大堆。」聽到這裡，原本對生意漠不關心的陳曉晴也插了一句。

　　「妳家的不夠用！」周潔大笑起來：「別瞎起哄了，呵呵。」

　　大維對競爭原是敏感的，是極其重視的。他很快花了點鈔票請人依樣畫葫蘆，「改良」了自家的產品。原以為已經跟上了時代的步伐，他卻又發現別家的產品層出不窮，其功能越來越強（有些綿羊油甚至可以治療黑膚，具備除痘祛斑，抗皺防裂等神奇功效），售價也隨之越來越高。

　　大勢所趨，大維瞠目其後。

　　「我曉得了，這次失敗的主要原因在於：生產銷售綿羊油不需要申請專利。」不斷摸索、勤於總結經驗教訓的大維，終於找到根源所在：「以後我們尋找開發新品種時，必須注重其產品的專利權！」

　　為了補充和擴大經營，經過一段時期的考察摸索，來自鄰國新西蘭的一種特殊的蜂蜜，引起了大維的注意：這種蜂蜜源自於新西蘭原住居民（即毛利族）的生活管轄地區。由於當地的蜜蜂從一種特殊的紅茶所結的花朵上採蜜，從而在收集到的蜂蜜成份中，產生了一類被當地科學家所鑒定和肯定了的「神效」，即抗氧化作用。

　　「新西蘭的毛利族對這類蜂蜜產品持有採集和經營的特權。也就是說，銷售商只能從當地土著人手中買到銷售權，而非生產和開發的權力。」大維說著這樣的話，對前景充滿信心：「爭取到全世界唯一貨源的代售或銷售權，等於擁有了產品的專利！除了價格戰——不怕會有相關產品蜂擁而上了。」

　　經過一段時期的廣泛宣傳，盛名之下，這類特殊的蜂蜜不僅源源不斷地銷往中國大陸，其價格也隨著需求扶搖直上，甚至數倍於當地的其他蜂蜜產品。

　　大維這次準確地把握住了先機，結合與傳統的綿羊油護膚品，成功地將澳大利亞和新西蘭的兩大類拳頭產品，最大化地銷售和推廣回國。大維發了大財。於此同時，來自親朋的祝賀聲卻減弱了。

　　無可厚非——所有發了大財的，都邁著大步，遠離了那些仍在原地踏步的。

註：綿羊油／脂的家庭提取方法。

從羊毛上提取羊油／脂並加以使用，據說可以追溯至人類開始使用羊毛的時代。過去一些牧羊人家庭所自行提取的綿羊油脂中，是不含任何化學成分的純淨油脂，其具體步驟如下：

1. 直接從牧場取得未經處理過的污漬羊毛；

2. 取一個大的平底鍋加入水，然後輕輕將髒羊毛直接或放入透孔洗衣袋後，浸入水中；

3. 加入適量的鹽；

4. 燒開水並不斷加入熱水，始終保持沸騰至幾個小時；

5. 取出羊毛，讓污水保持燒煮；

6. 當所有的水都蒸發掉後，留下的液體便是羊毛油脂；

7. 將羊毛油通過細紗布注入容器後，雜質就被清除掉了。

8. 純天然的羊油／脂提煉完成，可倒入盛器直接使用。

第十三章：走在人前的女子

定居在澳大利亞的中國留學生們，生活已逐漸趨向於穩定和豐足。具體的，從他們的住房和穿著，從他們孩子們所入讀的學校中，可見一斑。

李媛媛留意到了這樣的一個變化和現狀，作為一個同樣來自中國的婦女，體察著每一位華裔母親的心，她敏感地發現：新的人生奮鬥機會已經再次叩響自家的大門。

媛媛決定開啟那扇門，讓自己融入其中。

那天，她約了劉蓮一起來到周潔的旅行社。四個姐妹好久未聚，自是一番親熱。大家開開心心聊過了一些女人的家常之後，媛媛從包裡拿出了幾張紙，遞給陳曉晴：「曉晴，麻煩妳幫我看看。這些材料中有啥需要補充和說明的，替我修改一下。」

陳曉晴接過一看，是一些申請開辦舞蹈學校的材料：「妳打算自己開辦舞蹈學校嗎？」

經她這一問，所有人便把頭轉向李媛媛，靜候著她的答覆。

「對的，但目前還稱不上學校。妳們曉得，在這裡開私人學校如同辦公司一樣，只需註冊一個稅號就可以了。」媛媛看看大家的表情，接著說明：「我想，現在中國留學生的孩子，大部份同我家的小孩一樣，正在幼兒園或剛入讀小學。這段時期恰好是孩子們學習業餘技能的啟蒙階段。妳們看，目前許多華人家庭已經開始購置鋼琴，同時在給小孩增加各種各樣的課外補習。我相信，一定也會有家長願意帶著自己的孩子來報名學習舞蹈的！」

「這倒是。雖然我家兒子不喜歡彈琴，但我一定會培養女兒的業餘愛好。等妳開辦舞蹈學校後，我一定第一個帶著小囡來報名學跳舞！」劉蓮積極表態，以實際行動支持著媛媛。

陳曉晴和周潔對視了一眼，雖然她們不太主張由家長來安排孩子們的業餘生活，但無可辯駁的現狀和事實，讓她倆對小姐妹的計畫同樣充滿信心。

周潔也立刻跟著表態：「時機不錯，的確值得一試！」

「好的，我會儘快把妳的申請資料整理好。幫妳開個好頭，並祝妳一帆風順！」陳曉晴翻了翻手中的資料，同樣表示了支持。但是對於自家的孩子，做母親的並不都有十分把握：「至於學舞蹈——等妳那裡開始授課，我一定會帶著兩個女兒前來膜拜。假如其中一人對此有些興趣的話，便算是本人對妳的大力支持了。」

「哈哈……曉晴過去對老公無可奈何，現在對孩子聽之任之。」看得懂她的，從來都是一同長大的姐妹。

「女小囡就是自覺，還少闖禍。不像我們家寶寶。」劉蓮假情假意地嘆著氣：「一有機會就玩球，一點也不喜歡讀書，真不知道該拿他怎麼辦才好？」

「喂，他現在還是個孩子！假如有一天哪個小孩對大人講：我特別特別喜歡讀書，那做家長就該擔心了，呵呵！」曉晴如此安慰著姐妹。

「對啊，以後長大了讓他爸爸花點鈔票，把兒子送進名牌大學『升造』一下就可以了。」周潔乾脆替姐妹把孩子的將來都規劃好了，這不免讓李媛媛產生了一絲羨意：

「有鈔票真好——妳算是嫁對了男人！不像我們，還要靠自己去努力。」

「我倒是最佩服妳的，任何時候都能跑在我們幾個之前。」曉晴此話出自肺腑，一邊在電腦上按著媛媛的大綱幫她制定著開業計畫：「對了，你那個學校的場地是租來的嗎？」

「同家裡講是租的，但其實是買下來的。」在小姐妹面前，媛媛沒有必要掩飾其自豪的笑容。

「真的？你們又買了一個房？」

「那個地段聽說都是華人商鋪集中的地方，挺貴的吧？」

「妳們曉得我家人口多房子擠，兩對斤斤計較的老人又一天到晚地明爭暗鬥。家傑原來一直同我商量，想換套大房。他以為全家人住的空間大了，環境好了，便會天下太平。可我不這麼想。」媛媛看到姐妹們的臉上似乎都有贊同之意，便繼續下文：

「我一向希望另外再買一套，但家傑反對。其實他講得也有道理，因為目前兩個孩子全靠老人幫忙帶著，我們才有時間做自己的工作。再說，我們不能把雙方老人全都留在那套房子裡，由著他們互鬥……現在既然我想開辦舞蹈學校，那乾脆就買下了這套房：樓下大廳剛好用作練舞廳，樓上的兩房一廳，我們會先買些自己喜歡的家用，白天的時間我打算就在那裡度過。假使生意真能開展順利，再把它慢慢過渡成自己的小家。」

「哈哈，也算是金屋藏嬌了——好計！」周潔朝媛媛伸出大拇指，實在佩服得五體投地。

李媛媛老師的少兒舞蹈學校很快辦了起來。她是個敬業的女子，自從開始著手舞校，從裡到外都全身心地投入其中。她在中文報刊上的廣告，不僅留下了自己學校的電話，還徵得周潔曉晴的同意，把她們桌上的電話也用作學校的聯繫，生怕自己因為上課而錯過。

媛媛每天晚餐後筷子一放下便拿出筆記本，挨家挨戶地同熟人保持著聯繫，請求大家將自己和所認識朋友們的孩子，介紹來學校觀摩並參加第一堂的免費課程。她同時又從中國定做了多套色彩艷麗的兒童舞服和練功衣服（由於兩國之差價，練功服的收費剛好幫學校承擔了演出服裝的支出）。

為了保持舞蹈學校的文化藝術美感和氣氛，李媛媛規定了絕不在那棟建築裡煮飯做菜等一應家常事物。同時為了節省開銷，她每天要求老公或父母將午飯甚至晚飯送至學校。

李媛媛早早地辭去了所有以往的工作，她每天使用最好的護膚品，爭取在最短的時間內，將雙手及臉部等皮膚的外觀，恢復和保持在最佳狀態。

由於芭蕾舞的難度要求和練習表演的局限性，結合了當地華人社會活動的特點，李媛媛因地制宜地將所教舞蹈的重點，從其所熱愛的芭蕾舞轉換至傳統民族舞蹈。當然，有個別適合學習芭蕾的學生，她會徵求其母親的意見，另外加以輔導和培養。

澳大利亞的夏天，甚至是冬天，行人都無可避免地曝曬在灼熱的太陽底下。為了維護作為舞蹈老師的美好形象，媛媛還依著當年在國內的經驗，不僅白天深居簡出，即便不得已出門之時，她還把自己和小女兒的臉用紗布及大沿帽遮住，並在酷日底下將兩條手臂用舊的衣袖給套了起來。害得姐妹們偶爾在停車場遇見她，幾乎都不敢相認：

「嘿——媛媛，沒想到是妳！做啥把自己包成這樣子開車呀？」

「呵呵——妳怎麼把我們當年的袖套在這裡派上用場啦？」

「妳們曉得的。我的皮膚一曬就黑，而且曬多了還會蛻皮，所以不得不這樣做呀。」

實在也是難為她了。

準備可謂非常充份的少兒舞蹈學校，在開張之後的一年多時間裡，順風順水，頗遂人願。同許多華人業餘教師一樣，媛媛白天可以睡個懶覺，然後做些適當的準備活動。一等學校放學之後，她便開始了一天的教學課程，從三點半直至晚上九點左右。而正規學校每年的四個假期，在華裔業餘教師那裡，反而是全日制教學時間。假期中業餘教師們的生意繁忙起來，同時也忙壞了那些小學生和她們的家長。

通過她的勤奮努力，以及可愛的孩子們一次次在華人社會活動（諸如新年、元宵、中秋等）和慶祝晚會上的頻頻亮相，媛媛的少兒舞蹈學校名聲大振。不僅是孩子們，甚至有些媽媽們以及一部份曾經對舞蹈充滿過幻想的中青年女子，從中看到了自己可以一圓昔日的夢想，都競相報名學舞。

媛媛的少兒舞蹈學校，逐步發展成了老少皆宜的新興舞校，從此欣欣向榮！

學校仍然只有媛媛一位教師，因此她的課時從早至晚排得滿滿的：上午普通學校放學之前的那段時間，媛媛專教成人跳舞：從為演出而排練的民族特色舞蹈，到為強身健體而鍛煉的快舞勁舞等；孩子們放學之後，媛媛又成了少兒舞蹈老師。除了培養成人和孩子的舞蹈興趣之外，她並輔導她和他們的坐姿走態等形體美感。

李媛媛熱愛自己的職業，她滿足於自己的事業。同時，她非常感謝自己的丈夫，由著她個人的愛好和心願，充實著自己的人生。媛媛也開始從內心體諒和感激家中的兩對老人。她雖然同老人們見面的機會越來越少，但卻不再需要別人的提醒，而早早地在日程表上註明了需要與家人共度的節假生日，並用心提前選購送與家人的禮品。

李媛媛排滿了自己每年每月每日裡的每一分每一秒，其內心感到非常的富足。

第十四章：美人從業之難

　　都說美女走到哪裡，會倍受男士們的歡迎和照顧。然而有些姿色出眾的女子，尤其是漂亮的單身女士，發自其內心的感受，卻往往與世人所描述和羨慕的剛好相反。

　　李媛媛是個幸運的女業主，因為她所面對的客戶大都來自為著孩子的前途和愛好操心的媽媽們。看著那位踩著優美舞步的美麗老師，每一位對自己女兒的未來充滿憧憬的母親，都不知不覺地以媛媛為樣板，期待著自己的孩子有朝一日如老師那般明艷靚麗，魅力無限。

　　周潔也是一位女老闆。然而，以她自己的話來講：「女人的美貌，雖然備受男士們的關注和稱讚，卻也常常成為我們工作的最大阻礙和負擔！」

　　特別是當男人們注意到她左手的無名指上，少了那顆按照西方傳統必帶的結婚鑽戒之後，她工作中所展露的甜美笑容和感謝神情，常常會被一些幻想連連的男士們，直接掛聯到了「獻媚」或「求偶」的誤覺之中。

　　周潔的言談舉止開始變得小心謹慎，她實在不希望由於他人單方面的幻覺或企圖心，而最終又失去了一位努力來往和交流了很久的客戶或合作者。她希望同所有的合作者，所有的客人或團體，所有的關係戶負責人，都長長久久、客客氣氣地維繫著誠摯友好的工作關係，並為此作著不懈的努力。

　　然而，許多時候總是事與願違。一個個不得已的拒絕，經常將她多日的努力付之一炬。

　　周潔甚為苦惱，有次又得罪了一位男士，便無可奈何地對曉晴發起了牢騷：「哎——難啊！有時想想，乾脆結婚算了！或者在那些人裡面挑一個最不敢得罪的，跟了他！」

　　講歸講，笑歸笑。陳曉晴深知姐妹的內心，從來就沒有放下上海那一頭。就憑她多年來如此溺愛他倆的兒子，或者從她不願回國探親的表現中——曉晴沒有猜錯，這位姐妹的心裡，始終沒有原諒和放下孩子的親生父親。

聽著周潔的滿腹牢騷，曉晴無從作答。但是她一直在觀察，一直在等待。只要閨友的內心稍有放鬆，她便會見縫插針，撒進幾粒希望的種子。可惜，周潔內心的感情園地，似乎早已被她的兒子所填滿。她平日裡的所思所慮，所作所為，好像統統只是為了那個孩子。

好友甚為周潔擔憂。無人可勸姐妹「少愛」一些自己的兒子，也不可隨隨便便將「省爺」等一干在自己眼裡的好男人們，硬塞給小凱文作他的父親。陳曉晴唯有幻想著：假如在周潔的身邊可以出現一位令她從內心仰慕的傑出男子，充滿魅力和活力，將她從轉移了的情和愛中拖拽出來，重新做回女人，而不只是個母親。

陳曉晴不僅如此期待著，她還希望家人以及身邊的姐妹等，積極留意和介紹一些不同類型的單身男士，藉著工作和活動，為周潔提供見面和接觸的機會。

周潔了解姐妹的心意，既不加阻止，卻也難得見她曾經為了哪個男人多拆過心思。她每日依然上班不離電話，下班不離兒子，全身心注入在工作和孩子兩頭，忙得不亦樂乎。

陳曉晴與周潔不同，每天送過上學的孩子之後，她才來公司上班。她不急不慢按時按需做著手頭的工作，而且常常根據孩子或家中的情況抽身走人。

「這份工作對我來講，是為了保持住職業女性的優越感。為了每天上午漂漂亮亮地走出家門，為了在孩子們面前展現自己除了作為母親之外的社會價值，也是為了幫助和減輕丈夫的養家負擔。」

幾年工作下來，陳曉晴倒是不需要替自己打廣告。熟人介紹的那些活已經把她的工作時間填得太滿，何況還有旅行社的部份工作以及偶爾幫朋友接個電話、處理些事體等等。

那天，剛好是節日。原本不需要上班的三個姐妹，聽說周潔為了一個旅行團必須去半天公司，大家便難得有空，相約著一起來到旅行社，等候她做完了手頭的工作，再共進午餐。正在快要出門之際，一位長得乾瘦矮小的老人，手中拎著一個塑膠袋推門而入。

「啊呀，這麼巧啊——今天還能找到陳小姐！」老人欣喜的聲音，感染了在場的每一位女士，她們回坐到椅子上，耐心地等著陳曉晴接待這位不速之客。

「張老先生，您好！今天怎麼會過來？」常常幫助華裔社團「寫、譯、讀」發言稿的陳曉晴，雖然沒有同張老先生有過工作上的來往，但卻打過不只一次的照面。

經她一提，其他幾位也想起來了：張老先生是一位來自中國鄰邦的華裔老移民，他在此地擁有許多家亞洲特色餐館及食品外售點，同時也是一位活躍在華裔社團的老前輩。

大家肅然起敬，挨個同老先生打著招呼，並請他坐下說話。

面對四位雖年近四十卻風韻猶存的婦女，老人家顯得有些興奮。他儘量站直了身子並不住地點頭，口裡說著「謝謝，謝謝」，眼睛來回不停地在四個姐妹的臉上打轉：「啊呀……四朵姐妹花……太漂亮了！」

「請您先說吧，有什麼事情，我可以幫忙的？」陳曉晴朝憋著笑的姐妹們眨了眨眼，儘量保持著客氣的語氣。

「噢，是這樣：別人替我寫了一本生平簡介，我想請妳抽時間儘快幫我翻譯一下。」老先生終於萬花叢中回過神來，想起了正事，從塑膠袋中拿出了厚厚的一疊稿紙。

「好的。今天是假日，我不辦公，但從明天開始會抓緊時間幫你把它完成。」陳曉晴接過稿子，大致看了看張數，補充道：「一般來講，這麼多內容至少需要六到八個禮拜的時間，可以嗎？」

「可以可以。啊呀，這麼快啊！太謝謝妳了！」伴著連聲的感謝，老爺子的眼睛依然忙著輪流在四位美婦人的臉上來回。那個站在房間中央的小身子，好像按捺不住歡快的情緒，不停地蹦跳著。惹得這幾位實在忍不住，嘻嘻哈哈地笑出了聲。

看著老先生絲毫沒有離開的意思，陳曉晴只好以更為客氣的語調提醒了一下：「我們幾個剛剛約好了出去午餐。不好意思，等我做完，會立刻通知您的。」

「哦哦。請問妳們打算去哪裡吃午飯啊？」張老先生一邊跟著眾人走到門外，嘴裡如此問著。

「就在附近找一家中餐館。我們主要是喝喝茶，聊聊天而已。」

「那就去我新開的中餐館飲茶呀！我請的大廚原來在非常著名的飯店做，是我花了很高的工資才挖來的。妳們一定要去嚐嚐——我請妳們吧！」

老人家的熱心實在令人感動，大家都側過臉看著曉晴的意思。她稍作猶豫後點了點頭：「既然是新開張，那我們就不客氣了，今天先去您那裡嚐個新鮮。」

四個姐妹開著車，跟隨著老先生來到他那家新開張不久的大飯店。由於當地的中餐館越開越多，因此中午的座位不太緊張。大家找了一張四人小桌坐了下來。老先生便開始忙裡忙外端茶送水，介紹午餐小吃。

看著老爺子一路興奮的樣子，姐妹們笑吟吟的順著老人的心願。她們覺得在自己這樣的年紀，能夠喚起一位年過七旬的老先生猶如年輕人一般的熱情，不失為一件美事。

週一，公司恢復了日常的工作。回想起前天張老爺子的熱情款待，陳曉晴暫時放下了手裡其他的工作，專心致志地閱讀起那篇稿件，決定儘早幫他完成心願。

臨到午餐時，陳曉晴和周潔兩人才稍事休息。正商量著去吃哪家的午飯，只見張老爺子提著四個快餐盒子推門進來，一邊大聲招呼兩人：「陳小姐周小姐，我給妳們幾個送午飯來了！」

看到老先生如此熱情，曉晴小潔心生感激：「老先生，您實在太客氣了！以後可不敢如此麻煩您老人家！」兩人接過了那些飯盒，再三表示著謝意，並將食物分給那幾位工作人員。

雖然陳曉晴她們多次婉言謝絕老人家的好意，但他隔天執意將茶點親自送上門。不僅曉晴小潔，甚至連那兩位辦公室的年輕員工，都客氣地一再婉言相拒：「謝謝爺爺，我們已經嚐過好幾次了——請您千萬千萬別再送過來了！」

無論如何，好意難違。何況，從老爺子的問話和表情上，曉晴猜到他如此地執著和客氣，是希望自己可以儘早完成此書的翻譯。陳曉晴因此急他人所急，快馬加鞭以實際行動感謝和體諒老人的心意。

每天讀著譯著那些文字，陳曉晴被老先生的經歷所感動。她把老人家的生平故事，大概同周潔和劉蓮她們分享了一下。大家都對這樣一位出身貧賤、被迫輾轉於多國謀生、最終以難民身份獲得定居、憑藉個人智慧和努力，從打工的經歷中學會生意，並獲得巨大成功的老華僑——肅然起敬！

由此，陳曉晴更是夜以繼日伏案疾書。不到一個月的時間，她便完成了全書的翻譯工作。那天傍晚，曉晴家中有事先行回家，走前請同事通知了張老先生。老先生似乎等不及到第二天，在周潔她們下班之前急急趕來取件。

同事從陳曉晴房中捧出那疊譯文書稿，交與張老先生。他「謝」字不離口，並熟門熟路地走進周潔的辦公室，口中問著：「周小姐，還沒有下班呀？這麼辛苦？」

陳曉晴雖已回家，但走前曾同周潔有過商量：「老爺子為了這篇文章，曾多次親自開車來送茶點——他的年紀這麼大了，讓我們幾個於心何忍？這樣吧，我免費為他翻譯此文。要是他問起費用，妳就這樣轉告好了。」周潔想到曉晴連續這麼多天的辛勞，似乎有些不同的意見，因此緘口不答。

據同事說，那晚老先生在周潔對面的椅子上坐了半個鐘頭之久，然後取走了稿件。出門時，口中千恩萬謝。

第二天中午，大家沒有再見到老爺子和那些茶點，心裡放下了一件事。

第三天上午，張老先生給陳曉晴打了個電話：「很感謝妳啊——分文不取！我請妳們四位美女一起來我的餐館晚餐，可以嗎？」

　　曉晴當即感領了這份盛情：「謝謝邀請！我會向其他幾位轉達您的誠意。」

　　當曉晴放下電話，走進周潔的辦公室，轉述了老爺子的邀請之後，周潔的回答和語氣讓她感到非常吃驚：「最近飯局太多，我就不去了。還有，我覺得妳為了這篇文章累了那麼多日子，應該向那老頭收取費用的！」

　　陳曉晴只當是姐妹為自己惋惜，見她今日心情不悅，便回了自己的房間，開始打電話另約其他幾位。其實她心裡明白，李媛媛晚上的時間比吃免費餐要來得重要。因此，周潔若不去，便只有劉蓮一人作陪了。

　　陳曉晴沒有駁了老人家的面子，那晚便提著一瓶法國紅酒，同劉蓮一起去飯店赴宴。

　　張老先生看到四位美女最終只去了兩人，情緒上顯然有些失落。不過他非常感謝陳小姐的幫助，吩咐廚房做了幾個好菜招待客人。

　　席間大家喝著美酒，就著佳肴，張老爺子的情緒轉好。他跟著一起說說笑笑，又出其不意問了曉晴一句：「我看那位周小姐是單身哦？」

　　「對，她還沒有結婚。」曉晴不願說得太具體，便如此答著。

　　「啊呀，她太漂亮了，長得實在像過去的電影明星！」老爺子咂嘴弄舌，邊晃著腦袋邊連聲讚美。

　　「對啊，好多人都這麼講！還有人問：她的奶奶是不是上官雲珠，呵呵。」

　　「她一個人過日子，實在是太可惜了！這麼好看的女人，怎麼可以沒有男人照顧呢？」老人一臉的惋惜和真誠，幾乎感動了陳曉晴：「妳們應該替她找個好男人呀！」

　　老人家如此熱心腸，曉晴因此也誠意相答：「我們也一直在為她操心。以後您要是遇見合適的好人，幫忙引薦一下，我們會很感激的！」

　　「我可以去照顧她啊——我很懂得體貼女人的！」老人迫不及待，大言不慚！

　　兩位女士先是吃了一驚，隨後便以為老人在開玩笑。曉晴以一種輕鬆的口氣答道：「我們曉得——大家都讀了您的故事。曉得您太太多年來與您一路同行，相夫教子，實在難得！」

　　「我的身體非常好的……我的那些留學生『干女兒』，都對我非常滿意的哦。」老人依然順著自己的思路在走，還將手機裡的照片翻了出來，全然不在意陳曉晴的暗示。

　　兩姐妹相視一笑，只當他老糊塗了，不再搭話。

　　人發了大財，用鈔票買些虛榮回去，似乎情有可原。可惜鈔票泛濫之時，人之本性夾雜其間，昭然若揭。

第十五章：成熟與寬容

恢復了日常生活作業。然而陳曉晴的平常心中，似乎對那段很不尋常的經歷產生了一些感慨。特別是想到周潔那天出乎意料的回應，她感覺那段令人不快的插曲，也許同樣給姐妹帶來了煩惱？

因此，當兩人忙裡偷閒喝咖啡之時，陳曉晴與周潔作了一番交流。正如曉晴所猜，周潔的確曾被言語騷擾過。當然，她自知該如何處之：「妳也曉得了？反正這種人多了，早就見怪不怪了！」

「這次倒是有些猝不及防！」陳曉晴笑了笑，想起了那個被金錢所撐起的猥瑣人形：「活了幾十年，經歷過形形色色的人和事，原以為自己早就見多識廣了，呵呵。」

「哈哈——別忘了，薑還是老的辣！」

「人心不古，世風日下，禮儀廉恥，蕩然無存！現在的人，不論年紀，怎麼都變得如此現實？」

「因為現實本身就是現實！」周潔此話，不無道理。

談到現實，不禁令人緬懷那些逝去的日子：「無論如何，在我們年輕的時候，雖然也瘋過、荒唐過，但至少大家真心相愛，真誠相待！」

「是的。和現在相比，我們那時最失敗和低落的情況，根本都算不了什麼！」

提起往事，感悟著閨友慢慢開始釋懷的內心，陳曉晴趁熱打鐵：「直到現在，妳依然不能原諒成宇嗎？」

周潔低下雙眼，用小勺在濃濃的咖啡中拌入一些細細的白糖：「我倒是從來沒有懷疑過他對我的愛……」

曉晴聽得懂姐妹的心聲：因為相信愛，所以難以接受，難以忘卻，難以原諒！

「那時候，錯的不是人心，而是年輕無知！我們所有人充滿幻想，都抵擋不住世間的誘惑。因此—— It takes two to tango（責任在雙）！」

「是的，我因此正在承擔著屬於自己的那一部份責任。」一抹苦澀的笑，非常難得地出現在周潔的臉上。

陳曉晴發現自己的話說重了，便儘快作著彌補：「至少，妳為兩人留下了初戀的結晶！敢問人世間有幾人，真正具備如此的勇氣，還可以這麼地有福氣？」

一語點至周潔的幸福之源，她果然轉憂為喜：「對——只有他，才能給我留下這麼聰明漂亮的兒子！」

「最近有他的消息嗎？」

「聽周清講，他過得一點都不開心！」周潔剛剛舒展的臉上又掛上了一層薄薄的陰雲：「聽說那位喬大夫的父母都早早去世了，因此她非常憂鬱，整天學那些各種來頭的長壽之道。他們家每天吃得非常簡單，不僅葷腥不進家門，主食和素菜也只是放在水裡煮煮，就算一餐了。成宇的父母實在忍受不了，就同她對著幹，她便逼著老公和女兒住回原來的娘家。可惜成宇和孩子都不同意她的生活方式，就儘量每天在外面隨便混頓晚飯之後才回家——可憐吶！」

「回去看看他吧？至少，妳的寬容和諒解，會為他增添一些生活的樂趣。」陳曉晴這麼勸著，省下了另一半的意思：她更加希望小姐妹可以早些放下過去的陰影，重新開始生活。

「也許吧……我可能會在今年把爸媽接過來。」

「兩老如今曉得凱文的生父是誰嗎？」

「不曉得，還是先把他們接來再說。」

「那妳還是不打算讓他們父子相認？凱文可是長大了，他一直在追問哦。」

「看情況吧。認父不是小事，何況那邊還有孩子和家庭。」

周潔的猶豫也是實情。目前只能看著道，一步步走。

事有湊巧，那年劉蓮和大維在上海頂頂高級的小區買下一套新房，以後他們每次回滬，將住在遠離樂民路的外灘。聽說周潔和曉晴兩家也打算回滬度假，劉蓮就邀請各位一同到自己的新房子裡開個派對，熱鬧一下。

陳曉晴徵得周潔的首肯，便建議劉蓮大維順帶也邀請周清和成宇兩人：「大家多年未聚，剛好借你們的那塊寶地，重溫舊夢！當然，既然是朋友團聚，家屬這次就免了。你們覺得呢？」

這麼些年，看著周潔的兒子一天天地長大，似乎每個人都可以從凱文的身形以及那眉宇間所透出的英俊，找到當年小伙伴的影子。只是尚未得到周潔的認可，至今沒有人會出賣他的出生秘密。

聽到曉晴的建議，劉蓮大維心如明鏡，並立刻表示贊同。大家暗中為著周潔和成宇的再次相見，雖不知所終，卻積極配合並樂見其成。

上海那頭，聽說妹妹終於同意辦理父母的親屬團聚，周清全家歡天喜地。他剛獲消息就速速跑著去通知成宇：「小潔他們幾個都約好了要回上海。大維這傢伙還真有本事，在外灘買下了一套高級公寓。他們請我們兩個到時一起過去，參加派對！」

梁成宇聽聞此話，彷彿喜從天降！他急切地詢問了周清一連串的問題，無非想要確實這個喜訊：「這次小潔也回來嗎？她也會去大維的新房子？她終於同意見我了嗎？我真的是被邀請參加的？」

「當然啦——是她親口在電話中對我講的！」

梁成宇沒有再提問，怕一不小心聽錯了這個消息。他的眼睛溫熱起來，久違的淚水，被煮沸了的心潮攪翻上來，充滿在眼眶裡，不捨得輕易流淌下去。

周潔快回來了！而且最重要的，是她此番回國的計畫中，竟然包括了與自己的再次相聚！

梁成宇百感交集！他每天似乎照常上班、下班、吃飯、睡覺。唯一可以感覺到的變化是在內心，其心不由主！

終於等到了那一日——十年後的第一次重聚。

周清還是兄弟，他早已原諒了成宇。只消看他一眼，周清便同樣地清楚，在這位老弟的心靈深處，放不下自己的妹妹小潔。

周清全家先去周潔所住的旅館見了面。在那裡哥哥問明了妹妹，自己同成宇具體到達派對的時間，最好是在晚飯之前。

聚會那日是禮拜天，周清按著計畫的那樣，睡個舒舒服服的午覺，然後篤篤定定地敲響了鄰居家的大門。手還沒有來得及放下，成宇就已經飛快地打開了門，筆挺地站直在了他的面前。周清忍不住「哈哈」兩聲，伸出手拍拍兄弟的臂膀：「我們現在過去！」

兩人照著地址，來到了大維新房子的樓下，時間還是比原計畫提早了半個多鐘頭。既來之，則沒必要再等。兩人按響了大維家的對講機，得到回答後便上了電梯。

大維和陳宏早已打開了房門，等候在走道上。看著周清他們跨出電梯，兩人便以最大的熱情歡迎著往日的好兄弟好伙伴。

四個男人嘻嘻哈哈走進屋子，見著了正在忙著準備晚餐的女人們。聽到了男人們的說話聲，手中不停忙著做飯的周潔、劉蓮和曉晴抬了抬頭，朝新來的打招呼：「來啦？你們先聊著，晚飯還要等一下才好。」

不知是否是有意而為，大維竟把這群男人帶到了離廚房最遠的陽台上。幾個人抽著煙，站在那裡聊天。梁成宇側身站立在移門的柱子旁，口中有一句沒一句地答著話，眼睛卻一直跟著那個裹緊在連衣裙裡的豐腴的身體、以及那雙不停忙碌著的小手。

「小潔變了！」

看著看著，梁成宇不難得出這樣的結論。他激動的思緒隨著起伏的胸膛，難以抑制：「怎能想像短短的十年，竟將一位百般伶俐、寵柳嬌花般的女孩，改變成了一位行動敏捷、精明能幹的巧婦？」

聯想到周清多次提及小潔開辦旅行社的事，梁成宇更加感慨萬千！在他的心裡憑著記憶所拼合起來的那個女孩：那個整天跟在別人身後瞎跑的小姑娘，那個被大人長輩隨意安置的少女——哪裡有過如此大的抱負和能力？

梁成宇百思未得解。

然而，那位晃在眼前的靈巧女子，正是自己的初戀姑娘小潔！周潔的每一個動作，或細微周到，或果斷快捷，都令故人刮目相看！

在梁成宇的眼中，唯一沒有改變的，倒是周潔那張充滿陽光和活力的笑臉。那個久違的笑聲，他曾是如此熟悉！

成宇非常困惑：小潔究竟是怎樣的一個女子？離開了家長們一貫的保護和照顧，失去了昔日戀人對她的關愛和體貼，隻身在外歷經人生百變——卻依然可以笑聲如故？

男人不懂——女人需要被愛，女人卻更懂得付出。

周潔的笑聲依舊。因為，在她的生命中——有愛，也有付出。

故人團聚，晚宴氣氛熱烈。斟酒……添茶……上菜……敬酒……乾杯……聊天……玩笑……直到午夜，主婦們來回走動收拾安排著一切。然而，梁成宇的眼中卻僅有那一位！

不醉不歸是那晚的口號，不料半醉的或全醉的，卻更不適合或打算回家了。大家開開心心地叫嚷著：今天隨性一次！喝翻了每一個酒瓶，就留在大維家裡休息過夜。

當晚，僅有兩位沒有喝醉，也全然沒有睡意。半醉和興奮的夫婦們見到他倆，坐在通往陽台的玻璃門邊，安閒地說著話。他們微笑地看看對方，一問一答。

那次相見，是成宇和小潔十年後的第一次重逢。

回雪梨之前，周潔沒有再同成宇單獨見面。她見過親友，處理完回國必辦的事務之後，先曉晴和劉蓮她們，匆匆返回了澳大利亞。

後來，當陳曉晴與她談及那次重逢時，周潔的臉上一如既往，陽光明媚：「十年了，他倒變化不多。」

「對，他原是個青年老成的男人。現在別人趕上去了，他倒反而顯得年輕了，呵呵。」姐妹開著他人的玩笑，同時想到自己昔日的戀人，今日的「老公」。

「他那晚曾提出單獨請我吃飯，可我沒有答應。」周潔沉思下來。

「有利有弊，讓他先冷靜一下也好。」姐妹總是給予理解：「有了一個好的開頭，以後大家的見面會增多的。不急於這一次兩次。」

「是……我們談得還算心平氣和。看來時間和現狀，的確可以改變一個人。」

「妳最終沒有同他提到凱文？」

「我本來想見機行事，但是蠻奇怪的：我們兩個聊了整整一晚，他卻連一個字都沒有提及我目前的婚姻狀況以及有否孩子等事體。我倒是還問到了他女兒的情況。」說著話，周潔的臉上似有一絲不悅。

「問了，倒不見得是出於關心；不問，卻並不等於毫不在意！就成宇的性格來講，也許正是因為他對於妳的現狀耿耿於懷，才不願意去提那些事體的。」

陳曉晴的分析合情合理，周潔笑顏再展：「那倒是的。其實幸虧他沒提，要不然我也沒法對孩子的事做出解釋。」

「妳爸媽見到了外甥後，是啥反應？」

「他們對孩子倒是百般寵愛。只是怪我當年沒聽他們的安排，如今咎由自取。」周潔自嘲地笑了一下：「他們還是沒有學會從自己身上，尋根追源。」

「每個人都有每個人的活法。到了國外，他們會向其他眾多的老人一樣，慢慢地理解和尊重孩子們個人的生存理念與行為方式的。」

「不管他們是否理解，對於我們這一代人來講，終歸是前車之鑒！至少，我們已經學會了，如何與我們自己的孩子相處。」

「對——他和她們是非常幸運的一代人！」

第十六章：為率性買單

　　陳宏和曉晴的大女兒已經同周潔的兒子一樣，不久就要升入初中。夫婦兩個商量著：「我們兩個孩子的中小學不在同一個方向，以後每天接送她倆的時間一定會非常的緊張。我們是否應該考慮換個住處，至少要離一所學校近一些？」

　　「是的，最好是在中學附近，眼看著小的過兩年也要上初中了。」這麼考慮著，便開始整理起家務，作著換房的準備。

　　經過十幾年的辛勤工作，陳宏曉晴他們家已基本還清了那些房貸。在外的華人都非常的努力和節約，每家每戶的首要目標和願望，幾乎都是同當地的老外們一樣：希望在退休之前，能夠付清自家房子的貸款。因此，雖然澳大利亞銀行房貸的還款截止期都在二十五至三十年左右，但許多華裔家庭都趁著夫妻身體健壯之時努力賺錢勤儉持家，爭取提早還請貸款。

　　因此目前對曉晴陳宏他們來講，換一所離中學近一些的房子，應該沒有什麼難度。他們一邊留意著學校周圍是否有大小合適的房子出售，一邊著手準備先售後買的正常換房過程。

　　曉晴的先生陳宏在當地有個比較投緣的華人朋友小趙，同樣是軍人後代。小趙不僅個子高，且練得一身好功夫。由於他幾乎不會英文，因此當年找工比別人困難。陳宏常常安排他一些廚房的工作，曉晴也替他寫過簡歷，幫他在洋人報刊上登過廣告。

　　當年的華裔孩子中，學鋼琴的、學中文的、學畫畫的、補英文的、補數理化的應有盡有，只是學武術的孩子卻並不多。看來不管華人走到哪裡，不論華人孩子的父母從事的是何種職業，用功學習書本知識的傳統，始終影響著每一代華裔。

　　小趙曾經去當地那些亞裔武館尋過工，只可惜雖然技藝不凡，卻不同於那些受過系統傳授的武術教練。特別是海外流行那種以紮在腰間的彩色帶子，來衡量技術等級的普遍認知，讓小趙大惑不解，不得不恭而身退。

陳宏給小趙出了一個主意：「讓我家曉晴給你寫個廣告，上面專門說明趙老師是一位武藝出眾、且專長於擒拿格鬥的武術教練。你上門培訓的對象，應該是那些以強身健體為目的，而不是那類以腰帶為目標的習武學生。」

「而且還可以加上另外一項培訓項目，教導年輕人的自我保護意識和技能，以應對不時之需。」夫唱婦隨，曉晴在廣告詞後面又附上了這一條。

作為嘗試，小趙在華人報刊上登了一個月的廣告，結果石沉大海，沒有任何回響。後來便試著在洋人報刊上刊載一個月，終於，幾天後，曉晴的辦公室裡收到了好多個諮詢電話。

「為了更好地展示你的實力，我們幫你把所有年輕的男女同時安排在李媛媛的練舞大廳。」

曉晴的建議和支持，從小趙那幾個漂亮的擒拿術和防身技巧，從所有觀摹青年的大聲喝彩聲中，得到了回報。自那日起，趙教練的個人輔導課程終於進入軌道。

與那些小學生不同，這些練武的年輕人並非長久練功之人。他們更多是出於好感和一時之興，而且課時還依據年輕人身上的零用錢多少，必須不斷作出調整，甚至常常會被取消。

趙教練的學生當中，倒是有幾位當地姑娘。她們非常認真，也極其崇拜這位英氣不凡的教練。剛開始時，她們幾個相約著來到一位叫凱瑟琳的姑娘家中，同時接受防身培訓。慢慢地，她們開始單獨邀請趙教練去自己的家中教習工夫。因為都是些成年女子，趙教練開頭有些為難。他聲稱自己時間安排已滿，希望她們繼續在相同的時間，去到相同的地點一起練習。

凱瑟琳的家一望而知屬於當地富豪一族。她從小喜歡習武，而且已經榮獲了幾條彩色的腰帶。長大成人之後，她本已經不再參加武術學習班，卻被那幾位朋友拉著去看趙教練的武藝表演。最後，當然是帶著崇敬的心，決定向教練請教其專業防身之術。

看著那些女朋友們個個爭先恐後，凱瑟琳棋高一著，她趁著送教練出門的工夫提出建議：「非常感謝教練的耐心傳授——作為回報，我願意為你開設免費的英文教學，希望教練可以接受我的誠意！」

看著美麗女子仰著頭真誠的笑臉，趙教練的感覺正如陳宏日後玩笑他的那樣：彷彿一跤跌在了青雲裡！

由此，趙教練的教授和學習課程，從地板上升至桌椅，又從桌子上升至床榻。他最終變成了凱瑟琳的專屬教練和私人學生。

雖然情場得意，口袋卻更癟了。小趙不得已，重新開始找工。由於時間安排上的限制，他為自己找了一份售房助理的工作，師從一位移民自香港的房產顧問。由於房產銷售員以佣金為主要收入來源，因此小趙每週的固定底薪只有兩百多元。澳大利亞當年的房屋買賣非常清冷，因此那些底薪很低的華人售房助理，基本上個個生活佶居。

長得人高馬大的小趙，也許是身居海外的關係，特別喜愛吃家鄉豆腐。可惜自己不常在家做飯，因此但凡被朋友邀請去家中做客，他便手提一盒豆腐前去赴宴。久而久之，人們漸漸忘了其大名，而以「豆腐先生」來美號這位彪形大漢，倒也算得是剛柔相濟了。

「豆腐先生」交了一位當地的漂亮富家小姐之消息，轉眼間傳遍了那些老留學生的家庭。有些朋友為他高興，有的非常羨慕，更多的卻並不看好其結局。面對朋友們的提醒，他倒並不在意，常以好友陳宏的那句話來回覆大家：「談一場戀愛而已，沒必要瞻前顧後，患得患失——水到自然渠成！」

此話後來果真被應驗了正確！不到一年，在那位凱瑟琳的軟硬兼施之下，其家人不得不答應了獨生女兒的結婚要求。從此，「豆腐先生」雖抱得美人，卻成了上門小婿。人生得意，卻總有些美中不足之處。

最令人難以接受的，是婚禮那天，新娘父親舉杯祝酒之際，竟當著在場全體賓客，說自己並不贊同女兒的這個選擇，實為「被逼無奈」之舉。

藉著酒精，「豆腐新郎」對好友陳宏發下了重誓：「你們等著，看著——我總有一天會把他們的女兒帶出那個自以為是的家庭！」

忍辱負重地捱過了那些年，「豆腐先生」的英文交流能力已遠在所有留學男士之上。不僅如此，據那位香港售房前輩指點，沉睡了十幾二十年的澳大利亞房地產，隨著中國新移民的湧入，目前正在崛起之中。

蓄勢待發的「豆腐先生」，聽說好朋友請他代理售房，便真正體會到了新世紀的來臨！他應邀來到陳宏的家，重新審視和評估著這套原本已非常熟悉的房產：「你太太實在是個有品位的主婦！一套外表普通的住房，裡面的裝潢卻非常的藝術化。我相信有許多老外會喜歡你們的房子，並一定儘量幫你們售出個好價！」

「非常感謝——如果能把你們的中介費賺出來，我們不甚感激！」陳宏夫婦雖然決定換房，但總是希望儘量地減少損失。

內外整理過後的屋子，掛牌沒兩天，就有一個洋人家庭提了一個買價過去。當「豆腐先生」興高采烈地將合約攤開在陳宏夫婦的面前時，兩人同時歡呼起來：「這麼高的售價？」

房子的售價，比幾年前的買價超出了八萬多元！

「你們看，我說你們的房子會大受歡迎的！」「豆腐中介」同樣為著朋友高興：「現在最重要的，是趕快尋找你們的下一所住房。」

「好的好的，拜託你！」夫婦齊聲回答著，雙雙沉浸在歡樂之中。

他們的售房合約中，僅有一項條款作了些許改動：對方要求將房子移交的日期，延緩至兩個月之後。因為馬上快到新年了，人們都忙著度假，不想在那個時候搬遷。

要求合乎情理，陳宏夫婦沒有異議。而且，對方百分之十的定金都付了過來，完全沒有什麼可以擔心的。

朋友中介離開之後，全家情緒高漲！陳宏提議：「既然那筆多得的售價是意外之喜，我們何不喜上加喜：用這些鈔票去國外旅遊一次？」

想到年輕時「走遍世界」的夢想，在生了兩個孩子之後便擱淺於澳大利亞碼頭，陳曉晴立刻對丈夫的大膽提議表示百分百支持：「我們帶著孩子去美國看看，那裡總歸是我們年輕時的夢想之地！」

孩子們聽說今年的聖誕節和新年，她們將不再忍受三、四十度的高溫，而可以去電影裡見過的迪斯尼樂園，都跟著興奮和歡呼起來。全家暫時放下了一切日常活動，而專注於美國的西部之行。

房屋中介們，曉得這家人家已經售出了自己所住的房子，便絡繹不絕地上門介紹新的房源，提醒著這戶人家：你們應該儘早為自己重新選擇一個理想的住處。

可這家人卻並不著急，他們正沉浸在節日旅行的氣氛之中。何況，新房子的區域早已決定，只等這套房子的全款進入銀行帳號，他們便可以用來購置新家。

一個月的美國西部之行，雖然讓孩子們玩得意猶未盡，可對大人們來講，也許從一個風景秀麗的西方國家，花了好幾萬飛到另外一個西方國家，即使圓了一部份昔日的舊夢，卻同時也驗證了美夢與現實之間的距離。

回到雪梨，離交接房子的日期只剩兩週。全家刻不容緩地投入了整理和搬遷的準備工作。與此同時，「豆腐先生」受託，已經將最近在學校附近推出的房源，做好了完整的準備資料，只等陳宏他們夫婦作出選擇。

看著一厚疊的材料，又聽朋友介紹目前房源增多的消息，夫婦倆信心倍增。可是一棟棟比較之後，他們發現目前的房價竟是如此之高，大為困惑：「從什麼時候開始，雪梨的房價漲得如此之高了？」

「其實你們出售自己房子的時候，房價正處在上升的階段。由於中國國內房價飆升，而且那些股票中發跡的以及生意中發了財的，常常選擇移民或投資。因此這裡大片的土地、純淨的環境以及低廉的住房，便吸引了眾多大陸同胞。目前，房價正在飛漲的階段——不過，你們不必擔心，因為水漲船高！你們現在買下的房子，就已經在那個實際的價位上了。」

《那幾個上海女人》

　　「水漲船高」的觀點並沒有錯。只是，剛剛還請的貸款，又要重新開始了。陳宏夫婦不太甘心，便多問了一句，想聽聽中介朋友的看法：「我們在澳大利亞生活了十多年，這裡的房價幾十年如一日，從來沒有聽說漲價兩字。現在既然房價上升是同目前的海外投資者有關，那麼過段時候，市場會不會趨於平穩，甚至房價下跌呢？」

　　雖然在房地產行業已小混幾年，但「豆腐先生」還真沒有見過一路上揚的房產走向。作為一名售房專業人士，他不得不據實以告：「我也沒有見過會永遠飆升的房價——應該有漲就必有降吧。」

　　自以為早已適應澳大利亞生活的陳宏夫婦，內心是贊同朋友的分析的。他們看著前面那一堆料想之外的房源，商量了一下，便回答：「反正現在買房也來不及搬進去，我們就不去湊這個熱鬧了。不如先在學校周圍租個半年時間，等這股投資的風頭過去之後，再慢慢找個合適的房子。」

　　「那也可以。就是不要等太久，否則租金會是一筆額外的損失。」

　　「當然當然。我們還是會不斷留意附近新推出的房源，同時請老兄也幫忙關心著周圍的房價變化。」

　　作為教訓，陳宏夫婦的租房決定，最終讓他們不僅多付了半年的租金，而且，最後不得不聽從朋友的規勸，以二十萬貸款為條件，買下了一個比原住屋大不了多少的校區房。因為，通過半年多的觀望和了解，人人都可不費吹灰之力便發現：雪梨的房價絕對沒有下跌的可能！

　　無論政府和銀行採取什麼樣的抑制手段，沉睡了幾十年的澳大利亞房產市場，已改天換日，勢不可當！

　　即便當前正有一大批華人不斷地加入售房大軍，但老牌中介的地位並未因此而大受影響。「豆腐先生」終於如願以償！他以每月十多萬元佣金的收入，在短短兩年之後，風風光光大擺中西宴席，將太太和孩子接到了自己所購那棟價值數百萬元的豪宅之中。

　　中國的崛起，讓華人在外的地位翻天覆地！「豆腐先生」的老丈人開始到處炫耀自己獨到的眼光——先他人之前，早早地與中國結為了姻

《那幾個上海女人》

親！

第十七章：工字不出頭

　　陳宏夫婦的率性而為，為全家買下了一張銀行貸款的大單。

　　此為前車之鑒。許許多多原本為自己早已安居樂業而沾沾自喜的老留學生家庭，開始逐步意識到了一個事實：無論現代人身處何地，無論自身所在之地本身是多麼美好——人間，卻從來沒有世外桃源！

　　經濟危機沒有讓發展勢頭正旺的澳新經濟蒙受太大損失，來自中國大陸的一撥撥新移民，更是讓這兩個國家以新貌代替了舊顏。其中最顯著的一個例證是：一棟棟新房拔地而起！它們雖然生根於澳新的土地，但卻一目了然，融合了中國近代和現代的城市及鄉村文化。不難想像——房產開發商中、房產投資者中、房產建築人中、房產購置者中，新添了多少華人華裔。

　　得益者除了當地政府，除了那些以高價出售自己久居住房的洋人，更多更廣的，應該還是勤勞智慧的華裔移民。新的自不必提了，他們留在祖國拼命賺錢的過程，不是那些早早離開故地的老一輩留學生所可以知曉和想像的；早期移民中，倒有許多人匯入了快速發展和致富的大軍行列。

　　平日裡，只要那些有閒暇時間喝茶的華人婦女坐著聊天，大家就不斷會聽到某某太太默默無聞的丈夫現在成了房屋設計師……某位夫人或先生手下的一大塊農場正待開發建房……某個朋友辭去了原來的工作，正在一棟接著一棟買進小房，改建成大房後再高價求售……

　　大好形勢下，即使是那些沒有從房產買賣中獲益的，也往往可以從其他領域分得一瓢湯、一杯羹——當然，如果你不折不扣地按著我們老祖宗所教導的那樣，放棄工作而去從事商業，之所謂「工字不出頭」！

　　換句話講——若想「出人頭地」，就不要再替人打工了！

　　道理似乎無懈可擊，但結果卻並非總是合乎人意。

　　我們故事中的那對夫婦，李媛媛和錢家傑，便是例中之一。

《那幾個上海女人》

　　出國定居那麼些年，這對夫婦始終勤勤懇懇，兢兢業業。一位堅守著那份永遠不會發財、卻讓全家衣食無憂的廚師工作；另一位則既緊跟形勢，又忠於職業，單槍匹馬地將舞蹈學校打理得蒸蒸日上。

　　隨著華人移民的不斷增加，由於家長們的熱情鼓勵和循循誘導，去李媛媛的學校學習舞蹈的華裔學生越來越多。不僅是孩子，隨著人們對生存理念與生活方式的改變，許多為了健身和美體去學習舞蹈的中年婦女們，也相約成群地來到媛媛的舞蹈學校報名。

　　看到太太的小小事業竟辦得如此成功，錢家傑內心的壓力日增。尤其是老爸老媽時而會在兒子的耳邊提醒著：「別忘了你的姐姐一家仍然單獨留在國內。」

　　「男人想在家裡擁有發言權和保持領導地位的話，首先應該掌握經濟大權！」

　　「打工是沒有出息的。常言道：工字不出頭！」

　　思前想後，錢家傑覺得妻子能夠做到的事體，自己作為大男人雖暫居其後，卻應該快馬加鞭，迎頭趕上。

　　錢家傑開始計畫創業，做的是自己積累了十多年經驗的餐館生意。而且，從他打工的義大利飯店所贏得的讚譽聲中，家傑曉得自己的烹飪水準，應該夠得上正宗的「義大利」菜系的大廚資格。

　　因此，錢家傑所開辦的不僅僅是餐館，還是一家「義大利」餐館。

　　自從中國大陸改革開放的那一天起，中國的老百姓就特別崇拜和親睞「義大利」品牌。來自中國的經驗告訴家傑，自己的一手正宗「義大利菜肴」，只要在價格上可與正宗「義大利餐館」匹敵，餐館便有了一線生機。弄得好，口碑四傳——成功說不定就在一日之間！

　　計畫聽上去蠻好，太太也沒有太過反對。李媛媛講了：「其實你現在的工資也不錯，完全夠家裡的開銷和孩子們的課外學習費用，沒必要再去開什麼餐館。但既然你決心要一試，我可以暫時承擔一些家用。但前期投資，你必須自己想辦法解決。」

　　錢家傑曉得，平時省吃儉用的四位老人，手裡的存款雖然可觀，但要想借來投資餐館，應乎比登天還難。猶豫再三，家傑想到了早已發家致富的大維。

作為知根知底的伙伴，大維聽完了家傑的從業計畫，二話沒講就答應了下來：「你做的義大利餐，朋友們個個都叫好。我相信你，一定可以辦好這家餐館。這樣：我的資金不是作為借款，而是作為投資，你的手藝可佔百分之三十的股份。當然，如果你打算另投一部份資金的話，那剩下的百分之七十中，我們就按投資比例再行分配，你覺得怎樣？」

錢家傑覺得大維的建議是公平合理的。只是左思右想，自己是否拿得出那一部份投資額，他的心中實在沒有多少底。回到家，他將自己的設想和大維的建議匯報給了太太，靜候回音。

果不出錢家傑所料，太太並不贊成資金投入：「既然大維同意全額投資，那就再好不過了！你從來都沒有做過生意，先憑著自己的手藝試試看——我們先不要指望一口吃成胖子！」

錢家傑無話可說，因為家裡的大部份存款，都是太太多年來早出晚歸的辛苦鈔票。平日裡她既不捨得花錢，也沒有時間花錢。說服她支持自己開業，把她目前的學校收入用作全家的開銷，已是非常不易了。

家傑只好先退一步。他心中暗想：這樣子的一個餐館經營模式，對自己來講，幾乎與打工無異！只等以後餐館開始贏利，讓太太看到自己的能力之後，他再提出增加股份。作為朋友和兄弟，錢家傑相信，大維是不會計較的。

有錢有經驗就是好辦事。才半年不到的時間，錢家傑創建的義大利式餐館便從找店面簽合約、申請註冊、改建裝修、購置櫃台桌椅、挑選餐具、雇用員工，甚至學習和申請酒牌等等，從無到有，一應俱全。

就這點上來講，李媛媛對自己的丈夫是非常滿意和佩服的。

如今萬事俱備，只等東風！

凡是認識家傑和大維兩家的所有朋友，都被邀請參加了第一晚的開張大喜。當晚家傑一身新廚裝，在裡面有條不紊地指揮著兩位幫廚，並以自己的拿手絕活，為嘉賓們送上了一道道美味佳肴；而作為大股東的大維更是早早地站在門口，不僅笑臉迎賓，更是不斷重覆：「為了感謝各位親朋的捧場，本人非常榮幸：今晚免收各位的紅酒和飲料費用！」

在場所有食客，不論老少中西，對錢家傑的廚藝無不交口稱讚！

晚飯後，客人基本散盡，只留下了昔日的三個伙伴。看到當天那些服務生忙得有些焦頭爛額，大家便熟練地操起了舊業，幫著家傑做起了臨時廚房清潔工。邊幹著，陳宏還邊開玩笑：「十幾年磨一刀——我們幾個人當中，只有你，總算對得起當年那張混來的三級廚師證了！」

「何止三級——我們的大廚早已晉升頂級了！」大維更為誇張。

開張那晚，氣氛甚濃。

開張之後，每家恢復了平日的家常便飯，又都各忙各的起來。

幾個月之後，劉蓮剛好有空去周潔曉晴的辦公室小坐。談話間，大家問起了那家新張不算久的義大利餐館，不料劉蓮卻長嘆一聲：「快關門了——根本就沒有客人去那裡吃飯！」

兩姐妹大驚失色：「怎麼可能？家傑的廚藝不是挺好的嗎？」

「聽我們大維講，問題不在廚藝的好壞。主要是沒有多少華人去吃義大利餐！而老外又不習慣去華人開的義大利餐館吃飯。」

「可是整個雪梨有好多家老外餐館，裡面用的廚師或幫廚都是華人啊。」大家委實難以理解。

「也許食客們不曉得吧，或者客人都是衝著老闆的面子或飯店的名氣去吃飯的——總之，大維他們現在正在託中介找買家，最好有人能把店面給頂了下來。至少，可以挽回一些裝修和租金的損失。」

聽到此處，姐妹們想到平日裡自己對「義大利」餐館也的確不算上心，就連陳曉晴家中那兩個非常喜歡義大利口味的孩子，都習慣了父母親手做的通心粉什麼的。大家不免對此結局有些理解，更有些黯然。

回到家，陳曉晴把劉蓮那裡聽來的消息轉述給陳宏聽，他似乎早有所聞。曉晴建議：「要嘛我們今晚帶著小囡，去他們餐館吃飯？」

陳宏搖了下腦袋：「於事無補——飯店生意不是靠幾個熟人去吃就會紅火的。事實上，我們去了空空如也的餐館，家傑說不定反而會尷尬的。」

　　曉得了那邊生意不佳待售的情況之後，朋友們便在暗中幫忙留意著買家和進展。兩個月之後，那家餐館終於易手。

　　李媛媛沒有多說，只是對家傑講了一句內心的真實想法：「其實，從認識你的那天起，我就曉得你不是一個生意人——何必給自己找罪受呢！」

　　錢家傑人生中的首次經商失敗了，雖然損失不如大維那麼大，但仍可謂血本無歸。太太的那個中肯的評語，更讓家傑的這次從商，成為其人生道路上唯一的一次嘗試。

　　慶幸的是，家傑的手藝不會丟！不到兩週，家傑就憑著自己的那把「刀功」，重新找到了一個餐館的工作，並開始挑戰新的菜系和烹飪技術。

第十八章：河東河西那些傳說

　　曾經做過區領導的錢家傑自創餐館的失敗，在家人、特別是自己父母眼中似乎被證實了，其除了作為「領導」的天份，並無經商的本領。他本人更是放棄了一切幻想，倒也踏踏實實做回自己熟已生巧的工作，並一肩扛起了作為家長應該承擔的大小事體，甚至包括在常人眼中屬於母親和主婦們打理的家務。

　　家裡的第一成功人士，當屬太太無疑！至此，全家如眾星捧月，一切時間等安排均以媛媛的需要為主軸，按需調節。正如李媛媛的父母常常掛在嘴邊的那句話：「我們李家的女兒就是爭氣！」

　　平日裡，媛媛除了家務沒空關心之外，自己的生意倒是僅憑雙手掌控。雖然親朋好友看她如此忙碌，曾多次建議她找些合作者共同經營發展，但李媛媛卻有她的處事之道。她不求舞蹈學校名噪一時，只求自己的生意穩定，個人的收入豐足而已。因此，雖然媛媛在時間安排上有如見縫插針，分秒必爭，但她對當前的狀況非常自足，對家人、特別是老公的大力支持也感恩於心中。

　　孩子們漸漸長大了，他們所讀學校的選取，同極大部份的華裔孩子們一樣，必須是當地排名在前的重點學校。家傑曾多次於太太的百忙之中，徵求她的意見：「大維和許多華人的孩子，現在都擠破腦袋往『貴族學校』送。聽說那裡畢業的學生，以後有優先選讀大學的機會！我們家雖然不能算是有錢人，但其實也已經具備這樣的條件。是否也該考慮將孩子，至少大兒子送到『貴族學校』去唸書？」

　　錢家傑口中的「貴族學校」，就是當今的「私立學校」。

　　如今的社會，早已不分貴族與平民了。但人們一旦把孩子送入了高消費的的學校去讀書，便自我安慰地將這類消費的名稱提升至一個高於普通人類的地位，以對得起自己所付出的大把金錢。

　　李媛媛不是一個愚昧的人。她雖然忙著自己的事業，但平時接觸最多的就是舞校孩子們的母親。從那些家長的交談中，她早已總結出了幾點：「第一，私立學校和公立學校的畢業生，除了父母掛在嘴上的那些好處，對孩子們的將來並沒有多少實質性的影響，特別是對於那些並非世襲『貴族』出生的華裔孩子們；第二，名牌公立學校所培養的優秀學生，並不比私立學校少。但公立學校是百分百免費教學，而私立學校的收費和開銷，超過一個普通職員的全年收入！」

媛媛對老公分析了以上之利弊，進一步補充：「其實孩子讀書的好壞，主要是靠他們自己！至多我們還是像現在這樣，花些補課的費用，幫助他們考入大學就行了——我們家完全沒有必要同那些暴發戶一樣，去浪費這樣一大筆辛辛苦苦賺來的鈔票！」

錢家傑雖然同意太太的分析，但他仍然還有其他的顧慮：「可是，我們不能永遠讓孩子們掛在周潔的公司住址上學，我們還是應該作長遠打算。」

錢家傑所謂的「長遠」，其實媛媛非常清楚。目前為了孩子們、特別是兒子的上學，老公不得不早起，開車把他送入那麼遠的學校。但是媛媛的考慮更為全面：「照理講，這麼些年的積蓄，我們完全可以在學區買下一棟中等價位的住房。但是之後，你我的那兩對老父老母該如何安置？仍然是每月一換？」

一個不變的事實是：華人不可將老人們單獨留在他們自己的住房。那樣的家庭目前雖然不少，但那些子女們免不了會被別人指責：「發了財，卻沒讓養育自己長大的父母跟著一起享福！」

何況，錢、李兩家的老人們，也非省油的燈——他們是不會因此而罷休的。

顧慮重重，不僅來自於媳婦和女兒的媛媛，連作為兒子和女婿的家傑，對此也是黔驢技窮，愁眉難解。

每當久久的，媛媛剛好有了一線空隙，坐在閨友們的沙發上，習慣性地按摩著自己的雙腳，聽著大家對她的錢包開著玩笑之時，她的表情和感慨都是那一聲不知是出於滿足還是貪心的嘆氣——

「眼看著家底越來越厚，眼看著孩子們越來越大，眼看著自己越來越不再年輕——到哪天，才能苦盡甘來？」

上天如同聽到了女人的嘆息聲，似乎一直關注著那些付出辛勞卻失去了歡樂的人們——終於出手相助了！

錢家傑的小妹妹家靈，突然在同樣忙亂的日子中，抽出了時間前來探望爸媽：「你們聽說了嗎？我們家所住的那一片區域，計畫拆除後造地鐵站了？聽說戶口馬上就要被封了，所以，我打算近期回國！」

「真的嗎？」老兩口吃驚不小：「怪不得家玉這段時間都不再重覆提起出國的事了！那我們也要趕快準備回國一下！」

就上海靜安區那些原來屬於租界的熱鬧地段，小小一塊地或一棟房的拆遷費，人均都高達百萬元之多，這早已不是新聞。只是正因為地價昂貴，因此許久以來問者多買者少。幾年中一直看著稍遠的地段都被重覆拆了又建，建了又拆，而那些最熱鬧、人口最密集的地段，卻了無音訊，當地的住戶們都早已失去了信心，似乎已接受了那裡不屬於被改建或發展的規劃之內的事實。

早已安家落戶於國外、本來對拆遷不存幻想的錢家長輩，從旁人那裡聽到了這個振奮人心的喜訊，立刻往上海女兒女婿處掛了個長途。來自國內的回音，雖不如小女兒所告知的那麼肯定，卻也值得密切關注，並積極採取行動：

「傳說而已啦——我們正對的這條馬路的下面要建一個地鐵站……我家剛好在這條馬路的轉角上……可能會被圈在計畫之內吧……」

無論大女兒大女婿的想法如何，國家的政策計畫可不是由人的意志為轉移的。當下的小學生，都曉得這樣的道理。

見風之後，雨便來臨——此為顛撲不破的自然規律！

望風而動——更是懂得自然規律的泱泱大眾，數十年來所養成的生活習慣。

在澳大利亞雪梨的錢家人，準備聚在一起召開緊急會議。之前，錢家傑就此事先與太太通了氣，並徵詢著她的意見。晚上，兩人以相同的姿勢平躺，瞪圓的雙眼同時檢視著自家發黃的天花板。許久，媛媛問：
「家靈也有份？」

「是的！妳曉得的，她一直在刷漆，沒有好好學過英語。因此始終沒有資格入籍換護照，至今仍保留著國內的戶口。」

「你爸媽是什麼意思？」

「他們當然會把我考慮在內。只是，上海的戶口簿裡，早就沒有我的名字了！雖然爸還是房主，但現在主要是家玉一家人居住在那裡。就怕他們找理由排斥我們。」

「你先聽一下爸媽的意見，等他們有了確切的安排再說。」

李媛媛和錢家傑兩人並不貪心。多年來他們靠著自己的雙手，為小家庭添磚加瓦。他們從來沒有關心過他人口袋裡的錢包有多厚，他們沒有急於將自己所住著的首棟小房去同那些新來的大戶做比較……只是這次的誘惑實在是太大了，這次的機會又實在是太過不公——

只要懂得作加減法的，都能算得出來：錢家可以領到的拆遷費，將遠遠超出家傑夫婦倆辛勤工作十年之積累總數！而錢家傑，本來就是嫡嫡呱呱錢家的唯一男性繼承人！

錢家在澳大利亞所開的預備會議非常圓滿地閉幕了：妹妹錢家靈曉得自己這次肯定有份，戶口在那裡擺著，所以面帶笑容，篤篤定定的；而錢父錢母則口徑一致——這次拆遷費，兒子家傑必須有份！

錢家長輩與小女兒一道，風塵僕僕趕回了上海，而且打算至少在那裡要住個半年時間。迎接父母回家的大女兒家玉夫婦倆，臉上只有面皮在笑著，內裡卻擔心來者不善。

果不其然，還沒有等到第二天，老爸就出去在鄰里竄了個遍。晚上回到家，已然把拆遷進展了解得一清二楚。

晚飯後，錢父錢母不辭旅途勞頓，召集了在滬的大大小小，聊了聊當前的頭等大事：「你們的阿爺奶奶走得早，否則房子拆了，對他們倒不是什麼好事。現在既然上海只有家玉一家常住，那我們基本上就以拆遷費作為主要交換條件來作考慮。」

　　一聽此話，大女兒家玉立刻出聲反對：「怎麼可以拿鈔票——我們以後還要買房子，你們也要常常回來住！當然應該是以換房子為主！」

　　還沒等到父親開口，小女兒家靈已經忍不住了：「拿到鈔票之後，你們也可以再行買房的！如果爸媽要回來住的話，他們也可以用分到的鈔票，自己另外買一套。」

　　「現在給的鈔票再多，也不夠在同一個區裡買房！我們不想搬到太遠的地方去住！」雖然女婿沒有講話，但女兒仍然不鬆口，看來他們夫婦兩個早有計畫：「而且家靈，妳回來湊啥熱鬧？妳不是早就在那裡買了房了？」

　　可惜，茲事體大，由不得他倆的如意算盤。

　　「別忘了——我現在的房子是我們夫婦倆辛苦掙來的！而你們一家人現在所住的，可是我們錢家的房子！只要是姓錢的，就人人有份！」小妹妹當路不讓。

　　大家隨即看向父親，此事還是等一家之主來定奪。錢父不再由著他們爭鬧：「房子是老人留下來的，家裡的孩子應該人人有份！我同你們的媽媽已經商量過了：既然家玉一家至今沒有自己的住房，而且過去一直是他們在照顧著老人，那我們還是要讓他們有個好一點的生活空間：家裡目前的戶口共有六人，我們把拆遷費分成六份——家玉一家三口拿一半，你們可以自己選擇要房子或者現金；家靈一份；我們老兩口拿兩份，以後就留給家傑的兩個孩子。」

　　分配似乎是合理的。錢家靈曉得不管怎麼分，自己能有六分之一，就是最好的結果了，所以便不再吱聲了；錢家玉一向是老爸的心頭肉，他們家分得一半，原也算得了頭份。但想到以後要搬去偏遠地區，她心中難免有些不情願，便隨口問了一句：「那你們以後回來上海時，住在哪裡？」

　　「你們還想把親爸親媽趕到旅館裡去住嗎？」老人反唇相問。

　　女兒低下了頭。一字未提的大女婿，站起身碰了下老婆的手：「爸媽累了，今天就讓他們早點睡覺吧。」

　　錢家玉兩口子回到房間，做女人的了解老公有話要講，安靜等著。

　　「其實，不給妳弟弟妹妹也不現實。既然現在鈔票的問題已經擺平了，那我們自己想辦法多領一些拆遷費，他們就管不著了！」

　　「怎麼多領？誰會給我們？」家玉不懂老公葫蘆裡賣的是什麼藥。

　　「趁著現在戶口還沒有凍結，我們趕快把我媽我爸的戶口遷進來，不是就可以多領兩份拆遷費了？」

　　錢家玉看看老公，心中想著「不曉得他是否早有此意」，眼睛卻放出了光：「好辦法——我們立刻著手進行！」

　　「別急，這件事體還是必須通過妳爸。畢竟他是戶主，要他點頭才可以。」

　　「那怎麼辦？老爸多數是不會同意的！」

　　「妳可以告訴爸媽：多得的部份，會分給兩位老人一部份。妳先去問問妳爸的意思，記著——千萬別當著家靈的面。」

　　第二天，錢家玉瞞著小妹家靈，將老公的提議徵求了父母的意見。老爺子也不是個糊塗人，當即就同意此為上策！經過一番討價還價，最後通過了從多得的鈔票中，撥給錢父錢母三分之一的份額，作為老人們的私房錢，由他們自主決定如何使用。

　　沒有任何商業行為會比國家政策更為快捷。不到一年，地鐵站建成通車。錢家老少更是皆大歡喜。甚至家玉他們也不打算購房，而準備著舉家移民澳大利亞。

　　人手裡有了鈔票，不愁沒有地方可去。

　　錢家長輩抬頭挺胸，回到了雪梨兒子家，他們為子孫們保得了一份財產。雖然由於親家的關係，他們暫時不打算貼補兒子媳婦所購買的新房，但卻用了這筆鈔票以孫兒們的名字買下了一套小房。老兩口開開心心自住在兒子新房的附近，不再計較親家與兒媳同住的事。

　　人在乎的不是鈔票，人賭的是一口氣。氣順了——鈔票這種東西，生不帶來，走不帶去！

　　同樣住在一個區，房子卻在弄堂裡面而不是大街上的李家長輩，雖然為沒人收購自家的老式弄堂而忿忿不平。然而一想到無論如何，錢家拆遷的受益人，竟是外甥外甥女和自己老兩口，便舒了口氣，不再將過去鬱鬱於胸。

第十九章：新老留學生的故事

當那些八十、九十年代出國留學的老學生們，正事業有成，安居樂業，闔家同享之時－－同樣的國家，同樣的城市，又迎來了新一代的留學大眾。

不論是過去的，還是現在的，那些跨出國門的留學生們，在當時那個情形下，都屬於幸運一族：比如老的那批人中，曾不乏學業有成者。在他們年富力強的時候挑戰自己，揹負重荷走出了剛剛開啟的國門，去看一看並迅速融入那個書本之外的精彩世界；如今許多出國的留學生，早已曉得外面的世界是個什麼樣。他們中很大的一部份，不甘心或沒興趣留在國內與同齡人互相角逐廝殺，因而自費走出國門，讓自己在毫無束縛的大環境下，試一試除了考取功名之外的其他生存能力。

澳新兩國，非老牌子的帝國主義國家，沒有英美等那麼多的傳統名牌大學，眾所周知。可學生還是源源不斷。因為從老一代留學生開始，海外學生就已經成為了澳新兩國財政收入的重要來源。學生不論貧富，總要吃飯睡覺，總要預付學費。

現代人的價值觀改變了。或者說，不是生活在同一個國家的同一類人種，出現了截然不同的兩種價值觀。

年輕時率性而為的過時留學生：老了，累了，安了。他們記起了自己終歸是龍的傳人，他們做回了自己當年的父母，以孩子們的健康成長為榮，低調生活著。

而過去那些安份守己留在國內的同齡人之中，有的發跡了，志滿意得。他們不安現狀，任性而為。

也許，並非國內所有的同齡人都發了財，都可以任性了－－但那些走出國門的，以及將孩子們送出國門的，讓世界看到了他們的任性，讓老留學生們看到了他們的任性。

撐破了錢包的鈔票，在同齡人眼裡，不論是官發、民發、商發、廠發、股發、地發、店發、還是暴發——均得之不易！如此任性，令人既羨，又疼！

劉蓮的家裡，就來了一位任性的後代留學生。

這位替自己起名為蘇三的姑娘，年方二十八（而非二八）。現今人類的科學進步，讓男女的身心肌膚都足足推遲了十至二十多歲。因此，在許多人，特別是許多男人的眼裡，那些二十八歲的姑娘，正如八、九點鐘的太陽那樣，光芒四射！以至於人們通常忽略了一個簡單的事實：二十八歲的女子之成熟，遠在二八（十六）的女孩之上——十多年的閱歷和經歷，絕不是人類科學所可以抹去或作假的。

要用八條桿子接起來才能搆著的「小表妹」蘇三，來到劉蓮的家，帶著她的自信和成熟，帶著鼓鼓囊囊的錢包。修長的臉上，配著修長的鼻子和修長的眼睛，特別是那對上下舞動的彎彎的秀眉，讓幾位趕來看熱鬧的老姐妹們，既回憶起了自己的當年，又感慨著如今的更年。

蘇三不是一位剛到澳大利亞的留學生。幾年中，她已經輾轉了兩國四地，讀過形形色色的學校。因為至今尚未獲得定居，卻又不願無功而返，便憑藉著銀行卡中不斷填入的數字，不時地將自己投入新的學校和新的學科，買塊暫留之地。

用她自己的話講：「我不得已離開的每一處地方，都是一個個傷心之地！」

看來蘇三還是個多情的姑娘。這讓作為「大表姐」的劉蓮和一眾姐妹的內心，泛起了惻隱和關愛的本能。然而慢慢地看著蘇三整理出來的行頭，聽著她介紹起名目繁多的名牌皮鞋、服裝和首飾、包包等等，老姐妹們方才湧起的那一腔同情，竟被那些炫目的物質攪得七零八碎。

大家不由得相視一笑，便迫不及待地繼續向小表妹虛心請教。每個人，包括那位大款的太太劉蓮，都從內心發出了同樣的感慨：「似乎這麼些年來，我們大家都白過了！」

那位小表妹也頻頻搖頭：「這些可都是西方的名牌——妳們一直生活在國外，怎麼會連這些牌子都沒有用過？」

那可是實情。雖然她們曉得其中一部份的名牌，但她們確實沒有用過！也許真如她們口中的藉口——「在身邊一起工作的洋人，以及居家周圍時常見面的鄰居，都沒有用過類似的品牌」？或是「每天忙著工作或照看家人，哪有時間外出兜風」？也許「自己真的開始老了，不再注重個人裝扮或與他人攀比」？

總而言之，很久以來她們的的確確忽視了這些名牌。雖然，一向在圈內被公認穿衣還算講究的陳曉晴，用極低極低的語氣代表一眾姐妹回答了一句：「我們一直覺得澳大利亞自己的牌子也很不錯的……」

小表妹進房歇息去了，留下了幡然醒悟的大表姐們，各自嗟噓。

鴉雀無聲過了半個多鐘頭，慢慢恢復了常態的「大表姐」們一個個都在心裡作出了相同的決定。她們邊吃著點心，邊討論起出去「團購」的具體計畫和日期。反正一旦女人的自尊心被提拉上來之後，緊接著跟上去的，無非是鈔票了。幸好，國外購物的好處就是「拉卡」——不論是存款卡或是信用卡，拉的時候都一樣好用，童叟無欺。

「我就不去了，逛馬路至少要花上大半天。我最近太忙了，實在是沒有時間。」李媛媛這樣說著，大家都理解她，曉得她從來都忙，難得參與這些活動。

其他幾位，迫不及待地在即將到來的那個禮拜六，約好了一起去逛市中心的馬路，去購買名牌服飾！那日，這幾位遠離時尚很久的女士不約而同，穿戴一身「隆重」（把家裡自以為非常名貴的衣服和飾品都掛在了身上）出了門。

見過面，大家會心地一笑——逛大街去了。

走在路上，閨友們忽然意識到，其實這的確是一種久違了的享受。曾幾何時，她們也有過相同的經歷：就這麼幾個女子，一起出門，一起吃飯，一起買衣服……雖然少了一位，但也習以為常了。

走進第一家名牌專營店，門內好像除了她們三個，當時別無其他客人。有一位店員從膚色長相上看，應該同是亞洲人。見到來了幾位裝束顯然不同於「當地人」樸實打扮的華裔婦女，立刻走出櫃台笑臉相迎：

「妳們好——有什麼需要幫忙的嗎？」

原來是同鄉。

「我們先看一下，謝謝。」

「好的，有需要請講。」售貨員退回了櫃台內，臉上一直帶著客氣的微笑。

前腳進了店，後面就嘻嘻哈哈走進了幾位同胞姐妹。大家客氣地互相打了個招呼後，那些新來的便直接走到櫃台詢問著：「最近有什麼新款下來？」

「有！有！有！」售貨員立刻笑臉相迎。

周潔曉晴劉蓮她們三位不敢太湊近左邊和正面那些櫃台，就逐一觀摩起右邊牆面上的那些樣品。一飽眼福的同時還順帶讀了一下那些數字——還好，都是幾千，沒有帶萬的。一路走，陳曉晴把類似質地和款樣的東西，與自己平日裡熟悉的澳大利亞品牌相比較，已經大致算出了比例：這裡的一件物品，幾乎是澳大利亞頂頂名牌的二至八倍。

她想起了周潔常常玩笑的那句話：「倒著打算盤，日子就過得舒坦了！」再看看兩位同伴，心想：她們應該今非昔比了。

剛巧周潔兩人也在回望著她，咬著自己的舌頭笑了笑：「噓——」店中售貨的是位華人，她們不敢發出任何評語——自己可不是當年的劉姥姥！

一路走到右邊櫥窗的盡頭，轉個九十度身子，便面向櫃台的一部份了。此時，剛才那幾位早已快速地作出了決定，買下了幾個新款。

閨蜜們默然。她們有些難為情地低著頭，裝模作樣地再次逐一審視著櫃台裡的貨品。只見那位同鄉售貨員面帶微笑走到各位的對面，手裡托著一本產品樣書：「妳們可以先看一下書裡的樣品。這裡櫥窗和櫃台裡的東西都是新款，比較貴；但是這種世界名牌的所有舊款基本一直在持續生產，比如兩年前的包包款式，價格卻要低很多！」

同胞的好心建議，立刻博得了在場所有顧客的感激之情，姐妹們迫不及待地採納了她的建議！三人把腦袋擠在一起，逐頁翻起了樣本。果然，好看的舊款蠻多的，價格的確比那些新款更為入目。

　　剛才在路上，陳曉晴已經預先打過了招呼：「比起我們兩個家庭主婦式的『工作』婦女，小潔有更多的需要和機會，去展示自身的名牌效應。」言下之意，假如發現物品的價格過高，周潔應該首當其衝，成為大家的馬前卒。

　　此刻剛好屬於這種情形。其他兩位便熱心地幫著周潔，在厚厚的樣品書中，找到了一個體積較大、價格又非常合適的包包。由此，她們幾個既感謝了同胞售貨員的熱情，又如願以償共同購得了第一件「世界名牌」。

　　出了店門，劉蓮問道：「那個售貨員倒是厲害，她怎麼曉得我們不會買櫥窗裡的新款？」

　　「笨——看看我們手裡拎的包，就清楚啦！」

　　「不僅如此。妳們看到後面進來的那幾位是如何挎包的嗎？」陳曉晴一邊說著，一邊照著別人的樣子，把手臂穿進了包包的提手裡，拳心向上做起了示範：「我們實在是太落伍了！」

　　幾句話再次提醒了大家，周潔馬上說：「對對，我現在趕快把原來的小包扔進這個新包裡——不是還要去看下一家嗎？」邊講邊動手換了起來，也顧不上那是全新的了。反正平常所見別人手臂上挽著的那些名牌包包，幾乎都是簇新的感覺。

　　周潔以那個時髦的姿勢將第一個名牌大包提在前面撐著門面，女士們信心陡升，精神大振。有了頭一回經驗，她們在第二家名牌店的門外再次作好了安排，下一位是劉蓮：「這次妳必須為我們掙回面子——妳老公這麼有錢！」

　　「好的好的」，劉蓮滿口答應，雖然她平時出門大多數只是接送孩子，買買菜，喝喝茶什麼的。

　　一天下來，姐妹們的收獲同以往相比，並不算多。雖然原計畫多買幾件的，但由於這次購物的價格較貴，最終劉蓮買了個三千多塊的大拎包；周潔買了一大一小兩個不同牌子的包包，共計五千多元；陳曉晴買了一個最小尺寸的「世界名牌」包包，一件當地名家設計的連衣裙，統共不到兩千塊而已。

沒有料到的是幾個月後，當周潔曉晴蓮蓮她們應邀參加社團活動之時，遇到了同樣在手臂上跨著「世界名牌」包包的李媛媛。

「嘿——妳啥時候買的名牌包啊？」大家好奇地打聽起來。

「我在學校認識許多帶著孩子們來學舞蹈的『貴婦』，是她們告訴我的。」媛媛笑著，輕輕向姐妹們透露那個特殊來源：「在市中心學生公寓的底下，有一家專門出售名牌包包的二手小店。因為一些缺錢的留學生妹急於將卡裡拉來的東西套現，所以那裡的品種非常多，而且質量好，成色新——現在許多人，甚至不缺鈔票的女人，都跑去那裡買！」

閨蜜們嘩然。

本來只是為了朋友的面子才去觀摩那些宣傳節目，既然大家難得又聚在一起，擇日不如撞日！她們離了座，重新回到車裡，興沖沖直奔那個二手包包的小店去了。

從今往後，幾乎每逢購物辦事或朋友姐妹們相約喝茶之時，都會看到有不同的世界名牌包包，時刻在大家的手腕上掛著。由此象徵著她們這幾位女子，內心雖不服老，卻已然步入了「貴婦」和「師奶」一族！

第二十章：窩邊之草

　　蘇三馬上就要開學了。她住進劉蓮家之前曾打過招呼，等以後對學校周圍的情況有了一些了解，便會從他們家搬出去的。劉蓮一直客氣地挽留她：「沒有關係，就住我們這裡好了。多一個人，家裡也就多點人氣。我蠻喜歡熱鬧的。」

　　就這樣，蘇三沒有急著搬出去。而且，雖說她看著很像有錢一族，卻不見她最近花過什麼鈔票。劉蓮覺得「那孩子倒是蠻懂事的」。

　　唯一不方便的，是蘇三的學校離蓮蓮的家還是蠻遠的。為了不影響送自己的兩個孩子上課，劉蓮便請自己的老公代勞，需要時接送一下小表妹，反正他何時去公司都無所謂。有時，為了省下多跑一趟的時間，大維接了蘇三之後，就先讓她跟著自己回公司處理一下，再一起回家。

　　久而久之，蘇三倒是對表姐夫的公司熟悉起來。有時吃著晚飯，還可以聽到他們兩個討論著公司裡的人和事。劉蓮便建議：「其實蘇三讀了這麼久的書，還不如找個事體做做，對你以後申請定居會有幫助。」

　　此話正中小表妹的下懷——她原來一直苦於無法開口。現在機會來了，她便直接道出心中所願：「我很想在姐夫的公司做工，順帶申請工作簽證。」

　　大維看看蓮蓮，見太太沒有意見，便說好。不久，工簽辦好了，以後可以轉成定居的那種。蘇三仍然住在表姐家，每天跟姐夫同出同進，一起上下班。

　　同大維有些相似，蘇三也是個頭腦靈活的人。有時公司裡出現了一些小狀況，她竟都意想不到地幫著出了些特別有效的主意，這讓大維開始對這位小表妹另眼相看起來。

　　而且，蘇三還是個熱情坦率的女子。看到姐夫對她日益器重，她便更加願意開口交心。比如在車上無聊之時，她將自己過去一段段的情史愛史，或為控訴，或為回憶——統統與大姐夫一起分享。

繁枝細節，一無遺漏！

一個常常說得聲情並茂，一個每每聽得感同身受。

聽到精彩之時，姐夫竟不得不將車子趴於路邊；講到情急之際，表妹薔薇花開，表哥一解風流……

「都說當男人有了外遇，最晚曉得的那個人，一定是他的老婆！」周潔同曉晴商量著如何去提醒劉蓮的時候，發出這樣無奈的感慨。

「其實這是不可能的——除非那個老婆不再同老公有感情上或身體上的交流！」陳曉晴總是有她自己的看法。

「妳覺得，人不可能掩飾得這麼好？」周潔認真地想了想，似乎贊成閨友的觀點：「其實也對。如果兩人走得近的話，總會露出蛛絲馬跡的。」

「這只是其一。」曉晴沒有把話講完，她還在考慮應該如何去警示劉蓮。從朋友那裡聽說的事，令她推測到情勢似乎已經迫在眉睫：「我們該怎麼同她講？不知道她現在心裡到底有沒有數？」

「反正，外面聽到的情況絕對不能提！我們只能察言觀色，隨機應對！如果情況屬實，那個蘇三在我們面前有過份舉止的話，我們就立刻提醒劉蓮注意！」

關鍵時候，周潔的腦袋和對策一直蠻管用的。陳曉晴則習慣依計行事：「好的，最近我們儘量找些機會多去他們家坐坐，摸摸情況。」

那天周潔曉晴提前下了班。兩人開著車繞到海鮮市場，買了兩隻清水大螃蟹拿去劉蓮家：「蓮蓮，今晚我們兩個在妳家吃晚飯！這是旅行團的導遊順路帶回來的——快點幫著處理一下，一定要吃新鮮的。」

劉蓮看到兩位不速之客提著那麼好的東西上門，開心極了。她順手接過了螃蟹：「出國這麼多年，我們最喜歡吃的，還是螃蟹！」

劉蓮開始在廚房中忙了起來。陳曉晴看看時間，快到七點了：「怎麼，大維今晚有飯局？」她明知故問。

「沒有，他講了會回家吃飯的。最近公司比較忙，可能會晚一些到家。」劉蓮一邊洗著螃蟹，一邊答著。

周潔接過話頭：「怎麼現在有了個美眉做助手，反而越來越忙！」

劉蓮笑笑，把第一隻螃蟹放到蒸鍋裡：「兩隻一起蒸？還是把另一隻做成粉絲煲？」

「一起蒸了吧，別太麻煩了。」姐妹們的心思並不在此。

晚飯快上桌的時候，大維跟在蘇三身後，兩人一前一後進了門。

「哇——今天有螃蟹吃啊！」年輕女生的情緒總是那麼有感染力，肩上橫揹著一隻新款的 LV 方包。

大維帶著那副永遠的笑臉，同熟人們打著招呼：「怎麼陳宏和孩子們沒有一起過來？」

「她們兩個下了班直接過來的——導遊帶回來的南島蟹。」劉蓮替朋友答著：「大家快洗洗手，上桌吃飯。」

吃著飯，兩位客人的心裡非常不爽。剛好看到蘇三把一隻蟹腳扔給了姐夫：「吃蟹腳太麻煩了，給你吧。」

大維從不在意這種事。他臉上依然帶著笑，用手掰著殼：「就是腳上的肉，吃著才有勁。」

周潔看看劉蓮的小女兒很快地吃完飯，離了飯桌，便開始同蘇三聊了起來：「剛才那個包包是新款吧？不是聽妳表姐講，妳住進來之後，很久都沒有花錢買過什麼呀？」

「對，LV 最新的款！」蘇三得意著：「我最近買了三個新款的！」

「哦！雖然妳吃住免費，又領上了工資——但一下子買了這樣多的新款，還是要拉掉不少的卡吧？」陳曉晴也跟著湊起了熱鬧。

女人還是敏感的，至少蘇三感覺到了今天那幾位「大表姐」不像往常那樣關照自己。或者，是因為心虛？蘇三看看大維，不再回話。

劉蓮由著大家鬧，她一門心思地吃著螃蟹。

宴席散去，蘇三說了聲「我先去洗洗」，用力盯了一眼大維，便抽身離開了。大維走去女兒房裡同她玩樂，姐妹們幫著劉蓮整理著廚房裡的事體。

曉晴有意無意地問了一句：「蘇三在你們家住了有一年多了吧？她

不會打算常駐於此吧？」

「她自己講，等買了車以後就搬走。」劉蓮的語氣，平平淡淡。

「那她什麼時候買車？不是要等開上公司車，住上公司宿舍吧？」周潔緊跟著提醒姐妹。

劉蓮笑笑，一語未發。

「無論如何——兩年之內，妳必須讓她離開！」陳曉晴平時總在替人翻譯狀紙，這種事體看多了，了解箇中厲害：「其他事情，等她搬出去之後再講！」

「要我們幫妳去說？」周潔看劉蓮不開口，曉得她的為難和性格，便自告奮勇。前兩年劉媽媽病故了。否則，她可是個精明能幹的人。

「不用吧，再等等看。」劉蓮內心感謝姐妹們的好意，但她自己也需要時間。

走出劉蓮家，周潔曉晴兩人立刻給媛媛掛了個電話，請她先不忙著回家，等兩人過去「有要事相商」！反正，最先透露有關大維「偷腥」情節的，是媛媛舞校那些學生的家長。

「所以？確有其事？」李媛媛曉得她們兩人今晚的行動，正在學校等候消息呢。一見她們直接趕來了，便清楚傳言並非空穴來風。

「處得已然像一對男女！別忘了，我們可都是過來人！」

「蓮蓮發現了沒有？」

「我們兩個吃了一頓飯，便把什麼都看在眼裡了——媛媛是主婦，豈能不曉？！」

「那她準備忍辱負重過下去？」媛媛一臉迷茫。

「就我們對蓮蓮的了解，她應該是個眼中不留沙子的人……也許有她的顧慮，或者需要時間吧？而且，她性格溫順。」曉晴這麼邊想邊答著：「事體太大了！」

「對，我們先找她談談吧，幫她出出主意。」媛媛為著姐妹性急起來：「現在的年輕人可不得了！」

「我看，既然蓮蓮自己不提，我們也別急著撕開這層窗紙。」周潔同樣邊考慮邊說著她的想法：「最好是先去警告大維——根子還是在他的身上！」

「這樣也好。萬一大家搞錯了，就當作是個善意的提醒，還有迴旋的餘地。」對於周潔的高招，陳曉晴總是唯計是從。

「妳讓家傑先去探探大維的口風，反正他倆比較談得來。」曉晴建議著媛媛。

「讓男人談不會有什麼結果的，我覺得妳應該先給家傑上上課。」周潔提醒著媛媛。

「曉得了。」

禮拜天上午，錢家傑把大維約了出來：「怎麼樣——聽講你現在人生得意，彩旗飛舞？」抽著煙，吞雲吐霧的男人，說話倒是蠻直接的。

「聽誰講的？家裡紅旗不還在嗎。」大維稍稍有些吃驚，但立刻恢復了常態。

「你以為豎著彩旗，留著紅旗——就天下太平了？」家傑的意思絲毫不含糊。

「那又能怎麼樣？」大維笑笑。

「恐怕最後只剩旗桿，沒有布頭了！」朋友就是朋友，明知此路不通，必須據實以告。

「怎麼，她們全都曉得了？」大維的臉色有點發黃。

「若要人不知，除非己沒為！」

「那蓮蓮……」

「你以為女人是傻瓜嗎？何況你旗桿上的那兩塊布片，還是在同一個屋頂上飄著呢！」

大維低下頭思考了一會，便不再打啞語了：「其實也就是隨便玩了兩次——不復當年了呵呵……你知道現在那些姑娘都挺開放的，我們又不是什麼長久的關係！」

「你是在異想天開吧？」錢家傑想起了昨晚自家太太提醒過的話。

果不其然，男人就是天真一族！

「那她還想怎樣？她仍然年輕，還很有錢！」大維始終不以為然。

錢家傑實在佩服太太的想像力！大維今天的所有回答，幾乎都沒有跳出昨晚上課的內容：「這麼久了，你見她花過自己錢包裡的鈔票嗎？拉的全是你的卡吧！」

經他一點，大維似乎有些明白了，只好繼續自欺欺人：「我不過替她辦了一張小額信用卡而已。」

「你經常填進去的數字沒有積累，可人家拉出去的東西可是越積越多了。比你家蓮蓮要多得多了吧？」兄弟一語道破。

「那我以後會注意的。」大維以為到了這步田地，還可大事化小。

「我問你：她為啥到現在還不往外搬？」

「可能還沒有想好吧？」大維突然記起那姑娘說過的一句話：「啊呀，想起來了：她倒是同我提過想買套房，再買輛車。說可以自由一些——完了完了！」大維似乎恍然大悟：「她是想讓我買給她？」

「Well——別忘了，你可是有錢人！」看來這位仁兄總算明白了。

「那我該怎麼辦？」

「除了儘快分手，你還準備將她合法化？」

第二十一章：姐妹同心之力

大維同家傑分手之後，坐進了自家的車裡，發動了引擎。

那輛曾經充當過幾次葡萄園的奔馳房車，空間怎麼忽然變窄小了。車椅上動物皮子或人體所留下的異味，隨著空氣調節器的工作，彌漫和擴散在車身之內，越來越重。

大維按下了車窗，讓馬路上嘈雜的聲音，取代了車內的氣味，卻仍然難解其悶。

「要嘛，真的出大事體了？」他不敢妄下結論，但似乎前景茫茫。

禮拜一早上，大維如平日一樣，把蘇三帶出家門，卻沒有去公司。

「怎麼啦？今天另有安排？」她一邊在車上畫著口紅，一面用眼角瞟著大姐夫。

他笑笑，把車直接開進了一家高級旅店的停車場。

「換地方啦？」蘇三嬌媚作態，倚靠著大維。反正對她而言，去哪裡都是上班。

大維渾身抖縮了一下，加快腳步。打開租下的客房門，自己幾步先跨進房間。她跟在其身後，直接跳到床上，還用身體試了試彈性。

大維沒有上床，在沙發前坐下：「妳先起來——我有重要事體要同妳講！」

蘇三沒有下床，只把身子往床頭移了一下。她用手將一個枕頭放到另一個上，斜靠著，看著大維。

今天的大維少了平時那個寬厚的微笑：「我的朋友，甚至有可能包括妳表姐，好像都曉得了我們的事體——所以，今天我約妳過來，想把事情解決一下。」

蘇三愣了一下，坐直了身子：「是嗎？那你要怎麼解決？」

「你曉得，老婆孩子是我的命根子！我們兩個就此結束吧。」大維看到蘇三的長臉拉得更長了，又補充了一句：「妳畢竟還年輕，以後還要嫁人的。」

「你想讓我嫁給別的男人？」蘇三的語氣中，帶著惱怒或怨憤。

「那妳不嫁別人，還想嫁誰？妳曉得我是有老婆孩子的！」聽到她的口氣，大維著實倒抽了一口氣。他真的感到有些恐懼了。

「你既然在乎自己的老婆孩子，為什麼還要來招惹我？」蘇三的怒氣明顯在往上升。

「又不是我招惹的妳。」大維心裡這麼想，口中卻儘量小心應對：「我們兩人不是一時之興……就沒有控制好自己——我很抱歉！」

「什麼叫作抱歉？你佔了我的便宜，想一走了之？做夢吧？」

「怎麼是我佔妳的便宜了？話不要講得如此難聽嘛！無論如何，才半年多一點，在妳的身上，我都花了好幾萬了。」口中如此勸著這位小表妹，大維的內心是非常不服的：「同蘇三過去的那些情人和經歷相比較，我還是那個唯一沒有佔她便宜的男人！難道就因為我比別人多點鈔票，她就賴上我了？」

「那好，我就實話實說——我不打算同你分手！」

「不分手已經不可能了！為了不把事態變得更加複雜，我想，我們確實應該立刻分手了！」蘇三的態度，打消了大維僅有的一點憐香惜玉之念。

「你做夢！」蘇三跳下了床，用手指指自己的鼻子，再指著大維：「今天再實話告訴你一句——只有哪天我想讓你走，我們才可以分手！你以為你有什麼資格，先向我提出分手？！」

大維大驚失色，幾乎要朝那女子下跪了：「求求妳——放過我吧！看在妳表姐和小孩子的面上！」

「你上我的時候為什麼沒有想過他們？你怎麼就曉得我不比表姐更愛你？」

以往每當兩人處在雲雨之巔、縱情喊愛之時，大維的滿足感是非常強的。可惜在如今情況下，「愛」字竟赤裸裸地變成一種捆綁的工具，讓他不寒而栗！

他拉住了她的手，就勢單膝跪地：「謝謝妳！也懇求妳了——妳的愛，我實在沒有資格承受！放過我吧！」

蘇三甩脫了他的手，徑直走向門口：「你做夢！別忘了我光腳的不怕你穿鞋的！你有公司和家庭，我一無所有！」

大維慌了，魂飛魄散！

他不知道自己是何時離開旅館的，也不知道怎麼到了錢家傑工作的飯店。

家傑看到了門口站著的那位猶豫不決、六神無主的男人，便曉得談判破裂了——也就是說：他倆的關係還沒有斷掉！

「怎麼？獅子大開口？」

「比這更慘……」

「賴上你了？」

「她說她也愛我！」大維苦著臉，如同那些被「愛」捨棄的男子。

錢家傑是無能為力了，只好把大家的太太們推到前頭：「去找曉晴和周潔，看看她們有什麼好的辦法；或者，乾脆向你老婆攤牌，說不定還來得及補救！你要清楚一點——女人還是比我們男人更了解女人！」

天底下的男人，如果都有紅顏知己在身邊為自己出謀劃策，不知究竟是幸事還是不幸？然而闖下了大禍的男人，如果都肯虛心地回到太太的身邊，聲淚俱下保證痛改前非的話，其結局一定好過對情人下跪！

大維跪了一次，效果適得其反！

這次，大維所選擇的顧問，是青梅竹馬的姐妹。因為，他實在不敢面對家人；因為，他還在自欺欺人！

聽大維說他正在開車過來請兩位午餐，陳曉晴和周潔心中會意。她們加速處理完手上比較著急的事體，留下充裕的時間，準備去應對那個正在路途之中的棘手的問題。

都是一起長大的，大維顧不得體面。剛一落座就開口：「蓮蓮曉得了多少？」

「這種事體是可以用數字來衡量的？」陳曉晴有些哭笑不得：「你

們這些男人——什麼時候才可以變得成熟一點？」

大維沒聲了，活該被奚落。

「談過啦？今天才算初識廬山真風雨吧？」周潔也跟著落井下石。似乎不挖到他的疼處，他是不會痛下定決心的。

「領教了——唯妳們女子和小人，難養也！」大維不是個讀書人，功課沒做好，就直接混社會了。反正不管是書本還是社會，不論是老祖宗還是新生代，都有資格調教人！

大維把情況作了詳細的描述：「我都幾乎給她下跪了——妳們說，她真是想讓我離婚娶她嗎？」

「不一定。」周潔看看曉晴。

陳曉晴表示同意：「應該還是一種談判手法吧，起威懾作用——先往最高的方向喊，再慢慢達到自己最理想的目的。」

「可能的——我又不是她的第一任情人！她的經驗比我還豐富！」大維回憶著經過，總算有了一些成熟的判斷。

「有經驗不一定會贏。否則也不會到了快三十歲了，她還在吃著窩邊草！」

「那我該怎麼辦？」

「你要清楚一點，你同她之間最多不過是鈔票的問題；而你同蓮蓮之間的感情是否可以維繫，那才是第一需要關心的事體！」陳曉晴看大維還糾纏在男女之事，卻沒有去想那個人生最大的危險，不得不再次提醒他。

「你打算自己先同蓮蓮攤牌嗎？」周潔問道：「我們猜想，她應該已經曉得了。」

「我是當然不敢的——所以過來，求妳們幫我想想法子。」

「就怕你越想捂著，那個女人就越有資本敲詐你，反正你怕事體見光。」

「給她一些鈔票，讓這件事體過去！」大維有些一廂情願：「請妳們幫我去同她談判。」

「還要等一等。」蘇三看來沒有想到這麼快就被發現了，而且你又縮了。目前她一定有些措手不及，我們還要看看她的下一步是什麼。」

「希望她可以自己想明白。」大維有些痴人說夢。

「在她找到下一個獵物之前，是不可能放過你這唯一的希望的——少做夢了！」

女人們居然個個都警告自己不要做夢，大維頹然。

看到大維如此無奈，周潔只好安慰了他幾句：「急也沒用！目前一個比較有力的情況是，你們還沒有走得太遠。幸虧你沒有替她租房，兩人相處的時間又短，所以法律上她沒有太多優勢。當然，她若鐵定想要搞垮你的公司和家庭，你還是應該做些準備的。」

「怎麼準備？」大維渾身上下，似乎也只剩下撿稻草的力氣了。

周潔看看曉晴，她倆就這件事上，早已通過氣了。她們先要為好姐妹作打算。曉晴問道：「假使蓮蓮確實發現了你和蘇三的事，你認為她會怎麼做？」

「不曉得……她會同我離婚嗎？」大維有點吃慌，手腳發顫。

「所以你已經想到了這個後果？」

「我該怎麼辦？」

「公司、房產和家庭，哪個對你更加重要？」

「當然是家庭！」

「那好——我們要提醒你：如果男人被偷了之後，鈔票也被捲走，那就真的沒有任何希望了！」

「怎麼保住人和鈔票？」

「讓老婆孩子真心感激你——你就有回家的希望！」

「我願意的！」

「現在你們的所有資產，是如何安排的？」

「房子全在兩人名下，公司是我的名。」

「所以別人就有了空子可鑽——蒼蠅不叮無縫的雞蛋！」

「那該怎麼辦？」大維真急了。

「聽說過家庭基金嗎？」

「有朋友向我提起過，但我搞不懂。」

「像你們這種情況：你倆的孩子大了，財產又不少，許多人都會選擇家庭基金的管理形式。聽說既可減少賦稅，又可以保護家庭財產不落入他人之手。」

「真的？那我馬上就辦！」

姐妹們對看了一眼，基本可以放些心了：「這樣吧，我們旅行社旁邊就是一家律師事務所。先打個電話約蓮蓮出來，吃過午飯，大家一起過去聽聽。具體該怎麼辦，不是由我們說了算，一切都要按照法律程序來處理。」

「好。求求妳們：等一下她來了，請千萬別提那樁事體。」大維再三提醒和央求著兩位。

「放心！」姐妹們餵了他一口定心丸：「守住了家產，我們再走下一步！」

當天下午，大維劉蓮家正式開始辦理家庭基金，估計在一週之內便可簽字落實。那晚，劉蓮夫婦倆一起回的家。

第二十二章：小便宜之後的大代價

蘇三直到近半夜時，才致電「表姐夫」去市裡接她。大維曉得老婆還沒有睡著，因此同她打了一個招呼，看到劉蓮沒有反應，便起身出門去了。

一路上兩人無話。臨進門，蘇三只道一句：「卡裡的鈔票用完了，希望你明天別忘了放些進去！」大維按計穩住她，便答應了。

第二日下班後，蘇三對大維講：「送我去市裡吧。」

大維答應了她，又怕蓮蓮誤會，出門前給太太掛了個電話：「我要先送蘇三去市裡，可能晚一點回家，但一定回來吃晚飯。」自己想想，這種舉止似乎有些「此地無銀三百兩」，但顧不了那麼多了。大維目前要緊的是儘量穩住兩邊，特別不能再讓後院起火。

一連幾日，蘇三都沒有在劉蓮上床前回家。每晚大維被叫去接她，都是急急忙忙地去，又飛車般駛回家來。

那天早上，表姐輕描淡寫的問一句：「這幾天晚上妳事體蠻多？」

「對啊——我在找房子搬家！」

劉蓮看看她：「哦，順利嗎？」

「不太稱心，再多看看。」

晚上，劉蓮見大維進了睡房，問：「蘇三在找房，這是要搬出去住了？」

大維顯然有些吃驚，轉而開心起來：「那挺好，她在我們家也住得太久了！」

「是在你們公司附近找房嗎？」

「沒有沒有，好像每次都是去市裡接她。應該是在那裡找的吧？」大維心下暗喜：「她終於想通了，以後把她的工作也換到市裡！」

忙了近一週，家庭基金的手續終於完成。正當大維自鳴得意之時，那晚蘇三通知去市裡接她，時間倒是提前了許多。他照例同家裡說了一句，匆匆開車趕到了地點。

蘇三不同以往，她見他停了車，手伸進車門，用力扯著大維的手臂將他拉出車來，軟靠硬拉把他帶上了那棟公寓樓的第九層。走出電梯，看到一個房產代理在等著兩人。大維有些納悶，但礙著別人的面子不好多問，就跟著速速在那套一房一廳的公寓轉一圈，禮貌地點了一下頭。

「先生是否挺滿意的？那我們今天就簽合約嗎？我已經按照蘇三小姐的要求，做好合約並帶來了。」房介的問話是衝著大維的。

大維一愣，沒反應過來。

蘇三接過了合約，答道：「明天交給你可以嗎？我們還有些細節要討論一下！」

待那位房介離開之後，蘇三說：「找個地方談談吧。」

大維沒接口，但跟著蘇三走進了附近的一家咖啡館。剛坐下，她把那份合約往大維眼前一送：「你先看看吧！」臉上帶著迷人的笑容。

大維接過一看，怎麼是份售房合約：買房人是蘇三，付款條款則是「現金」！他有些明知故問：「你要買房？」

「對啊——以後我們兩人用的！」

「怎麼會是我們兩人呢？我們已經分手了！我很抱歉，但不會再同妳有任何身體上的接觸了！」

「你是想賴帳嗎？」蘇三的尖叫聲，引來了餐館裡其他人對他倆的關注。

「對不起，我欠妳什麼嗎？」大維惱了，顧不得別人怎麼看，也大聲反問起來。

他一大聲，倒把蘇三的聲勢壓低了些：「我上次已經提醒你了——我們沒有完，也不會完！」

大維站起身，自管自往外走。蘇三只好快快地把兩杯還沒來得及喝上一口的咖啡錢付了，追了出來：「喂喂——你到底打算怎麼樣？」

大維一邊走回車裡，一邊回應著：「我沒打算怎麼樣！倒是妳想怎麼樣？」

「我不想住回你家了，所以讓你先把這套房子買下來！以後的事，我們以後再說！」

「沒有以後了！請妳明天就從我們家搬出去！」大維發動了汽車，猛一踏油門，車衝了出去。

蘇三有點嚇到了，不敢再開口。直等到大維的車一路狂馳，開進了家裡的停車庫。蘇三邊下車，邊翻臉：「天底下沒有那麼便宜的事！我給你三天時間，否則就別怪我把事體抖落出去！特別是要讓表姐來評評理！」

大維沒有答理她，速速回房去了。劉蓮見他進了臥室，隨口問了一句：「找到房子了？」

「誰曉得！」大維沒好氣地回答了一句。轉而一想，老婆目前可不是撒氣的對象，馬上又補了一句：「她每天瞎折騰，累死我了！」

劉蓮轉了個身，把背向著他。

第二天早上，大維在公司的停車場對蘇三說：「我就不下去了。妳把合約留在我這裡，我要找人看一下。」

蘇三的臉色立刻轉惱為喜。她迅速將合約拿了出來，飛快地在大維的臉上親了一下。滿意地下了車，上班去了。

大維一路把車開到周潔她們的旅行社，帶著那份合約，求援去了。

「基本上就是房子和車子了。」她倆邊聽邊看合約：「你不會傻到要答應她吧？」

「我怎麼可能買給她？一年不到的時間，她已經花掉我好幾萬了！何況，她現在每週還在我公司領著那筆『文秘』工資呢！」

「這樣就好。如今已勢在必行了！」陳曉晴周潔兩個早已為姐妹計畫好了下一步：「你的公司已成規模，你在與不在沒太多影響，同經理們電話聯繫就可以了。我們希望你立刻消失一段時間，這是前提——你必須徹底同蘇三切斷私人來往，包括電話！」

「啊？我怎麼消失？」

「你們名下的房子不要去住。我們已經同媛媛商量過了，她同意你們夫妻兩個暫時住在她學校的樓上，直到蘇三離開你們家，不再騷擾你為止——你必須每日與蓮蓮同進同出，此為條件！」

大維一聽，面露喜色：「好的好的，我會照做的，太感謝了！那孩子們怎麼辦？」

「孩子們快放假了，之後你們可以同往常一樣安排旅遊。目前，小的暫時先住在曉晴那裡，有伴；寶寶大了，他還能幫幫我家凱文，週末不住校的話就去我那裡吧。」周潔接著又補充：「當然，蓮蓮同你隨時都可以過去看孩子。」

「那我怎麼同她講？」

「交給我們吧！」

陳曉晴想了想：「至於她的工作，暫時還在你那裡，因為必須履行合約。但老闆不在，『文秘』就沒活幹了，讓她在其他幾個門市部中挑一個。同其他店員一樣，基本工資加銷售提成。隨便她幹與不幹——你已經非常對得起她了！你看呢？」

「好的好的，謝謝妳們想得這樣周到。那她還住我那裡？」大維如釋重負，但仍然心有餘悸。

「暫時只能住你們家，直到她找到租屋為止。你們只需把自己的房間全部鎖上，留給她足夠的生活空間就行了。」曉晴不緊不慢地做著安排：「把蓮蓮那輛車的鑰匙留給她，也算仁至義盡了！」

「那她不是可以常住了？以後不走怎麼辦？」

「別擔心。你們不在，沒了討價還價的籌碼和對象，她一定會見利就收的！雖然兩人吵翻，言詞行為未免過激。但她現在做與不做，都在你的公司享領著一份薪水，還可以辦身份！我們幾個辛苦半輩子，打著燈籠也找不到這樣的美事，對吧？」她看看姐妹。

周潔點了點頭，笑笑。

「好的好的，謝謝！那我們應該在哪天搬出來？」

「今天！現在——我們立刻過去幫忙！當然，蓮蓮那裡應該怎麼解釋，你自己決定。我們只告訴她暫住計畫，她應該會同意的。」

到了劉蓮那裡，不需要多作解釋。從姐妹們催著她辦家庭基金的那天開始，她的內心就明白一切，並十分依賴和感激自己的那些閨友們。

大維訕訕地，少言寡語，只顧幫著整理一些必須攜帶的物品。反正其他的如果之後又想起來的話，可再讓朋友們過來取的。幾個人中午隨便在家吃了口飯，便在孩子下課之後，帶上了他倆最重要的物品，搬了出去。

下午，大維的手機開始不停地吵了起來，他沒有接。反正，從明天起，就要換個號碼了。

快到下班時間，周潔她們向劉蓮要了家門和車門的鑰匙，一人開車去接蘇三，一人直接去她家等著。

蘇三看到來接她下班的竟是「大表姐」之一，雖非常詫異，但心裡有數，便默不作聲一路跟著回家。暗地裡作著猜測：是否到了表姐家，會有一場戰鬥？

到了家，進了門。沒了以往的家庭氣息，更沒有戰鬥場面，倒又見著了另一位「大表姐」，和顏悅色向她指了指對面的一把椅子。

蘇三帶著不安的臉，不安地入座。

「妳表姐全家都回國探親去了——哦，對了，有時間的話，可能會去拜訪一下妳爸媽。」其中一位大表姐開口說話：「妳最近不必去公司上班了——鈔票會照發的！先找個合適的住處，把自己安頓好之後，再告訴我們，妳選擇在哪個門市部上班。工資同別人一樣，底薪加獎金，直到妳找著別的工作，或者合約終止的那天。這是妳表姐的車鑰匙，搬家後，我們會去妳的新住址拿回。」

三言兩語交代完畢，兩位表姐各放一張名片在桌上：「以後有任何麻煩，直接找大表姐幫忙——其他人做不了家裡的主！好自為之，並預祝搬家順利！」

還不到三個禮拜，陳曉晴和周潔的手機上同時顯示「大表姐，我已搬了出去。鑰匙留在飯桌上，謝謝照顧」的信息，沒有地址，也沒有提及上班事宜。

反正，那份「工資」是不會少了她的，誰都清楚。

此事終成歷史。

兩性原本簡單自然——人，卻讓它們變得複雜做作！

扒了幾下窩邊之草，讓已過不惑之年的大維付出了一筆鈔票大單。他那張人們非常熟悉的幸福的臉上，雖然依舊存著笑，卻夾進了一些歲月的紋路。那些紋路所代表的，是「成熟」兩字。

也許，女人口中那些「永遠不成熟」的男人們，都該經歷幾次情場波折或事業財產的危機？

劉蓮的體會則是更深：女人除了家庭、除了金錢、除了工作、除了安身之處——還要有閨蜜！

每個女人身上，都帶著一些令其幸福的快點：或美貌，或健康，或男人，或孩子，或事業，或金錢，或平安，或友情⋯⋯

而不論她的幸福源偏重在哪一點上，均來自其他多項條件的綜合。

第二十三章：令父母慚愧的孩子們

周潔的兒子以及陳曉晴的大女兒，分別考入了當地的兩所大學。

離開中學之前，兩個孩子的母親於百忙中參加了學校的畢業慶典。看到孩子們出色的成績和表現，即使一向以「家長用眼睛」和「小孩靠自覺」為教育大綱的陳曉晴，也不得不對小女兒提出了向出色的哥哥姐姐看齊的目標。

開著車一路回家，陳曉晴突然想到一個非常有趣的現象：「對了，妳們學校的合唱團裡，怎麼全是些戴著眼鏡片的華裔男生？他們都喜歡或是在外面專門學的聲樂嗎？」

「哈哈哈哈……不是這樣的」，女兒笑了起來：「我們學校的每一個學生，都規定要參加一項業餘文體活動。比如我和妹妹所參加的體操小組，還有老外的孩子大都喜歡參加球類等體育項目。但是那些讀書用功卻不喜歡任何活動的華裔男生，最後都擠進合唱團了。反正人多，聽不出哪個唱得好哪個不好。混著就是了，呵呵。」

原來如此。想到自己當年在國內唸書的時候，體育課的指標都必須要過關的。看來資本主義社會的民主教育體系，確實有它的局限性——至少在嚮往和追逐民主自由的華裔孩子們身上，沒有完全起到正面的引導作用。

同那些長在紅旗下的父母們相比較，那些生活在國外的孩子們有他們慶幸的地方。至少，從他們進入學校的那一日起，他們就可以放開手腳隨心所欲地去「做人」了。

至少，在國外的孩子們心裡：不論膚色，不論貧賤，不論高低——做一個「人」是自然的，是自由的，是隨性的，是有樣學樣的，不需要別人刻意來「教」。

除了在家裡，特別是在華裔的家裡。

中國人的後代，從聽得懂人話的那一日起，便有前輩如祖父母、父母和長輩、親朋甚至鄰居、老師以及領導——教導著他們應該如何「做人」，如何「做事」！

這是一種傳統，一種認知，一種習慣，一種沿襲。

就拿從小崇尚自由、率性而為的陳曉晴為例，等到她自己有幸成了兩個孩子的母親，她同樣義無返顧地加入了「父母教子團」的行列。雖然，其結果常常是半途而廢，或者令人啼笑皆非。

原因在於，環境變了！根源在於，不知所學，不知所教！

第一個孩子出生了。孩子出生前，父母自然而然地留意起周圍洋人的孩子，以及他們的家長。他們曉得了：

孩子，天生就會張口，但手腳不是馬上就能幫助吃飯的。因此，先餵奶。等孩子們慢慢學會用手，自然也就曉得往自己的嘴裡塞食物了。

孩子，天生就會拉屎拉尿。自己小時候或別人小時候不管有沒有喝水，都被大人把著托著，在他們選定的時間段，將羞於見人的地方朝向了迎面而來的陌生人，其實是一種侵犯人權的行為。

孩子，不管是自己的或是他人的，不論是他們學會走路前或學會走路後，總會跌跤的。大人見了，趕快過去扶上一把，擦擦他們的眼淚，然後繼續看著他們自己走路。

許多許多。陳曉晴夫婦逐漸學會了許多作為父母應該學會的常識和技巧。看著女兒一天天長大，出落得如此漂亮可愛，他們非常驕傲——因為孩子的成長，也因為自己的成熟。

第二個孩子出生了。做父母的，沒有將心分出一半，而是將愛增添了一倍。他們更熟練、更關注、更高效地照看和注視著孩子們的成長。日增的驕傲中，又添上了一分滿足。

孩子們學會走路了，孩子們懂得吃飯了，孩子們開口說話了……父母甚為得意。

得意之下，竟忘了哪些行為，是孩子天生所為；哪些行為，為家長所教。所有的功勞，做家長的一併領了！不僅於此，再接再厲——做家長的，到了該教導自己的孩子「做人」的道理了！

何為「做人」？

比如尊老愛幼，比如說實話，比如不打人罵人，比如謙讓忍耐……凡是自己曾經聽到過學到過的，陳曉晴夫婦都希望全數教給孩子。

雖然，那時的孩子，那個年齡的學生，還不懂得什麼是尊，什麼是愛；什麼是真，什麼是假；甚至什麼是罵，什麼是打……他們只是溫室裡的小花，還沒有走上社會——家長們先灌輸了一大堆他們將來走向社會「做人」時，將會遇到的種種問題。

長輩們都是好意。他們不希望：孩子一出家門就走上歪路；他們擔心：自己的孩子會被人欺負；他們在意：旁人看待自己孩子的目光……

陳曉晴正學著做母親，她看到大女兒漸漸懂事了，小女兒慢慢長大了。她想到了一堂重要的課，她認為那是自己的責任。

曉晴對自己的孩子們講了那個當今華文課本、華文圖書中的重點故事——孔融讓梨。

排排坐在對面的兩個可愛女兒，玩著自己的手指頭，擺足耐心聽完了那個非常著名的中國兒童教育故事。正準備抬起小屁股離開時，媽媽緊追著問了一句：「先別走——妳們曉得那個小男生，為什麼要挑那塊最小的梨吃嗎？」

大女兒不得已坐回了自己的位子上，想了想：「因為他的爸爸不公平——應該每塊都要分得一樣大！」

小女兒更有意思：「我想吃大的！」說著話，人已經跑得老遠了。

孩子們的父親陳宏，在一旁聽得哈哈大笑起來。他把正在翻看的雜誌遮在了自己的嘴上，看著張口結舌不知所措的「媽媽」：「現在我終於曉得了，什麼叫做『播什麼樣的種子，就結什麼樣的果子』！哈哈哈哈。」

孩子們所回答的，竟是一個如此簡單的道理！

隨性行事的曉晴，暫且擱置了那些兒童讀物，和陳宏兩人每天笑呵呵地看著自己的女兒，看著別人家的孩子，看著幼兒園的小朋友們——在老師和家長分發餅乾糖果的時候，一個個瞪著迫切的眼睛，排著隊按照自己的願望，開心地將小手伸到盤子當中，隨意選取著心儀的那一塊……

雖然孩子們眼中所看中的那一塊糖果，有可能被排在前頭的小朋友拿走了，但輪到自己的那一刻，她和他，還是會從盤子當中，找著另一塊同樣合意的糖果……

故事並沒有結束。

陳宏曉晴家買了新房，好友帶著自己的孩子們，前去參加「暖屋」派對。

預先，作為主婦的陳曉晴想到當天會有許多孩子來家，便早早備下一個個小糖果袋。看到自己的女兒在身邊起勁地幫著往口袋裡裝糖果，媽媽順口說了一句：「妳們可以邊吃邊做噢。」

「現在不吃。萬一等一下少了兩塊，就有人要吃虧——不公平！」

孩子的回答，有些出人意外，卻也在意料之中。孩子們的這番考慮並非出於承讓，更非為了表現——她們執著於公正。

做母親的，頗感欣慰。

孩子們來了，大家伸著小手，各領一袋糖果，一哄而去玩了。主婦們坐在一起，邊用眼睛關注著孩子們的情況，邊聊著家長裡短。

一會兒，李媛媛的小女兒佳佳來到她媽媽的旁邊。她找著母親的包包，將自己的那包糖果塞了進去，拉上拉鏈，還用小手拍了一下。

「怎麼佳佳，妳不喜歡吃糖嗎？」阿姨們問道。

「外面大盤子裡還有好多——這些帶回家吃。」

小傢伙的聰明勁，讓包括李媛媛自己在內的所有媽媽們，都「哈哈哈哈」大笑了起來。那些一同長大的姐妹們，更是回想起了當年下鄉學農時，媛媛不捨得將自帶的「炒麻粉」與同學們分享的情景。

閨友們笑得更歡了：「真是有種出種！」

正在此時，陳曉晴的大女兒跑了過來。她走到媽媽的身旁，小聲問道：「媽媽，我記得家裡還有幾包備用糖果。可以多送一包給佳佳嗎？她的家裡好像沒有糖果，剛剛說要帶回去吃。」

現在的孩子們是幸福的——他們不清楚在這個世界上，會有其他的孩子沒有吃過糖果餅乾。等到他們長大了，嚐過了人間美味，卻看到那些缺衣少食的孩子們，他們才會理解：何為貧困與需要！他們的心才會真正柔軟下來，他們才會樂意去施舍和幫助！

陳曉晴止住了笑聲，心中有些慚愧——她的女兒比起當年的自己，要小很多歲數！

她又想起了前年那個「讓梨」的故事和孩子們的反應。她把這段不久前發生的笑話，轉述給了那些媽媽們聽。

「妳和周潔至少還讀了些書，有教孩子的資本。我和媛媛兩個也就只好放棄了，送業餘華人學校吧。」劉蓮笑著，自我安慰。

「其實現在領館送給業餘中文學校的學習課本，都還蠻不錯的，適合讓孩子們認字學文。」周潔看來也是如此打算，她轉向曉晴：「你們夫婦倆是怎麼打算的？」

「我們暫時不打算送她們去業餘中文學校，自己先試著教孩子們學習中文的方法。孩子們馬上就要開學了，她們本來就沒有多少時間在一起玩。」

「那妳準備怎麼教？」

「已經開始了。先教她們漢語拼音，正確掌握發音是第一步。這些基礎，我們自己都還可以。」

「接下來呢？」

「認字——反正不會逼著她們去背課文的。」想到當年被父母老師逼著背誦那些現代語錄和古代詩詞，陳曉晴不想讓孩子們重蹈覆轍。

「背，也有背的好處——以後可以出口成章！」

「如果像妳家寶寶那樣，立志將來當個建築師的話，他要出口成章做什麼？而且講出來的每篇『章』，別人都會！讀書時個個都背過！」

想想閨友的話，似乎有些道理。但傳統就是傳統，習俗還是習俗，風氣乃是風氣——孩子們，除了陳曉晴家的，個個在學校放學之後，被再次送進了各類文化補習學校。孩子們雖然身居海外，但同中國大陸的每一位大城市裡的孩子，沒有分別！

　　墨守——才成規矩！

　　海外華裔的後代，作業本上都是循規蹈矩的。

第二十四章：寓教於樂得之愛

　　陳曉晴開始嘗試為自己上了小學的孩子們補習中文。

　　漢語拼音對國外長大的孩子來講，並非是一件難學的事。至少，同西方文字類似，它們科學地將二十多個字母組合成字。而且這些字，都有其特定的發音規則。

　　接下來的教學要花費一定的腦筋，關鍵在於，如何吸引孩子們的興趣和注意力。文字是枯燥難懂的，尤其是對人生尚無多少認知的孩子。比如「三字經」，除了題目比較容易認識和理解之外，箇中內容雖已能把那些孩子教得琅琅上口地背著，卻有幾人知其意？知所出？知所為？

　　「媽媽，中文字實在太難寫了，我可以不學嗎？反正漢語拼音已經都會了。」女兒看著那些擠在一起的橫豎筆劃，討價還價起來。

　　「我們家在這裡，妳會說這裡的話，應該夠了。但妳的爸爸媽媽來自中國，妳的爺爺奶奶親戚朋友都在中國，所以多學一點中文，對妳將來同大家的交流，會有幫助的。」陳曉晴不會強迫女兒學，但也絕不放棄遊說。

　　「我還是覺得太難。」

　　「這樣，若學了一段時日，妳仍然沒有興趣，那我們就停止。可以嗎？」

　　談判雖然取得了勝利，條款卻增添了作為母親和老師的教學難度。思考了很久，陳曉晴決定從象形文字開始，以此吸引孩子們的興趣。

　　陳曉晴可不是文字專家，她對研究象形文字的起源和文字本身，根本沒有多少認知和興趣。然而學習和教學，在她來講，重要的只是一個方法。

　　母親在紙上寫下了一個英文字：

　　「Water!」孩子們都認識，大聲讀了出來。

　　「妳們從這個字上，看到了什麼？」

孩子們趴在桌子上，看了半天之後，都把小手捂在嘴上，難為情地搖著腦袋。

「不用害羞——媽媽自己什麼也沒有看出來！」做母親的笑著，又在紙上以一種歪歪扭扭的筆劃，寫下了一個中文的「水」字。其實，她毫不清楚真正的象形文字，是如何描繪那個「水」的，可那並不重要。

「妳們再看看，這個像什麼？」母親把這個大字推到孩子們面前。

兩個小腦袋又湊了過去。也許是受到剛剛那個英文字的啟發，聰明的大女兒立刻大聲喊了出來：「Like Water!」——像水！

母親甚是欣慰。她發現中西結合的教學方式，既可以節省時間，又可以事半功倍。她迅速地在紙上寫了一個三點水，又在下方寫下「江、河、湖、海」四個大字。

「妳們看看——這三個點像什麼？」

「水滴子！」這個時期孩子的理解和接受能力，就是高。

「對——這三個小水滴，在中國字裡，都被放在同水有關的字旁。妳們想一想：都有哪些東西，是由『水』來組成的？」

「Orange Juice!」——橘子汁！

陳曉晴先一愣，隨即反應極快地在紙上添了一個大大的「汁」字：「妳們再想想，往大一點的『水』去想……」媽媽邊講，邊張開了兩條手臂比劃著。

「Ice Cream!」——冰淇淋！

做母親的，不由得哈哈大笑起來！孩子們也跟著莫名其妙地樂——也對呀，在孩子們的心裡，像冰淇淋那樣的東西，就是同喝的水有著天大的關係。

「好——今天我們就從「冰淇淋」開始認字！」

「當中少了一點水滴子！」女兒指著那個「冰」字，以為抓到了母親的錯處。

「妳們再仔細看看，冰字的右邊是什麼字？」母親靈機一動，邊學邊教。

「還是個『水』！」

「對了——就是左邊中間的那點『水』，跑到了別的地方，結成了冰淇淋！」

天曉得冰淇淋是怎麼造出來的……趁著孩子也還沒搞清，做母親的先發揮一下大家的想像力，應該問題不大。

一個與「水」字有關的課程，持續了整整兩個禮拜。母親不急著讓女兒記住字典中每一個「水」字旁的文字，但她確信自己的孩子，至少搞懂了兩件事：

中國的每一個文字，都代表了一件東西、一幅畫面、一份情感、一段故事；

中國的文字都有「姓」（邊旁）——與「水」有關的都姓「水」，與山有關的就都姓「山」，與人有關的都姓「人」，與說話有關的就姓「言」。

不管到了哪一天，她們都不會忘記中國字的特徵。

當然，中國字也確實有難懂的地方。比如孩子們怕麻煩不太愛吃的「魚」，竟有那麼多的名，要加在「魚姓」的旁邊，必須全數背下來。

還好，當學到章魚和魷魚時，媽媽被將了一軍，她似乎根本就搞不請牠們之間的那些區別……兩個女兒趁機以學校學來的「淵博」常識，帶著難以掩飾的自豪表情，以「互幫互學」的平等姿態，將這些難認的魚「名」，統統以其「姓」來表達了：

「我們就是不喜歡吃『魚』！」

孩子們是如此地純真可愛，何愁她和他們學不到知識，何愁她和他們學不會做人？

周潔的兒子凱文，在進了學校上課之後，發現周圍的一些同學雖然和他一樣，只是與單身的母親住在一起。但是，那些同學大都認得自己的父親，而且時常會在週末一起吃飯遊戲。

細心的孩子，從小更是曉得一件事：每當他向母親問及自己的生父時，母親的臉色就會變得黯淡下來。因此他便記住：有關自己的身世，在媽媽跟前儘量少提或絕口不提。

然而，不提歸不提，孩子的心中始終嚮往著父親。尤其是入了學，交了許多朋友之後，關於自己的身世，成了孩子急於解開的謎底。他明白自己有這樣的權力，但懂事的孩子，也同樣清楚母親的為難和傷心。他隱忍著，卻念念不忘；他不直接提問，卻懂得迂迴求證。

比如，當他聽到曉晴阿姨又一次說到自己的英俊，完全是遺傳了父親的基因之時，他便趁著母親走開之際，問了阿姨一句：「我爸是做什麼的？」

曉晴阿姨曉得孩子的用意，她不忍心，便回答了他：「他是個內科醫生！」

英文語法有個好處，講話必須表達出正確的「時態」。曉晴阿姨回答了凱文，用的是「現在時」。

凱文聽懂了，滿意地跑去玩了。

周潔回來後，陳曉晴把經過告訴了她：「孩子想認識自己的父親。他有知道的權力——妳曉得的。」

周潔當然曉得，她何嘗不想告訴孩子，生父是誰，然後帶著他去認父。可惜她難以付之行動！因為就那邊的家庭現狀，就自己內心尚未解開的那個結，目前都不是合適的時間，她只能儘量拖延。

幸好，兒子既貼心又懂事，從不糾纏於此。

孩子漸漸長大了，偶爾跟著母親回一次國，卻被安排著遊山玩水。孩子終究是孩子，他好像玩得非常開心，根本忘了還有一位親生父親，或許就在這邊的哪個城市中生活。

凱文進入高中了。一旦進入高中，學生們、特別是華裔學生們，首先考慮的是兩年後報考哪個專業。

「我想學醫！」

當周潔詢問兒子對將來的打算時，凱文以無比堅決的口氣，闡明了自己的計畫。

母親甚是驚訝：「你也愛好醫學？你曉得那門功課非常難讀——聽

說即便被大學錄取，以後班裡的淘汰率，可能會超過半數以上的。」

　　「知道的，妳放心：我一定會考取的！我一定不會被淘汰的！」兒子斬釘截鐵，隨即補充了一句：「最好是讀內科。當然外科也行──我已經準備了很久！」

　　這麼多年，都沒有人見到過周潔的眼淚。她摸摸孩子的臉，點了點頭。然後，轉身走進了自己的房間。

　　她要大哭一場，盡興地拋灑出積攢了很久很久的眼淚。

　　原來孩子的心中，從來在意自己的父親！

　　孩子懂得母親養育自己的辛勤，孩子心疼母親為了兒子的犧牲。孩子沒有要求，卻早早給自己定下了目標。

　　為認父，凱文提前作著努力和準備！

第二十五章：闌珊燈火日照明

孩子十八歲了！

時間真的如此之快——自己的中學畢業彷彿依然歷歷在目，卻已去參加孩子們的高中畢業慶典了。

周潔與成宇的兒子周凱文，如他之前的計畫和保證，以非常優秀的成績，考入了本地的醫學院。他心裡同時十分清楚，母親這次也一定會滿足他的心願，把他帶到親生父親的面前。

他依然沒有開口，心中的期待卻時時在遞增。

澳大利亞學生的長暑假剛好是中國的冬天。往年這個季節，周潔都會安排自己的兒子以及朋友的孩子們，隨著公司的常規路線，去其他國家和地區作短途旅遊。今年，她始終沒有作出最後的決定，她在等待。她必須先行確認兒子入讀的學校，真的是澳大利亞的醫學院。

陳曉晴當然曉得閨友的心思，她甚至還同她開著玩笑：「怎麼——還在同別人的孩子較著勁？」

周潔覺得自己早都已經放下了。只是，既然打算給兩位人生中非常重要的男人，各送上一份賀禮——那麼，雙喜臨門豈不更合心意。

等來了醫學院的入學通知，來不及在本地開慶祝派對，周潔將已經就緒的一切安排，落到了實處。

他們母子二人，啟程回國了。

周潔的阿哥周清，因為前些年玩股票上了軌道，而且家中一大一小兩處房子幾乎都升到了天價，因而只是去雪梨玩了兩次，早都放下了移民的熱情。聽講外甥又回來了，他興高采烈地趕去接機。周清開著那輛新買的日本車，一路不停地說著話，把兩人送到周潔預先定好的賓館。

「為什麼這裡的旅館，都稱作『賓館』？」這麼多年來，凱文從來沒有間斷過中文學習。雖然坐了一晚上的飛機，但他沒有絲毫的倦意。非但如此，他比舅舅更加興致勃勃，眼裡看到什麼都覺得新鮮。

「因為在過去，這類高星級旅館裡，基本上隻招待外國來賓。」母親雖然累，但不厭其煩。

「那中國的老百姓出門住在哪裡？」

「住在招待所，或小旅社什麼的。」這次舅舅搶著回答。

「哇——中國人就是慷慨！」凱文非常感佩：「我們中學也有一些大陸來的插班生，他們很有錢也很大方的。常常開派對，還請大家吃免費好吃的東西！」

聽到孩子把兩個相差幾十年的完全不同的時代特徵，以自己的標準合在一起作評價，倒讓舅爺頗為得意：「中國人就是大方，也好客！」一個紅包順手甩了過去：「接著——大舅給你的零花錢！」

同樣聽到那聲感慨的周潔，原想糾正一下兒子的思路。看到臉已經漲得通紅的他，正張著大嘴開心地抽出紅包裡的一大疊鈔票，便不打算吱聲了。

如今的孩子，太幸福了——由著他們去享受人生中，最愜意的那段時光吧。

「明天怎麼安排？」當晚臨走前，周清問了一下妹妹的意思。

「我想睡個懶覺。你中午前過來帶凱文出去吃吃玩玩，晚上就把他領回『長柏公寓』吧。」停了停，周潔看兒子同樣在傾聽他倆的對話，便把周清送到了門外後輕語：「你再替我約一下成宇，看他明天有沒有時間一起晚餐。地點由他定，我自己叫輛出租過去。」

「就你們兩個？」周清問道。

「對，先見面再說。」

周清剛一回家，梁成宇就過來敲門了。

「你老兄倒蠻積極的嘛。」兄弟還是兄弟，玩笑照開不誤：「講了——明晚請你吃晚飯，地方你選。」

「我請我請！就在我們上回吃過的那家好了，有各種她喜歡的小冷菜。」

第二天中午在賓館裡共進午餐之後，看著兒子樂顛顛地跟著舅舅走了，周潔懶懶地坐回到房間的沙發上，翻起了特別隨身帶著的照相冊。回滬之前，她已仔細地將孩子從小到大所有單人的、以及小朋友一起玩耍的相片，重新整理在這本紀念冊裡。

今天再次翻看一張張相片，她心裡產生了一種從來沒有過的釋懷。

看著照片，等來了約定的時間。周潔換好了衣服，小小化了點妝，讓樓下服務生幫著叫了輛出租車。然後帶著那本相片，前去赴約。

離上次回國，應該快四年了吧？

周潔邁進店堂。成宇就在靠著窗的桌子旁，已經立起了身子，顯然是見著她進門了。

梁成宇還是那樣高挑穩健，只是看著比上回老了許多。「不知自己是否也變樣了？」周潔心中暗想著，臉上仍是一片陽光。

「幾年不見——妳還是這麼漂亮！」看來結了婚的男人都在進步，連梁成宇也曉得如何恭維女士了。

兩人先後入座。成宇顯然早來了一會，因為服務員只問一句：「可以上菜了嗎？」得到肯定後，就離開了。

「真的——妳怎麼一點都不變？我都有白頭髮了！」梁成宇今天的開場白，不知練過了幾遍，反正都還算正點。

周潔蠻受用的，臉色非常和藹。

兩人邊吃邊聊。成宇介紹著那些菜名，味道全都符合過去以及現在的小潔口味，從她今晚的胃口上便可得到確認。

有一陣子，成宇沒說話，只看她一個人吃。突然，他開口問：「可以讓我見見兒子嗎？」

周潔停住筷，笑了——人砌的牆，哪有不透風的，呵呵……

她從那個名牌大拎包裡取出相冊：「已經讓周清接他過去了。」

梁成宇一張張翻著相片……周潔只顧吃著她的小菜。不用抬頭，她曉得成宇的感受，成宇的表情——他們原本一起長大！他倆的孩子又像足了自己的父親！

「孩子長得實在像妳——臉上永遠充滿陽光！」做爸爸的眼裡，看到的還是那張自小熟悉和喜愛的笑臉。

「別人都說他除了性格，各個部份全都像你！」

「是的，高大俊秀——是我的種！」做家長的，最不需要假裝謙虛的，就是談及自己的孩子。

眼中含滿淚水的梁成宇，用微微顫抖的雙手闔上了相簿。他起身離座，走向洗手間。而幾乎與此同時，同一家餐館的另一頭，站起了一對老夫婦，他們追著自己兒子的背影走進了洗手間：「怎麼，她還是不讓孩子認我們？」老太太迫不及待地問道。

「啊呀——認，認的！你們的孫子已經在長柏公寓了！他也要做醫生了！」

在那個又擠又悶又充滿臭味的衛生間裡，梁成宇對著兩位神情激動的老人，一口氣把事情交代清楚。

「噢噢——那我們先回去了⋯⋯對了，你替我們那桌一起結了。」老兩口聽聞孫子已在長柏公寓，便迫不及待互相攙扶著直接衝出門，趕往家中。

梁成宇擦了擦迷糊的眼睛，靜下心去了櫃台，先把兩桌的飯錢都結清了，才回到餐桌。

「走吧。今晚我就不過去了，你自己去周清那裡接兒子吧！」周潔這樣說著，站了起來。

兩人走出了餐館。夜色已近，但萬家燈火，如臨白晝。

周潔今晚，想找個可以看得見月亮的地方，獨坐一宿。

等著，見那早晨的陽光。

一週之後，周潔離滬，把兒子留在上海繼續度假。

梁成宇開著車把她送進機場。

兩人對坐，喝著咖啡，他送了她一件禮物———一本相冊。

他問她：「後悔過嗎？」

曾經多少次，她問過自己同樣的問題。

她搖頭——她不會因為年輕，而後悔；她沒有因為熱情，而後悔！

他告訴她：「我很後悔——為自己年輕的頭腦裡沒有衝動的細胞，而後悔！」

他認錯了。而且——他已經曉得，自己錯在了哪裡。

周潔上了機，她打開相冊。

相冊中，是兒童和青年時期的自己……還有，梁成宇和周清，前兩年同凱文在雪梨的合影。

原來，成宇曾經有過衝動——當他知道，在遙遠的地方，自己還有個兒子！

飛機不是回去雪梨，而飛向太平洋上的另一個島國。在那裡，「省爺」送走了他所帶領的那群遊客，已在沙灘上等候著心上之人。

女人，活了近半輩子才想明白一件事：不管自己的心在哪裡暫留，自己的身子卻總是倚靠在那個令她安心的小島上。

靠得久了——島上就建起了一個家。

把己心放進愛裡，人就學會了付出；
將他愛留在心底，人便懂得了珍惜。

《那幾個上海女人》

453

講完了那些故事，筆者閉上眼，回憶其中每一個細節。

她有些迷惑，有些驚訝！

她忽然發現：原以為來自記憶的情境和人生，無論是風花雪夜或是平淡無奇——早與夢想交織難辨；筆下或喜或悲、或愛或怨的故事，竟美好過親身所歷、親眼所見之人間世事。

續上一杯咖啡，她在電腦屏幕前安然而坐。認真覆讀那幾段故事，仔細挑選出一位姑娘——

讓自己對號入座。

——雲子
2016 年始，奧克蘭

《那幾個上海女人》

455

《那幾個上海女人》

作者簡介

　　雲子，本名蔡雲音，1960 年代初出生於上海，1980 年代畢業於上海科技大學（現上海大學），為機械工程系精密機械專業，並擁有高級商務證書及工程師證書。曾於上海延中實業集團（首家上市公司）任技術裝修部經理，後留學澳大利亞、紐西蘭，曾就讀奧克蘭 AUT 商務管理學位。在紐西蘭期間任中國城（彩城）總經理，「金水滴」華人電視台唯一中英女主持兼策劃撰稿，以及奧克蘭各大華人文化活動撰稿主持人。

業餘愛好古董收藏及鑑賞，以及寫作。主要著作包括長篇小說《那幾個上海女人》（已出版），《閒雲雅集》之海外收藏筆記（出版中，請參閱個人網站 www.yunfield.com），中長篇小說《古月軒舊事》（出版中），另有多部作品修改編輯整理中。

www.ingramcontent.com/pod-product-compliance
Lightning Source LLC
Chambersburg PA
CBHW060755210726
48292CB00013B/156